ढाई आखर प्रेम के

(प्रेमाख्यान)

लोकोदय ग्रन्थमाला : ग्रन्थांक 1172

पहला संस्करण : 2013
दूसरा संस्करण : 2025

वाणी प्रकाशन : भारतीय ज्ञानपीठ की पुस्तकों के एकमात्र प्रकाशक एवं वितरक

वाणी प्रकाशन

4695, 21-ए, दरियागंज, नयी दिल्ली-110 002
दूरभाष : 011-23273167, 23275710
ईमेल : sales@vaniprakashan.in
www.vaniprakashan.com

ISBN : 978-93-7112-056-2

मूल्य : ₹ 395

ढाई आखर प्रेम के

(प्रेमाख्यान)

पुष्पा भारती

DHAI AAKHAR PREM KE
(Literary Love Episodes)
by Pushpa Bharati

आवरण : वाज़दा ख़ान

मुद्रक : आर. टेक ऑफ़सेट प्रिंटर्स, दिल्ली-110 032

ढाई आखर प्रेम के

पुष्पा भारती

वाणी प्रकाशन ग्रुप
भारतीय ज्ञानपीठ

वाणी प्रकाशन : भारतीय ज्ञानपीठ की पुस्तकों के एकमात्र प्रकाशक एवं वितरक

भारतीजी—जिनके व्यक्तित्व का सारा ताना-बाना प्रेम ही के
एक-एक रेशे से बुना हुआ है—जिनकी अन्तरंगता से मुझे
'ढाई आखर' के इन गहरे और सार्थक रूपों को समझने की
दृष्टि मिली—उनके प्रति मेरा जो भाव है
उसके लिए 'समर्पण' शब्द क्या बहुत छोटा नहीं लगता...?
पर मेरे पास फिर और कोई शब्द भी तो नहीं है—
शायद यह वह स्थान है जहाँ शब्द और वाणी के बिना ही
अपनी बात कही जा सकती है—वह मैं कह रही हूँ—
जानती हूँ कि वे समझ लेंगे।

—पुष्पा

प्रस्तावना

शास्त्र, परम्परा, साधना, अनुष्ठान—इन सबसे ऊपर जिसने प्रेम में ढाई आखर को प्रतिष्ठित किया था और बताया था कि पंडित और ज्ञाता वही है जो इस 'ढाई आखर' के मर्म को समझता है। इस धर्म और उस धर्म, इस पद्धति और उस पद्धति, सबके पाखंड को निर्भीक, खुली चुनौती देनेवाले उन्हीं कबीर ने क्या अपने सारे विद्रोह की मूल ऊर्जा इसी 'ढाई आखर' वाले प्रेम से पायी थी? तो क्या प्रेम केवल व्यक्तिगत सम्बन्धों की चरम तन्मयता में ही केन्द्रित नहीं है? पर फिर उसे बहुधा सामाजिक मान्यता क्यों नहीं दी जाती?

एक ओर प्रेम का यह व्यापक रूप है दूसरी ओर उसी प्रेम की परिधि की व्याख्या करते हुए कबीर कहते हैं—

"जब मैं था तब हरि नहीं, अब हरि हैं मैं नाहिं,
प्रेम गली अति साँकरी, ता में द्वै न समाहिं।।"

शताब्दियाँ बीतती हैं, इतिहास बदलता है। समाज में व्यक्ति—उसके प्रेम, उसके सृजन, उसकी आजीविका इन सबका सन्तुलन बदलता है और एक दिन हम अचरज से पाते हैं कि उसी अति साँकरी प्रेम गली में से पूरा बदलता हुआ इतिहास और उसके बदले हुए समीकरण गुज़र रहे हैं—कहीं एक दूसरे को सहारा देते हुए और कहीं एक दूसरे को बुरी तरह आहत करते हुए। यहाँ तक कि जब कार्ल मार्क्स कह देता है कि समाज में व्यक्ति और व्यक्ति के बीच का सम्बन्ध केवल आर्थिक आधार पर होता है—उत्पादक और उपभोक्ता का, शोषक और शोषित का, तो अकस्मात् यह लगने लगता है कि प्रेम नाम के सम्बन्ध की कल्पना ही शायद झूठ है, निराधार है। फिर जो सामाजिक पद्धति केवल आर्थिक व्यवस्था और राजसत्ता को ही महत्त्व देती है और अपने राज्य में बसने वाले हर नागरिक के मन को उन्हीं साँचों में ढालना चाहती है तो ऐसी व्यवस्था के लिए प्रेम न केवल एक अप्रासंगिक वस्तु बन जाता है बल्कि यह भी लगता है कि जो कवि,

कलाकार या लेखक केवल प्रेम की बात करता है, वह हो सकता है, एक ख़तरनाक साजिश कर रहा हो— इस आर्थिक व्यवस्था के खिलाफ।

रूसी क्रान्ति की अनेकानेक पंचवर्षीय योजनाएँ संयोजित हुईं। स्तालिन की पकड़ को और मज़बूत करने के लिए लेखक क्या लिखे, क्या न लिखे इसके बारे में आदेश जारी होते रहे। प्रकाशन संस्थान सब सरकार के हाथों में थे। उनसे वही कहानी, कविता, उपन्यास या समीक्षा छप सकते थे जो स्तालिन की विचारधारा को समर्थन देते हों। और जो उसे समर्थन न देते हों—फूल, पक्षी, प्रकृति, सौन्दर्य और प्रेम की बात करते हों वे जो चाहें सो लिखकर अपने घर में रख सकते थे लेकिन इस प्रकार की क्रान्ति-विरोधी, समाज-विरोधी चीज़ों को प्रकाशित या प्रसारित करने का उन्हें कोई हक नहीं था।

लेकिन कलाकार की दृष्टि से प्रेम और सृजन की एक विचित्र संगति है। जो प्रेम चरम तन्यमता के एकान्त क्षण का अनुभव होता है वह जब कलाकृति के रूप में बँध जाता है तो उसकी सार्थकता यही है कि अधिक-से-अधिक लोग उसे देखें, अधिक-से-अधिक पाठक उसे पढ़ें और उसकी गहन अनुभूतियों को आत्मसात् करें। अब आप सोचिए, एक ऐसे व्यक्ति की बात जिसने बचपन में रूस की क्रान्ति के उठते गिरते दौरों को देखा है, जिसने चाटुकार लेखकों का डंका बजवाते हुए और दुःसाहसी ईमानदार लेखकों को आत्महत्या के लिए विवश किये जाते हुए देखा है और फिर भी जिसके मन से न बचपन की रंगबिरंगी तितलियों की उड़ान धीमी पड़ी है न विशाल यूक्रेन के मैदानों में पीले-पीले फूलों के अथाह विस्तार में से गुज़रते हुई रेल की खिड़की उससे भुलाते बनती है। जो ख़तरनाक काम कर रहा है यानी—'ढाई आखर'—प्रेम! और प्रेम से मिली हुई प्रेरणा से लिखी कविताओं और कहानियों को प्रकाशित भी कराना चाहता है। लेकिन हर तरफ़ से उसे नकार दिया जाता है।

बीसवीं शताब्दी के चौथे-पाँचवें दशक में आकर आपने देखा कि अति साँकरी प्रेम-गली में कितनी ही और चीज़ें आ गयी हैं और हर मोर्चे पर लड़ता हुआ प्रेमी, कलाकार कवि केवल अपने अस्तित्व की लड़ाई ही नहीं लड़ रहा है—कला के अस्तित्व की सहज मानवीयता के संरक्षण की लड़ाई भी लड़ रहा है वह। पास्तरनाक कहता है—

"क्या मुझे मालूम नहीं कि धुँधलके में रास्ता टटोलते हुए अँधियारे को कभी सूरज नहीं मिल पाएगा—

क्या मैं एक झिझकी महसूस नहीं करता कि लाखों-करोड़ों की खुशी उतनी ही दूर है जितनी चन्द चुने हुए लोगों. की खुशी! क्या पंचवर्षीय योजना हमारा भी मूल्यांकन नहीं करती और क्या उनके ग्राफ़ के साथ हम भी कभी ऊँचे उठा

दिये जाते और कभी नीचे गिरा दिये जाते हैं—

पर आख़िर मैं क्या करूँ अपने इस सीने का, जिसकी धड़कन पहले ही से धीमी हो चुकी है।''

कितना निरर्थक है कवि महान सोवियत के इस निर्माण काल में जहाँ सशक्त से सशक्त आवेश के लिए एक ख़ास सरकारी जगह मुकर्रर कर दी गयी है! कितना निरर्थक है वहाँ—

''कवि के लिए कोई स्थान निर्धारित करना
या तो वह स्थान एक खाली शून्य होगा
या अगर वहाँ पैर जमाने की जगह भी होगी
तो ख़तरों से भरी होगी।''

इन सारे ख़तरों को महसूस करते हुए भी कवि सृजन और सम्प्रेषण के लिए आतुर हैं। बोरिस पास्तरनाक आगे लिखता है—

''कोई ख़ास बात नहीं मशहूर होना
शोहरत ऊँचा बनाये यह ज़रूरी नहीं
अपने लेखक को चुपचाप छिपाये रखना
और उसे गठरी में लपेटकर सुरक्षित स्थान
में रख देना।
अपना समस्त दे देना—यह होता है सृजन!''

यह नहीं कि आप ढोल बजाकर शोर मचायें और फिर सहसा लुप्त हो जायें कितना शर्मनाक है कि जब आपके पास देने के लिए कोई अर्थ न हो उस समय भी हर एक के होठों पर प्रचार की तरह गूँजना पाखंडी दोमुँहे लोगों की तरह जीने की कोशिश बेकार है—

''अपने जीने की कोशिश को ऐसा सृजनशील बनाओ कि
विशाल पृथ्वी का फैलाव तुम्हें प्यार से भर दे
और तुम भविष्य में आने वाले युगों की आवाज़ सुन सको।''

ऐसी ज़हमत, प्रेम और सृजन के संकट में से गुज़रते हुए भविष्य में आने वाले युगों की आवाज़ सुनना शायद कहीं प्रेम की आवाज़ सुनना ही होता है। अपने उसी 'ढाई आखर' वाले ने लिखा था—

''सब रग तंत, रबाबतन, विरह बजावै नित्त॥
और न कोऊ सुन सकै कै साईं कै चित्त।।''

जो इतिहास है, जो निःसीम पृथ्वी और निर्बाध काल है वही है साईं। वह साईं और प्रेम करने वाले साधक का चित्त—यही दोनों उस आवाज़ को सुन पाते हैं। सामाजिक विरोध, राजनीतिक दमन और इतिहास की विडम्बनाओं से गुजरते हुए जिन महान कृतिकारों के चिन्तन ने इस आवाज़ को सुना ये उन्हीं महानुभावों की प्रेम कहानियाँ हैं। अगर उस 'आवाज़' की एक कण गूँज भी सहृदय पाठकों को इन प्रेम कथाओं में मिल सकी तो मैं समझूँगी कि इन महान लेखकों, कवियों और कलाकारों के चरणों पर मैं श्रद्धा के फूल बिखेर पायी हूँ।

—पुष्पा भारती

अनुक्रम

दुःखों के लिए जनमी आत्मा : ऑगस्ट स्ट्रिंडबर्ग

स्टॉकहोम के एक मध्यवर्गीय मोहल्ले में एक छोटा-सा घर। छोटे-से घर में एक बहुत बड़ा परिवार! कोई किसी का चाचा, कोई मामा तो कोई किसी के भतीजे के भानजे का साला। गरज़ यह कि दुनिया-जहान की रिश्तेदारी वहाँ पल रही थी। मुर्गी के दरबों जैसा बन गया था वह साफ़-सुथरा, छोटा-सा घर। इसलिए कि घर के मालिक को किराये के रूप में किसी से पैसा, किसी से अनाज तो किसी से कपड़ा मिल जाता था। मकान-मालिक ने अपने पास तीन कमरे रख लिये थे। इन कमरों में जो कमरा नर्सरी था, यानी बच्चों का कमरा, उसमें आगे-पीछे, दायें-बायें, इस किनारे, उस किनारे, सब तरफ पालने-ही-पालने नज़र आते थे। कहीं छोटे-छोटे नैपकिन सूख रहे हैं तो कहीं नाक-नुचे, दुम-कटे खिलौने पड़े हैं, तो किसी कोने में किताबों का बस्ता औंधा पड़ा है। कोई छोटू महाशय कुर्सी में ही गुड़ीमुड़ी सोये पड़े हैं तो किसी को पाँव लम्बे करने को इस्त्री करने की मेज मिली है। कहीं किहाउँ-किहाउँ तो कहीं छीना-झपटी, कहीं नोक-झोंक तो कहीं मान-मनौवल! आठ छोटे-छोटे, तले-ऊपर के भाई-बहनों वाला यह कमरा उस समय भाँय-भाँय करता शान्त हो जाता था जब घर का मालिक, यानी बच्चों का पिता, ऑस्कर स्ट्रिंडबर्ग काम से घर वापस लौटता था।

आर्थिक दृष्टि से खस्ताहाल होते हुए भी ऑस्कर का मन भीतर से कहीं बड़ा शाही था। उनको लगता था कि वह पढ़े-लिखे और खानदानी आदमी हैं। तन कर चलना और कड़क इस्त्रीदार, साफ़ कपड़े पहनना उनके खास शौक थे। कोई-कोई आदत भी बड़ी मज़ेदार थी। मसलन जो नौकर उनके जूतों पर पालिश करता था, उसे खास हिदायत थी कि वह अपने हाथों में दस्ताने पहनकर पालिश करे ताकि उस नाचीज़ के गन्दे, नापाक हाथ हुजूर के जूतों से न छू जायें।

ऐसे शाही बाप का बेटा था विश्वप्रसिद्ध लेखक ऑगस्ट स्ट्रिंडबर्ग। वह अपनी माँ का चौथा बेटा था। उस माँ का, जो एक दर्जी की बेटी थी। वह दर्जी उसका सौतेला बाप था जिसने अपनी नन्ही-सी बेटी को किसी के घर पर नौकर

रखवा दिया था। इसी बेटी को ऑस्कर स्ट्रिंडबर्ग से तीन पुत्र प्राप्त हो चुके थे, तब वह पत्नी बनी थी। और पत्नी बनने के बाद वह अभी फिर सन्तान नहीं चाहती थी। लेकिन ऑस्कर की इच्छा के आगे तो किसी की चल ही नहीं सकती थी। अयाचित-अनिच्छित चौथा बेटा आया ऑगस्ट! फिर और, फिर और! गाज ऐसी गिरती थी अभागिन की कोख पर कि एक सन्तान को जन्म देती तो एक को मिट्टी के नीचे सुलाना पड़ता। कई मरे और कई जिये। फिर कहाँ से आये वह कोमलता जिसे ममता कहा जाता है! कहाँ से बची रह जाये वह मृदुलता जिसे माँ कहा जाता है! और ऑगस्ट बेचारा जीवन-भर अपनी इसी खोयी कोमल-मृदुल माँ को खोजता रहा!

नन्हा-सा था तो उसने ऐसा महसूस किया कि माँ को अपना सबसे बड़ा बेटा ऐक्सल बहुत प्यारा है! स्वाभाविक था कि ऑगस्ट ऐक्सल के प्रति ईर्ष्यालु और कड़ुवा हो जाता। मगर नहीं! उसने बहुत गौर से भाई की आदतों को समझना-परखना शुरू किया और बात-बात में उसकी नकल करने लगा—कि शायद उसके जैसा बनने पर माँ उसे भी वैसा ही प्यार देगी। पर सब व्यर्थ गया! और ऑगस्ट माँ की ममता का प्यासा बना उसे सिर्फ़ मन-ही-मन चाहता-पूजता रहा! धीरे-धीरे उसने अपने को छलना शुरू कर दिया। अपने मन के कुचले जाने पर उसने अपने को शहीदाना सन्तोष देना शुरू कर दिया। फिर तो उसकी आदतें ही विचित्र बन गयीं। माँ कभी बच्चों को मिठाई बाँटती तो खुद किसी के पीछे छिप जाता। सब मिठाई खाते और वह खाली हाथ टुकुर-टुकुर सबको ताकता और सोचता, कैसा गज़ब का त्यागी शहीद है वह! एक दिन उसने और भाई गुस्ताव ने तय किया कि आज माँ के लिए एक बहुत सुन्दर फूलों का गुच्छा खरीदकर लायें। दोनों बाज़ार गये। ऑगस्ट ने अपने जेबखर्च से बचायी रकम फूल वाले को दी। सुन्दर-सुन्दर फूलों का गुच्छा ले दोनों भाई घर की ओर चले। घर जाकर...माँ के हाथों में गुच्छा था, गुच्छे में बँधे रिबन के साथ एक चिट लटकी थी—माँ को बहुत प्यार से—गुस्ताव! और माँ फूलों की महक में डूबी प्यार भरी नज़रों से अपने बेटे गुस्ताव को देखकर कह रही थी—मेरा लाल! हमेशा से ही बड़ा भावुक और प्यारा है!...

और शहीद हुए ऑगस्ट को इस नज़ारे को देखकर नशीला मज़ा आ रहा था! धीरे-धीरे तो आत्म-पीड़न और स्वयं को छलना उसका चरित्र ही बन गया।

दिन भर काम में उलझी-पलझी, मरती-खपती माँ उसे बड़ी अच्छी लगती! साथ ही रोब-दाब वाले अपने पिता से भी वह दूसरी तरह से प्रभावित रहता। रोटी माँ देती है मगर वह तो सिर्फ़ पकाती है, खिलाती है, लेकिन उसे कमाकर तो पिता लाता है! सब बच्चे पिता से डरते भी बहुत थे। कभी कुछ गलती हो

जाये तो सिर्फ़ एक ही वाक्य से पाला पड़ता था—आने दे पापा को उन्हें सब बताऊँगी। और कभी-कभी जब बता भी दिया जाता तो जो बेंत पड़ते कि... किसी को भी मन में उनका घर आना भाता नहीं था। न कभी हँसें, न किसी से बोलें, न बात करें। कैसे पापा हैं यह!

लेकिन एक दिन ऑगस्ट के खयालों की दुनिया में एक निराला ही तूफान आया। किसी काम से उसे पापा के दफ़्तर में जाना पड़ गया। डरता-डरता, लुकता-छिपता वह उनके केबिन तक पहुँचा। खिड़की से जो देखा तो देखता ही रह गया। अरे! यह पापा ही हैं न! हाँ, वही तो हैं। सामने बैठे आदमी से कैसे मधुर मुस्करा-मुस्कराकर बातें कर रहे हैं! बीच-बीच में आँखें आधी-आधी मूँदकर हँसते भी हैं!...तो पापा हँसते भी हैं! मुस्कराते भी हैं! उसने देखा, दफ़्तर के लोग उसके पापा की बहुत इज्ज़त करते हैं, बड़े प्यार से उनका नाम लेते हैं! ओह! यह खुली-खुली हँसी—यह मुक्त मन क्या उस दमघोंटू तीन कमरे के दस प्राणियों वाले घर में रहने की चीज़ है! आह! क्यों नहीं पापा को उनकी हँसी की ही तरह खुला-खुला बड़ा शानदार-सा बंगला मिलता रहने को।...ऑगस्ट की समझ में आया, शादी! इस सबकी जड़ शादी ही है। नहीं तो भला यह प्यारा-प्यारा इंसान इतना जल्लाद पिता बनने के काबिल था कहीं! लेकिन फिर उसके विवेकी दिल ने जवाब दिया। पर नहीं, शादी नहीं, शायद यह उसके माँ-बाप की नासमझियाँ होंगी, शायद वे दोनों अपना जीवन ठीक-ठीक व्यवस्थित नहीं कर पाये हैं। वह जब शादी करेगा तो ठीक से जीवन जिएगा। उसने सोचा, उसका घर एक प्यारा-सा सुख का नीड़ होगा।

और ऐसे में उसके मन के बाग में बसन्त आया। नौ साल के नन्हे ऑगस्ट की क्लास में फ्रेंच के घंटे में हेडमास्टर साहब की नन्ही-सी, नौ बरस की बेटी भी पढ़ने आने लगी थी। सरल-सी, सीधी-सादी, मीठी-मीठी बच्ची। उसके आते ही ऑगस्ट को सबकुछ मधुर, बहुत मधुर लगने लगता। लेकिन उसकी हिम्मत बच्ची के पास जाने की, उससे बोलने की कभी नहीं पड़ती। बस, आँखों से उसे सिर्फ़ देखता रहता। उसकी उपस्थिति की मीठी-मीठी महक में डूबा रहता। पर बात न कर सका, परिचय न ले-दे सका। मन में यन्त्रणा झेलते-झेलते ऑगस्ट महोदय को घर में एक दिन एक खुट्टल चाकू मिला।...तो उसके दिल ने सोचा—मैं अपना गला धड़ से अलग कर दूँगा!...यह था उसका पहला-पहला प्यार!

ऑगस्ट के पिता को लगा, उनका इतना तेज़-ज़हीन बच्चा अच्छा परिणाम क्यों नहीं लाता! ज़रूर स्कूल में ही कोई ख़राबी होगी। स्कूल बदल दिया गया। वहाँ भी ऑगस्ट को स्कूली पढ़ाई ने अपनी ओर बिल्कुल नहीं खींचा। फिर स्कूल बदला गया। और लीजिए बारह बरस के होते-होते वह फिर प्यार में पड़ गया!

इस बार स्कूल-इंस्पेक्टर की बेटी के साथ मन बँधा! बारह बरस के भावी नाटककार और बीस बरस की इंस्पेक्टर की बेटी! मगर फिर आलम वही! केवल प्यार! बात करने का साहस नहीं था। उसके प्यार ने तो बस देना ही सीखा था। देना भी कैसा! बड़ा त्यागपूर्ण देना! वह अपनी प्रेमिका के लिए कोई बड़ा भारी त्याग करना चाहता था—मसलन वह! उसके खयालों की परी! मुजस्सिम उसके सामने बैठी हो और वह उसके देखते-ही-देखते उसकी दृष्टि की परिधि में उसके चरणों के नीचे बहते तालाब में डूब मरे!

ऐसी-ऐसी अजीबोगरीब तमन्नाएँ ऑगस्ट के मन में अक्सर करवटें लिया करती थीं। इसलिए कि शायद वह अब कहीं-न-कहीं यह समझने लगा था कि उसके व्यक्तित्व की जड़ें कहीं पूरी तरह जम नहीं पायी हैं। उसे किसी की ममतालु छाँव चाहिए थी। कोई अवलम्ब उसका अन्तर्मन खोजने लगा था। दिन-रात गिरस्ती की चक्की में पिसती, चौबीसों घंटे घर के धन्धों में उलझी-पलझी माँ के जितना वह करीब जाना चाहता था, उतना ही उससे दूर छिटकता गया। अन्दर-ही-अन्दर कहीं वह माँ से कट-सा गया।

यह दूरी केवल मानसिक ही रहती, तब भी शायद वह इतना न टूटता, जितना माँ की मौत ने उसे तोड़ दिया। अभी वह कुल जमा तेरह बरस का ही था कि माँ चल बसी। माँ को मरे अभी एक बरस भी नहीं हुआ था कि पिता ने एक बड़ी खूबसूरत, नौजवान गृहप्रबन्धिका से शादी कर ली। बाकी बच्चों को उतना आघात नहीं लगा जितना किशोर ऑगस्ट ने अनुभव किया। कुछ ही दिन पहले उसने कहीं 'हैमलेट' नाटक देखा था। उसे लगा, उसकी सौतेली माँ गरट्रूड है और वह खुद राजकुमार। बस, उसी दिन से बेचारी सीधी-सादी लड़की उसकी नज़रों में क्रूरता की प्रतिरूप सौतेली माँ बन गयी। उसने घर से मन के सारे बन्धन तोड़ फेंके और पढ़ने-लिखने में जुट गया। उसे विज्ञान में बहुत रुचि थी। नयी-नयी चीज़ें पढ़ता, नयी-नयी चीज़ें बनाने की चेष्टा करता। कभी प्रयोग सफल नहीं होता तो सारे उपकरण तोड़-फोड़ डालता।

इन्हीं दिनों उसके हाथ एक किताब लगी जिसमें युवकों को सलाह दी गयी थी कि संयमी जीवन जीना सीखना चाहिए। अपवित्र विचार मात्र जिसके मन में उदित होते हैं, उसकी आयु बहुत कम हो जाती है। इंसान ज्यादा-से-ज्यादा दस वर्ष और जी सकता है। अपवित्र, कामुक विचारों के कारण शरीर दुबला हो जाता है, बाल पक जाते हैं, नाक गलकर गिरने लगती है, दाँत हिलने लगते हैं।

अब ऑगस्ट की चिन्ता का पारावार न रहा। प्रेम वह दो-दो बार अपने मन में उदित होता अनुभव कर चुका था। अब भी मन यहाँ-वहाँ बहकता रहता था। यानी कि अब उसके पास उसकी पूँजी कुल दस बरस बची है। ये दस बरस

भी कैसे कष्टप्रद होंगे! रोज़ ही वह डरते-डरते शीशा देखता कि कहीं नाक तो गलना शुरू नहीं हो गयी। दाँत किटकिटा कर देखता कि हिल तो नहीं रहे। उस किताब में सलाह दी गयी थी कि ईश्वर की शरण में आ जाने से पुराने सारे पातक धुल जाते हैं और पाप पर विजय पाने की ताकत भी मिल जाती है। ऑगस्ट ने सोचा, इसी में भला है कि ईश्वर की शरण ली जाये। और अपनी सौतेली माँ की तरह अन्धभक्ति वाले सम्प्रदाय में दीक्षित होने चला गया। ये लोग 'पीटिस्ट' कहलाते थे।

मगर सबकी किस्मत के रंग अलग-अलग होते हैं। हमारे ऑगस्ट महोदय की किस्मत का रंग जहाँ जायें, अनुराग के रंग में घुल-मिल जाता था। यहाँ भी पन्द्रह बरस की कच्ची उम्र के ऑगस्ट साहब की मुहब्बत एक तीस बरस की महिला से हो गयी। महिला भी पीटिस्ट थी। मगर उसका धर्म-बन्धन जीवन के आड़े नहीं आता था। उसके लिए ईश्वर भक्ति एक चीज़ थी और वैयक्तिक प्रेम दूसरी चीज़। दोनों का एक-दूसरे से कुछ लेना-देना नहीं था। वह जितनी खूबसूरत थी, उतनी ही मनचली भी थी। स्वयं ऑगस्ट के दो भाई उसके प्रशंसकों में से थे। इसलिए ऑगस्ट महोदय की ओर उसका ध्यान ही नहीं गया।

एक शाम को वह बहुत थकी हुई सोफ़े में निढाल लेटी थी कि उसने देखा, प्रश्नभरी नज़रों से एक किशोर उसकी ओर बार-बार देख रहा है—आसपास मँडरा रहा है। उसने उसे बुलाया। छूटते ही ऑगस्ट ने पूछा—तुम्हारी आध्यात्मिक स्थिति क्या है? उसने स्वीकारा कि ऑगस्ट की शंका ठीक है। वह उतनी अन्ध धर्मभक्त नहीं है जितनी कि उसका सम्प्रदाय उससे अपेक्षा रखता है। उसके बाद से महीनों दोनों की खूब बातें होती रहीं—जीवन, मृत्यु, मैत्री, प्यार, शंकाएँ, पाप से मुक्ति की बात, ईश्वर की इयत्ता की बात, ईसा मसीह की बात। ऐसी ही दुनिया भर की बातें दोनों में होतीं। धीरे-धीरे वह महिला ऑगस्ट की आदर्श बनती गयी और ऑगस्ट उसके लिए आत्मसाक्षात्कार का माध्यम बनता गया।

इस बीच इस आडम्बरपूर्ण धर्म-व्यवस्था का खोखलापन ऑगस्ट की समझ में आ गया। सब छोड़-छाड़कर वह विश्वविद्यालय में पढ़ने जाना चाहता था, लेकिन घर पर न तो वह सौतेली माँ को सह पाता था और न अब माँ ही उसे चैन से रहने देती थी। इसलिए उसने एक रईस जागीरदार के लड़के को ट्यूशन देना शुरू कर दिया। इस शर्त पर कि उन्हीं के घर वह रहेगा भी। व्यवस्था ठीक हो गयी और उसने इस प्रकार एंट्रेंस की परीक्षा भी पास कर ली। इसी बीच डॉ. ऐक्सेल लैम नाम के एक वृद्ध डॉक्टर ने उसे सलाह दी कि वह घर पर उसके बच्चों को पढ़ा दिया करे और उन्हीं के घर पर रहे। बदले में वह उसकी आगे की पढ़ाई की व्यवस्था मेडिकल कॉलेज में करा देंगे। प्रस्ताव बहुत बढ़िया

था। ऑगस्ट ने तुरन्त स्वीकार कर लिया।

डॉक्टर लैम के घर में उनका बहुत अच्छा, छोटा-सा पुस्तकालय था जिसमें कुछ अच्छी-अच्छी साहित्यिक कृतियाँ भी थीं। शाम को डॉक्टर से मिलने उनके मित्र आते और वे लोग घंटों साहित्य, कला और संस्कृति पर बातें किया करते। उन बातों को सुन-सुनकर ऑगस्ट को अपने मन के भीतर कुछ कुलबुलाता महसूस होता। उसका मन जीवित जीवन के सौन्दर्य खोजने की ओर भागने लगा। मेडिकल कोर्स के अन्तर्गत आने वाली मुर्दों की चीर-फाड़ में उसे ज़रा भी रुचि नहीं रही। परिणामत: वह डॉक्टरी की प्रथम परीक्षा में ही फेल हो गया। अपनी हर असफलता पर वह भुनभुना उठता था। इस बार भी बौखला गया और उसने यह कैरियर ही छोड़ दिया और निश्चय किया कि वह अभिनेता बनेगा। शिलर और गोयथे का अध्ययन किया। अपने अंग-अंग के संचालन पर ध्यान दिया और एक नाटक अकादमी में अपना नाम लिखा लिया। और यहीं उसके भावी महान नाटककार रूप ने जीवन में पहली जड़ रोपी।

अकादमी का कोर्स पूरा करने के बाद वह किसी अच्छे-से नाटक में अभिनय करने के लिए अकुला रहा था। उस समय उसे बड़ी निराशा हुई जब उसे एक नाटक में सिर्फ़ एक लाइन बोलने की भूमिका मिली। दूसरी बार उसे रिज़र्व टीम में रखा गया था। उसने सारा नाटक याद कर लिया था और ईश्वर से मना रहा था कि कोई-सा भी अभिनेता बीमार पड़ जाये ताकि उसे अवसर मिले। और सचमुच उसे मौका मिल भी गया। वह मारे खुशी के दीवाना हो गया। अब लोग जानेंगे कि उसमें कितनी गजब की अभिनय-क्षमता है। अब अखबारों में बस उसी के नाम की चर्चा होगी। पर किस्मत में तो अभिनेता नहीं, नाटककार होना बदा था। फिर भला सपने सच कैसे होते! जनाब ऑगस्ट स्ट्रिंडबर्ग अपनी पूरी तैयारी से पहुँचे लेकिन साथ के दूसरे साथियों ने कतई सहयोग नहीं दिया। जानबूझकर ऐसे व्यवहार किया कि बेचारा अपनी लाइनें ही जगह-जगह भूलने लगा। डायरेक्टर ने खीजकर कहा—तुम बिल्कुल जाहिल हो! वापस अकादमी जाकर नाटक का क ख ग पढ़ो।

नाकामयाबी और अपमान की आग में ऑगस्ट झुलस गया। अब सबकुछ उसे अपनी सहनशक्ति की सीमा के बाहर की चीज़ लगने लगी। अब वह जिये तो क्यों जिये? किसके लिए जिये! इस यन्त्रणा से त्राण पाने का एक ही उपाय था—खुदकुशी! और उसने भारी मात्रा में अफ़ीम खा ली।

किन्तु यह कैसी जीवन-मुक्ति थी! दूसरे दिन वह अपने सोफ़े में निढाल पड़ा था। हाथ-पैरों में जैसे जान ही नहीं बची थी। लेकिन उसके दिमाग़ की नसें उबल रही थीं। यादें, यादें, यादें और यादें! तमाम खुराफात यादों को वह

छाँट-छाँटकर फेंकता गया और जो सार-सार बचता जा रहा था, वह उसके दिमाग़ में पात्रों की शक्ल में ठहरता जा रहा था। और यह लीजिए सृजन हो गया। चार दिन के अन्दर दो अंकों की एक कॉमेडी लिखकर तैयार थी। स्ट्रिंडबर्ग का पहला नाटक।

फिर तो उसकी नस-नस में ताज़गी दौड़ने लगी—साँस-साँस में आत्मविश्वास का स्फुरण होने लगा। उसने खुद को पहचान लिया था। अब तक का सबकुछ खुराफात था। असल में वह एक नाटककार है। उसे विश्व-स्तर का नाटककार बनना है! उसने पुनर्जीवन पाया था। तहे दिल से ईश्वर का शुक्रिया अदा किया उसने! और दो महीने के भीतर-भीतर दो कामेडियों, एक दुखान्त पद्य नाटिका और कुछ कविताओं का धनी बन गया वह! फिर तो सृजन का क्रम बढ़ता ही गया। उसके कई नाटक खेले गये। पर प्रशंसा किसी को न मिली। फिर भी इस बार वह हतोत्साह नहीं था। इस दौरान उसने तमाम तरह के पापड़ बेले और जमकर दारू और दारा का उपयोग करता रहा। बड़े पूजाभाव से वह किसी को मन दे देता। फिर कुछ-न-कुछ ऐसा हो जाता कि बात टूट जाती और वह जी भरकर नारी जाति को गालियाँ देता। शब्द का माध्यम भी हाथ आ गया था—वह नारी-द्रोही भी मशहूर होता जा रहा था। लेकिन मज़े की बात यह थी कि उसके मन का पूजाभाव फिर बड़े प्रेम से एक नारी-मूर्ति को समर्पित होने से भी बाज़ नहीं आता था।

रॉयल लाइब्रेरी में जिन दिनों वह लाइब्रेरियन का काम करता था, उसके एक दोस्त ने उससे अपनी प्रियतम भावी पत्नी ईना का खयाल रखने को कहा। उसे कहीं बाहर नौकरी पर जाना था। और इसने ऐसा अच्छा खयाल रखा कि जी-जान से उसका हो बैठा। ईना फोरसेन के सामने इसने अपने मित्र और स्वयं के बीच एक को चुन लेने का प्रस्ताव रखा। रंगीन मिजाज़ ईना ने न किसी पक्ष में निर्णय दिया, न विपक्ष में। लेकिन जब शामत यहाँ तक आ गयी कि दो में से एक किसी एक की गोली का शिकार हो जाएगा तो उसने सोचा, वह कुछ दिनों के लिए दोनों से दूर जाकर सोचेगी कि किसे चुने। जाते समय वह अपने साथ स्ट्रिंडबर्ग के एक नाटक 'मास्टर ओलोफ़' की एक प्रति भी लेती गयी थी। वह उसने अपने एक रईस जागीरदार मित्र दम्पती रैंगेल को दिखायी। वे दोनों इस नाटक से इतने प्रभावित हुए कि स्ट्रिंडबर्ग को निमन्त्रण भेजा कि मिल जायें। वहाँ पहुँचकर ऑगस्ट की खुशी और अचरज का ठिकाना नहीं रहा, जब उसने पहचाना कि यह तो वही जागीरदार रैंगेल है जिनके यहाँ वह बहुत बचपन में एक बार कुछ समय के लिए रह चुका है। मिस्टर रैंगेल मिलिट्री में कैप्टन थे और कला व कलाकारों के बड़े प्रशंसक और मददगार मशहूर थे। रैंगेल को ऑगस्ट

स्ट्रिंडबर्ग और ऑगस्ट को कैप्टन रैंगेल इतने पसन्द आ गये कि दोनों एक-दूसरे के दोस्त बन गये। सीरी वॉन ऐसेन यानी मिसेज रैंगेल तीन बरस की बच्ची की माँ थी लेकिन अभी खुद स्कूली छोकरी जैसी लगती थी। भुट्टे के बालों-से रंग के मुलायम बालों के फ्रेम के बीच उसका भोली-भाली आँखों वाला, मासूम चेहरा बला का खूबसूरत और प्यारा लगता था।

स्ट्रिंडबर्ग की शामें अक्सर इनके घर ही गुजरने लगीं। वह कुछ भी नया लिखता, पहले यहाँ सुनाता। लेकिन कुछ ही समय बाद उसने यह भाँप लिया था कि इन दोनों के बीच कुछ है जो मर चुका है। कुछ है जिसके कारण दोनों पति-पत्नी होते हुए भी एक-दूसरे से खासे दूर थे। अभी दोनों की उम्र तीस से भी नीचे थी लेकिन शायद दोनों एक-दूसरे से ऊब चुके थे। शायद इसीलिए दोनों की बातों का एक ही विषय होता था, अपने बीते दिनों के प्यार की चर्चा करना।

स्ट्रिंडबर्ग को सीरी कुछ मूडी, कुछ खब्ती-सी भी लगी। वह लड़की एक महान अभिनेत्री बनने के सपने मन में पाले बैठी थी और ज़िन्दगी को जैसे जीना चाहिए, जी नहीं पा रही थी। स्ट्रिंडबर्ग की सहानुभूति रैंगेल के साथ थी। लेकिन यह क्या? उफ़् रे जून के शाम का वह धुँधलका! न जाने कैसा क्षण था वह, न जाने किस कोण से, किस भंगिमा में दीख गयी थी उसे सीरी! वह दूर खडा था। उसकी उपस्थिति से अनजान सीरी एक पेड़ की छाँव में खड़ी दूर कहीं कुछ देख रही थी। कैसी कशिश थी उसके सौन्दर्य में! स्ट्रिंडबर्ग को लगा, ईना का प्यार महज़ एक छलना है। वास्तव में तो वह सीरी का प्रेमपुजारी है। ईश्वर की शरण में कभी वह बड़ी भक्ति-भावना से गया था पर उसकी बौद्धिकता के आगे वह भावना टिक नहीं सकी थी। ईश्वर उसके लिए मर चुका था। लेकिन सामने थी वह नारी-मूर्ति जो उसी भक्ति-भावना से पूजी जा सकती थी। इस एक क्षण ने सबकुछ बदल दिया। वह सीरी का हो चुका था।

दूर-ही-दूर से वह सीरी को चाहने लगा, कभी प्रकट नहीं किया। खुद को सीरी का दिव्य संरक्षक जैसा महसूस करने लगा। सीरी उसके वायवी, मृदुल प्यार से कण-कण आवेष्ठित रहे, बस। कभी सीरी से एकान्त में मिलता भी नहीं था ताकि उसके पति को कोई सन्देह न हो जाये। उसने अपनी कल्पना में सीरी को उस सिंहासन पर बैठाकर पूजा जहाँ से जीवन जीते समय पूजनीया ढकेल दी जाती है और यह कहा जाता है कि अब वह वैसी नहीं रही जैसी होने का बेचारी ने कभी दावा भी नहीं किया होता!

एक दिन बातों-ही-बातों में सीरी ने ऑगस्ट से पूछा—प्यार क्या होता है? ऑगस्ट ने कहा—प्यार! प्यार उस भावना को कहते हैं जो किसी भी दूसरी भावना

से ज्यादा प्रगाढ़ और प्रबल होती है। प्यार एक ऐसी प्राकृतिक वेगवान शक्ति होती है जिस पर किसी का वश नहीं चलता। जैसे बिजली, जैसे हहराती बाढ़ वाली नदी, जैसे वेगवान झरना, जैसे समुद्री तूफ़ान...सीरी ने बीच में ही टोका—क्या ईना के लिए तुम्हारे मन में ऐसा ही प्यार है?...यह क्या हो गया ऑगस्ट स्ट्रिंडबर्ग को! अपने ऊपर वश ही नहीं रहा। अब तक का सब त्याग वह भूल गया और अपने मन का सच उद्घाटित कर बैठा!...ईना नहीं सीरी! सीरी!

और बस वह दिन जहाँ उगा, वहीं खत्म भी हो गया उसके लिए! उसने सीरी और रैंगेल के घर जाना बन्द कर दिया।

उधर सीरी ने अपने पति से खत पर खत लिखवाने शुरू किये कि यह कैसी दोस्ती हुई भला! अगर सीरी ने कभी गुस्से में कुछ कह भी दिया हो तो उसे भुला कर आओ। सीरी ने पति को यही बताया कि स्ट्रिंडबर्ग उससे नाराज़ है।

स्ट्रिंडबर्ग फिर भी नहीं गया। उसने चाहा कि सीरी के प्रति उसके मन में कोई वासना न जागे। उसे प्यार के जिस सिंहासन पर उसने अपने मन में बिठाया है, वह वहीं आसीन रहे। और उसने अपना ध्यान खूब लिखने-पढ़ने में लगाना शुरू कर दिया। एक दिन वह कुछ लिख रहा था कि दरवाजे पर दस्तक हुई। देखा तो सामने दोस्त रैंगेल खड़ा था। इतने रईस आदमी को अपने अस्त-व्यस्त कमरे में आता देख वह खासा सिटपिटा गया। कैसे स्वागत करे!

रैंगेल उसे घर बुला ले गया। अब फिर उसकी शामों में रंग भरने लगे। मगर इधर उसे एक अटपटी स्थिति का सामना भी करना पड़ा। जब भी सीरी उससे अकेले मिलती, रैंगेल की शिकायत करती, कि वह तो अपनी चचेरी बहन के प्रेम में पड़ा है और उसका अपमान करता रहता है। स्ट्रिंडबर्ग हमेशा उसे समझाता कि पति की अनुपस्थिति में उसकी तीसरे व्यक्ति से शिकायत करना ओछी बात होती है। उसे ऐसा नहीं करना चाहिए। ऐसा समझकर स्ट्रिंडबर्ग स्वयं ही अपनी निगाह में खासा ऊँचा उठ गया। एक दिन फिर जब उसी ऊँचाई से उसने सीरी को पुनः समझाया तो सीरी आहत हो गयी और पति के बाहर से आने पर उसकी ओर ऐसे दौड़ी जैसे किसी जंगली बिलाव से जान बचाने को कोई कबूतरी भागे। यह सब स्ट्रिंडबर्ग को बहुत निकृष्ट लगा। उसने फिर इन लोगों के घर आना-जाना बन्द कर दिया। एक बार फिर रैंगेल के खत पर खत आने शुरू हुए, कि मेरी पत्नी कह रही है कि तुम उसकी किसी बात पर नाराज हो गये हो। वह तो मूडी लड़की है ही, कुछ कह गयी होगी, मगर दिल की बड़ी भोली और साफ़ लड़की है। तुम उसे गलत मत समझो।

असल में हकीकत यह थी कि सीरी अब सचमुच स्ट्रिंडबर्ग को अपना बना लेना चाहती थी क्योंकि रैंगेल से उसके पति-पत्नी के सम्बन्ध अब नाम मात्र

के लिए रह गये थे। वह अब खुलकर अपनी चचेरी बहन के साथ प्रेम-सम्बन्ध बना रहा था। उसके अलावा सीरी ने यह अन्दाज लगा लिया था कि यह उदीयमान नाटककार एक-न-एक दिन बहुत बड़े लेखक का सम्मान पाने वाला है। यदि उसके साथ सीरी का नाम जुड़ा रहे तो वह आसानी से अपना सपना पूरा कर सकती है। यानी कि वह नामी अभिनेत्री बन सकती है। इसके अतिरिक्त स्ट्रिंडबर्ग बराबर उसके प्रेम को सांसारिक धरातल पर नकारता चल रहा था। यह बात उसे भीतर-ही-भीतर स्टिंड्रबर्ग के प्रति अतिरिक्त समर्पणशील भी बनाने लगी थी। अब सचमुच वह चाहने लगी थी कि वह भी खुलकर स्टिंड्रबर्ग की प्रेमिका के रूप में जी सके। दूसरी ओर रैंगेल को कोई आपत्ति नहीं थी। बल्कि वह चाहता ही था कि स्टिंड्रबर्ग पुनः आने-जाने लगे तो उसे अपने प्रेम-प्रसंग के लिए समय मिलने लगे। इस बार खत पर खत, सन्देश पर सन्देश आते रहे, मगर स्टिंड्रबर्ग अपने निश्चय पर दृढ़ रहा। उसे किसी का परिवार नहीं तोड़ना।

लेकिन कैसी थी यह अबुझ आग! अन्दर-ही-अन्दर वह सुलगने भी लगा था। वह एक पल के लिए भी अपने को अकेला नहीं पाता था। लगता था, उसके साथ-साथ निरन्तर सीरी बनी हुई है। यहाँ तक कि जब चलता तो उसे अपने दोनों पाँवों के बगल में दो उजले, नन्हे-नन्हे पाँव चलते-से लगते। उसे लगा, ऐसे वह जी नहीं पायेगा। अपने सामने का हर गली-रास्ता उसे सीरी के घर जाता हुआ दिखता। अन्त में उसने निश्चय किया कि वह यह शहर ही छोड़ देगा। उसने लाइब्रेरी से आगे पढ़ने के लिए छुट्टी ली और पेरिस जाने का निश्चय कर लिया। उसने मालवाही पोत से जाने के लिए टिकट बुक कराया ताकि रास्ते में वह मन बदल न सके। हुआ भी वही जिसका उसे डर था। अभी तट कुछ ही दूर छूटा होगा कि स्टिंड्रबर्ग का मन पछताने लगा और सीरी की बाँहें उसे पुकारती लगीं। रह-रहकर उसका मन होता कि पानी में छलाँग लगा जाये और तैरकर सीरी तक पहुँच जाये। पर एक बार लंगर छूटा जहाज़ न उसके लिए रुकता, न समुद्री लहरें असल में कूद पड़ने का साहस देती लगतीं। हाथों में माथा थामे स्टिंड्रबर्ग अपने ऊपर खीज रहा था, क्यों चला आया, इतनी बेरहमी से!

अरे लो, वह तो जमीन-सी दिख रही है! हाँ, यह तो गिरजाघर की बुर्ज़ी है। वह देखो वह रहा कब्रिस्तान और वह पुल! हाँ, यह तो कोई कस्बा-सा है। उसकी आँखें चमकने लगीं। सिर पर पाँव रखकर वह भागा जहाज़ के कप्तान के पास—कप्तान मुझे यहाँ उतार दो। नहीं तो मैं पागल हो जाऊँगा। उसकी आँखों में जाने कैसी वहशी चमक थी कि कप्तान ने एक मिनट उसे घूरकर देखा और हुक्म दिया, इस आदमी को मय इसके असबाब के उतार दो, शायद यह बीमार है।

थोड़ी देर बाद एक होटल के कमरे में आँखें मूँदे औंधा पड़ा स्टिंड्रबर्ग सोच

रहा था, क्या वह सिर्फ़ मोहब्बत के मर्ज़ का मरीज है या सचमुच पागल हो गया है? उसे लगा, ऐसी आशिकमिजाज़ी भी किस काम की! अब दुनिया को क्या मुँह दिखाऊँगा! अब उसका मर जाने को जी करने लगा। उसने सोचा मैं जान-बूझकर निमोनिया बुला लूँ और मरते-मरते सीरी को बुलवा लूँ और उसकी नर्म कबूतरी जैसी प्यारी-प्यारी हथेलियों को चूमकर हमेशा के लिए आँखें मूँद लूँ।

अक्टूबर की कड़कड़ाती सर्दी! नदी का पानी बर्फ़ जैसा जम रहा था कि हमारे महान नाटककार ने दिलचस्प नाटक खेला—कपड़े खोले और पानी में डुबकी लगायी। ऐसा लगा, जैसे पिघलते गर्म लावे में फँस गये हों और महोदय उस सर्द पानी में तब तक तैरते रहे, जब तक हिम्मत पस्त नहीं हो गयी। उसके बाद जानबूझ कर नंगे बदन एक चट्टान पर बैठ गये, जहाँ सर्द हवा के थपेड़े उनकी हड्डियों को कँपाने लगे। जब उन्हें लगने लगा कि अब तो यह हवा उनके जिस्म की चमड़ी की पर्त भी काट डालेगी तो उठकर कपड़े बदन पर डाले और कमरे पर गये। पर उन्हें लग रहा था, अभी वह मरने लायक बीमार नहीं पड़ सके हैं, तो थोड़ा-सा ज़हर भी ले लिया। ऐसा कि मरें तो नहीं पर तबियत बिगड़ जाये। और रैंगेल दम्पती को खत भेजा कि कुछ ही पलों के मेहमान हैं।

खबर पाते ही दोनों आये। सीरी ने आते ही इस कदर बीमार पड़े स्ट्रिंडबर्ग को माँ की तरह सँभाल लिया। अपने शाल में उसे लपेटकर कलेजे से लगाकर ब्रांडी पिलायी। गले में नैपकिन बाँधकर सूप पिलाया। दवा दी। और ज़िद करके उसे अपने साथ घर ले गयी। और बहुत सेवा करके अपने स्ट्रिंडबर्ग को फिर इतना स्वस्थ बना दिया कि वह उससे दूर भागने की न सोच सके। कई बार फिर ये सीन दोहराये गये। स्ट्रिंडबर्ग का दूर-दूर भागना और सीरी और उसके पति का उसे पास-पास बुलाना।

और अन्त में वह दिन भी आ गया जब 12 मार्च, 1876 को उसने सीरी को लिखा कि अब वह स्वयं में एक अतिमानवीय शक्ति पाता है। यदि सीरी साथ रहे तो वह दुनिया-जहान जीत लेगा। आकाश के तारे तोड़ लाएगा। चाँद-सूरज पर राज करेगा। पृष्ठ-पर-पृष्ठ उसने रंग डाले। उसने लिखा कि तुम जानती ही हो, स्वीडन भर में सबसे ज्यादा आग और प्रतिभा मुझमें है। मैं सारी सड़ी-गली परम्पराओं को, परिपाटियों को तोड़ डालूँगा। नये क्षितिज खोजूँगा और तुम्हें भी एक महान् अभिनेत्री के रूप में प्रतिष्ठित करूँगा। हमारा अपना थियेटर भी होगा। आगे उसने लिखा कि अगर तुम्हारे अन्दर मेरे बिना जी सकने का साहस भी नहीं है, तो आओ, मेरे साथ मौत को गले लगा लो! हम दोनों साथ-साथ मृत्यु का वरण करें और निर्द्वन्द्व प्यार करें!

इसी तरह के मज़ेदार और भावुक खत स्ट्रिंडबर्ग सीरी को लिखता रहा

और एक दिन उसने रैंगेल को भी खत लिखा और प्रस्ताव रखा कि सीरी को वह अपना बनाना चाहता है। रैंगेल ने पहले तो दिखावटी आँसू बरसाये, फिर कहा कि मुझे स्ट्रिंडबर्ग और सीरी के प्रेमाचार में कोई आपत्ति नहीं है। दोनों खुल-खेल सकते हैं लेकिन विवाह की क्या ज़रूरत है! पत्नी सीरी उसी की रहे, प्रेम भले ही स्ट्रिंडबर्ग से करती रहे। लेकिन सीरी और स्ट्रिंडबर्ग, दोनों ही को यह स्थिति मंजूर नहीं थी। अब एक-दूसरे से किसी भी स्तर पर जुदा रहना अपराध होगा, पाप होगा। लेकिन उस दिन स्ट्रिंडबर्ग का जी कितना गँदला हो गया था, जिस दिन उसने सुना कि रैंगेल जो सीरी को जुदा नहीं होने दे रहा, उसके पीछे प्यार और ममता नहीं, महज़ धन-लोलुपता है। असल में सीरी के धनवान पिता ने मरते समय अपनी सारी अपार जायदाद सीरी के नाम लिख दी थी। लेकिन कुछ गोलमाल करके उसकी विधवा माँ ने जायदाद पर कब्जा जमाये रखा था और बेटी-दामाद को सन्तुष्ट रखने के लिए खासा रुपया माहवारी बाँध दिया था। रैंगेल सीरी से जुदा होकर उस धन को हाथ से नहीं जाने देना चाहता था।

बहुत थुक्का-फज़ीहत के बाद अन्त में रैंगेल से सीरी को तलाक मिल सका। अब सीरी मुक्त थी और स्ट्रिंडबर्ग स्वयं को जाने कैसे-कैसे, प्यारे-प्यारे बन्धनों में जकड़ा महसूस करने लगा था। उसने चाहा सीरी अब उससे विधिवत् विवाह कर ले, किन्तु अरसे बाद सीरी फिर खुले आसमान में गौरैया-सी फुर्र-फुर्र इधर-उधर उड़ना चाहती थी। उसने जी भरकर दोस्ती और मस्ती करनी शुरू कर दी। रोज नये दोस्त, रोज नये मजे। उसने सोचा, वह बदनाम होगी तो क्या नाम नहीं होगा! यह नाम उसके अभिनय क्षेत्र में शायद मदद दे जाये। बरसों की तमन्ना उसकी पूरी हुई और उसने पहली बार स्टेज पर शो दिया। बहुचर्चित वह हो ही चुकी थी। नाटक खासा सफल रहा। लेकिन यह शोहरत ऐसी नहीं थी जो ठोस हो। फलतः अगले नाटकों में उतनी भीड़ नहीं रही और धीरे-धीरे स्टेज की ओर से उसका मन भरने लगा तो उसने सोचा, क्यों न एक पत्रिका निकाली जाये, जिसमें नाट्य-समीक्षाएँ वह करेगी, सम्पादक होगा स्ट्रिंडबर्ग। खासी मेहनत से पत्रिका निकाली गयी। बड़ी शानदार पत्रिका थी। लेकिन रद्दी व्यावसायिक व्यवस्था के कारण वह चल नहीं सकी। और अपनी मूल आदतानुसार स्ट्रिंडबर्ग ने मर जाना चाहा! मगर सीरी ने जीने की ख्वाहिश प्रकट की—परिणामस्वरूप स्ट्रिंडबर्ग ने शराब पीना शुरू कर दिया! और वे दिन भी आ गये जब दोनों एक-दूसरे की शक्ल से भी नफ़रत करने लगे, एक-दूसरे से हरदम लड़ते-झगड़ते रहते। किस्मत से उन्हीं दिनों स्ट्रिंडबर्ग के लिए पेरिस से निमन्त्रण आया और उसने तुरन्त उसे स्वीकार कर लिया। चलो, इस झाँव-झाँव से निजात तो मिले! सीरी

ने भी उसे रोका नहीं और वह पेरिस चला गया। वहाँ जाकर कुछ दिनों उसने और कुछ नहीं किया, जी भरकर घूमा-पढ़ा, कला-प्रदर्शनियाँ देखीं, म्यूज़ियमों में भटकता घूमा, पुस्तकालयों की खाक छानता रहा, अच्छे-अच्छे नाटक देखता रहा।

अचानक एक दिन उसे सीरी का खत मिला कि वह माँ बनने वाली है। स्ट्रिंडबर्ग को चाहिए कि जल्दी ही आकर उससे विवाह कर ले। स्ट्रिंडबर्ग का मन सीरी के लिए बहुत कसैला-कड़ुवा हो चुका था, लेकिन जैसे ही उसने सुना कि सीरी गर्भवती है—यानी वह पिता बनने वाला है, कि उसके मन में बाँसुरियाँ बजने लगीं, गुलाब महकने लगे। बिना एक पल की भी देर लगाये यह तुरन्त वापस लौट आया और 31 दिसम्बर, 1877 को उसने सीरी से विधिवत् विवाह कर लिया—सीरी, यानी उसके बच्चे की माँ!

मगर स्ट्रिंडबर्ग ऐसी किस्मत तो लेकर पैदा हुआ नहीं था कि उसका दिल सचमुच की खुशी कभी भी पा सके। पिता बनने को ललकता उसका मन उस दिन बिलखकर कुचल गया जब सीरी ने एक कमज़ोर सतमासी बच्ची को जन्म दिया, जो महज़ दो दिन अपने पिता को सन्तोष और सुख दे सकी और इस दुनिया से चल बसी। उसकी मौत से सीरी तो थोड़ी खुश भी हुई, मगर स्ट्रिंडबर्ग टूट गया। दोनों ने तय किया कि अब बस प्रेमी-प्रेमिका की तरह जिएँगे, प्यार करेंगे, अभी बच्चे नहीं! लेकिन यह प्रेमी-प्रेमियों का प्रेम भी एक-डेढ़ महीने से ज्यादा नहीं चल पाया। सीरी को घुटन महसूस होने लगी। स्ट्रिंडबर्ग काम पर जाता तो वह बहुत ऊबती। एक दिन पूर्वपति के घर से वह अपना पुराना पालतू कुत्ता ले आयी। स्ट्रिंडबर्ग को यह कुत्ता बिल्कुल पसन्द नहीं आता था। शुरू से ही वह इससे चिढ़ता आया था। अब अपने घर में भी इसे देखकर उसे बहुत बुरा लगा। सारा घर कुत्ते की गन्दगी की बदबू से भरा रहता था। वह कभी कालीन खराब कर देता, कभी सोफा गन्दा कर देता, यहाँ तक कि पलंग तक गन्दे होने लगे। ऊपर से मज़ा यह कि स्ट्रिंडबर्ग को देखकर वह ऐसे भौंकता था जैसे उसकी मालकिन के घर में कोई चोर-उचक्का घुस आया हो! सीरी को अजब वहशी मजा आता था कुत्ते को लेकर स्ट्रिंडबर्ग को चिढ़ाने में—वह जब देखो तब उसके बालों को ब्रुश करती, उसके गले में नीले रिबन बाँधती, उसके लिए गुदगुदा बिस्तरा बनाती। अब स्ट्रिंडबर्ग को रोज़-रोज़ सुनना पड़ता कि सीरी ने तो अपनी सारी खुशी कुर्बान कर दी, अपने पति की खुशियाँ कुर्बान कर दीं, अपना बसा-बसाया घर तोड़ दिया, महज़ एक मामूली आदमी के लिए, जो उसके प्यारे कुत्ते तक को नहीं बख्शता! एक दिन तो हद हो गयी, जब स्ट्रिंडबर्ग ने देखा कि उसका खाना बहुत ही रद्दी है तो उसने नौकरानी से पूछा कि आज कैसा खाना परोसा है, तो उत्तर मिला—मालकिन का हुक्म है कि अच्छा-अच्छा खाना चुनकर कुत्ते

के लिए रख लिया जाये तब परोसा जाये।

अभी नौकरानी की बात खत्म भी नहीं हुई थी कि सीरी ने एक सोफ़े पर गिरकर जोर-जोर से रोना शुरू कर दिया। स्ट्रिंडबर्ग ने उधर ध्यान न देना ही ठीक समझा। लेकिन रोना चीखने में बदलने लगा। विचित्र नाटकीय ढंग से रोते-चीखते-चिल्लाते सीरी ने अजब बमचख मचा दी। यहाँ तक कि उसका सारा शरीर ज़ोर-ज़ोर से काँपने लगा। डॉक्टर बुलाया गया, जिसने आकर कहा इनकी तबियत एकदम ठीक है। केवल मनोवैज्ञानिक विस्फोट है। हारकर, झक मारकर, स्ट्रिंडबर्ग ने सीरी का मुँह हथेली में ले उसकी पलकें चूमीं और लीजिए, सीरी साहिबा की तबीयत ठीक हो गयी! और स्ट्रिंडबर्ग को एक मीठी झिड़की सुनने को मिली—गन्दे बच्चे! अब कभी ऐसी फैल मत मचाना कि किसी की जान पर बन जाये, फिर 'गन्दे बच्चे' को खूब प्यार किया गया। बदले में 'गन्दे बच्चे' ने उस 'प्यारे खूबसूरत' कुत्ते को गले लगाया।

कुत्ता खासा बूढ़ा हो चला था। लेकिन सीरी ने तो उसे अपना अस्त्र बना लिया था—गाहे-बगाहे स्ट्रिंडबर्ग को छेदने के लिए। सो वह पूरी शानशौकत से घर में बरकरार रहा। लेकिन जब झगड़े दिलों में आग लगा चुके हों तो केवल कुत्ता ही प्रसंग थोड़े ही बनता—रोज़ नयी बातों पर झगड़े होने लगे।

दोनों की अपनी-अपनी, अलग-अलग कमाई थी, अलग-अलग खर्चे थे। दोनों में अक्सर इस बात पर लड़ाई होने लगी कि घर के कॉमन खर्चों पर मेरा पर्स खाली होता है। इन छोटी, बेमतलब की लड़ाइयों से निजात पाने का स्ट्रिंडबर्ग के पास केवल एक रास्ता था—पढ़ना और लिखना। सो वह घर से ज्यादा-से-ज्यादा कटने लगा और खुद को लिखने-पढ़ने में डुबोने लगा। और सीरी! उसकी महिला मित्रों की संख्या बढ़ती चली गयी। पुरुष मित्रों की तो गिनती ही नहीं रही। उसे ज़िन्दगी में मौज-मस्ती और हंगामा चाहिए था—ढेर-सा रुपया हो, ढेर-से प्रशंसक हों!

दूसरी ओर स्ट्रिंडबर्ग वास्तव में एक गहन-गम्भीर अध्येता चिन्तक और रचनाकार था। वह महज़ एक लेखक ही नहीं था, विज्ञान में उसका अद्‌भुत दखल था। खगोल विद्या का तो वह अच्छा-खासा जानकार था। उसने आठ भाषाओं का गहन अध्ययन किया था—चीनी भाषा तक पर उसे अधिकार था। संगीत में उसकी रुचि और पैठ दोनों ही थी। चित्रकला का वह माहिर था (1861 में पेरिस में चित्रकला प्रदर्शनी में उसके चित्र विशेष चर्चित हुए थे)। उसका बात करने का ढंग तो बड़ा ही निराला था। कोई विशेष वाद-विवाद या साहित्यिक बहस होने लगे तो वह जो धुआँधार बोलता था कि सुनने वाला हतप्रभ हो जाता था। कभी-कभी बोलते-बोलते एकदम से दस-पन्द्रह मिनट के लिए चुप हो जाता

और अन्दर-ही-अन्दर गहरे सोचता रहता और ऐसी बात बोलता कि सुनने वाले दंग रह जाते। बड़ी गहन, तीक्ष्ण मेधा शक्ति थी उसके पास! और कभी-कभी तो अतिमानवीय शक्तियाँ भी दिखाई देतीं—मसलन उसे अपने कमरे में बैठे-बैठे ही पता चल जाता था कि उसका अमुक प्रिय व्यक्ति अमुक व्यक्ति से मिलने जा रहा है या उसका अमुक प्रिय व्यक्ति उससे मिलने के लिए घर से चल पड़ा है। कभी-कभी तो अपनी किसी प्रिय से मुलाकात का समय, जगह और जिन कपड़ों को पहनकर वह मुलाकात होगी, सभी कुछ वह फोटो की तरह तीन-चार दिन पहले ही देख चुका होता था। और कमाल की अचरज भरी बात है कि कभी-कभी तो वह अपनी किसी परिचिता की प्रसव पीड़ा तक निज में भोगता हुआ महसूस करता था, अनेक बार अपने परिचित-अपरिचितों के ऑपरेशनों के दौरान उनका दर्द उसने खुद जिया था। वह पढ़ने बैठ जाता तो दिन रात में बदल जाता। उठने का नाम ही नहीं लेता। लिखने का मूड होता तो वह जैसे इस दुनिया में होता ही नहीं था। ऐसे कठिन रचनाकार को सीरी जैसी पत्नी का साथ सचमुच भारी पड़ता होगा और सीरी जैसी उच्छृंखल और मौजी लड़की को स्ट्रिंडबर्ग जैसा असाधारण मानव पति रूप में बिल्कुल ही व्यर्थ लगता होगा। पर फिर भी कुछ था जो दोनों को अब तक बाँधे हुए था। सीरी उसकी दो लड़कियों की माँ भी बन गयी थी। शायद इसलिए भी स्ट्रिंडबर्ग सीरी से बहुत बँध गया था। उसने जब देखा कि सीरी बच्चों की ओर उतना ध्यान नहीं देती जितना अपनी महिला मित्रों, पुरुष मित्रों या स्टेज के प्रशंसकों की परवाह करती है, तो उसने बात-बात में झगड़ा करने की अपेक्षा यह अधिक ठीक समझा कि इस माहौल से ही भाग चला जाये। वह बनजारों की तरह आज कहीं, कल कहीं, रहने लगा। कभी फ्रांस व कभी स्विट्ज़रलैंड, कभी इटली, तो कभी जर्मनी। शायद यही कारण होगा कि उसकी, तीसरी सन्तान उसके बेटे ने पहला शब्द जो बोलना सीखा, वह था—ट्रेन!

एक बार फ्रांस में सीरी की दोस्ती सोफ़ी हाल्टेन और मेरी डेविड नाम की दो डैनिश लड़कियों से हुई। नयी सहेलियाँ बनाते रहने की सीरी की आदत थी ही। लेकिन इस बार स्ट्रिंडबर्ग ने एक दिन बहुत अजीब चीज़ देखी। उसने पाया कि उसकी पत्नी के और मेरी डेविड के तो नाजायज़ सम्बन्ध हैं। बस, उसके दिमाग़ में शक और संशय के कीड़े दौड़ने लगे। उसे लगने लगा कि वह सीरी को जानता-समझता ही नहीं। उसे कतई समझ में नहीं आया कि उसकी पत्नी एक सामान्य नारी है या परम पतिता, कुल्टा स्त्री है। इधर सीरी जो बेहिसाब खर्च भी करती थी, वह भी उसे नागवार गुज़रने लगा। पर जो सबसे भयंकर विस्फोटक कीड़ा उसके दिमाग़ में रेंग गया, वह यह था कि वह अपनी पत्नी

के बारे में सचमुच अनजान है। पता नहीं यह बच्चे भी उसी के हैं या नहीं! और बस, इस विचार के आते ही जैसे कुछ बहुत अमूल्य चीज़ थी जो उससे छिन गयी। कुछ था—जो उसने अपना विश्वप्रसिद्ध नाटक 'द फादर' लिखा। लारा के रूप में स्वयं को देखकर सीरी ने बहुत पराजित और अपमानित महसूस किया और सोचा, ऐसे आदमी के साथ जीना अब बहुत कठिन है और उसने तलाक लेना चाहा। पर चूँकि स्वदेश से दोनों ही बाहर थे, इसलिए उसी समय तलाक नहीं मिल सका और उनके वैवाहिक जीवन की गाड़ी दो बरस और चल गयी। इस बीच उसने 'ए मैडन डिफेंस' नामक किताब लिखी, जिसमें उसके वैवाहिक जीवन की कहानी लिखी है। यद्यपि कुछ आलोचकों का कहना है कि कहानी बड़ी एकतरफा और अतिरंजनापूर्ण है। उसने पहले तो उसे छपाया भी नहीं था, लेकिन जब यह चर्चा बहुत चलने लगी कि 'बेचारी सीरी एक राक्षस के साथ ब्याह करके बरबाद हो गयी' तो उसने एक तरीके से खुद अपना पक्ष सामने रखने के लिहाज़ से इस पुस्तक को भी छपा दिया था। अन्त में 1891 में दोनों को तलाक मिल गया। फिर बहुत दिनों तक बच्चों के संरक्षण को लेकर मुकदमेबाज़ी होती रही। अन्त में जीत सीरी की ही हुई—बच्चे उसी को मिल गये। यह हार स्ट्रिंडबर्ग को बहुत तोड़ गयी। क्या सचमुच उसे वह सब कुछ छोड़ देना पड़ेगा जिसे उसने तहे-दिल से चाहा है? क्या वह प्यार को हमेशा खोने और दुख भोगने के लिए ही जनमा था? यह सोच-सोचकर वह बहुत-बहुत उदास रहने लगा। हर उदासी में उसका साथ केवल कलम देती थी। इस बार भी उसने 'द कीज ऑफ़ हैवेन' लिखकर ही सुकून पाया। कौन जानता है कि यही पीड़ा, यही आत्मा को मसोस डालने वाला कष्ट उसको इतना महान नाटककार बना गया!

गोरा राजा और बर्नार्ड शॉ का निराश प्रेम

क्या आपने कभी सारावाक के राजा का नाम सुना है? क्या आपको मालूम है कि छोटा-सा राज्य सारावाक ऐसा राज्य है, जो लगभग स्वाधीन रहा है? उसका शासक एक अँग्रेज़ वंश रहा है, लेकिन वे अँग्रेज़ शासक अपने को हिन्दी में राजा कहते रहे हैं। न सिर्फ़ उनकी प्रजा, बल्कि ब्रिटेन की महारानी भी उनके नाम के साथ हिन्दी का राजा शब्द ही इस्तेमाल करती रही हैं।

आप हिन्दुस्तान के नक्शे का चप्पा-चप्पा छान डालिए, आपको इस राज्य का कहीं पता न चलेगा। बात यह है कि हिन्दी उपाधि देते हुए भी असल में यह राज्य हिन्दुस्तान से हज़ारों मील दूर प्रशान्त सागर में है। आपको यह जानकर और भी ताज्जुब होगा कि इस हिन्दी उपाधि का कारण यह नहीं है कि सारावाक की प्रजा हिन्दुस्तानी है। असल में सारावाक की प्रजा बोर्नियो के भयानक नरवधिक डयाक आदिवासी जातियों की है, जो आज भी संसार के सबसे खूँखार लोगों में गिने जाते हैं। नरवधिक डयाक प्रजा, अँग्रेज़ नस्ल का गोरा शासक और उसकी उपाधि 'राजा'! इस विचित्र से छोटे-से राज्य सारावाक की भी बड़ी दिलचस्प कहानी है।

जब मलेशिया संघ बना तो अकस्मात् इस छोटे-से राज्य का नाम दुनिया के अखबारों में बार-बार छपा, क्योंकि यह राज्य मलेशिया में शामिल हुआ और इंडोनेशिया ने इस पर एतराज़ किया। मलेशिया की स्थापना से इस एक सौ बीस साल के विचित्र से राजवंश की समाप्ति हो गयी। यह शायद पहला और अन्तिम अँग्रेज़ राजवंश था, जो ब्रिटिश सम्राट या सम्राज्ञी की ही भाँति अपने साम्राज्य का सर्वस्वाधीन शासक था। दुनिया में हर जगह जहाँ अँग्रेज़ों ने कब्ज़ा किया, वह सारा क्षेत्र ब्रिटिश साम्राज्य का अंग बनता चला गया। सिर्फ़ यह एक छोटा-सा राज्य एक ऐसे अँग्रेज़ का पृथक् साम्राज्य बना रहा, जो अपने को हिन्दी में

राजा कहलाकर गर्व का अनुभव करता था।

इस राजवंश का संस्थापक जेम्स ब्रुक नाम का अँग्रेज़ था, जो एशिया के बारे में जानने के लिए बहुत उत्सुक था। उसने भारत और पूर्वी एशिया के बारे में बहुत-सी किताबें पढ़ रखी थीं। खास तौर से मलय प्रायद्वीप के लिए उसके मन में बहुत कुतूहल था। 19वीं शताब्दी में वह अपना छोटा-सा जहाज़ लेकर मलय प्रायद्वीप में आदिवासियों को सभ्य बनाने के लिए चल पड़ा। खुद उसके पास काफी दौलत थी, इसलिए वह लोगों को लूटना या बरबाद करना नहीं चाहता था। जब वह मलय प्रायद्वीप के पास पहुँचा तो आस-पास के द्वीपों में भटकता रहा। कहीं भी उसे ऐसा स्थान न मिला, जहाँ वह बस सके। इन दिनों ब्रूनेई राज्य के सुल्तान बड़ी कठिनाई में थे। उनकी प्रजाओं में मलय और डयाक लोगों में बहुत ज़ोर से गृहयुद्ध छिड़ा हुआ था। जेम्स ब्रुक ने सुल्तान को अपनी सेवाएँ अर्पित कीं और सुल्तान की ओर से उसने उस गृहयुद्ध को पूरी तरह शान्त कर दिया। सुल्तान उसकी इन सेवाओं से बहुत खुश हुआ। इनाम के तौर पर उसने जेम्स ब्रुक को सारावाक का इलाका बख्श दिया। मगर वहाँ के कानून के मुताबिक वह स्वाधीन शासक नहीं हो सकता था। अन्त में उसने सुल्तान को दो हज़ार ब्रिटिश पौंड का नज़राना देकर वह सारा इलाका खरीद लिया और तब अपने को भारतीय परम्परा के अनुसार सुल्तान नहीं, बल्कि राजा घोषित किया। कहते हैं कि उसका जब अभिषेक हुआ, तब बाली द्वीप से पुराने पुरोहित भी बुलाये गये, जिन्होंने बाली की हिन्दू प्रथाओं के अनुसार पूजा-पाठ भी किया। इसके अलावा स्थानीय मुस्लिम ढंग से उसके राज्य के लिए दुआएँ भी माँगी गयीं और आदिवासी प्रथा के अनुसार डयाक लोगों ने नृत्य भी किये। यह सब 1841 में घटित हुआ।

इंग्लैंड के अखबारों में इस विचित्र से गोरे राजा के अभिषेक की कहानियाँ छपीं और लोगों ने जानकर अचरज किया कि सारावाक के इस गोरे राजा ने यह प्रदेश जीतकर ब्रिटिश साम्राज्य को अर्पित नहीं किया, बल्कि इंग्लैंड की नागरिकता भी त्याग दी और राजा जेम्स ब्रुक अपने को सारावाक के निवासियों का शासक ही नहीं, बल्कि उसकी बिरादरी का एक व्यक्ति मानने लगा। इंग्लैंड में इस पर अजब-अजब प्रतिक्रियाएँ हुईं। कुछ लोगों ने इसका समर्थन किया। कुछ लोगों ने इसे शेखचिल्ली का सपना माना और कहा कि देखेंगे ये राजा जेम्स ब्रुक कब तक उस ज़हरीले तीरों, खूँखार नरभक्षियों, भयंकर घड़ियालों और बड़े-बड़े अजगरों वाले देश में रह पाएँगे। कुछ ने कहा कि वह ऐसी प्रजा का राजा है, जो उसके सिर पर मुकुट पहनाने के लिए पहले उसका सिर उतार लेगी। कुछ ने सवाल पूछा कि अब राजा जेम्स ब्रुक ने अँग्रेज़ नागरिकता छोड़ दी है तो क्या वे अँग्रेज़ वेशभूषा छोड़कर सारावाक के बर्बर निवासियों की तरह धनुष-बाण लेकर

बिना वस्त्रों के रहेंगे? कुछ ने पूछा कि उनका सिंहासन ज़मीन पर होगा या किसी पेड़ की डाल पर? अँग्रेज़ लोग यह समझ ही नहीं पा रहे थे कि कोई अँग्रेज़ ब्रिटेन की नागरिकता छोड़कर 'राजा' की उपाधि धारण कर कैसे गर्व का अनुभव कर सकता है? कुछ लोगों ने तो यहाँ तक कहा कि स्वतन्त्र राज्य स्थापित करना ब्रिटिश सत्ता के प्रति राजद्रोह है और राजा जेम्स ब्रुक को गिरफ़्तार कर लिया जाये।

लेकिन यह सब कुछ नहीं हुआ। राजा जेम्स ब्रुक ने अपने खास एलची लन्दन भेजे, जो महारानी विक्टोरिया से मिले। महारानी विक्टोरिया ने न सिर्फ़ ब्रुक की प्रशंसा की, बल्कि उन आदिवासियों के बीच में सुधार कार्य करने के लिए उसे 'सर' की उपाधि भी दी। अब वे अपने राज्य में राजा जेम्स ब्रुक और इंग्लैंड में सर जेम्स ब्रुक बन गये। उन्होंने महारानी विक्टोरिया का सम्मान करते हुए 'सर' की उपाधि स्वीकार कर ली, लेकिन बार-बार सन्देश भेजा कि उन्हें 'राजा' ही लिखा जाये, 'सर' नहीं। उन्हें 'राजा' शब्द ज्यादा पसन्द है। अन्त में, 1864 में महारानी विक्टोरिया ने उनके राज्य को एक स्वतन्त्र और समकक्ष राज्य मान लिया और उनकी 'राजा' उपाधि को भी मान्यता प्रदान कर दी। एक विशेष आदेश जारी कर उन्होंने कहा कि जहाँ तक हो, उन्हें 'किंग ऑफ सारावाक' न कहकर 'राजा ऑफ सारावाक' कहा जाये।

लोगों ने इस रहस्यमय गोरे राजा के बारे में अजीब-अजीब कहानियाँ गढ़ ली थीं, लेकिन यात्रियों का कहना है कि राजा ब्रुक बड़े ही समझदार, सच्चे अर्थों में प्रजा-प्रेमी थे और अँग्रेज़ों की परम्परागत दम्भमयता उनमें बिल्कुल नहीं थी। वे भारतीय इतिहास और दर्शन के भी ज्ञाता थे और सच्चे मन से अपने आदिवासी प्रजाजनों की सेवा किया करते थे। उन्होंने जीवन के अन्त तक विवाह नहीं किया। 1868 में जब उनकी मृत्यु हुई तो उनका भतीजा चार्ल्स ब्रुक राजा बना, जिसने पचास वर्ष तक राज्य किया।

चार्ल्स ब्रुक के समय में कुचिंग नगर राजधानी के रूप में विकसित हुआ। उसने अपने लड़के वाइनर ब्रुक को कैम्ब्रिज में पढ़ने के लिए भेजा।

यह तृतीय ब्रुक यानी वाइनर ब्रुक केवल इसीलिए प्रख्यात नहीं हुआ कि वह ऐसे रहस्यमय राज्य का युवराज होने जा रहा है, बल्कि वह कैम्ब्रिज और लन्दन के सभ्य समाज में बहुत आकर्षक व्यक्तित्व वाला युवक माना जाता था और उससे भी अधिक चर्चा उसकी इसलिए थी कि इंग्लैंड की सबसे खूबसूरत लड़की सिलविया ब्रैट उसके प्रेम में इस तरह पागल थी कि विसकाउंट की लड़की होने पर भी वह इंग्लैंड छोड़कर खूँखार बर्बरों के देश सारावाक में जाकर बसने के लिए तैयार थी। सिलविया ब्रैट के पीछे न केवल राजवंश के युवक दीवाने

थे, बल्कि सुन्दर होने के साथ-साथ वह इतनी प्रतिभाशालिनी भी थी कि इंग्लैंड में कई प्रख्यात लेखक उसके प्रणय के आकांक्षी थे। कहते हैं, प्रख्यात लेखक सर जेम्स बारी ने अपने उपन्यास 'पीटर पैन' की प्रेरणा उसी से ली थी।

लेकिन सिलविया ब्रैट ने जो निश्चय कर लिया, सो कर लिया। राजा चार्ल्स वाइनर ब्रुक से उसका विवाह धूम-धाम से हुआ और इंग्लैंड के एक-आध अखबार ने विनोद में सिलविया ब्रैट को रानी पैन की उपाधि दी। इस उपाधि में सारावाक की रानी के रूप में उसका भविष्य और पीटर पैन की नायिका के रूप में उसका अतीत दोनों ही सम्मिलित थे।

लेकिन आपको जानकर अचरज होगा कि सिलविया ब्रैट के प्रणय प्रार्थियों में विश्वविख्यात नाटककार बर्नार्ड शॉ भी थे। जब बर्नार्ड शॉ ने देखा कि उनके तमाम व्यंग्य, तीक्ष्ण मेधा, साहित्यिक ख्याति को सिलविया ब्रैट ने सारावाक के आकर्षण के सामने कुछ नहीं गिना तो बर्नार्ड शॉ बहुत चिढ़ गये। उन्होंने एक छोटी-सी व्यंग्य कविता लिखी—

''राइड ए कॉक हॉर्स टु सारावाक क्रॉस
टु सी ए यंग रानी कन्ज्यूम्ड विद रिमोर्स
शी विल हैव बैल्स ऑन हर फिंगर्स
एंड रिंग्स थ्रू हर नोज,
एंड वोंट बी परमिटेड टू वीयर ऐनी क्लोद्स''

उन्हें यह कल्पना करके बहुत प्रसन्नता हुई कि सिलविया ब्रैट अभी तो बड़े शौक से सारावाक जा रही है, मगर वहाँ जाकर उसे आटे-दाल का भाव पता चल जाएगा। उसकी उँगलियों में ऐसी अँगूठियाँ पहनाई जाएँगी, जिनमें घंटियाँ लटकती होंगी। नाक छेदकर उसमें खूब बड़ी नकेल जैसी नथ डाल दी जाएगी और आदिवासी प्रथा के अनुसार उन्हें कपड़े नहीं पहनने दिये जाएँगे।

लेकिन न सिर्फ़ बर्नार्ड शॉ वरन् सिलविया ब्रैट के सभी निराश प्रेमियों को जानकर दुख हुआ कि सिलविया ब्रैट उर्फ़ रानी पैन न सिर्फ़ जाकर सारावाक में सुख से रही, वरन् उसने अपने पति के राजकाज में पूरा हाथ बँटाया। कुचिंग में किले जैसा एक शानदार महल बनवाया गया, जिसमें आधुनिक ढंग के दफ़्तर खोले गये। अदालतें खुलीं, इंग्लैंड से और हिन्दुस्तान से कुछ अफ़सर बुलवाये गये। खुद राजा चार्ल्स वाइनर ब्रुक ने अपने प्रदेश का दौरा किया और आदिवासियों को समझाया कि एक-दूसरे की हत्या करना बुरी बात है। जब लोगों ने बताया कि उनके वन देवताओं को प्रसन्न करने के लिए नरमुंड चढ़ाना आवश्यक है तो राजा ब्रुक ने अपने अफ़सरों से कहा कि देश भर में जितने पुराने नरमुंड मिलें,

वे सब सरकारी खजाने में जमा किये जाएँ। पूजा के अवसर पर वे गिनकर आदिवासी प्रजा को दे दिये जाएँ और पूजा के बाद फिर जमा कर दिये जाएँ। यही नहीं, बल्कि उन्होंने सारावाक में मिलने वाले खनिज पदार्थों की खोज की; मिट्टी का तेल, हीरे, रबड़ और गटापार्चा का व्यापार शुरू किया।

सन् 1941 में स्वतन्त्र राज्य सारावाक का शताब्दी समारोह राजा ब्रुक और रानी पैन ने बड़ी धूमधाम से मनाया। उन्होंने एक विधान बनाया और जनता को कुछ अधिकार दिये। सन् 1946 में राजा चार्ल्स ब्रुक और रानी ने सोचा कि इस आधुनिक युग में यह छोटा-सा राज्य चलना असम्भव है। अभी लोग इतने शिक्षित भी नहीं कि खुद शासन कर सकें। अत: उन्होंने कुछ शर्तों के साथ इसे ब्रिटेन का एक प्रान्त घोषित करने की प्रार्थना की। सन् 1946 में सारावाक ब्रिटेन का एक अंग बन गया। बूढ़ा राजा चार्ल्स ब्रुक लन्दन लौट गया। जिस राज्य को उसके पूर्वजों ने दो हज़ार पौंड देकर ब्रुनेइ के सुल्तान से खरीदा था, उस राज्य में से लगभग तीस लाख पौंड का निजी ट्रस्ट बनाकर वह लन्दन वापस आया। इस शर्त के साथ कि उसकी मृत्यु के बाद इस ट्रस्ट का सारा रुपया सारावाक के निवासियों को ही लौटा दिया जाएगा।

विचित्र बात यह थी कि प्रजा ने राजा के जाने का बहुत दु:ख मनाया और नये आनेवाले ब्रिटिश गवर्नरों के प्रति भयंकर विद्रोह बुलन्द कर दिया। यहाँ तक कि दूसरे गवर्नर को कुचिंग के राजमहलों में उन्होंने न केवल बन्दी बनाया, बल्कि उसकी हत्या कर डाली। वे ब्रिटेन के शासन में रहने के लिए तैयार नहीं थे। 16 सितम्बर 1963 को जब मलेशिया का निर्माण हुआ, तब सारावाक भी उसका एक अंग बन गया।

लेकिन लन्दन में राजा चार्ल्स ब्रुक इसके पहले ही बीमार पड़ गया और मई में उसका निधन हो गया। कहते हैं कि जब उसकी मृत्यु की खबर सारावाक पहुँची तो डयाक आदिवासियों ने गाँव-गाँव में जश्न मनाया और रात भर नृत्य किये तथा बड़े-बड़े भोज दिये। लोगों को बहुत ताज्जुब हुआ और उन्होंने पूछा कि जब आप लोग उन्हें इतना प्यार करते थे, तब अब इतनी घृणा क्यों दिखा रहे हैं? आदिवासियों ने उत्तर दिया कि हम घृणा नहीं दिखा रहे। हमारा विश्वास है कि हमारे राजा का शरीर भले ही गोरा हो, पर उनकी आत्मा डयाक थी। हमारी परम्परा के अनुसार डयाक आत्मा मरकर फिर अपने गाँव लौट आती है। हम इसीलिए खुश हैं कि वे मरकर फिर अपने देश लौट आएँगे और हमारे दुश्मनों से तथा भूत-प्रेतों से हमारी रक्षा करते रहेंगे।

दाम्पत्य : एक कविता
ऐलिज़ाबेथ, रॉबर्ट ब्राउनिंग

वह अभी सात बरस का ही था कि उसकी ममतामयी माँ चल बसी। उसकी खिल-खिल करती हँसी कब कहाँ सिमट गयी किसी को पता ही नहीं चला। पता तब चला, जब पाँच बरस बाद पिता ने दूसरा विवाह कर लिया और नयी माँ नन्हें बच्चे को बर्दाश्त नहीं कर पायी। वह एक कलाकार बनना चाहता था। पेन्ट और ब्रश की दुनिया उसे बहुत अपनी-सी लगती थी, लेकिन उसे वह कुछ नहीं करने दिया गया। फिर उसने चाहा कि उसे विश्वविद्यालय की शिक्षा मिले पर सौतेली माँ को वह भी गवारा नहीं था। आखिर उसे परिवार की वैस्ट इंडिया स्थित जायदाद की देख-रेख के लिए भेज दिया गया, पर उसका भावुक मन वहाँ की गुलाम प्रथा देख नहीं सका और वहाँ से भाग आया। पिता और माँ ने मारे क्रोध के आसमान सिर पर उठा लिया। आखिर उसे बाईस की उम्र में बैंक ऑफ इंग्लैंड में क्लर्क की जगह मिल गयी और पैर पर खड़े होकर उसने चैन की साँस ली। फिर तीस बरस की उम्र में विलियम बी उमन की पुत्री सारा अन्ना से विवाह का निश्चय किया। समाचार सुनकर उसके पिता ने सारा अन्ना के चाचा के पास कहला भेजा कि अपनी भतीजी को कहाँ गड्ढे में ढकेल रहे हो। इस नालायक को तो फाँसी का फन्दा लगना चाहिए।

लेकिन नहीं, न तो उसे फाँसी का फन्दा लगना चाहिए था, न सारा अन्ना को उसकी वधू बनने से रोका जा सकता था क्योंकि इन दोनों के मिलन से तो उस विभूति का जन्म होना था जिसे आज तक अँग्रेज़ी साहित्य के प्रेमी भुला नहीं पाये हैं, न कभी भुला पाएँगे। हाँ, इन दोनों के बेटे का नाम ही रॉबर्ट ब्राउनिंग था। इन दोनों की छत्रछाया में रॉबर्ट ब्राउनिंग को कभी कोई दिक्कत पेश नहीं आयी। जैसा उसने चाहा वैसा पढ़ा-लिखा, खाया-पिया, पहना-ओढ़ा। उसकी प्रतिभा का उन्मुक्त विकास हो रहा था। अँग्रेज़ी साहित्य में उसने अपनी एक

पहचान भी बना ली थी।

उसके पिता के एक स्कूल के दिनों के दोस्त थे—मि. केनियन। उनके कोई सन्तान नहीं थी। सम्पत्ति खासी थी, सो जिसकी-तिसकी मदद करने में उन्हें बड़ा मजा आता था। तमाम साहित्यिक संस्थाओं से वह जुड़े हुए थे, साहित्य में उनकी खासी दिलचस्पी थी। ब्राउनिंग की कविताएँ उन्हें अच्छी लगती थीं। लेकिन अपनी एक रिश्ते की बहन एलिज़ाबेथ बी बैरेट की कविताएँ उन्हें उससे भी अच्छी लगती थीं। अक्सर वह एलिज़ाबेथ की बातें रॉबर्ट से किया करते थे। एक दिन बोले—रॉबर्ट चलो, कल शाम तुम्हें एलिज़ाबेथ से मिलवाने ले चलेंगे।

पर जब उन्होंने एलिज़ाबेथ से मुलाकात का समय निश्चित करना चाहा तो अपने में टूटी हुई एलिज़ाबेथ ने यह कहकर मना कर दिया कि मेरी तबीयत ठीक नहीं है। और सचमुच बात भी वैसी ही थी—वह बहुत बीमार थी।

जनवरी के दिन यों ही खासे सर्द होते हैं, पर उस बरस यानी 1845 में तो बहुत ही सर्दी पड़ रही थी। बाहर गलन और ठिठुरन भरा मौसम और भीतर दिल की वीरान और सर्द दुनिया लिये, वह विम्पोल स्ट्रीट लन्दन में अपने घर की पहली मंज़िल पर अपने कमरे में सोफ़े पर लेटे रहने, कभी पढ़ने, कभी लिखने और ज्यादातर पड़े-पड़े सोचते रहने के अलावा और कुछ था भी नहीं। छोटे-से कद की नाजुक-सी वह। बड़ी-बड़ी बरौनियों वाली, डोलती नीली-नीली आँखें। पीले ज़र्द चेहरे पर इठलाने को आकुल घूँघर वाले बाल। दुबकी हुई गौरैया जैसे नन्हे-नन्हे हाथ-पैर! खुद अपनी छाया बनी वह पड़ी थी। आज ही नहीं, वह तो बरसों से ऐसी ही थी। बचपन कब जवानी की दहलीज लाँघ आया, उसने जाना ही नहीं। क्योंकि अपने बीमार अस्तित्व को लिये वह इस कदर अकेली थी कि बाहरी दुनिया की आवाजें सुनने को कभी-कभी तरस जाती थी। अपने कपड़ों की सरसराहट के अलावा वह फ़्लस यानी अपनी कुत्ते की साँसों की घरघराहट मात्र सुन पाती थी। यों वह अपनी इस बेचारगी के प्रति दुखी या परेशान नहीं थी। यह तो बस एक स्थिति थी, जिसे उसने जस-का-तस स्वीकार कर लिया था—बस! ऐसे में उसके दरवाजे पर एक दिन दस्तक हुई। पता चला डाकिया उसके नाम एक खत दे गया है। हाँ खत उसी के नाम है—पता उसने पढ़ा—

एलिज़ाबेथ बी बैरेट
50 विम्पोल स्ट्रीट
लंदन

एलिज़ाबेथ कवयित्री थी, उसके पास अक्सर खत आते रहते थे, लेकिन हमेशा ही वह पढ़ती और अपने कमरे में जलती अँगीठी में डाल देती। पर क्या था इस खत में जो वह एक बार पढ़ने पर भी जैसे पढ़ नहीं पायी। फिर से पढ़ा और तहाकर तकिये के नीचे रख लिया।

हुआ यह था कि मिस्टर केनियन की बातें सुन-सुनकर रॉबर्ट के मन में एलिज़ाबेथ के लिए अव्यक्त-सा आकर्षण जाग गया था। वह इटली गया हुआ था कि इस बीच एलिज़ाबेथ की नयी किताब 'कविताएँ' छपी। मिस्टर केनियन ने वह किताब ब्राउनिंग की छोटी बहन सारियाना ब्राउनिंग को भेंट में दी। इटली से लौटकर ब्राउनिंग ने वह कविताएँ बड़े चाव से पढ़ीं और देखकर मुदित हो उठा कि एक कविता में उसकी खुद की कविता 'अनार' का ज़िक्र था। पढ़कर अजब कृतज्ञता भरे आह्लाद से उसका मन भर आया और उसने एलिज़ाबेथ को पत्र लिखा था। यह पहला खत था जो कि 10 जनवरी, 1845 को लिखा गया था और यह खत एलिज़ाबेथ के लिए एक खूबसूरत चाभी में बदल गया जिसने उसकी ज़िन्दगी के सूनेपन के ताले को खोल डाला—ताला खुलना था कि दरवाज़े में फाँक खुली और लो रोशनी झाँकने लगी, ज़िन्दगी मुस्कराने को मचलने लगी। नन्हीं गौरैया ने फिर से पंख फुलाये और वह खत पढ़ने लगी—

...इन कविताओं को मैं तहे-दिल से प्यार करने लगा हूँ—और तुमसे भी! हाँ, मैं तुम्हें प्यार करता हूँ। जानती हो, मैं तुम्हें एक बार नज़दीक से देख सकता था, सचमुच तुमसे मिल सकता था लेकिन वह पल नसीब न हुआ। मिस्टर केनियन ने यह मुलाकात कराने का वायदा किया था पर वह समाचार लाये कि तुम बहुत बीमार हो। मैं घर लौट आया था—तुम्हें देखने का मौका हाथ से चला गया था—फिर खैर, अब तुम्हारी यह कविताएँ देखीं। कैसी अभूतपूर्व अनोखा आनन्द देती हैं यह कविताएँ, शुक्रगुज़ार होता है मन यह सोचकर कि मैं तुम्हें प्यार करने लगा हूँ। और खुद को स्वयं ही अच्छा लगने लगा हूँ।

हमेशा तुम्हारा
रॉबर्ट ब्राउनिंग

इस 'हमेशा तुम्हारा' कहनेवाले को एलिज़ाबेथ ने कभी देखा नहीं था। हाँ उसकी कविताएँ जरूर पढ़ी थीं। लेकिन यह खत क्यों ऐसा लग रहा था जैसे सचमुच किसी अपने ने लिखा है, ऐसे अपने ने जिसे वह बरसों से जानती है—पहचानती है।

नन्हीं गौरैया ने फिर पंख फुलाये। एलिज़ाबेथ ने खत का जवाब दिया—पहले ही खत में उसने कविता और जीवन मूल्यों के बारे में काफ़ी बातें लिखीं। और अन्त में लिखा—हाँ यह सच है, यह सर्दियाँ तो मुझे हमेशा ही अपने कमरे की चारदीवारों के बीच कैद कर देती हैं। वसन्त आने दीजिए तो शायद मिलने का मौका मिले।

कृतज्ञ और विश्वासपात्र
आपकी
एलिज़ाबेथ बैरेट

बस फिर तो खतों का अद्भुत सिलसिला चल निकला। वह खत आज तक साहित्य प्रेमी बड़े चाव से पढ़ते हैं, कैसा समर्पण! कैसी प्रेम भावना!

विक्टोरियन जमाना था वह! अपने में सिकुड़ा, संकीर्ण तथा परम्परावादी मान्यताओं से पूर्ण लेकिन वे खत आज भी पढ़कर देखिए—लगता है हममें, आपमें से किसी ने आजकल ही लिखे होंगे। सच है प्यार और मोहब्बत किसी ज़माने विशेष की बपौती नहीं होते हैं। धड़कनें वही होती हैं, जज़्बात वही होते हैं चाहे उन्हें पुरातनपन्थी कह लीजिए चाहे आधुनिक।

यह खत कुल 573 हैं। इन्हें पढ़ना अपने-आप में समूचे साहित्य के जुज़ को पढ़ने जैसा है। एक सम्पूर्ण समर्पण से साक्षात्कार करने जैसा है।

रॉबर्ट ब्राउनिंग उतना ही आज़ाद और उन्मुक्त था जितनी एलिज़ाबेथ निरीह और बेबस! ममतालु माता-पिता, इकलौती लाड़ली बहन और खूबसूरत घर! उसे कुछ करना नहीं था, अपने सम्पूर्ण आवेश और आवेग के साथ वह अपनी भाव रचना में लीन रहता था। उसके पिता फ्रेंच, इटालियन, ग्रीक और स्पेनी साहित्य के मर्मज्ञ पाठक थे। खुद पढ़ते और बेटे को पढ़ने की प्रेरणा देते। घर में लाड़ और सँवार मिलता ही था, बाहर दोस्त ऐहबाबों की दुनिया में भी—खूबसूरत, भरा-बदन, चेहरे पर लम्बी कलमें रखे छैल चिकनियाँ बने रॉबर्ट ब्राउनिंग अपने बसन्ती दस्ताने पहने फक्कड़ मस्ती भी खूब करते थे। एक बड़े अफसर के सेक्रेट्री के रूप में वह रूस घूम आये थे, दो बार इटली हो आये थे। और अब एलिज़ाबेथ को दिल दे बैठे थे।

महोदय किताब के पन्ने पलटते जाते और अजब ताजगी भरा संगीत, बहती हुई भाषा, एक खास किस्म की वेदना और बिल्कुल अछूते साहसिक विचार उन्हें अपने को छूते, लपेटते से लगते चलते। रॉबर्ट को अपने ऊपर बड़ा गुमान था कि कोई लड़की उन्हें अपने रूपजाल से पराजित नहीं कर सकती, वह किसी को प्यार नहीं दे सकते—वही रॉबर्ट अपने वश में नहीं रहे थे। एक वायवीय महीन प्यार उन्हें मजबूर करने लगा कि वह एलिज़ाबेथ को लिखें कि—इन कविताओं को मैं तहे-दिल से प्यार करने लगा हूँ—और तुम्हें भी! हाँ मैं तुम्हें प्यार करता हूँ। वह जान गये थे कि यही, केवल यही औरत है इस धरती पर जिसे वह प्यार कर सकते हैं। शायद जनम-जनम से प्यार करते आये हैं। इसी की तलाश थी उन्हें इसी की, और केवल इसी की!

पर उधर एलिज़ाबेथ तो जीवन की ख्वाहिशों से परे थी। जब वह नन्हीं बच्ची थी तब बड़ी चंचल, बड़ी बातूनी और मस्त थी। 32 फोर्डशायर में उसका परिवार एक बड़े से महलनुमा मकान में रहता था। घर का नाम ही बेहद प्यारा था— 'होप एंड'। सब कुछ बड़ा सुहावना था लेकिन बस कि एक उसके पिता

थे जो बहुत ही अलग किस्म के थे। उसके पिता एडवर्ड मोल्टन बॅरेट एक बड़ी जायदाद के वारिस थे। हैरौ और कैम्ब्रिज के पढ़े थे। वह सारे परिवार के तानाशाह मालिक थे। उनके बच्चों की माँ बनने के बाद एलिज़ाबेथ की माँ में इतनी ताकत ही कहाँ थी कि उनका कहीं विरोध कर पाती और बच्चे तो खैर उनके नाम से ही काँपते थे। पिता का हुक्म ही सबकी नियति था।

फिर भी, एलिज़ाबेथ का बचपन बड़ा प्यारा गुजरा था, अपने सबसे बड़े भाई की वह बेहद लाड़ली थी। उसने ग्रीक और फ्रेंच पढ़ी थी और दर्दभरी कविताएँ लिखने लगी थी। और वह समय भी आ गया जब उसकी ज़िन्दगी खुद दर्द की प्रतिछाया बन गयी। जब वह पन्द्रह वर्ष की थी उसका एक प्यारा भाई पानी में डूबकर मर गया और अचानक एक दिन ऐसी दुर्घटना घटी कि उसकी रीढ़ की हड्डी ही खराब हो गयी—इतना ही नहीं, ऐसी सख्त सर्दी हुई कि फेफड़े भी दग़ा दे गये। वह इस कदर बीमार पड़ गयी कि बिस्तर ही उसकी दुनिया बन गया और कमरे की छत उसका आकाश। कुछ समय बाद उसकी माँ भी मर गयी। चार बरस ज्यों-त्यों गुजरे कि पिता को फ़ितूर सवार हुआ कि यह महलनुमा घर बेच देंगे। वह घर बिका—पिता की धुन और ज़िदों के शिकार बच्चे उनकी भटकन के अनुसार यहाँ-वहाँ भटकते फिरे। आख़िर बॅरेट साहब को विम्पोल स्ट्रीट का यह मकान अच्छा लगा और बच्चों को एक बार फिर कायदे का घर जैसा घर मिला। लेकिन एलिज़ाबेथ को कोई फ़र्क नहीं पड़ता था। उसका तो एकान्त ही साथी बन चुका था। एक कमरा, एक बिस्तर, एक छत! परिवार के लोग भी उसके बीमार अस्तित्व के आदी हो चुके थे, लेकिन सच पूछो तो पिता के बिजली जैसे कड़कते शब्दों और तानाशाही स्वभाव के तहत सभी बच्चे आतंकित और दुखी से थे। पिता की एक अजब सनक थी कि वह अपने किसी बच्चे की शादी नहीं करना चाहते थे। एलिज़ाबेथ की प्यारी बहन हॅनरिता का ब्याह टूक-टूक हो गया था। पर फिर भी वह पिता को बराबर आदर और सम्मान देती रहती थी।

"मेरा मन पूरी तरह मेरे शक्तिशाली पिता के वश में था।" पता नहीं इस पितृ-भक्ति के ईंट-गारे से वह अपने चारों ओर एक जेल की-सी दीवार चुन लेना चाहती थी या पिता को भक्ति देना भी उसकी एक बेबसी थी।

पर अब इन दीवारों में छेद होने लगे थे। प्रायः प्रतिदिन ही एक अजनबी—रॉबर्ट ब्राउनिंग—के खत आते थे और उसे उस वसन्त का इन्तज़ार होने लगा था जब अजनबी उसे मिल सकेगा। मौसम तो अपनी चाल चलता ही है। सर्दियाँ खत्म हुईं और वसन्त आ गया। एलिज़ाबेथ ने लिखा—और अब कुछ ही दिनों में मेरा अपना वसन्त भी आएगा।

आखिरकार 1845 की 20 मई को मंगलवार के दिन रॉबर्ट ब्राउनिंग ने सीढ़ियों पर कदम रखे जो उसे एलिज़ाबेथ के बीमार कमरे तक ले गये। रॉबर्ट पत्रों के आदान-प्रदान के दौरान ही महसूस कर चुका था कि अदृश्य में दो आत्माओं का मिलन हो चुका है, और उस दोपहर उसने साक्षात् में अपनी भावी पत्नी को पहली बार देखा! सोफ़े में सिमटी छोटी कद-काठी वाली घूँघरवाले बालों से घिरा पीला चेहरा, बड़ी-बड़ी डबर-डबर लेकिन बहुत करुण आँखें! रॉबर्ट बैठा। बातें कीं और एक बार फिर उसने महसूस किया कि वह प्यार दे ही नहीं रहा अव्यक्त रूप से पा भी रहा है—यद्यपि एक शब्द, एक मुद्रा, एक भंगिमा भी ऐसी नहीं थी जो उसकी अनुभूति का प्रमाण बन सके, पर बस उसने यही महसूसा था। लौटने पर पूरे समय वह चिन्तित रहा था कि जितनी देर मैं वहाँ रहा कहीं मैं इतनी ज़ोर से तो नहीं बोला कि उसे तकलीफ़ हुई हो, कहीं मैं इतना अधिक तो नहीं ठहर गया कि वह थक गयी हो। मंगल को वह मिले थे और पूरे बुध भर वह केवल उसी के बारे में सोचता रहा। बृहस्पतिवार को उसने एक खत रॉबर्ट को वापस कर दिया और कहा वे केवल बौद्धिक स्तर पर मित्र रह सकते हैं, इससे ज्यादा कुछ नहीं। रॉबर्ट ने अपना वह खत फाड़ डाला (पत्र शृंखला के क्रमवार सिलसिले में केवल यही एक पत्र नहीं मिलता है) यों अपनी इस पहली मुलाकात के लिए एलिज़ाबेथ ने बाद में बड़ी सादगी से लिखा था—उस दिन आये और गोया फिर कभी वापस ही नहीं गये। जहाँ तक रॉबर्ट का सवाल था वह तो अब सर से लेकर पाँव तक आरज़ू बन गया था। अब वह सिर्फ़ एक अहसास को प्यार नहीं करता था। अब उससे मिलने के बाद तो वह अपने प्यार को परवान चढ़ा आया था।

उसका खत वापस करते हुए जो खत एलिज़ाबेथ ने उसे लिखा था उसके अन्त में नीचे लिखा था—सादर तुम्हारी शुक्रगुज़ार दोस्त! तो जहाँ यह शुक्रगुजार होने का माद्दा हो और दोस्ती का दम हो वहाँ प्यार की पेंग रुक जाती है भला! लेकिन ठीक है अगर एलिज़ाबेथ केवल बौद्धिक किस्म की दोस्ती चाहती है तो वही सही। जिसमें वह खुश रहे, रॉबर्ट को वही अच्छा लगता था। दोनों की मुलाकातों का सिलसिला चल निकला। टॅनिसन की कविताएँ पढ़ी जातीं, ज्यार्ज सैंड के उपन्यासों पर चर्चा होती। उसकी ग्रीक कविताओं के अनुवाद पढ़े जाते। कभी-कभी रॉबर्ट अपनी खुद की कविताएँ एलिज़ाबेथ को दे जाता कि कहीं सुधार अपेक्षित हो तो कर दे। पर हमेशा ही एलिज़ाबेथ कहती—रॉबर्ट मेरे पास तुम्हें देने को कुछ नहीं है, सिवाय वेदना के। लेकिन रॉबर्ट को तो बाकी के सारे अँधेरे लगते, केवल वह दिन उसे उजाला दे जाता जिस दिन उसकी मुलाकात एलिज़ाबेथ से होती थी। उन्हीं दिनों एलिज़ाबेथ की एक कविता

किसी पत्रिका में छपी थी जिसमें खत में फूल रखने का ज़िक्र था। और लो रॉबर्ट महाशय ने कविता की प्रशंसा का नया तरीका ईजाद कर लिया—एक बहुत ही खूबसूरत पीला गुलाब तोड़कर लाये और अपने खत में रखकर भेज दिया। 14 जून को पहला फूल भेजा था और फिर तो वसन्त के फूलों का यह सिलसिला हर खत की अलग ही भाषा बनता गया। एलिज़ाबेथ के मद्धिम रोशनी वाले अकेले कमरे में वसन्त की बहार और रंगों का मेला जमने लगा। एलिज़ाबेथ ने पाया कि रॉबर्ट के खतों का और खुद रॉबर्ट का इन्तज़ार उसे जिस्मानी ताकत भी देने लगा। वह जो चौबीसों घंटे बिस्तर से लगी रहती थी अब उसके कदम जमीन पर स्पर्श करने को रह-रह कर मचलने लगे हैं। कैसा जादू था प्यार का, वह बिस्तर से उतरकर थोड़ा-थोड़ा कमरे में टहलने भी लगी। और उसने पाया कि अबकी बार गर्मियाँ आते-आते तो वह फिर से जी उठी है। पर वह अपने को हमेशा पंख-कटी थकी चिड़िया जैसी ही महसूस करती और यह सोच-सोचकर घबराती कि उसका यह प्यार कहीं रॉबर्ट की ज़िन्दगी बरबाद न कर दे। कहाँ वह देवदूत-सा सुन्दर और स्वस्थ पुरुष, कहाँ मैं बिस्तर से लगी बीमार, कमज़ोर, बेबस औरत! और बड़ी भी तो हूँ उससे—वह महज़ तैंतीस के और मैं उनतालीस पार करने वाली हूँ। नहीं-नहीं, मैं अपने प्यार के लिए उसकी ज़िन्दगी बरबाद करने का कोई हक नहीं रखती! पर उधर रॉबर्ट चुपचाप धैर्यपूर्वक उस दिन का इन्तजार कर रहा था जब एलिज़ाबेथ अपने सारे संकोच पतझर के पत्तों सरीखे झाड़ देगी और जीवन में वसन्त उतर आएगा। पगली है—सोचती है मेरा और मेरे भविष्य का भला इसी में है कि मैं यों ही उन्मुक्त-आजाद रहूँ—उसके बन्धन में न बँधूँ। कहती है मैं तो सिर्फ़ एक रेगिस्तान हूँ, अपनी ज़िन्दगी का शीतल जल इसमें मत ढरकाओ, मेरा रोयाँ भी गीला नहीं होगा।—जाने दो, जिस दिन यह जान जाएगी कि प्रतिदिन उसके पास महज़ एक घंटे बैठकर वह सब कुछ पा लेगा जो उसे ताकत देता रहेगा, अपने लेखन के संसार को बरकरार रखने की—अपने सत्य को प्राप्त कर लेने की! जिस दिन वह यह समझ जाएगी खुद ही अपने बारे में ये फिज़ूल की बातें नहीं सोचेगी।

गर्मियाँ बीतने लगी थीं—सर्दियों में वह हमेशा ही ज्यादा बीमार पड़ जाती थी। डॉक्टर का भी कहना था कि यदि वह इंग्लैंड से बाहर कहीं चली जाएगी तो ठीक रहेगी। निश्चय हुआ कि वह इटली जाएगी लेकिन पिता की एक ही डाँट के आगे सब खत्म—कहीं जाने की ज़रूरत नहीं है। पहली बार पितृ-भक्त एलिज़ाबेथ का मन उलट कर सोचने लगा—मेरे आदर और भक्ति के बदले मुझे कभी उन्होंने ममता नहीं दी। मालिक और मिल्कियत जैसा व्यवहार रहा। पिता

मालिक और बेटी उनकी अन्य सम्पत्तियों में से एक सम्पत्ति! पिता के प्रति मन कसैला हो उठा पहली बार—पर मन को मालिक बनाने की आदत पड़ चुकी थी न—अब उसके मन का मालिक रॉबर्ट था! रॉबर्ट ब्राउनिंग!

अब उनके ख़तों में प्यार अपनी तरुणाई पर आ गया था। ब्राउनिंग उसे 'बा' कहकर पुकारने लगे थे और वह खतों के अन्त में लिखती—हमेशा-हमेशा के लिए तुम्हारी अपनी 'बा'। अब वह रोम-रोम से ब्राउनिंग के प्रति समर्पित हो चुकी थी। पर यह भी सच है कि उसका तार-तार यही सोचकर घबराता रहता कि मुझ बीमार औरत को लेकर ब्राउनिंग को क्या मिलेगा भला! और यही सोचकर अब अपने साथ लड़ना शुरू कर दिया—कैसे भी हो उसे ब्राउनिंग के लिए जीना है—स्वस्थ बनकर जीना है। और लो, कैसी जादुई शक्ति थी प्यार में कि वह धीरे-धीरे कमरे से बाहर जाती, घंटों खुली हवा में टहलती। हर दिन वह ज्यादा स्वस्थ होने लगी। लेकिन जैसे-जैसे स्वस्थ होती जाती उसे डर लगने लगता—कहीं रॉबर्ट के साथ उसके प्यार की भनक पिता को न लग जाये, नहीं तो उसके सारे खत छीन कर जला दिये जाएँगे, और रॉबर्ट को सख्त हिदायत दी जाएगी कि खबरदार, इस घर में कदम रखा तो पैर तोड़ दिये जाएँगे।

पर जो होगा देखा जाएगा। अभी तो उसमें वो जिजीविषा जाग उठी थी कि देखते-देखते सचमुच वह इस लायक हो गयी कि अब काफ़ी देर तक रीजेन्ट पार्क में घूमती रहती, तितलियों को उड़ते देखती, चिड़ियों का गाना सुनती, कलियों को मुस्कराते, फूलों को झूमते देखती। कैसा सुहावना, कैसा खुशनुमा लगने लगा था जीवन! उधर रॉबर्ट तो पल-पल उसी में जीता था—मैंने कभी तुम्हारे द्वारा या तुम्हारे माध्यम से सुख बटोरना नहीं चाहा, मेरे लिए तो वही सुखद है जो तुम्हारे लिए सुखकर है। कोई चीज़ आँखों के बिल्कुल करीब रखकर देखो—दिखेगी ही नहीं। बस, मैं तुम्हारे उतने ही करीब होना चाहता हूँ कि दिखाई भी न दूँ...कभी-कभी बेचैन होकर यह भी सोचने लगता हूँ कि तुम मुझे देखो। लेकिन नहीं, देखे जाने से प्यार करते जाना बेहतर है। मुझे तुम्हारे प्यार से मोहब्बत है, मेरा प्यार निर्दोष है—अगर उसमें कोई भी दोष है तो यही कि मैं तुम्हें बेहद प्यार करता हूँ...। और ऐसी ही तमाम भावुक और हवा और रोशनी से भी हल्की-फुल्की प्यार की बातें दोनों एक-दूसरे को खतों में लिखते।

लेकिन दिन तो पंख लगे घोड़े जैसे उड़ते जा रहे थे। सर्दियाँ आ जाएँगी तो?...रॉबर्ट बराबर लिख रहे थे कि अगर सर्दियाँ यहीं गुज़ारनी पड़ीं तो फिर तबियत खराब होगी, और फिर शादी एक बरस के लिए रुक जाएगी। उन्होंने लिखा—मैं यह सर्दियाँ झेलने की तुम्हारी नौबत ही नहीं आने दूँगा। उसके पहले ही शादी करके तुम्हें इटली ले जाऊँगा। मैं आज ही लायसेन्स लेने जा रहा हूँ—

शनिवार तक हम शादी कर लेंगे। अब मुझसे और इन्तज़ार नहीं होगा।

इन्तज़ार तो अब एलिज़ाबेथ से भी नहीं होना था—अपनी विश्वासपात्र नौकरानी विल्सन के साथ में 12 सितम्बर, 1846 की सुबह घर से वह यह कहकर निकली कि एक सहेली से मिलने जा रही है—अपनी मंजिल तक पहुँचने के आधे रास्ते में ही बेहोश हो गयी। पास ही एक दवाओं की दुकान थी, विल्सन ने दवा लाकर दी। बेहोशी टूटी तो पूरी आत्मिक ताकत बटोरकर वह चर्च पहुँच ही गयी—जहाँ रॉबर्ट अपने एक चचेरे भाई के साथ बेकली से उसका इन्तजार कर रहे थे। शादी की रस्म पूरी हुई। सुखी होती होंगी वह लड़कियाँ—ऐसे मौके पर जिनके माता-पिता भाई-बन्धु साथ खड़े होते होंगे—लेकिन एलिज़ाबेथ को उस सब की कोई जरूरत नहीं थी क्योंकि उन सब चीज़ों के मुकाबले उसे जो प्यार मिला था वह कहीं बड़ा था, कहीं गहरा था।

और नव-वधू एलिज़ाबेथ बैरेट ब्राउनिंग! अपनी नौकरानी के साथ उसी तरह चुपचाप वापस आ गयी। ब्याह की अँगूठी उँगली से उतारकर उसने छुपा ली थी और उस पल का इन्तज़ार करने लगी जब उसमें इतनी ताकत आ जाये कि वह अपने साजन के घर तक जाने की हिम्मत बटोर सके। और यह हिम्मत एक हफ़्ते में ही आ गयी थी। शादी के ठीक एक हफ़्ते बाद अपनी प्रिय नौकरानी विल्सन और अपने झबरे कुत्ते फ़्लश के साथ एलिज़ाबेथ बिना किसी को बताये अपने पिता के घर की दहलीज लाँघ आयी। थोड़ी ही दूर पर एक किताबों की दुकान के पास उसे इन्तज़ार करते रॉबर्ट से मिलना था। दोनों की सम्मिलित सहयात्रा सम्मिलित कदमों से शुरू हो गयी। खुशियाँ और चरम प्यार भरा उनका निजी संसार बस गया।

और इस यात्रा को हमेशा-हमेशा राहें ही मिलती रहीं। पड़ाव आते थे लेकिन हमेशा और आगे की मंजिल तय करने के लिए। पेरिस, पीसा, फ्लोरेंस, रोम आदि तमाम जगहों को उन्होंने साथ-साथ घूमकर देखा, रात-दिन सैर, प्यार और कविता पूर्णतः एक-दूसरे के सहचर! प्राण! एक दूसरे के उल्लास बने वह साथ-साथ जीने लगे। धीरे-धीरे एलिज़ाबेथ बिल्कुल स्वस्थ हो गयी। शादी के बाद जब उसने पहली भेंट अपने प्यारे पति को दी, वह क्षण बड़े ही मृदुल थे। 1847 का सन् अभी लगा ही था। फ़रवरी का महीना होगा या शायद मार्च का। हमेशा की तरह दोनों ने सुबह का नाश्ता साथ किया। मिसेज ब्राउनिंग ऊपर अपने कमरे में चली गयी और रॉबर्ट खिड़की पर खड़ा गली की चहल-पहल देखने लगा। वह इन्तजार कर रहा था कि मेज़ पर से प्लेटें हटें और वह बैठकर कुछ लिखे। थोड़ी देर में नौकर मेज़ साफ़ कर चला गया था, पर रॉबर्ट ने महसूस किया उसकी पीठ के पीछे कोई है। अपनी पीठ पर उसने जानी-पहचानी गुनगुनी साँसों की

आहट सुनी—पीठ पर गुदगुदा नर्म स्पर्श महसूस किया। एलिज़ाबेथ उसकी पीठ से चिपक गयी थी ताकि वह उसे मुड़कर देख न सके और उसने उसके कोट की जेब में कुछ काग़ज़ों का एक पैकेट डाल दिया और फुसफुसाकर बोली—पढ़कर देखना—पसन्द न आये तो फाड़ फेंकना। पता है आपको इन कागजों में क्या था! वही—जिन्हें हम आज 'सॉनेट्स फ्रॉम द पोर्चुगीज़' नाम से जानते हैं। ब्राउनिंग खुशी से झूम उठा था!

और फिर उसकी खुशी के ओर-छोर नहीं रहे थे, जब उसकी प्यारी पत्नी ने 1849 के वसन्त में उसे दूसरी भेंट दी थी—एक खूबसूरत गुदकारा बेटा।

रॉबर्ट चाहता था कि अपनी पत्नी को पूरा आराम दे—अपनी गिरस्ती को चलाने के लिए कोई नौकरी कर ले। पर एलिज़ाबेथ को यह कतई मंजूर नहीं था। नौकरी करने के बाद रॉबर्ट अपने कविता लेखन को इतना समय कैसे दे पाएगा भला! नहीं, वह उसे नौकरी नहीं करने देगी। उसके मामा ने उसके नाम चार सौ पौंड सालाना की जायदाद लिख दी है, उसके अलावा दोनों लिखकर पैसा कमाएँगे और थोड़े में गुज़ारा करेंगे, पर सिवाय प्यार और कविता के तीसरा काम नहीं करेंगे। किस कदर सपनीली, किस कदर सार्थक ज़िन्दगी जी रहे थे दोनों! उस समय के सभी छोटे-बड़े साहित्यकारों के मन में इस कवि दम्पती के लिए बड़ी प्यारी जगह थी। सभी इन्हें हसरत और प्यार की नज़र से देखते थे।

1855 का साल अँग्रेज़ी साहित्य के लिए भी बड़ा सुखद था और इन दोनों के लिए तो था ही। क्योंकि उसी बरस ब्राउनिंग की 'मैन एंड वीमैन' नामक प्रसिद्ध काव्य पुस्तक छपी थी।

अपनी घुमक्कड़ यायावरी प्रवृत्ति के कारण तमाम देशों में घूमते-घामते इस बरस वे अपने इंग्लैंड लौट आये। विम्पोल स्ट्रीट के घर में हमेशा की तरह तूफान आया हुआ था। इस बार कारण था उसका एक भाई जो इतना नालायक निकला कि उसने शादी करने का जुर्म कर दिया। एलिज़ाबेथ की प्यारी बहन हॅनरिता शादी करके परदेस जा चुकी थी—पिता इतने नाराज़ थे एलिज़ाबेथ से कि कुल-कलंकिनी को उसके—तमाम वह खत, जो वह समय-समय पर भेजती रही थी, बिना खोले ही लौटा चुके थे—उस घर में रोशनी की कोई किरण थी तो छोटी बहन अराबॅला बॅरेट! लेकिन जाने दो वहाँ जो होता रहे। एलिज़ाबेथ बहुत खुश थी, बहुत ही खुश! उसके रॉबर्ट ने वहीं लन्दन में बैठकर अपनी 'मेन ऐंड वीमेन' का उसके नाम समर्पण लिखा था, उन्नीस पद्यों का लम्बा समर्पण! शुरू इस तरह किया था—

'There they are, my fifty men and women Naming me the fifty poems finished! Take them love, the book and me together where the heart lies, let the brain lie also.'

बहुत मधुर, बहुत पवित्र और प्यार की सम्पूर्ण एकाग्रता और चरम-समर्पण का प्रतीक है, यह पूरी-की-पूरी कविता!

दोनों कविताओं के संसार में जी रहे थे, दोनों अपने-अपने सृजन में लगे थे। उनका लिखना-पढ़ना ही उनके प्यार की चरम सार्थकता थी—इतना-इतना प्यार! इतनी सार्थकता—इतना सम्पूर्ण जीवन भला कितनों को मयस्सर होता होगा—पर जिन्हें मिला उनका यह संसार बहुत जल्दी फिर से सूना हो गया—ऐसा सूना कि सिर्फ़ खुद से टकराती अपनी हूक ही बच रही—मौत की सराय जैसी ज़िन्दगी में से निकालकर, हर पल दुलार और सँवार देकर रॉबर्ट ने अपनी प्रियतम पत्नी को जिलाये रखा था—लेकिन अधिक दिन नहीं—1861 की जून में फ्लोरेन्स में अचानक वह सख्त बीमार पड़ी। ब्रांकाइटिस हो गयी थी। 28 जून की रात बड़ी बेचैनी से गुजरी, सुबह चार बजे का समय ज्यादा ही भारी लग रहा था। रॉबर्ट ने किसी को डॉक्टर के पास दौड़ाया तो बोली—तुम हमेशा ही ज्यादा घबरा जाते हो—मैं ठीक हूँ। रॉबर्ट को पता नहीं क्यूँ आगत का इलहाम जैसा होने लगा था, उसने बड़े प्यार से एलिज़ाबेथ को अपनी बाँहों में समेटा। यह क्या? फूल की सुगन्ध तो उड़ गयी, सूरज की रोशनी तो चुक गयी! रॉबर्ट ब्राउनिंग ने बाद में लिखा था—तब हमेशा की तरह मेरी बाँहों में आने के बाद वह मुस्करायी थी। उस समय उसका चेहरा बिल्कुल छोटी बच्ची जैसा लग रहा था। दो पल भी न गुजरे होंगे कि वह मेरी बाँहों के घेरे में ही ठंडी हो गयी थी, उसका माथा मेरे गाल से सटा हुआ था।

पर क्या इसे मौत कहते हैं! नहीं, यह तो ज़िन्दगी का वह चरम क्षण था जिसके लिए हर औरत लालायित रहती है—पर ऐसी खूबसूरत मौत एलिज़ाबेथ जैसी औरत को ही मयस्सर होती है। वही एलिज़ाबेथ जो सर से पाँव तक सिर्फ़ प्यार थी! जिसके जीवन की हर साँस अपने प्रियतम की कला को सम्पूर्ण निखार तक पहुँचाने में ही सार्थकता मानती थी। जिसने ऐसा प्यार दिया और जिया जो सदियों-सदियों तक हर प्यार करने वाले मन को प्रेरणा देता रहेगा। उसके मन को शायद उससे भी ज्यादा अच्छी भाषा उसके पति रॉबर्ट ने दी थी—

'Be a god and hold me
With a charm !
Be a man and hold me
*With thine arm !**
Teach me, only teach love!
As I might

I will speak thy speech love,
Think thy thought–'

* इन पंक्तियों को अज्ञेय जी ने 'चिन्ता' में कितने अच्छे शब्द दिये हैं—(*ईश्वर बनकर मन्त्र-शक्ति से, छू दे मेरा भाल। मात्र पुरुष रह, बाँध भुजों से, मर्माहत कर डाल।*)

दो गज़ ज़मीन भी न मिली...
पेरों, इवा

'बेकमीज़'—भला किसी राजनीतिक दल का यह कोई नाम हुआ? लेकिन है यह नाम! और दल भी कोई ऐसा-वैसा नहीं—इतना शक्तिशाली दल कि अर्जेंटाइना की राजनीति में कमाल कर दिखाया। सन् 1955 में अर्जेंटाइना के अत्यन्त लोकप्रिय शासक जुआन पेरों को एक सैनिक क्रान्ति के जरिये सत्ताच्युत कर दिया गया और वे निर्वासित होकर स्पेन में अपने दिन गुजार रहे थे। इधर यह दल उनके पक्ष में आन्दोलन करता रहा—कभी छिप कर, कभी खुलेआम! और आपने अखबारों में पढ़ा ही होगा कि 18 साल के लगातार गृहयुद्ध, रक्तपात तथा अराजकता के बाद मार्च 1973 में इन 'बेकमीज़ों' ने पेरोंवादी सरकार बनवा ही दी। 18 साल के लम्बे निर्वासन के बाद पेरों अर्जेंटाइना वापस आये।

20 जून 1973 की सुबह अर्जेंटाइना की राजधानी ब्यूनो आयर्स के एजीजा हवाई अड्डे के पास के विशाल हरे मैदान पर अपार भीड़ इकट्ठी थी। करीब तीस लाख लोगों की एक ही आवाज़ थी, "हमारा जनरल वापस आया, देश के वास्ते खुशियाँ लाया"। ऑर्केस्ट्रा बज रहा था, लोग नाच रहे थे। आसमान में हज़ारों पतंगें उड़ रही थीं, जिन पर पेरों की तस्वीरें चिपकी थीं। निर्वासन के प्रति वर्ष के लिए 1000 कबूतर यानी 18 वर्षों के लिए 18000 कबूतर उड़ाये जा रहे थे, कि अकस्मात् उल्टी हवाएँ बहने लगीं—भीड़ अचानक बेकाबू हो गयी। देखते-देखते गीतों के स्वर गोलियों की आवाज़ में दब गये। चौंतीस लोग मारे गये, तीन सौ से ज्यादा घायल हुए। और यह सब कुछ ही क्षणों में हो गया।

लेकिन यह गोलाबारी सेना-पुलिस या किसी विरोधी दल की ओर से नहीं हो रही थी, यह तो पेरोंवादियों की आपसी खुन्नस थी। बड़ा विचित्र संगठन है पेरोंवादियों का भी! एक बहुरूपी संगठन—एक ओर धुर दक्षिणपन्थी पुराने संगठनप्रधान, तो दूसरी ओर उग्र वामपंथी त्रात्सकीवादी छात्र। इनके अलावा भूरी

कमीज़वाले ठग। विचित्र बात यह कि सबके एकमात्र नेता पेरों ही हैं। इस खूनी घटना के कारण पेरों का विमान एजीजा हवाईअड्डे से 10 मील दूर पेरों के सैनिक हवाई अड्डे पर उतरा और 18 साल बाद अपने देशवासियों से पेरों की पहली मुलाकात उस रात टेलिविजन पर ही हो सकी।

फिर एक दिन पेरोंवादी राष्ट्रपति हेक्टर केंपोरा ने अपने मंत्रिमंडल का इस्तीफा दे दिया, क्योंकि पेरों के वापस आने के बाद जनता उनके अलावा और किसी को राष्ट्रपति पद पर नहीं देखना चाहती थी। खून-खराबा तभी रुकेगा, जब वे राष्ट्रपति बनेंगे; और दुनिया के इतिहास की एक महत्त्वपूर्ण रोमांचक घटना हुई कि अठारह वर्ष के निर्वासन के बाद 77 वर्षीय पेरों के फिर राष्ट्रपति बनने के लिए पथ प्रशस्त कर दिया गया। सितम्बर में औपचारिक चुनाव होगा, जिसमें पेरों की जीत निश्चित है। पेरों नेपोलियन के बाद दूसरे तानाशाह होंगे, जो एक बार सत्ताच्युत होने के बाद पुन: वापस आ सके हों।

अर्जेंटाइना आने के बाद पहला काम पेरों ने यह किया कि अपनी वर्तमान पत्नी इसावेल के साथ गिरजाघर जा कर अपनी इवा की याद में प्रार्थना की—आँसुओं से और फूलों से। इवा, जो प्रथम पदग्रहण के समय उनकी अर्धांगिनी ही नहीं उनकी प्रेरणा भी थी, प्रेयसी थी और सबसे बड़ी सलाहकार। आज जिन बेकमीजों (देकामिजादोज) ने उन्हें वापस बुलाया है, उस संगठन की चहेती संस्थापिका और लीडर भी थी।

आप सोच रहे होंगे कि पेरों को स्वर्गीय पत्नी की कब्र पर जाकर फूल चढ़ाने चाहिए थे, उन्होंने गिरजाघर जाकर प्रार्थना क्यों की भला? वह इसलिए कि अर्जेंटाइना के इतिहास की इस बेताज-सम्राज्ञी की कोई कब्र है ही नहीं! क्यों? इसलिए कि मृत्यु के करीब बीसियों वर्ष बाद भी उसका शव दफनाया नहीं गया था। इसके पीछे की जो विचित्र कथा है, वह बहुत कम लोगों को मालूम है। और उस कथा में सैनिक क्रान्तियाँ, विदेशी नीति के कुचक्र तथा खुफिया षड्यन्त्र आदि कौन-कौन-से तत्त्व नहीं रहे हैं? ऐसी विचित्र कथा की नायिका का शव आखिर था कहाँ?

आपका कौतूहल शान्त हो, इसके पहले आपको यह बताना जरूरी है कि राष्ट्रपति पेरों की यह प्यारी पत्नी, 'बेकमीज़ों' की सरपरस्त इवा आखिर थी कौन? कैसे वह पेरों के जीवन में आयी? अर्जेंटाइना की राजनीति में उसका क्या स्थान था? उसके ये 'बेकमीज़' कौन थे?

ब्यूनो आयर्स प्रान्त के एक छोटे-से गाँव में एक गरीब खेतिहर किसान के घर एक नन्हीं उजली-सी बेटी ने जन्म लिया, 1919 की 7 मई का दिन था वह। जन्म लेते समय दुनिया का हर बच्चा, तो बस एक बच्चा होता है, लेकिन

बाद में समाज के अजब नियम उसे अजब रुतबे दे देते हैं! बदकिस्मती से इस बच्ची को भी अपने अस्तित्व पर अवैध सन्तान का रुतबा ओढ़ना पड़ा। ऐसी नाकारा किस्मतवाली लड़की का बचपन कैसा फटेहाल गुज़रा होगा, सहज ही सोचा जा सकता है। जब वह बड़ी हुई, तो उम्र की रफ्तार से दूनी तेज़ी से उसका सौन्दर्य बढ़ता गया कि पन्द्रह बरस की होते-न-होते, वह एक बेहद आकर्षक व सुडौल देहयष्टिवाली समझदार युवती बन गयी। उसने सोचा कि शायद यह रूप और सौन्दर्य ही उसे इस गरीबी से मुक्ति दिला दे, तो वह शहर की ओर चल दी। यहाँ वह अर्जेंटाइना के फिल्म स्टूडियो के बाहर-भीतर गुज़री। कई छोटी-मोटी फिल्मों में उसे काम करने का मौका भी मिला। वह कभी कोई मशहूर और बड़ी अभिनेत्री तो बन न सकी, पर हाँ, अभिनय के नाम पर उसने यह ज़रूर सीख लिया कि होठों को ज़रा तिरछी कोर से दबाकर या कभी गोल कर के या आँखों को कभी आधी मूँदकर, कभी कटाक्ष मारकर या और नहीं कुछ, तो पलकें ही खास अन्दाज़ में झपकाकर, वह ज़मीन तैयार की जा सकती है, जहाँ जानतोड़ गरीबी न झेलनी पड़े और अपने पैरों पर खड़ा हुआ जा सके। पर इस ज़मीन को तैयार करने में भीतर से बेहद भली और समझदार, पर ऊपरी तौर पर चटक-मटकवाली इवा को बड़े पापड़ बेलने पड़े।

आखिरकार जब उसने महसूस किया कि यह क्षेत्र उसके पूरे व्यक्तित्व को रास नहीं आता, तो वह फ़िल्म लाइन छोड़कर रेडियो में नौकरी करने लगी। और लीजिए, देखते-देखते उसका नाम हर ज़बान पर चढ़ गया। क्या आवाज़ है! क्या लोच है! क्या दर्द है! इवा के अनगिनत प्रशंसक बन गये। उसके तमाम प्रशंसकों में से सेना के वरिष्ठ अधिकारी भी थे—जुआन पेरों। ये एक शादीशुदा प्रौढ़ थे। जून 1943 में प्रेसिडेंट रैमन कासिली के खिलाफ़ इन्होंने सफल बगावत की थी। तभी से कर्नल पेरों अर्जेंटाइना की पल-पल बदलती राजनीति में चर्चा के मुख्य विषय बने हुए थे। इवा की आवाज़ का जादू उन्हें उसके पास खींच लाया। 1945 में यह आकर्षण प्रेम में बदल गया और इवा कर्नल पेरों की पत्नी बन गयी। 1946 में कर्नल पेरों ने अर्जेंटाइना का शासन सूत्र पूरी तरह अपने हाथ में ले लिया और इवा ने बड़े प्यार व पूरी लगन से पति के काम में हाथ बँटाना शुरू किया। और देखते-देखते इवा पेरों का जादू सारे देश पर छा गया।

जनरल पेरों ने फ़ासिज्म, राष्ट्रवाद और समाजवाद के ऐसे मिश्रण को अपनी शासन नीति का आधार बनाया था कि किसी को उनका विरोध करना मुश्किल था। उनकी शक्ति के तीन मुख्य आधार थे—मज़दूर संगठन, महिला संगठन और युवक संगठन; और इन तीनों संगठनों की जान थी इवा पेरों, जिसे अब सब प्यार से एविटा नाम से पुकारने लगे थे। इवा ने अपने अनुयायियों को एक बड़ा

अजीबोगरीब नाम दिया था--'बेकमीज़' संगठन! इस संगठन के माध्यम से इवा ने गरीब मज़दूरों और किसानों को समाज में सिर ऊँचा उठाकर चलना सिखाया। इवा ने गरीबी के दर्द को झेला हुआ था, उसकी दिली तमन्ना थी कि उसके राज्य में वह दर्द कोई और न झेले। इवा के प्रयत्नों से अर्जेंटाइना का मजदूर आन्दोलन उस समय इतना शक्तिशाली और संगठित हो गया था, जैसा दक्षिण अमेरिका के अन्य किसी देश में नहीं था। इवा और पेरों के शासन काल में देश ने हर क्षेत्र में इतनी प्रगति की कि समझा जाने लगा था कि अर्जेंटाइना शायद दक्षिण अमरीका का सबसे महत्त्वपूर्ण और शक्तिशाली देश हो जाये!

इवा ने अपने 'बेकमीज़' संगठन को इतनी अच्छी तरह से सँभाल लिया था कि धीरे-धीरे स्थिति यह हो गयी कि मोहरा पेरों चलते, पर सारी चालें इवा की होतीं, इवा की प्रेरणा से पेरों ने विदेश-व्यापार-नीति अपने देश की हित रक्षा के हिसाब से बदल दी। मज़दूरी बढ़ गयी, मज़दूरों को अधिक धन और सुविधाएँ मिलने लगीं। खेतों और फ़ार्मों में काम के घंटे नियत हो गये—आठ घंटे काम और फिर छुट्टी! पेरों ने ब्रिटिश एकाधिकारवाली रेलवे का भी राष्ट्रीयकरण कर दिया। इवा के 'बेकमीज़' संगठन के कारण ही, देश के इतिहास में पहली बार यह नजारा देखने को मिला कि साधारण-से-साधारण आदमी भी सुख-चैन और इज्ज़त के साथ जीने लगा था। देश का हर व्यक्ति इवा के इशारे पर देश के लिए किसी भी क्षण अपनी जान कुर्बान करने को तैयार था। इवा इन लोगों की आये दिन अपने पति का सन्देश समझ़ाती रहती थी—"वे सब जो निकम्मे हैं, काम नहीं करते' वे सब, जो बेइन्तिहा अमीर हैं; वे सब, जो पेशेवर राजनीतिज्ञ हैं और वे सब, जो अपने निजी स्वार्थों के लिए विदेशी पूँजीपतियों के देशी पिट्ठुओं की मदद करते हैं—वे सब हमारे दुश्मन हैं।"

पेरोंवादी पार्टी की महिला शाखा, युवक शाखा, 'बेकमीज़' संगठन आदि को तो इवा ने सँभाला ही हुआ था, उनके अलावा इवा ने एक और संस्था खोली थी—'इवा पेरों सामाजिक सहायता समिति'। इसके माध्यम से उसने तमाम अस्पताल बनवाये, दवाखाने खोले, स्कूलों को मदद दी, खेल के मैदान बनवाये, गाँव के बच्चों के विभिन्न मनोरंजनों के इन्तजाम करवाये और मजदूरों के लिए छोटे-छोटे पक्के आरामदेह घर बनवाये। वह जहाँ जिस बस्ती में जाती, बच्चों को खिलौने और गरीबों को कपड़े व खाना बाँटती। उसका यह दानखाता द्रौपदी के चीर की तरह बढ़ता ही जाता था। कोई हिसाब-किताब की बात चलाता, तो इवा का एक ही जवाब होता, "देखो भाई, दान खातों का हिसाब तो कालाबाज़ारियों के हथकंडे होते हैं। मैं तो इस हाथ से दान लेती हूँ और उस हाथ से दान दे देती हूँ।"

और इसी लेन-देन ने इवा को इस कदर लोकप्रिय बना दिया कि जिसका कोई सानी नहीं था। दीवारों पर उसके चित्र टँगे हैं, दूकानों पर, स्कूलों में, बस स्टॉपों पर, स्टेशनों पर—जहाँ देखिए, वहाँ इवा पेरों के चित्र! यहाँ तक कि हर टैक्सी के काँच पर टैक्सी ड्राइवरों ने इवा के चित्र लगा रखे थे। हर ओर इवा! इवा! और इवा!

लेकिन हर सिक्के के दो पहलू होते हैं। एक ओर तो आलम यह था कि जिधर इवा पेरों के नक्शे चस्पाँ होते, गरीब लोग सिजदा करते, तो दूसरी ओर इवा अमीरों की आँखें की किरकिरी बनती जा रही थी। क्योंकि स्थिति थी भी बड़ी मज़ेदार—गरीबों की झंडाबरदार होते हुए भी वह किसी भी बड़े-से-बड़े अमीर से कम नहीं थी। इवा के पास जैसी बेशकीमती भड़कीली पोशाकें थीं, वैसी कम लोगों के पास ही थीं। कहते हैं कि उसके पास अमूल्य और दुर्लभ हीरे-जवाहरातों का जो भंडार था, वैसा तो शायद क्लियोपेट्रा के पास ही रहा हो! उस ज़माने में तो किसी के पास नहीं था। पाँच बड़े दराजों में उसके जवाहरात रखे रहते थे। पहले में अमूल्य पत्थरजड़ी अँगूठियाँ, दूसरे में जगमग जवाहरातों के बुंदे-बालियाँ, तीसरे में आँखें चौंधिया डालनेवाले ब्रोच, चौथे में दिलकश कंगन और ब्रेसलेटें; तथा पाँचवें में बेहद मनोहारी आकर्षक जड़ाऊ हार! इनमें से कुछ तो उसे विभिन्न जगहों से उपहारों में मिले थे, बाकी उसने दुनिया की मशहूर दूकानों से खरीदकर इकट्ठे किये थे। लेकिन मजा यह था कि गरीबों की आँखों में उसकी यह शान-शौकत खटकती नहीं थी और बहुत सारे अमीर लोग अक्सर यह कहा करते थे कि बचपन से ही धन और ऐश्वर्य से वंचित अपनी पत्नी की हवस पूरी करने के लिए पेरों देश को लूट रहा है, उसके गहने खरीद रहा है, पोशाकें बनवा रहा है। देखना जल्दी ही देश का दीवाला निकल जाएगा! औरतें अक्सर इवा के पुराने संघर्ष भरे दिनों की चर्चा करतीं और कहतीं, ''अरे, वह तो गानेवाली छोकरी है।'' यहाँ तक कि उसे गिरी हुई औरत और वेश्या तक कहने में नहीं झिझकती थीं, पर इवा पर कभी ऐसी चर्चाओं का कुछ असर नहीं पड़ता था, पति-पत्नी अपने कामकाज में लगे रहते थे। एक बार 9 जुलाई को स्वतन्त्रता दिवस की खास सन्ध्या के समय इवा ने बेहद सुन्दर बहुमूल्य पोशाक पहनी, तो प्रसन्नवदन पेरों उसकी ओर तृप्त दृष्टि से देखते हुए उसे प्यार से छेड़ कर बोले, ''लाजवाब! गानेवाली छोकरी! हाँ रे, देखो तुमसे जलनेवाले लोग आज फिर यही कहकर तुम्हें पुकारेंगे!'' और दोनों हँस पड़े। पेरों की आँखों में यह तृप्त प्यार बना रहे, गरीबों के दिल में उसके लिए इज्ज़त बनी रहे, बस। इवा को फिर और क्या चाहिए भला! कोई कुछ भी कहता रहे। वह अपने देश और अपने पति के लिए जो कुछ कर रही थी, उससे बहुत खुश थी। विरोध और

भर्त्सनाएँ तो चलती ही रहती हैं, पर इवा की ये खुशियाँ शायद उसकी किस्मत को ही मंजूर न थीं। वह दिन-पर-दिन पीली-सी पड़ती जा रही थी, कमज़ोर होती जा रही थी। पेरों को भी उसका मुरझाया स्वास्थ्य देखकर हर क्षण चिन्ता बनी रहती थी। उन्होंने इवा को अच्छे-से-अच्छे डॉक्टरों को दिखाया, पर जब पता चला कि इवा को कैंसर है, तो पेरों को काठ ही मार गया। उन्होंने देश के बड़े-से-बड़े चिकित्सकों की सभा बुलायी और सबकी सलाह से डॉ. रिगार्डो फिनोशितो को इवा के ऑपरेशन का भार सौंपा गया। देश के हर पूजा-स्थल पर प्रार्थनाएँ होने लगीं। हर व्यक्ति इवा की स्वास्थ्य-कामना करने लगा। स्वयं पेरों का मन किसी काम में नहीं लगता—तमाम जरूरी काम निबटाने बाकी थे, लेकिन सब छोड़-छाड़ कर वह इवा की पाटी से लगे बैठे रहते। ऑपरेशन जितनी देर तक हुआ, पेरों की मुट्ठियाँ बँधी रहीं, माथे की नसें तनी-खिंची रहीं और वह केवल शून्य में देखते बैठे रहे। उनकी खुशी का ठिकाना नहीं रहा, जब उन्होंने सुना कि ऑपरेशन सफल रहा है और इवा खतरे से बाहर है। डॉक्टरों ने कहा कि यह केवल पेरों का प्यार ही है जो इवा को मौत के मुँह से खींच लाया है, वरना कोई उम्मीद नहीं थी। खुशी से बावले पेरों ने 5 जनवरी 1952 को इवा के डॉक्टर को बहुत ही कीमती पुरस्कार दिये। वे बहुत खुश थे, पर डॉक्टर के हाथ पुरस्कार लेते समय काँप रहे थे, क्योंकि उन्हें मालूम था कि इवा की हालत ऐसी है कि मौत को केवल मुल्तवी भर किया जा सकता है, टाला नहीं जा सकता।

पेरों नये उत्साह, नयी लगन से खुशी-खुशी काम में लग गये। इवा ने भी अपने दौरे शुरू किये। यहाँ-वहाँ गरीबों, मज़दूरों तथा अपने बेकमीज़ों के बीच भाषण देती, औरतों को कपड़े तथा बच्चों को खिलौने बाँटती इवा फिर से काम में लग गयी। इवा इस बात से सजग थी कि उसकी अद्‌भुत लोकप्रियता कहीं उसके पति को पृष्ठभूमि में न डाल दे। वह जहाँ भी भाषण देती, यह कहना कभी न भूलती, ''यह मत भूलो कि हमारे राष्ट्रपति केवल एक हैं, जुआन पेरों। उनके बिना हमें स्वर्ग भी मंजूर नहीं। वह हमारे लिए हवा और पानी के समान हैं। वह हमारी ज़िन्दगी हैं, हमारे भगवान हैं।''

पर अपनी कार्यकुशलता और प्यार के जादू से पति और जनता पर एकछत्र शासन करनेवाली उस बेताज की मलिका का शासन ज्यादा दिन न चल सका। इस बार जो उसकी तबियत बिगड़ी, तो उसे न पेरों का प्यार बचा सका न डॉक्टरों की कुशलता। जून 1952 में महज़ 33 वर्ष की उम्र में इवा की मृत्यु हो गयी। भग्नहृदय राष्ट्रपति पेरों सिवाय गर्दन झुकाये, हाथ बाँधे खमोश खड़े रह जाने के कुछ न कर सके।

पेरों का बुरा हाल तो था ही, पर सारे देश पर जैसे गाज गिर गयी हो!

पूरे पन्द्रह दिनों तक इवा के शव के दर्शनों का सिलसिला नहीं टूटा। लाखों व्यक्ति कतार बाँधे, आँसू बहाते सफ़ेद कफ़न में लिपटे इवा के शरीर का अन्तिम दर्शन करते। कभी-कभी भीड़ काबू से बाहर हो जाती। कितने ही लोग दब-कुचल गये! सारे मजदूर-संगठनों ने शोक सप्ताह घोषित कर दिया। देश का समस्त कारोबार एकदम से ठप्प हो गया। अन्त में औद्योगिक प्रतिष्ठानों के मालिकों ने पेरों से प्रार्थना की कि इवा का शव सार्वजनिक दर्शन के लिए बन्द कर दिया जाये, अन्यथा लोग बस उसी को देखने के लिए आते रहेंगे, काम-काज कुछ चालू नहीं होगा। कुछ लोगों ने पेरों से यह प्रार्थना भी की कि पोप से कहकर इवा को सन्त घोषित करवा दिया जाये। पर पेरों को यह बात तो मान्य न हुई, लेकिन सामान्य जन-जीवन वापस लाने की दृष्टि से उन्होंने इवा का शव सार्वजनिक दर्शन के स्थान से हटाकर इवा के सबसे प्रिय स्थान, उसके मजदूर संघ के प्रधान कार्यालय में रखवा दिया। कलाकारों को आज्ञा दी गयी कि वे इवा की समाधि के लिए बेजोड़ नक्शा तैयार करें। वह उसकी याद में ताजमहल से भी बढ़कर मकबरा बनाना चाहते थे। पर केवल भव्य मकबरा बनाने की योजना बनाकर ही पेरों की बेचैनी को करार नहीं आ रहा था। वह इस बात की कल्पना तक नहीं कर सकते थे कि इवा को एक दिन भी देखे बिना वे ज़िन्दा कैसे रह सकेंगे? ताजमहल भले ही दुनिया का एक आश्चर्य हो, बेजोड़ कारीगरी का नमूना हो, पर मुमताज महल तो छह फीट मिट्टी के नीचे दबा सड़-गल कर खत्म हो चुकी है—नहीं, उन्हें इवा का सौन्दर्य नष्ट नहीं करना है! इवा को यों-का-यों ही सुरक्षित रखना है। और पेरों ने विश्व प्रसिद्ध डॉक्टर आरा को स्पेन से खासतौर से बुला कर कहा कि विशेष मसालों की सहायता से इवा के शव को इस प्रकार सुरक्षित करो कि इवा का शरीर ज्यों-का-त्यों बना रहे। उसका सौन्दर्य बिल्कुल न मुरझाये। इस काम के लिए डॉ. आरा ने करीब दस लाख रुपया मेहनताने का माँगा। और इवा के बिना किसी पंखकटे कपोत जैसे पेरों तुरन्त राजी हो गये। उनकी बस एक ही शर्त थी कि रूस ने जिस दक्षता और कारीगरी से लेनिन के शव को एक हज़ार वर्ष के लिए सुरक्षित कर लिया है, वैसी ही अद्‍भुत कला होनी चाहिए।

बस यह सुरक्षण कार्य प्रारम्भ हो गया। इवा के शरीर में खून की जगह अल्कोहल और ग्लिसरीन भरा गया। फिर सारे शरीर को एक खास तरह से रासायनिक घोल में डुबा कर रखा गया। करीब साल भर तक तरह-तरह के मसालों का आलेप किया गया। जब भी पेरों को समय मिलता, आँखों में जाने कैसी एक प्यास लिए आते और डॉ. आरा को चुपचाप काम करते देखते रहते! फिर एक सर्द साँस छोड़कर, हल्के कदमों से वापस चले जाते। आखिर एक दिन जब डॉ. आरा ने कह दिया कि काम पूरा हो गया है, अब हज़ार वर्षों तक इवा के शरीर

का यह सौन्दर्य कभी नष्ट नहीं हो सकता, तब पेरों एक अजब-सा दर्द और टीस भरी खुशी से झूम उठे थे। डॉ. आरा ने इवा की त्वचा को अजब पारदर्शी रंग दे दिया था, उस पर से इवा के लम्बे सुनहरे बाल! अजब जादुई सौन्दर्य बिखरा पड़ रहा था! मोम की पुतली जैसी इवा ऐसी लगती थी मानो कोई परी देश की राजकुमारी शापग्रसित हो सोयी पड़ी है। सात समन्दर पार से एक राजकुमार आएगा—हौले-से अपने होठों से उसका माथा छुएगा और वह जाग उठेगी। सचमुच जब पेरों ने उस दिन इवा के शरीर को देखा तो, वे फूट-फूट कर रो पड़े। सिसकते हुए बोले, "नहीं, वह मरी नहीं है। सिर्फ़ सो रही है। अभी हाल उठी जाती है...वह मरी नहीं...मरी नहीं है...देखो...वह तो सो रही है!"

पेरों ने डॉ. आरा से कह रखा था कि वे अपना काम समाप्त न समझ लें। चाहे जो खर्चा आये, प्रतिदिन इवा की जाँच होती रहनी चाहिए। उसकी पूरी-पूरी हिफ़ाज़त करनी है! पर अब चाहे कितनी भी हिफाजत क्यों न की जाये, जो होना था वह तो हो चुका था। जाने क्या जादू था इवा के व्यक्तित्व में, जितने दिनों वह राष्ट्रपति पेरों के साथ रही, पेरों का सितारा बुलन्द से बुलन्दतर होता गया और जब से इवा का साया उनकी बाँहों से फिसला नहीं कि पेरों नित नयी मुश्किलों में फँसते ही चले गये। थोड़े ही थोड़े अन्तर से उनके ख़िलाफ कई षड्यन्त्र रचे गये। कई बार बगावतें करने की तजवीज़ें बनीं और जैसे-तैसे पेरों षड्यन्त्रों को कुचलते रहे, पर आखिरकार इवा की मौत के महज़ दो साल बाद ही एक बड़ी ज़ोरदार सैनिक बगावत हुई और 1955 में सेना ने राष्ट्रपति जुआन पेरों को अपदस्थ कर दिया।

शनिवार 19 नवम्बर, 1955 की रात! खाने के बाद जब डॉ. आरा इवा के शरीर की परीक्षा कर के उस कमरे से बाहर निकल रहे थे कि बड़े नाटकीय ढंग से सेना के एक उच्च्व अधिकारी कर्नल मूर कोनी से उनका सामना हुआ। कर्नल ने कहा, "हम राष्ट्रपति के हुक्म से इवा पेरों का शव लेने आये हैं। उसे ईसाई धर्मानुसार कब्र खोदकर ज़मीन में दफ़नाया जाएगा।" डॉ. आरा फटी-फटी आँखों से देखते हुए बोले, "क्या कह रहे हैं आप? अभी तो मकबरा बना भी नहीं है। जनाब 25 करोड़ पाउंड की लागत से बनेगा वह!" पर फ़ौज़ी हुक्म के आगे वे अधिक कुछ नहीं बोल सके। उनसे कहा गया, "राष्ट्रपति पेरों नहीं बल्कि जनरल पेड्रो आरामबुरु हैं, इवा का शव हम उनके हुक्म से ले जाने आये हैं।" डॉ. आरा असहाय-से देखते रह गये। वह अमूल्य बेशकीमती शवपेटी, जिस पर पानी की तरह पैसा बहा था, दिन-रात की अथक मेहनत हुई थी, बड़ी बेदर्दी के साथ फ़ौज़ी लॉरी में पीछे की ओर पटक दी गयी। देखते-देखते लॉरी रात के अँधेरे में खो गयी।

बस उसी क्षण से अपदस्थ राष्ट्रपति की पत्नी और देश के एक विशेष वर्ग की लाडली एविटा पेरों का शरीर राजनीतिक हथकंडों, सरकारी विरोध और अनुमोदनों का विचित्र माध्यम बन गया। पूरे दक्षिण अमरीका और खासतौर से अर्जेंटाइना की राजनीतिक उठापटक में इस शव का विचित्र इस्तेमाल होने लगा।

सैनिक शासन की पकड़, गोलियों और फाँसी के फंदों के ज़ोर पर, जनता पर कसने लगी! एक-एक कर के पेरों-विरोधी लोग खुलेआम सामने आने लगे और पेरों समर्थक लोगों का या तो सफ़ाया किया जाने लगा या वे स्वत: भूमिगत हो गये। मगर जनता के बीच यह सुगबुग बराबर बनी हुई थी कि इवा का शव कहाँ है? सभी जानते थे कि 1953 में इवा की मृत्यु हुई थी और डेढ़-दो वर्ष की लगातार मेहनत के बाद उसके शव को रसायनों द्वारा हज़ार वर्षों के लिए सुरक्षित कर दिया गया था। अजब-अजब रवायतें फैलने लगीं। कोई कहता—'इन कमीनों ने वह अनमोल शव जला दिया है और उसकी राख नदी की लहरों में बहा दी है।' कोई कहता—'नहीं, इतना करने की हिम्मत ये नहीं कर सकते थे। इवा का शव उसकी विधवा माँ और दो बहनों के पास चिली में है।' कोई कहता—'नहीं, भले ही पेरों को देश-निकाला दे दिया गया है, पर उनके खैरख्वाहों की भी कमी नहीं है, उन लोगों ने किसी तरह इवा का शव पेरों के पास भेज दिया है।'

जबकि हक़ीक़त यह थी कि इवा का शव इन चर्चित जगहों में से कहीं भी नहीं था। यह तो कुछ लोगों को पता था ही कि 19 नवम्बर, 1955 की रात को जनरल कोनी इवा का अनमोल शव फ़ौज़ी गाड़ी में पटक कर ले गया था। उसी रात को उसे मिलिट्री खुफ़िया दफ़्तर में ले जाया गया। वहाँ से हर दूसरे-तीसरे दिन उसकी जगहें बदली जाती रहीं। कभी यहाँ छिपाया जाता, कभी वहाँ ढका जाता। अन्त में उसे लकड़ी के पैकिंग-बक्से में डाल कर एक दफ़्तर की चौथी मंजिल के कमरे में डाल दिया गया। 1956 की गर्मियों में राष्ट्रपति आरामबुरु ने सोचा कि इस तरह लकड़ी के पार्सल में शव रखे रहने की बजाय, उसे किसी दिन चुपचाप कहीं दफ़ना देना चाहिए! पर खुफ़िया अधिकारी कर्नल हैक्टर कबालिनाज ने उन्हें यह सलाह दी कि अगर कभी किसी को इसका जरा भी सुराग मिल गया, तो रातों-रात कब्र खोद कर शव हथिया लिया जाएगा और फिर जो बलवा होगा, उसे दबाना बेहद मुसीबतजदा बात होगी। शव से नजात पाने के लिए दोनों ने एक चाल चली। उन्होंने एकदम एक जैसी ही छह शव पेटियाँ बनवायीं। एक में इवा का शव रखा और बाकी पाँच में उसी वजन का सीसा भरवा दिया।

और सितम्बर 1956 में एक दिन, एक ही समय विभिन्न मुकामों के लिए

छह शव पेटियाँ रवाना हो गयीं। असम्भव था यह पहचानना कि उनमें इवा के शववाली पेटी कौन-सी है। उनमें से एक पेटी पहले ब्रुसेल्स, वहाँ से रोम और फिर मिलान पहुँची। मिलान में सेंट पीटर्स गिरजे की सिस्टरों को वह शव पेटी यह कहकर सौंपी गयी कि मिलान की एक विधवा मारिया अर्जेंटाइना में मरी है। मरते समय उसने अन्तिम इच्छा प्रकट की थी कि उसका शव मातृभूमि में ही दफनाया जाये। और मिलान के मुसोको कब्रिस्तान में उक्त मारिया मैगी का शव दफ़ना दिया गया।

इधर पेरों के निर्वासन के बाद देश की हालत सुधरने की बजाय और बिगड़ती गयी। कई सरकारें बनीं, कई गिरीं; लेकिन पेरोंवादियों का दमन चालू रहा। उनका दल अवैध घोषित कर दिया गया। पेरों के बहुत से समर्थक और साथी वक्त की मार खाकर तितर-बितर हो गये। उसके बावजूद इवा पेरों के लिए अभी तक लोगों के मन में अजब प्यार-भरी श्रद्धा बनी हुई थी; और शासक वर्ग उस श्रद्धा को जड़ से उखाड़ने की कोशिशों में लगा हुआ था। उसकी याद के हर निशान को मटियामेट किया गया, उसकी सुन्दर मूर्तियाँ बेरहमी से तोड़ डाली गयीं, उसके रंगीन चित्र फाड़ दिये गये। यहाँ तक कि घरों में छापे डालकर बच्चों के उन खिलौनों को ज़ब्त कर लिया गया, जिनमें इवा के चित्र बने थे। इवा की आत्मकथा 'मेरी ज़िन्दगी का मकसद' के पन्ने-पन्ने जला डाले गये। पर इवा की याद शायद उसके प्रशंसकों के खून में लाली बन कर बह रही थी! यह बात इससे भी प्रमाणित हो गयी कि 1963 में तत्कालीन राष्ट्रपति इलिया को बरसों के बाद पहली बार पेरों समर्थकों को वोट देने का अधिकार देना ही पड़ा। वैसे इलिया का शासन भी तीन वर्ष के करीब ही चल सका और 1966 में फिर सेना की बगावत हुई और सैनिक शासन स्थापित हुआ। फिर तमाम राजनीतिक दलों पर प्रतिबन्ध लग गया। 1969 के बाद से तो आन्तरिक संघर्षों और तनावों की इन्तिहा ही हो गयी। मज़दूर और छात्र संगठनों ने सारे औद्योगिक और सामाजिक जीवन में उथल-पुथल मचा दी। जहाँ-तहाँ आगजनी, लूटपाट, अपहरण की घटनाएँ होती रहतीं। जनरल आरामबुरु, जिसने इवा के शव की पेटी को गुम करवा दिया था, से जनता इतनी क्रोधित थी कि जून 1970 में उसका अपहरण करके उसकी हत्या कर दी गयी।

अन्त में मार्च 1971 को जनरल ऐलेजांद्रो लेन्यूश ने राष्ट्रपति पद सँभाला। उन्होंने कई प्रकार के परिवर्तन किये, कई तरह से देश को सँभालना चाहा, पर उन्होंने जान लिया था कि पेरोंवादी गुट को प्रसन्न रखे बिना देश में कानून-व्यवस्था स्थापित करना कठिन है। लेन्यूश ने पेरोंवादी गुट के साथ-ही-साथ अन्य अनेक दलों को मान्यता दी और घोषित किया कि मार्च 1973 में चुनाव के बाद शक्तिशाली जनतन्त्र की स्थापना की जाएगी। वर्षों से हर शासक जनता की माँग ठुकराता आ

रहा था कि इवा के शव का पता लगाया जाये। लेन्यूश ने सोचा, पेरोंवादियों का समर्थन जीतने का सबसे अच्छा तरीका यही हो सकता है, पर उन्हें यह भी मालूम था कि इवा का शव यदि देश में मँगा लिया जाएगा, तो इवा का जादू पता नहीं क्या रूप ले ले! वह इसी उधेड़बुन में लगे रहते थे कि कैसे क्या करना चाहिए?

स्पेन से यह समाचार आ चुका था कि पेरों ने एक नाइट क्लब की नर्तकी इसाबेल मार्टिनेज से विवाह कर लिया है। शायद इवा की याद के ज़ख़्म उनके दिल में पुर गये थे। लेन्यूश ने सोचा होगा कि इस मन:स्थिति में इवा का शव अगर उनके पास भेज दिया जाय, तो पेरों पर भी शायद उतना तेज़ असर नहीं होगा जिससे कुछ नुकसान हो सके; और जनता को भी यह शिक़ायत नहीं रहेगी कि शव जनता को न देकर और कहीं क्यों भेजा गया।

पर ज़िन्दगी के रंग अनेक होते हैं। परतें अनन्त होती हैं, पता नहीं क्या ठीक होता है, क्या ग़लत। पर बहुत कुछ ऐसा भी जरूर होता चलता है, जो बड़ा अजब और अनोखा लगता है। धरती कसमसायी, समय ने करवट ली। चौदह वर्ष हो गये थे इवा को मारिया मैगी के नाम से मिलान की भूमि में कब्र में सोते हुए। अप्रैल 1971 में आदेश दिया गया कि सेवानिवृत खुफिया अधिकारी कर्नल हैक्टर कबालिनाज को पेश किया जाये, उन्हें कुछ काम सौंपना है। वही कबालिनाज, जिन्होंने राष्ट्रपति आरामबुरु के साथ मिलकर छह शव पेटियाँ विभिन्न जगहों को भेजी थीं। अब उन्हें मिलान जाने का आदेश मिला।

इस बार कबालिनाज को कार्लो मैगी के नाम से तथाकथित मृत विधवा मारिया मैगी का भाई बनकर जाना था और उस शव को ज़मीन के अँधेरे से निकालकर आकाश का उजाला दिखाना था।

''हुए मर के हम जो रुसवा
हुए क्यूँ न ग़र्क़-ए-दरिया
न कहीं जनाज़ा उठता, न कहीं मज़ार होता।''

अजब हाल था बेचारी इवा का! कैंसर हुआ, मृत्यु के बाद शरीर पर तरह-तरह की रासायनिक क्रियाएँ करके उसे हज़ारों साल के लिए सुरक्षित किया गया। फिर यहाँ-वहाँ नाकदरी से पटका गया। अन्त में, दो गज़ ज़मीन मिली भी, तो 'चैन मरकर तह-ए-ज़मीं भी नहीं।'' शव ज़मीन से निकाला गया—नये सफ़र की तैयारी हुई।

पहले से सारे इन्तज़ाम कर लिए गये थे। पुलिस के संरक्षण में इवा का शव खोदा गया। मुर्दा-गाड़ी में डाला गया और मोटर साइकिलों पर सवार पुलिस काफ़िले के साथ वह गाड़ी तत्क्षण फ्रांस की ओर रवाना हो गयी। स्पेन की सीमाओं

पर किसी प्रकार की कोई जाँच-पड़ताल नहीं की गयी, सबकुछ पहले से तय था। स्पेन की सीमा में प्रवेश करते ही स्पेनी पुलिस की काली गाड़ियों का एक लम्बा काफ़िला इसके साथ हो लिया और सायरन बजाता, धूल उड़ाता यह काफ़िला अजब भूचाल-सा बरपा करता हुआ मैड्रिड की ओर बढ़ता गया। सारे गाँव और शहरवाले हैरान। अजब कुतूहल और हैरानी से घरों, दुकानों, दफ़्तरों से निकलकर आते—यह कैसे सायरन हैं? कैसा काफ़िला है? पर कुछ पता नहीं चलता। केवल पीछे छूटा गुबार देखते रह जाते, थोड़ी देर में वह भी शान्त हो जाता!

अन्त में गाड़ियाँ उस ओर मुड़ीं, जहाँ आबादी से खासी दूरी पर लता, वृक्ष और गुल्मों से ढँका एक बँगला था—प्यूर्तो दे हैरो। बँगले के द्वार पर उसके रहवासी इस काफ़िले के स्वागत को नहीं आये! पहले आये डॉ. आरा—हाँ, वही डॉ. आरा, जिन्होंने पूरे दो वर्षों की अथक मेहनत और अनन्त धनराशि की लागत से इवा के मृत शरीर को अमर बनाया था। उन्होंने शवपेटी में से शव निकलवाकर देखा! उफ! हाँ, यह तो वही शव है, जिस पर उन्होंने अपना सारा अर्जित ज्ञान लगा दिया था—यही वह शव है, जो अर्जेंटाइना के हज़ारों-लाखों लोगों की जीवन-शक्ति था! केवल यहाँ-वहाँ कुछ खरोंचें आ गयी हैं, बाकी सब ज्यों-का-त्यों है। ओह कैसी-कैसी करवटें बदलता है वक्त का मंज़र!

''अहबाब के काँधे से लहद में उतर आये
किस चैन से सोये हुए हम अपने घर आये...''

वही परी चेहरा...वही सुनहरे बाल...वही प्याज़ी रंग...कैसे देखा गया होगा पेरों से वह सबकुछ अब फिर से...पेरों आये...''उठाना है जो पत्थर रख के सीने पर वो गाम आया...'' नजर भर देख भी नहीं सके पेरों, बूढ़ी मिचमिचाती आँखों पर आँसुओं का मोटा पर्दा पड़ गया...काँपते होठों से निकली वही एक बात... ''नहीं, वह मरी नहीं...देखो तो वह मरी नहीं है, वह तो महज़ सो रही है...अभी किसी भी पल उठ जाएगी...सो रही है वह!'' फूट-फूटकर रोते पेरों को सहारा दिया पत्नी इसाबेल ने। उन्हें दवा देकर थोड़ी देर के लिए सुला दिया गया और इसाबेल ने अपनी देख-रेख में इवा के शव को स्नान करवाया, स्वच्छ कराकर उसे एक बेशक़ीमती सफ़ेद गाउन पहनाया गया! प्रेम, सौन्दर्य और हमदर्दी की प्रतीक इवा जैसे पति के पास आकर ताज़ा हो उठी थी। सिन्दूरी रंग के बलूत के पेड़ की लकड़ी से बनी एक ख़ूबसूरत पेटी में इवा का शरीर नयी सज्जा के साथ शान्ति से सहेज कर रख दिया गया।

जंगल में लगी आग की तरह यह खबर मिनटों में चारों ओर फैल गयी

और अर्जेंटाइनावासियों की ओर से मनुहार पर मनुहार आने लगी कि इवा का शव वहाँ भेज दिया जाये। पर पेरों ने शान्त, पर दृढ़ भाव से जवाब भेजा, ''नहीं, इवा अब हमसे जुदा नहीं हो सकती। इवा की जगह अब यहीं है, मेरे घर में—मेरे और मेरी पत्नी इसाबेल के पास! इवा अब अकेली अर्जेंटाइना नहीं जाएगी, अगर कभी खुदा के फ़ज़्ल से हम सभी वहाँ आये, तो हमारे साथ ही इवा भी आएगी! देखें ईश्वर वह दिन दिखाता है या नहीं!''

क्यों नहीं! जब इतनी उठापटक और इतनी गलियों में से भटक-खोकर इवा फिर अपने प्रिय के पास आ गयी, तो भला अपने चहेते देशवासियों की तमन्ना कैसे न पूरी करती! ईश्वर ने वह दिन भी दिखाया और जैसा कि आप सभी जान चुके हैं पेरों अर्जेंटाइना पहुँच गये—राष्ट्रपति भी बन गये। पर बहुत उत्सुक निगाहों से दुनिया देख रही थी उस ओर, जहाँ से इवा के समाचार मिलेंगे। कहाँ है इवा का शव इस समय! कब बनेगी वह ताजमहल को भी पानी-पानी कर देने वाली अनुपम समाधि! कब बनेगा वह अनोखा स्मारक, जहाँ हज़ार साल तक इवा उसी शान-शौकत, उसी प्यार से अपने बेकमीज़ों, ग़रीबों, मज़दूरों को दर्शन देती रहेगी, सहारा देती रहेगी!

चुनाव में जो सबसे आश्चर्यजनक बात हुई, वह यह कि पेरों ने अपने साथ उपराष्ट्रपति पद के लिए अपनी वर्तमान पत्नी इसाबेल का नाम प्रस्तावित किया। इसाबेल जब भी मंच पर या टेलिविजन पर आती, तो जनता बजाय उसका स्वागत करने के एविटा! एविटा! हमारे हृदयों की रानी एविटा! के नारे लगाने लगती! इसाबेल ने स्वयं घोषित किया कि वह इवा के चरण-चिह्नों पर ही चलेगी। लेकिन जनता इससे सन्तुष्ट नहीं, वह इवा को सशरीर अपने बीच देखना चाहती थी। जब राष्ट्रपति पेरों से पत्रकारों ने पूछा कि अभी तक वे इवा के शरीर को अर्जेंटाइना क्यों नहीं लाये, तो उन्होंने उत्तर दिया, ''आप विश्वास रखिए, हम इवा को अपने से इतनी दूर नहीं रख सकते। लेकिन मैड्रिड से हम इवा को तभी बुलाएँगे, जब हम यह निश्चय कर सकेंगे कि हम उसका स्वागत कैसे करेंगे और उसे कहाँ रखेंगे!''

'चे' और 'टी' की प्रेम कहानी

इतिहास वर्तुलाकार गति से चलकर बार-बार अपने को दोहराता है या द्वन्द्वात्मक गति से आगे प्रगति करता है, इसे लेकर विद्वानों में बहसें होती रही हैं और होती रहेंगी। इतिहास कैसे बदला जा सकता है, इसकी कार्य-नीति तय कर सक्रिय कार्यकर्ता कर्मक्षेत्र में कमर कसकर उतरते रहे हैं और उतरते रहेंगे—

लेकिन इतिहास की बड़ी-बड़ी ताकतों के तुमुल टकराव के बीच हमेशा ही कुछ लोग ऐसे भी आते रहे हैं और आते रहेंगे, जिनके हृदय में प्रेम के अंकुर असमय ही फूट पड़े और वे इतिहास की लहरों के थपेड़े में अजीब त्रासदायी स्थितियाँ भोगते हुए, न तो पूरी तरह प्यार कर पाये और न उसकी जकड़न से मुक्त हो पाये। बस चुपचाप, कहीं अन्दर-ही-अन्दर, संशय द्विविधा और ममता के शिकंजे में कसकर टूटते चले गये।

ऐसी ही एक विचित्र कथा है तेज़, प्रतिभाशाली, साहसी सुन्दरी तानिया की। चे ग्वेवारा का नाम आज कौन नहीं जानता! बोलीविया के जंगलों में ग्यारह महीने तक छापामार अभियान चलाने के बाद, जब वे मारे गये, तब उनके सामान से दो महत्त्वपूर्ण चीज़ें निकलीं। एक तो उनकी डायरी, जिसमें उन्होंने प्रतिदिन की घटनाओं का हाल लिखा था और हर महीना पूरा होने पर महीने भर की प्रगति का विश्लेषण भी। उसी डायरी को बाद में क्यूबा के राष्ट्रपति और चे के मित्र फ़िदेल कास्त्रो ने सम्पादित किया और एक बड़ी-सी भूमिका के साथ छपवाकर विश्वख्यात कर दिया।

चे के बटुए में दूसरी चीज़ थी—एक लड़की का चित्र! कौन थी वह? जाँच-पड़ताल करने पर पता चला कि वह तानिया थी। छापामार तानिया, जिसका जिक्र चे ने अक्सर अपनी डायरी में टी. के रूप में किया था। इस टी. की कहानी लगभग अजानी ही रह गयी। उसका प्रारम्भ यों हुआ था कि दूसरा महायुद्ध शुरू होने से पहले की बात है—

बर्लिन के निर्वासित प्रोफ़ेसर ऐरिख ओत्तो हेनरीख बुंके की यहूदी पत्नी

ऐस्पेरांजे बाइडर ने 19 नवम्बर, 1937 को ब्यूनो आयर्स में एक पुत्री को जन्म दिया। पति-पत्नी दोनों कम्युनिस्ट विचारधारा के थे। नाजी दमन से पीड़ित होकर 1935 में ही वे अर्जेंटाइना आ गये थे। 1939 में उन्हें वहाँ की नागरिकता मिल गयी और वे पार्टी की गुप्त कार्यवाहियों में सरगर्मी से भाग लेने लगे। बेटी तमारा बुंके भी इन्हीं संस्कारों में पल-बढ़ रही थी।

उन्हीं दिनों अर्जेंटाइना की कम्युनिस्ट पार्टी के बीच कुछ सदस्य ऐसे भी थे, जिनकी विचारधारा कुछ अलग थी। उनके चिन्तन की दिशा कुछ नयी थी। इन्हीं सदस्यों में से थे, लिंख ग्वेवारा और उनकी पत्नी सेलिया दे ला सेर्ना। इन्होंने तथा इनके साथियों ने तत्कालीन व्यवस्था के विरोध में वैचारिक युद्ध छेड़ दिया था। ये उन लोगों में से थे, जो सम्भ्रान्त परिवारों के थे, पर चरम वामपंथी बन गये थे।

युद्ध में हिटलर पराजित हुआ, जर्मनी विभाजित हुआ और पूर्व जर्मनी में कम्युनिस्ट सरकार बनी। 1952 में प्रो. बुंके अर्जेंटाइना छोड़कर पूर्व जर्मनी में जा बसे। तब तमारा पन्द्रह बरस की छोकरी ही तो थी, लेकिन बाकायदा व्यायामशाला में प्रशिक्षण लेती थी और 'फ्री जर्मन यूथ' नामक संस्था की सक्रिय सदस्य भी थी। पढ़ने में भी खूब तेज़, व्यवहार में बड़ी कुशल और सुन्दर तो खैर वह थी ही।

उधर अर्जेंटाइना में लिंख का बेटा अर्नेस्टो ग्वेवारा भी राजनीतिक मंच का खासा तगड़ा खिलाड़ी बनता जा रहा था। उसने ग्वाटेमाला में अमरीकी उपनिवेशवाद से संघर्ष के दौरान 1954 में सक्रिय राजनीति की दीक्षा ली थी और 1956 में वह मैक्सिको में बाकायदा छापामार युद्ध की ट्रेनिंग लेने लगा था। यहीं से वह फिदेल और राउल कास्त्रो बन्धुओं के साथ क्यूबा को आजाद कराने चल दिया था। और यहीं से उसका वह नाम मशहूर हुआ, जिसे एक दिन सारी दुनिया जान गयी—चे ग्वेवारा।

1957-59 के दौरान कास्त्रो ने चे तथा कुछ अन्य साथियों के साथ जो क्रान्तिकारी अभियान चलाया, उससे शासन सूत्र उन लोगों के हाथ में आ गया और चे क्यूबा सरकार के अर्थमन्त्री बने। उधर तमारा की पढ़ाई भी पूरी हो गयी थी। पार्टी के तमाम महत्त्वपूर्ण काम करते हुए वह पूर्व बर्लिन की हम्बोल्ट यूनिवर्सिटी में मार्क्सवादी दर्शन पढ़ रही थी। साथ-ही-साथ लैटिन अमरीकी पर्यटकों के लिए दुभाषिये का काम भी करती थी। इसी दौरान, पार्टी के कार्यों के सिलसिले में उसने मास्को, प्राग और वियना के कई चक्कर भी लगा लिये थे और सोवियत अधिकारियों ने इस तराशे हुए हीरे को पहचान भी लिया था। धीरे-धीरे तमारा बुंके उनकी एक बहुत ही चतुर सहायिका बन गयी। पर्यटकों के दुभाषिया के रूप में विदेशी मेहमानों को वह कुछ ऐसे चक्करों में डाल देती

थी कि अपनी इज़्ज़त बचाने के लिए उन्हें मास्को को कुछ उपयोगी गुप्त खबरें भेजनी पड़ जाती थीं। यह सब उसके बायें हाथ का खेल था।

1960 में क्यूबा के राष्ट्रपति बैंक के अध्यक्ष की हैसियत से अर्नेस्टो चे ग्वेवारा पूर्व जर्मनी और क्यूबा की सरकारों के बीच लाखों डॉलर का व्यापार समझौता करने बर्लिन आये थे। इसी सुन्दरी विदुषी विश्वसनीय तमारा बुंके को उनका दुभाषिया तैनात किया गया। लेकिन अपने फ़न की उस्ताद, तीसमारखां, तमारा बुंके चे के सामने अपनी सारी हेकड़ी भूल गयी। पहली ही नज़र में इस रोबीले और भव्य व्यक्तित्व वाले चे पर वह मर मिटी। आँखों से दिल में, दिल से ज़ेहन में और देखते-देखते वह रग-रग में समा गया।

चे अपनी दूसरी पत्नी आलिदा मार्च के साथ सुखी वैवाहिक जीवन बिता रहे थे, पर उनके मन में भी इस तेज़-तर्रार प्यारी-सी लड़की को देखकर कुछ सुरसुरी-सी जागी। अर्जेंटाइनावाले ख़ास लहजे में स्पेनी भाषा बोलकर उस परदेश में तमारा धीरे-धीरे चे के ख़ासा नज़दीक आ गयी। मार्क्सवादी विचारधारा और उसके सौन्दर्य ने सोने में सुहागा मिला दिया था। सुन्दर देहयष्टि, लम्बोतरा चेहरा, तेज़ चमकीली नीली आँखें, कन्धों तक लहराते मुलायम भूरे बाल—यानी तमारा बुंके। एक और ख़ासियत थी—इस छोकरी में, जिसने उसे चे की नज़रों में काफ़ी चढ़ा दिया था, वह था, उसके व्यक्तित्व में बुर्जुआ और तानेपन का अभाव। मर्दाना लिबास और यहाँ तक कि मिलिट्री की पोशाक़ भी तमारा पर खूब फबती थी।

मज़े की बात यह है कि चे की ज़िन्दगी में जितनी भी औरतों ने महत्त्वपूर्ण भूमिकाएँ अदा कीं, वे सभी पुरुषोचित ओजस्विता भरी महिलाएँ ही थीं। मसलन, चे की माँ सेलिया, उसकी पहली प्रेमिका चिचिना फ़ैरो। चिचिना अमीर घराने की बड़ी ख़ूबसूरत लड़की थी, लेकिन चे जैसी ज़िन्दगी गुज़ारना चाहते थे, उसके लिए उसने स्वयं को समर्पित नहीं किया और उसने चे से नाता तोड़ लिया। फिर आयी चे की पहली पत्नी हिल्डा गादे। पेरू की कम्युनिस्ट पार्टी की सक्रिय सदस्य। वही थी, जिसके साथ के कारण ये मार्क्सवाद के चिन्तन और व्यावहारिक उपयोग के व्याख्याता बने। उसके बाद, उनकी पत्नी आलिदा, जो चे के साथ कन्धे-से-कन्धा भिड़ाकर मर्दों की तरह लड़ी थी। और लीजिए, अब मन को भाने लगी थी, यह तमारा। कुछ इतिहास लेखकों के अनुसार जो रूसी अधिकारियों के लिए कुछ महत्त्वपूर्ण कार्य अपने जिम्मे ले चुकी थी।

कहा जाता है कि 1961 तक तमारा बुंके बाक़ायदा अपना विभाग सँभालने लगी थी और उसे पहली बार बड़ा काम सौंपा गया था— बेहद जटिल काम। तमारा को क्यूबा जाकर उस क्षेत्र की गतिविधियों पर नज़र रखनी थी और उस क्षेत्र की गतिविधियों का केन्द्रबिन्दु आंप जानते हैं कौन था? वह था, तमारा का

चितचोर चे ग्वेवारा।

लेकिन तमारा पूर्व जर्मनी से अचानक यों ही कैसे क्यूबा जा धमके? इसके लिए उसने भूमिका बनानी शुरू की। क्यूबा से आने वाले हर ख़ास व्यक्ति से अपने ख़ास अर्जेंटाइनावाले लहजे में बात करके तमारा ने यह कहना शुरू किया कि अब उसे अपने मुल्क, अपनी भाषा और अपने रीति-रिवाज़ों की याद बहुत सताने लगी है। अब अपने वतन लौट चलने का जी होता है। वहाँ कोई काम मिल जाये, तो कितना अच्छा हो। कहीं भी रह लो, कहीं भी बस जाओ, पर अपने वतन की मिट्टी न जाने क्यों खींच-खींच कर बुलाती ही रहती है। ऐसी ही बातें करने के दौरान उसकी भेंट एक बैले नर्तकी से हुई। क्यूबा का एक बैले दल पूर्व जर्मनी के दौरे पर आया था। तमारा उस दल की दुभाषिया बनी। अपनी मीठी बातों से उसने दल की निर्देशिका का दिल जीत लिया। वह निर्देशिका उसे अपने दल के साथ क्यूबा ले जाने को राज़ी हो गयी ताकि 'होम सिक' तमारा को वतन की मिट्टी माथे लगाने का मौका मिल सके। तमारा बुंके 12 मई, 1961 को हवाना पहुँच गयी।

लेकिन वह क्यूबा किसी गुप्त कूटनीति के मिशन पर गयी, जैसा कुछ लोग कहते हैं या केवल चे के व्यक्तित्व से सम्मोहित होकर, उसके ऐतिहासिक अभियान की भागीदार बनने के लिए, यह कहना कठिन है। पर इतना ज़रूर है कि वहाँ जाकर वह सबसे पहले चे से मिली। चे ने अपने प्रभाव से उसे शिक्षा मन्त्रालय के तहत महिला मिलिट्री विभाग में काम भी दिलवा दिया। उसे तो जैसे मनमाँगी मुराद मिल गयी। मन की गहराइयों में जो चुपचाप समाने लगा था, उस प्रिय-पात्र का निरन्तर सम्पर्क और साथ मिलेगा, इसकी कल्पना मात्र उसे सिहरन दे जाती थी। लोग चमत्कृत थे कि गजब की चुस्ती और फ़ुर्ती से, जैसे पलक झपकते ही उसने इतना बड़ा काम बना लिया। यह किसे मालूम था कि इस समय तमारा बुंके के लिए उसका काम शायद कुछ और भी था, तो भी उसका काम था बहुत ही नाजुक। कोई साधारण व्यक्ति हो, तो तनाव से उसकी नसें फट जायें। एक विदेशी लड़की को एक ऐसा नाजुक काम। उसकी एक ज़रा-सी भी चूक उसका सत्यानाश कर सकती थी। साथ ही बड़ी-बड़ी हस्तियों का मखौल भी बन सकता था।

बेइन्तिहा नाज़ुक और पेचीदा काम करते हुए भी, कमाल देखिए इस अद्‌भुत लड़की का कि उसने एक ही झटके में कई ज़िन्दगियों को भीतर से झकझोर दिया था। जैसे, हवाना में चे की दूसरी पत्नी आलिदा आशंकित रहने लगी थी। वहीं हवाना में ही प्रथम पत्नी हिल्डा भी रहती थी। आलिदा ने हिल्डा से उसका पति छीन लिया था। अब उसी आलिदा को यह छोकरी परेशानी में डाल रही

है, इस स्थिति से हिल्डा को बड़ा मानसिक परितोष और मज़ा मिल रहा था।

अपनी-अपनी निजी ज़िन्दगियों में भावनाओं की उथल-पुथल लिए हुए सब अपने-अपने कामों में भी पूरे जोश और सरगर्मी से लगे हुए थे। तमारा यों तो चे की गतिविधियों पर नज़र रखने और सूचना भेजने के लिए तैनात की गयी थी, पर वह तो अब ऐसी बाँसुरी बन गयी थी, जो किन्हीं ख़ास होठों की फूँक से बड़े सुर में बज उठती थी। 1962-63 में तो अधिकारीगण परेशान-से देखते रह गये कि उनकी सबसे चतुर सहायिका स्वयं चे के काम बड़े उत्साह से करती दिखाई देती है, पर वे यह बिल्कुल समझ नहीं पा रहे थे कि तमारा यह सब केवल दिखाने के लिए यानी कि चे को भ्रम में रखने के लिए कर रही है या कोई गर्म आग उसके मन में सुलगने लगी है। चूँकि ये सारे काम बड़े नाज़ुक होते हैं, धीरज के साथ किये जाते हैं, इसलिए तुरन्त निर्णय लेना भी कठिन था, बात चलती रही। समय गुज़रता रहा कि दो बरस के भीतर ही साफ़ हो गया कि चे की तथा सत्ताधारी मित्रों की अब पटनेवाली नहीं है। लैटिन अमरीका के देशों की अपनी निजी शासन-पद्धति चाहे जैसी हो, पर मास्को उनके साथ शान्तिपूर्ण राजनयिक सम्बन्ध रखने के पक्ष में था। जबकि चे ने लैटिन अमेरिका में रूसी या चीनी क्रान्ति से अलग ढंग की क्रान्ति की योजना बनायी थी। क्यूबा के अर्थमन्त्री की हैसियत से भी चे जो कुछ कर रहे थे, उससे उनकी चारों ओर काफ़ी आलोचना हो रही थी। कुछ लोग उनकी नीतियों का समर्थन करते थे, तो अनेक लोग उन्हें कतई ग़लत नज़रिये और उद्देश्यों वाला व्यक्ति समझते थे। बहरहाल सबकुछ मिला-जुलाकर नतीजा यह हुआ कि चे कास्त्रो सरकार से अलग हो गये। और इन सबसे मुक्त होकर चे फिर अपने रास्ते पर चल दिये। सबसे पहले वे कांगो गये, जहाँ उन्होंने किनशांसा क्रान्तिकारियों की मदद की। फिर बोलीविया को अपना केन्द्र बनाया। लेकिन कुछ बड़े साम्यवादी देश लैटिन अमरीका में हो रहे इस प्रकार के प्रयोग को अधकचरी साहसिकता मानते थे और उनका ख़याल था कि इससे साम्यवादी आन्दोलन को हानि ही पहुँचेगी। इसलिए ज़रूरी था कि चे की योजनाओं का पता लगता रहे। और इसके लिए सिर्फ़ एक ही माध्यम हो सकती थी—वही, तमारा बुंके।

अन्धा क्या चाहे, दो आँखें! कहते हैं कि तमारा इस आग से खेलने को तुरन्त राज़ी हो गयी थी। लेकिन अब काम ज़्यादा ख़तरनाक था। तब तो दोस्ती के स्तर पर चे की गतिविधियों पर नज़र रखनी थी, उसके अलावा वे सत्ताधारी थे, नागरिक जीवन जी रहे थे। काम तब भी कठिन था, पर रोज़मर्रा की ज़िन्दगी कठिन नहीं थी, लेकिन अब तो खुले आसमान के नीचे धरती चे का बिछौना थी, जंगल उनका बसेरा। वैसी स्थिति में काम करना सब ओर से कठिन था।

तो क्या? वह प्यार ही क्या? जो कठिनाइयों के काँटों को चूम न सके! चे से दूर रहकर दिल जो लहूलुहान हो जाता है, उससे तो बेहतर होगा कि साथ रहकर पाँव ही लहूलुहान हों!

सब सोच-समझकर तमारा बुंके 18 नवम्बर, 1964 को बोलीविया पहुँच गयी। इस बार उसने अपना नाम बदल दिया। नया नाम था लॉरा गुतरेज बाडर। लॉरा ज़ाहिर तौर पर बोलीविया विश्वविद्यालय में फार्मेसी की शिक्षा लेने आयी थी। इस नये रूप को यथार्थ का रंग देने के लिए उसने एक ग़रीब-सी लड़की का भेस धरा था। यानी बेचारी लॉरा गुतरेज को लॉ पाज में अपनी आजीविका भी कमानी पड़ती थी। बेचारी ग़रीब लड़की, पढ़ने के साथ-साथ काम भी करती थी, ट्यूशनें भी करती थी। उससे जर्मन पढ़ने के लिए बहुत लोग आते थे। इन्हीं ट्यूशनों के सिलसिले में उसकी भेंट एक प्रसिद्ध पत्रकार से हुई। उसने लॉरा की प्रतिभा से प्रभावित होकर उसे अपनी पत्रिका बिक्री का एजेंट बना दिया। सभी इस भली-सी, प्यारी-सी लड़की से खुश थे। बेचारी एक छोटे-से कमरे में रहती है। ज़मीन पर सोती है। कितना काम करती है। कैसी शर्मीली-सी चुपचाप है, पर है बड़ी तेज जहीन! न किसी झगड़े में, न फसाद में। अपनी आजीविका कमाती है और पढ़ती-लिखती है। न कहीं आना, न जाना। हाँ, इधर उसकी एक नयी सहेली बन गयी है। अनीता हैनरीख। उसी के साथ जरूर कभी-कभार शान-शौकतवाली पार्टियों में चली जाती है और गाहे-बगाहे कभी पी-पिला भी लेती होगी। पर बेचारी है बड़ी भली और सीधी-सादी। लोगों को आभास नहीं हुआ कि कैसे इस सीधी-सी छोकरी ने देखते-देखते अनीता के माध्यम से बोलीविया की सरकार तक से चुपचाप अपने सम्पर्क-सूत्र और साधन जोड़ लिए। (अनीता तत्कालीन विधिमन्त्री के सचिव की पत्नी थी) किसी ने उसे कोई छिछली हरकत करते कभी नहीं देखा। उसे बस एक ही शौक़ है, रेड इंडियन संगीत वह खूब सुनती रहती है। हाँ, सिरामिक्स भी उसे बड़े पसन्द हैं। आखिर सारी ज़िन्दगी यूरोप में पली, बढ़ी, पढ़ी है, तो लॉ पाज़ के कुछ नौजवान कलाकारों, बुद्धिजीवियों और लीडरों से उसका मेलजोल बढ़ने लगा है, तो इसमें ऐसी क्या बात है। हमें तो भई, वह बड़ी अच्छी लगती है। बस, ऐसी तमाम तरह की बातें लोग इस लॉरा गुतरेज के लिए करते रहते थे। आस-पड़ोस में वह ख़ासी लोकप्रिय हो गयी थी।

अपनी इसी सामाजिक लोकप्रियता और कलाप्रिय व्यक्तित्व की आड़ में लॉरा ने आँधी-पानी से टकराना और आग से खेलना शुरू कर दिया। जो होगा,देखा जाएगा। जैसे भी बनेगा, वह दो विपरीत ध्रुवों के बीच पुल बना ही लेगी। उसे जाने क्यों ऐसा भरोसा बनता जा रहा था कि ईश्वर जो करेगा, अच्छा ही करेगा।

ऐसा कहते हैं कि कुछ बाहरी साम्यवादी देशों के सम्पर्क तो थे ही, लेकिन चे भी उस पर इतना भरोसा करते थे कि उन्होंने अपने बहुत नाज़ुक और ख़ास काम उसी को सौंप रखे थे। तीसरी ओर, शायद सबकी विश्वासपात्र बनी रहने के प्रयास में वह बोलीविया की कम्युनिस्ट पार्टी का काम भी करती थी। चे के लिए तो अपने सुदूर दक्षिण के एकान्त स्थान को लॉ पाज के शहरी कार्यक्षेत्र से मिलाने का एकमात्र पुल तमारा यानी लॉरा ही थी। इसके अतिरिक्त चे ने उसे एक बहुत महत्त्वपूर्ण काम सौंपा हुआ था। बोलीविया में क्रान्ति के बाद चे का दूसरा इरादा अर्जेंटाइना में अपना कार्य आरम्भ करने का था। चे ने अपने अर्जेंटाइना के सूत्रों तथा मित्रों से सम्पर्क का माध्यम लॉरा को ही बनाया था।

ऐसी तमाम हंगामेदार विचित्र स्थितियों में जीते हुए तमारा यानी लॉरा ने एक नया गुल खिलाया। उसने 1966 के जून के महीने में एक बोलीवियन युवक से शादी कर ली। यह युवक उसी युनिवर्सिटी में औद्योगिक इंजीनियरिंग की शिक्षा ले रहा था, जहाँ तमारा फार्मेसी पढ़ती थी। यह मोहब्बत कब परवान चढ़ी, यह सोचना कतई ज़रूरी नहीं है। क्योंकि यह शादी प्यार और मोहब्बत के लिए तो की नहीं गयी थी, यह तो महज़ इसलिए रची गयी थी ताकि तेज़-तर्रार विदुषी तमारा बुंके यानी लॉरा गुतरेज को बोलीविया की नागरिकता और पासपोर्ट मिल सके और उसकी गतिविधियाँ निर्बाध चलती रहें। बेचारे भोले युवक को क्या मालूम था? वह गरीब तो लॉरा को सचमुच जी-जान से प्यार करने लगा था। छह-सात महीने बाद जब उसे पता लगा कि लॉरा उससे तलाक़ लेना चाहती है, तो रो-रोकर उसने ख़त लिखा था कि उसके जज़्बातों पर ख़ुदा के लिए ऐसा क़हर न ढाये। लेकिन अब तमारा अगर सबके जज़्बात का ख़याल करने लगे, तो खुद को कैसे सँभाल पाएगी? उसने कोशिश करके उसे बल्गारिया से एक बड़ा स्कॉलरशिप दिलवा दिया और वह वहाँ चला गया। देता गया लॉरा को बोलीविया की नागरिकता और पासपोर्ट। इस तरह बोलीविया के दक्षिण-पूर्व में निआकाउ नामक कस्बे तक निर्द्वन्द्व आने-जाने में उसे किसी कठिनाई का सामना नहीं करना पड़ता था। निआकाउ के भीतरी सिरे पर बसे एक फार्म पर चे ने अपना अड्डा जमाया हुआ था। वहाँ के जंगलों में अज्ञातवास करते हुए वह अपनी गतिविधियाँ संचालित कर रहे थे।

शहरी ज़िन्दगी जीने की आदी तमारा को छोटी-मोटी सवारियों में जब-तब इतनी दूर आने-जाने में बड़ा कष्ट होता था। समय भी बड़ा नष्ट होता था। इसलिए उसने एक कीमती टोयाटो जीप ख़रीद ली। उसके पत्रकार मित्र तथा अन्य प्रशंसकों तथा पड़ोसियों को जब अचरज होने लगा कि कल तक की एक ग़रीब सीधी-सादी छात्रा, आजा टोयाटो जीप में घूम रही है, तो उसने बड़े लाखारा

अन्दाज़ से बताया कि अरे, वह तो जर्मनी में मेरे एक अमीर रिश्तेदार के गुज़र जाने पर उनकी वसीयत के अनुसार कुछ धन मुझे मिला था, तो मैंने सोचा, बाबा ज़िन्दगी में कभी इतना पैसा देखा नहीं। पास रहा, तो कहीं आदतें न बिगाड़ बैठूँ, इसलिए यही उपाय ठीक लगा कि इससे एक जीप ख़रीद ली जाये। और सच्ची बात तो यह है कि जब मैं नन्हीं-सी बच्ची थी, तब से बस एक ही सपना देखती आ रही हूँ...काश! मेरे पास अपनी एक गाड़ी होती। बस पहला मौक़ा मिला कि मैंने अपना सपना सच कर लिया है। अब देखूँ, कब तक इसे रख पाती हूँ।

लेकिन लोगों के मन में कुछ और शक जागे या लोग उसकी गतिविधियों से कुछ ताड़ने लगें, इसके पहले ही तमारा ने वह बस्ती छोड़ दी और चे जिस निआकाउ गाँव में रह रहे थे, उसी के पास कामिरी नाम के छोटे-से धूल भरे क़स्बे में तमारा जा बसी। यहाँ आकर फिर उसने अपना नाम बदल लिया और प्रोफ़ेसर तानिया के नाम से ज्योतिषगीरी करने लगी। भोले-भाले ग्रामीणों के हाथ देखकर उनकी भावनात्मक तथा अन्य छोटी-मोटी मदद करके तानिया ने उन सबका मन बहुत जल्दी जीत लिया। शीघ्र ही उसे रेडियो में एक नौकरी मिल गयी। कारारेंडा रेडियो से वह एक प्रोग्राम प्रसारित करती थी, जिसमें प्रेम-पीड़ित युवक-युवतियों के पत्र पढ़े जाते थे और तानिया उन्हें सलाहें देती थी। इन्हीं समस्याओं और सलाहों के दौरान बड़ी चतुराई से वह कोड भाषा में चे के लिए सन्देश भी प्रसारित कर दिया करती थी तथा चे के सन्देश अन्य स्थानों पर पहुँचा दिया करती थी। सुननेवालों को पता भी नहीं चलता था और एक जगह से बैठे-बैठे तानिया न जाने कितनी जगहों पर गुप्त सन्देश भेज देती थी। जिन्हें समझना था, वे समझ लेते थे।

यह सबकुछ वह बड़ी खूबी से करती चली जा रही थी कि अकस्मात् कहीं कुछ गड़बड़ा गया। अब यह भी हो सकता है कि भयंकर मानसिक ज़िम्मेदारियों और तनावों में जीते-जीते तानिया से यह भूल हो गयी हो या फिर यों भी हो सकता है कि जैसे-जैसे समय बीतता जा रहा था, तानिया का चे के प्रति प्यार पकता जा रहा था और वह अधिक-से-अधिक समय उनके पास, उनके साथ ही गुज़ारना चाहती थी। दूरी उसे अब बहुत तकलीफ़ देने लगी थी। बहरहाल हुआ यह कि चे के दो बेहद नज़दीकी छापामार साथियों काको और इंटी के साथ वह अपनी टोयाटो में अक्सर यहाँ-वहाँ घूमती रहती थी, कहवाघरों में बैठती और अक्सर लोगों से कह बैठती—हम सब छापामार गुरिल्ले सैनिक हैं। यह प्रकट कर देना बहुत ख़तरनाक था। पर उसने किया क्यों ऐसा? जान-बूझकर विश्वासघात या अनजानी गलती? या यों भी हो सकता है कि लाख चाहकर

भी चे का हर पल का साथ उसे मिल नहीं पाता था। तो अपने स्वप्न संगी की भव्य मूर्ति के साथ अपना हर पल का तादात्म्य करने का यही एकमात्र तरीक़ा उसके पास रह गया हो कि चे के साथ अपना नाम जोड़कर वह लोगों के बीच में एक विचित्र आत्मसन्तोष का अनुभव करती रहती हो।

लेकिन हुआ यह कि गुरिल्ला या छापामार शब्द गाँव वालों के बीच तो शायद ठीक से पहुँचा भी नहीं, पर यह शब्द उड़ता-उड़ता स्थानीय सैनिक अड्डों तक ज़रूर पहुँच गया और उनका ध्यान इस लड़की की गतिविधियों के प्रति आकृष्ट हो गया। धीरे-धीरे उन्होंने सब पता लगा लिया कि छापामारों के अड्डे तक राशन, पानी, सन्देश, कारतूस, धन, सैनिक मदद तथा तमाम अन्य तरह के सम्पर्क-सूत्र यही लड़की बाँधे है।

उधर चे तानिया पर बेहद निर्भर रहने लगे थे। उन्होंने अपनी पहली जनवरी, 1967 की डायरी में लिखा है—"हमने तानिया की अर्जेंटाइना यात्रा का इन्तज़ाम कर दिया है। मोरीसियो और जोजामी से बातचीत करके, उन्हें यहाँ लेकर आना है।" तानिया इस तरह के कई लोगों से उनकी मुलाक़ातों का इन्तज़ाम करती रहती थी। पर चूँकि उसकी जीप को अब गाँव वाले पहचानने लगे थे। इसलिए चे ने तानिया से कहा था कि जहाँ तक हो सके, वह कम ही आया करे। पर कोई-कोई बातें ऐसी भी होती हैं न कि बावजूद समझदारी के, दिल नासमझी कर ही बैठता है। ऐसा ही एक बार तब हुआ, जब एक दिन रेजी देब्रे को लेकर तानिया पहुँच गयी। चे ने अपनी 21 मार्च, 1967 की डायरी में इस घटना के बारे में लिखा है—"तानिया ने सब सम्पर्क साध लिये। वे लोग मिलने भी आये। लेकिन वह कहती है, उसे वे लोग ज़िद करके यहाँ तक साथ ले आये हैं। वह सोचकर तो यही आयी थी कि एक दिन में चली जाएगी। पर मामला कुछ गड़बड़ हो रहा है। जोजामी पहली बार कामिरी रुक नहीं सका था। और दूसरी बार आया, तो भी हमारे पास तक नहीं आ पाया। क्योंकि तानिया तो यहाँ हमारे पास थी। ईवान के नाम से तानिया भड़क-सी जाती। समझ में नहीं आता माजरा क्या है? लोयोला का 9 फरवरी तक का डेढ़ हज़ार डॉलर का हिसाब चुका दिया है। ईवान की भेजी दो रिपोर्ट भी मिलीं। एक में तो मिलिट्री अकादमी की फ़ोटो है, दूसरी में भी कुछ विस्तृत जानकारियाँ हैं।"

हुआ यह था कि तानिया को चे की मुलाक़ात फ़िदेल कास्त्रो के सैद्धान्तिक सलाहकार तथा प्रख्यात फ्रांसीसी युवा चिन्तक रेजी देब्रे तथा अर्जेंटाइना के एक कलाकार बुस्तोस से करानी थी। स्वयं तानिया ने भिन्न माध्यमों से इनसे बाचीत पक्की कर ली थी और वह ख़ुद भी इन्हें पहचानती नहीं थी। अब मुलाक़ात कैसे हो? तो एक दिलचस्प तरीक़ा सोचा गया। उन दोनों को एक विशेष होटल

में बुलवाया गया और यह कहलवा दिया कि आप अपने हाथ में 'लाइफ़' पत्रिका का नवीनतम अंक लेकर आएँगे। बस, होटल में आने-जाने वाले तमाम लोगों पर एक विशेष परिचारक ख़ास निगाह रख रहा था। जैसे ही एक आदमी उसे लाइफ़ पत्रिका का अंक हाथ में लिये आता दिखा, वह लपककर उसके पास पहुँचा और बोला, "कहिए महोदय, आपकी क्या सेवा कर सकता हूँ? क्या आप बोलीविया का सुन्दर सूर्योदय देखने आये हैं?" उसने कहा, "जी हाँ, ठीक समझा आपने।" बस, बैरा महोदय उनको एक विशेष कमरे में ले गये। यह एक निश्चित संकेत था। लाइफ़ पत्रिका लिए अन्य व्यक्ति से यदि सूर्योदयवाली बात पर स्वीकारात्मक उत्तर न मिलता, तो उसे यों ही इधर-उधर की बातें कर के छोड़ दिया जाता। लेकिन सौभाग्य से दोनों 'सूर्योदय' देखने को उत्सुक व्यक्ति मिल गये। तानिया उन्हें लेकर चे के पास जाने लगी, तो कोको और इंटी ने मना भी किया कि वह अपनी जीप में इनके साथ न जाये, क्योंकि गाँववालों को शक होने लगा है कि हम लोग फ़ार्म पर कहीं कोकेन बनाते हैं और उसकी स्मगलिंग करते हैं। लेकिन रेजी देब्रे जैसे महत्त्वपूर्ण व्यक्ति को अपने प्रिय के पास ले जाने में उसे जाने कैसी पुलक, जाने कैसे गर्व का अनुभव हो रहा था कि वह खुद को रोक ही नहीं पायी, उन्हें साथ ले जीप में चल दी।

यों कुछ लोग यह भी आरोप लगाते हैं कि आख़िर तमारा बुंके थी तो एक जासूस ही—यह सबकुछ वह जानबूझकर कर रही थी, ताकि वह सेना की निगाह में आ जाये, लेकिन इस आरोप की पुष्टि नहीं होती है। जो भी हो, जीप कुछ ही दूर पहुँची कि सुरक्षा अधिकारियों ने जीप को रोका और उसकी तलाशी का आदेश दिया। उस दिन उन्हें और कुछ तो नहीं मिला, लेकिन तानिया की एक नोटबुक ज़रूर उनके हाथ लग गयी, जिसमें शहर के कई गुप्त छापामारों के नाम और पते लिखे थे।

अब पता नहीं इस डायरी के कारण या किसी अन्य कारण से, पर देखते-देखते हफ्ते भर के भीतर ही 13 मार्च, 1967 से उस क्षेत्र में सेना की गतिविधियाँ बहुत बढ़ गयीं। रेजी देब्रे के साथ तानिया जो वहाँ पहुँची, तो बस लौट ही नहीं सकी। उसे डर था कि लौटी, तो पकड़ी जाएगी। या क्या मालूम, उसने यही सोचा हो कि चलो, बहुत हो लिया। लगता है चे के इस गुप्त निवास के केन्द्र का सेना को पता तो लग ही गया है। अब संघर्ष अवश्यम्भावी है, तो छोड़ो सारी दुनिया का चक्कर, अब तो साथ जिएँगे साथ मरेंगे। उसके सीने में जो औरत का दिल धड़कता था, अब उसे ज़्यादा जुदाई गवारा नहीं थी और फिर तानिया चे को छोड़कर कामिरी या ला पाजा वापस नहीं लौटी। बुस्तोस ने बाद में चे से अपनी मुलाक़ात का संस्मरण लिखते हुए बताया कि चे उस दिन तानिया के

आने से खुश नहीं हुए उन्हें आशंका थी कि कि इसके कारण सेना को उनका सुराग़ मिल सकता था। उन्होंने बुस्तोस और रेजी देब्रे के सामने ही तानिया को बहुत डाँटा। शायद चे की आशंका सही थी। क़रीब दस दिन बाद, 32 आदमियों की एक टुकड़ी सुराग लेते-लेते सीधे चे के कैम्प तक जा पहुँची। और यहीं से अन्तिम मुठभेड़ की शुरुआत हो गयी।

चे ने 23 मार्च, 1967 की डायरी में लिखा है—''आठ बजे के क़रीब कोको भागता हुआ आया और उसने बताया कि सेना की एक टुकड़ी ठीक हमारे मुहिम पर आ गयी। अब तक का परिणाम यह रहा—तीन 60 एम.एम. की मोर्टार, 16 पिस्तौलें, दो बी. जेड, तीन यू.एस. आइ.एस., एके. 30, दो रेडियो, बूट, जूते आदि मिले। सात मारे गये, चार घायल और चौदह अन्य सैनिकों को हमने गिरफ़्तार कर लिया है। लेकिन हमें उनकी खाद्य-सामग्री नहीं मिल पायी। उनके हमले की योजना के काग़ज़ात भी बरामद हो गये हैं...''

इस घटना के बाद से जो सिलसिला शुरू हुआ, वह फिर नहीं टूटा। चे का सान्निध्य चाहनेवाली टी यानी तानिया यानी तमारा बुंके चे के इतने निकट जाकर और भी तनहा हो गयी। चे हर पल संघर्ष में व्यस्त थे। और कौन था वहाँ, जिसके कन्धे पर सिर रखकर वह घड़ी भर के लिए रो भी लेती या जिससे यहाँ की, वहाँ की, तमाम दुनिया जहान की बातें कर के जी हल्का कर लेती। बाहर की जिस दुनिया में एक-से-एक बहादुरी के नाजुक-से-नाजुक काम कर के भी वह मस्त पंछी-सी उन्मुक्त आकाश में मँडराती रहती थी, उस दुनिया से उसने स्वयं को एकदम काट दिया था—अपने चे के लिए! और धीरे-धीरे ऐसे दिन आ गये थे कि चे के साथी एक-एक कर के मारे जा रहे थे। उनका राशन-पानी बन्द हो चुका था। सेना ने चारों ओर से घेर लिया था।

बचपन से लेकर जवानी तक तानिया ने एक ही चीज़ सीखी थी—काम! काम! काम! भौंरे तो उसके चारों ओर अनेक मँडराये थे, पर वह व्यक्ति केवल एक ही था, जिसके लिए खुद तानिया का रोम-रोम एक आकुल पुकार बन गया था। उसकी साँस-साँस चे की धड़कनों में बसती थी—और वही चे अब बहुत बड़ी मुसीबत में फँस गये थे। बेचारी टी पर प्यार की और क़िस्मत की ऐसी मार पड़ी कि उसकी नसें तड़तड़ा उठीं। कलेजे की भयंकर घुटन तेज बुख़ार के रूप में फूट पड़ी। वह तेज़ बुख़ार में तड़प रही थी और दुश्मन को सही ठिकाने की टोह मिल गयी थी। बहुत ज़रूरी था कि वह जगह तुरन्त छोड़ दी जाये। सब वहाँ से कूच कर चल पड़े। आड़ा-तिरछा, ऊँचा-नीचा, बीहड़, पहाड़ी जंगली रास्ता। बीमार तानिया उन लोगों के लिए मुसीबत बन रही थी। उसकी चाल से धीरे-धीरे अगर चला जाएगा, तो दुश्मन सबको एक साथ भून डालेगा। इसीलिए

हार कर चे को यही व्यवस्था करनी पड़ी कि अपने सबसे नज़दीकी साथी जोक्विन तथा अन्य आठ सैनिकों की देखरेख में तानिया को पीछे छोड़ कर वे आगे बढ़ गये।

बेचारी टी! न ख़ुदा ही मिला, न विसाले सनम! इस मर्मांतक चोट से वह बिल्कुल ही टूट गयी। कहते हैं, अन्तिम दिनों में तो वह एकदम पगला गयी थी। बहकी-बहकी बातें करने लगी थी। सोते-सोते चीख़ने लगती थी। चिल्ला उठती थी—"सेना आ रही है, सेना आ रही है।" जोक्विन आदि को तानिया के जासूस होने का शक था, ऊपर से उनकी जान पर आफ़त बनी। वह बीमार हो कर रास्ता भी ठीक से नहीं चल पा रही थी। उसके कारण जोक्विन भी अपने साथियों सहित भाग कर सुरक्षित स्थान में नहीं पहुँच पा रहा था, इसीलिए वह अपनी सारी झल्लाहट और ग़ुस्सा तानिया पर उतारा करता। उन सबकी हिकारत और नफ़रत, बुख़ार की कमज़ोरी भूखे-प्यासे मीलों का पैदल सफ़र! वह नीली आँखों, भूरे बालोंवाली तेज़ तर्रार ज़हीन विदुषी तमारा बुंके बिल्कुल टूट चुकी थी। प्यार में पड़कर वह अपने प्रिय के प्रति जो एक असावधानीपूर्ण भूलकर बैठी थी, उसकी भरपूर सज़ा उसे मिल गयी थी। और अधिक यन्त्रणा उससे अब सही नहीं जा रही थी। वह हाथ जोड़-जोड़ कर जोक्विन तथा दूसरे साथियों से विनती करती कि अब और नहीं सहा जाता। दया कर के मुझे गोली मार दो। लेकिन वे कहते—"कारतूस फ़ालतू नहीं है।" इसके अलावा, कहते हैं, तब वह माँ बननेवाली भी थी। जोक्विन चाहता था कि किसी तरह उसे पास के किसी गाँव तक पहुँचा दे। कुरढ़ती घिसटती चलती तानिया रो-रो कर अधमरी-सी हो चली थी।

और तानिया को उस मर्मांतक यन्त्रणा से छुटकारा मिला—लेकिन विचित्र ढंग से! उसका दल जंगल घाटी से होते हुए धीरे-धीरे छिपता हुआ आगे बढ़ रहा था। 31 अगस्त, 1967 को वे एक ख़ुशनुमा स्थान पर पहुँचे। खूबसूरत पहाड़, हरे जंगल और दो नदियों का संगम। मासी कुरी नदी चट्टानों के बीच राह बनाती हुई यहाँ आकर बोलीविया की सबसे बड़ी नदी रायो ग्रांदे में मिल जाती है।

यहाँ पहुँचकर उन्होंने सुख की साँस ली। खुले आसमान को हसरत से देखा और मुँह-हाथ धोने के लिए नदी के पास गये। लेकिन ताज़गी और शीतलता नहीं, वहाँ तो मौत उनका इन्तज़ार कर रही थी। झाड़ियों के पीछे बोलीवियाई सेना का कैप्टन मारियो वार्गास 31 सैनिकों के साथ छिपा बैठा था। लेकिन उसने तुरन्त हमला नहीं किया। वह साँस रोके इन्तज़ार करता रहा। छापामारों ने मुँह-हाथ धोया, कुछ खाया-पिया, फिर अपना सामान और हथियार लादकर वे मासी कुरी पार करने लगे। सबसे पीछे थी बुख़ार में तपती-घिसती बीमार तानिया।

और सहसा कैप्टन वार्गास ने संकेत दिया—'फायर'! 31 स्टेनगनें एक साथ

गरज उठीं। पेड़ों से असंख्य चिड़ियाँ चीखती हुई उड़ीं और कैप्टन ने देखा, सबसे पहले तानिया को गोली लगी। वह उछली, फिर गिर पड़ी। एक तो सबसे पीछे होने के कारण, इनके सबसे नज़दीक थी। दूसरे अन्य छापामारों की वर्दी का रंग जंगल में घुल-मिल जाता था, लेकिन वही अकेली सफ़ेद हरी धारियोंवाला ब्लाउज़ पहने थी, जिस पर निशाना लगाना आसान था। छापामारों ने पलटकर जवाब दिया, मगर काफ़ी देर हो चुकी थी। दो के अलावा बाक़ी सब मारे गये।

बोलीवियाई सैनिक गिरे हुए छापामारों की तलाशी लेने लग गये। और तमारा? वह मरकर भी जैसे बच निकली। उसकी लाश मासी कुरी नदी में गिरी। थोड़ा पानी लाल हुआ और फिर लाश धीरे-धीरे धारा के साथ संगम की ओर बहने लगी। कैप्टन वार्गास और उसके सैनिकों ने ध्यान भी नहीं दिया।

सात दिन बाद जब उसकी लाश किनारे लगी, तो उस सुन्दरी तानिया को पहचानना भी मुश्किल था। जब उसकी और उसके कमर से बँधे थैले की तलाशी ली गयी तो उसका आइडेंटिटी कार्ड, नागरिकता का प्रमाणपत्र और फ़ोटो सहित पासपोर्ट निकला। कुछ करेंसी नोट, होटल और दवाइयों की रसीदें और आप जानते हैं क्या? रेड इंडियन संगीत का एक टेप बजाने पर पता चला कि वह एक उदास वियोग गीत था।

उधर, जंगलों के पार, अपने अड्डे पर क्या चे को तानिया की मौत की ख़बर मिली? नहीं, सिवाय रेडियो सुनने के उनके पास उस समय ख़बर पहुँचने का साधन भी क्या था। 31 अगस्त की मुठभेड़ में तानिया की मृत्यु हुई। 2 सितम्बर की डायरी में उन्होंने लिखा—''रेडियो पर एक अटपटी ख़बर थी कि कामिरी क़स्बे में छापामार लोगों की एक टुकड़ी मारी गयी, जिसमें दस लोग थे और जिसका नेता क्यूबा का जोक्विन था। खबर वायस ऑफ अमेरिका से आयी है, लेकिन स्थानीय रेडियो ने कोई ख़बर नहीं दी।''

चे का मन अब भी इस ख़बर पर विश्वास नहीं करना चाह रहा था। दो-तीन दिन उसकी डायरी में इसी ख़बर को लेकर उधेड़बुन है। लेकिन, आख़िरकार 7 सितम्बर को उन्हें ख़बर मिल ही गयी। उन्होंने लिखा—''रेडियो कूजडेल सर ने ख़बर दी है कि ग्रांदे नदी के किनारे एक लाश आकर लगी है, जो गुरिल्ला तानिया की है।'' 8 सितम्बर को फिर डायरी में वाक्य है, ''ख़बर मिली कि तानिया को दफ़नाते समय बारिआत्तो भी वहाँ मौजूद था। ईसाई प्रथा के अनुसार तानिया का अन्तिम संस्कार किया गया।''

और बस!

भावोद्रेक का एक शब्द भी नहीं। अतिरिक्त एक शब्द नहीं। लेकिन शायद चे जिस जीवन और मौत में झूल रहे थे, वहाँ इस भयानक आघात को निःशब्द

सह लेने के अलावा और चारा भी क्या था? लेकिन उनकी डायरी में एक संकेत ज़रूर मिलता है कि वे अन्दर कहीं बेहद आलोड़ित हो उठे थे। तानिया की मौत पर चुप रहकर, वे बरसे कहीं और। उसी दिन की डायरी में उन्होंने लिखा—"बुदापेस्त के एक अख़बार ने चे ग्वेवारा को एक दयनीय और गैर ज़िम्मेवार व्यक्ति क़रार दिया है और चिली की पार्टी के मार्क्सवादी रुख़ की तारीफ़ की है...काश मेरे पास एक बार सत्ता आ जाये, तो ऐसे चापलूस कायरों के चेहरे से नक़ाब नोच कर फेंक दूँ और इन्हीं के गन्दे चीथड़ों से इनकी नाक रगड़ दूँ।" यह भाषा, यह आक्रोश चे की डायरी में पहली बार मिलते हैं। इसके पहले उन्होंने मतभेद भी व्यक्त किया है, तो सन्तुलित और मर्यादित भाषा में। तो क्या यह तानिया के प्रसंग में अन्दर-ही-अन्दर रोका हुआ भावोद्रेक था, जो इस बहाने इस भाषा में उबल पड़ा! कौन जानता है?...

तानिया के शव की तलाशी में कुछ सूचियाँ मिलीं। बोलीवियाई सेना ने चारों ओर छापामारों को पकड़ना शुरू कर दिया और चे दिनोंदिन घिरने लगे। महीना भर किसी तरह कटा। जिस ख़तरनाक दौर से वे गुज़र रहे थे, उसका पता 6 अक्टूबर 1967 की उनकी डायरी से लगता है। वे लिखते हैं—"हमारे खोजी दस्ते ने पता लगाया है कि पास में ही एक घर भी है और एक कन्दरा भी, जहाँ पानी मिल सकता है। हम कन्दरा में जा छिपे और दिन भर चट्टान के नीचे छिप कर खाना पकाते रहे, पर मैं सारे दिन परेशान रहा। क्योंकि चिली रेडियो पर सुना कि इस ओर करीब 1800 सैनिकों का दस्ता हमारी खोज में है।"

और 7 अक्टूबर की डायरी का आखिरी पन्ना जैसे दुखान्त नाटक का समापन दृश्य हो। लिखते हैं—"आज छापामार अभियान शुरू किये पूरे ग्यारह महीने बीत गये। आज की चढ़ाई बड़ी कठिन थी। रात को दो बजे हमने एक आलू के खेत में पड़ाव डाला है। अब आगे बढ़ना बेकार है। बोलीवियाई सेना ने एक अजीब ख़बर रेडियो से प्रसारित की है। उनका अनुमान है कि हम 37 लोग हैं और हमें मारने को दो सौ फ़ौज़ी तैनात हैं। उन्होंने अनुमान लगाया कि हमारा गुप्त अड्डा अकाटो और ओटो नदियों के बीच कहीं पर है। यह ख़बर ख़तरे की लाल झंडी है।"

और सचमुच यह ख़बर ख़तरे की लाल झंडी ही थी। दूसरे दिन यानी 8 अक्टूबर, 1967 को सेना की एक ख़ासी बड़ी टुकड़ी ने अकस्मात् उन्हें घेर लिया। वे संख्या में कम थे, बचने की आशा भी छूट चुकी थी। फिर भी उन्होंने आख़िरी मोर्चा हिम्मत से सँभाला। पर उसी समय दूसरी सैनिक टुकड़ी ने पीछे से उन्हें घेर लिया। युद्ध एक ऐसी जगह हो रहा था, जहाँ ऊँची-नीची चट्टानें थीं और लोग एक-दूसरे को ठीक से देख भी नहीं पा रहे थे। अन्दाज़ से गोलियाँ चलायी

जा रही थीं। चे के साथी थके थे, घायल थे, बीमार थे। यहाँ तक कि भूखे और प्यासे भी थे। और क़िस्मत की बात कि एक गोली दनदनाती हुई आयी और चे के हाथ की मशीनगन की नली के दो टुकड़े हो गये।

आखिरकार चे पकड़ लिए गये।

घायल चे को गिरफ़्तार कर हिगुएरा गाँव में लाया गया और उनसे बार-बार तरह-तरह के सवाल पूछे जाने लगे। पर चे खामोश थे।

कई दिन गुजरे। अन्त में ला लाज में बारिएन्तो, ओवंदा तथा अन्य सेनाधिकारियों की बैठक हुई और चे को प्राणदंड की सजा सुनाई गयी। मेजर मिगुएल ओ ओरो तथा कर्नल आन्द्रे सैनीख उन्हें प्राणदंड देने के लिए आये। तेरान नाम के सिपाही को हुक्म हुआ कि वह चे को शूट कर दे। तेरान एक बार गया, पर जैसे सहमकर लौट आया। "डरो मत! गोली चलाओ," चे ने दबंग स्वर में कहा। दोनों अफसरों ने भी घुड़का। उसने गोली चलायी, पर वह कमर के नीचे लगी। चे आहत होकर गिर पड़े। इतने में किसी दूसरे सैनिक ने उनकी बायीं कनपटी पर गोली दाग दी।

और! एक विचित्र दुखान्त नाटक का पटाक्षेप हो गया। पीछे छूट गयी उनकी डायरी, और उनके बटुए में पाया गया तानिया का चित्र! तो क्या अन्तिम दिनों में तानिया की स्मृति उनकी धरोहर थी? उन कठोर संकट के दिनों में क्या एक सुकुमार स्मृति बनकर स्वर्गीय तानिया उनके साथ थी? उनकी क्रान्तिकथा के इस बहुत मार्मिक सूत्र को क्या इतिहास भुला देगा?

केनेडी-जैकलीन और ओनासिस

अलजीरिया के प्रधानम॰त्री अहमद बिन बेला की अमरीका यात्रा के अवसर पर स्व. राष्ट्रपति केनेडी के व्हाइट हाउस में उनका शानदार स्वागत किया गया था। उस समय एक बहुत ही दिलचस्प घटना घटित हुई। प्रधानमन्त्री के स्वागत में व्हाइट हाउस के लॉन पर इक्कीस तोपों की सलामी दी गयी। स्वागत कार्यक्रम को देखने के लिए स्वर्गीय राष्ट्रपति की नन्हीं बिटिया कैरोलीन अपने बीस-पच्चीस छोटे-छोटे दोस्तों के साथ दूसरी मंजिल के अपने कमरे की खिड़की से झाँक रही थी। पहली तोप दगी और उसकी गूँज के साथ-साथ नन्हीं-नन्हीं आवाज़ों ने एक साथ जोर से आवाज़ की बूऽऽम और यह क्रम जारी रहा। इक्कीस तोपों की गूँज के साथ बच्चों की बूम और तालियों की आवाज़ ने शाही कार्यक्रम में अजब रंग घोल दिया। प्रधानमन्त्री अहमद बिन बेला के मुँह पर तो मुस्कान दिखाई दी थी लेकिन फिर भी इस शरारत के लिए श्रीमती जैकलीन केनेडी ने कैरोलीन की ख़ासी कान मलाई की। उसके सभी साथी बच्चों को भी अपनी-अपनी मम्मी से डाँट खानी पड़ी थी। असल में कुछ ही दिन पहले इन बच्चों ने अपने स्कूल में युद्ध सम्बन्धी ड्रामा खेला था और उसमें बूम की इसी ध्वनि से तोपों की आवाज़ पैदा करने का नाटक किया था।

पर दस दिन बाद ही जैकलीन बहुत परेशान थीं कि वह कैरोलीन को कैसे बतायें कि उसने जिस नक़ली युद्ध का नाटक खेला था, उसके डैडी वैसे असली युद्ध में फँसने जा रहे हैं। वह जिन तोपों की आवाज़ से कतई डरी नहीं थी, उल्टे बूम-बूम करके उसे हँसी-मज़ाक़ की चीज़ समझ रही थी, अब वह समय आ गया है कि इस आवाज़ से डरना पड़ेगा। अब यह आवाज़ बहुत बड़े अर्थ रख सकती है।

कैरोलीन और जैक जूनियर को सँभालने के अलावा जैकलीन सबसे ज़्यादा आकुल थीं अपने पति को लेकर। वे बिल्कुल नहीं समझ पा रही थीं कि इतनी पहाड़-सी ज़िम्मेदारी जो उनके पति अपने कन्धों पर लादे हैं, उसे वे कैसे बाँट

लें। हर समय साये की तरह उनके साथ रहनेवाली जैकलीन तरस गयी थी उन दिनों कि कुछ नहीं तो अपने पति के चिन्ताग्रस्त माथे पर हाथ फेरकर ही उन्हें कुछ तो सान्त्वना दे सकें, पर केनेडी साहब को तो उन दिनों दम मारने की फ़ुरसत नहीं थी। वे केवल अमरीका के इतिहास को ही नहीं, सारे संसार के इतिहास को भी भयंकर मोड़ दे सकते थे, वह दिन... उन दिनों की भयंकर सम्भावनाएँ!

यह मुसीबत शुरू हुई थी मंगलवार की सुबह पौने नौ बजे से। जब मैक जार्ज बंडी (उस समय केनेडी के राष्ट्रीय सुरक्षा सम्बन्धी सलाहकार) अपने ऑफ़िस से भागे-भागे सीधे व्हाइट हाउस की दूसरी मंज़िल पर राष्ट्रपति के सोने के कमरे में पहुँच गये। रात के कपड़े पहने राष्ट्रपति बिस्तर में लेटे-लेटे अख़बार पढ़ रहे थे। ऐसे में बंडी साहब का आ जाना सबको बड़ा अटपटा लगा। लेकिन उन्होंने जो सूचना दी, वह सुनकर सभी सन्न रह गये।

क्यूबा के ऊपर उड़ान भरकर कुछ हवाई फ़ोटो लिए गये थे। वे चित्र इस बात के प्रमाण थे कि यूनाइटेड स्टेट्स को निशाना बनाते हुए ढेरों घातक अस्त्र-शस्त्र वहाँ एकत्र कर लिए गये हैं। जो किसी भी क्षण अमरीका को धूल में मिला सकते हैं। इसके अलावा बड़े स्पष्ट चित्र थे कि क्यूबा में रूस बड़ी फुर्ती से कम-से-कम आधे दर्जन ऐसे अड्डे कायम करने में लगा है, जहाँ से अमरीका को आसानी से क़ाबू में किया जा सके।

और बस तीन घंटे के अन्दर-अन्दर राष्ट्रपति महोदय अपने दफ़्तर में एक बहुत उच्चस्तरीय गुप्त कान्फ्रेन्स में मशगूल हो गये। वहाँ यह तय हुआ कि कार्यवाही ऐसी करनी चाहिए कि रूस को कानो-कान ख़बर भी न हो सके कि अमरीका को जरा भी शक हो गया है कि रूस क्यूबा में अपने प्रक्षेपास्त्र क़ायम करने जा रहा है।

उसी दिन रूस के कमांडर वाल्टर एम. शीरा के साथ राष्ट्रपति की भेंट तय थी उसे भी टाला नहीं गया। राष्ट्रपति उनसे, उनकी पत्नी और बच्चों से बड़े प्रेम से मिले। यहाँ तक कि उनके बच्चों को वे कैरोलीन के छोटे टट्टू घोड़े भी दिखाने ले गये। यानी कि ऊपर से सबकुछ ऐसा ज़ाहिर होता था कि अमरीका को किसी ख़तरे की कानो-कान ख़बर नहीं है, वहाँ सबकुछ सहज और सामान्य ढंग से चल रहा है। बुध और वृहस्पति को भी जो-जो प्रोग्राम पहले से तय थे, सब उसी सहजता से पूरे किये गये। यहाँ तक कि राष्ट्रपति रूस के विदेश सचिव आन्द्रेई ग्रोमिको से भी मिले। ग्रोमिको ने लम्बी-लम्बी लच्छेदार बातों के बीच राष्ट्रपति को आश्वासन दिया कि रूस तो क्यूबा को सुरक्षा के लिए कुछ अस्त्र-शस्त्र मात्र दे रहा है बाक़ी उसे वहाँ कोई निजी रुचि नहीं। राष्ट्रपति को अच्छी तरह मालूम था कि उसी समय रूस के कम-से-कम 25 जहाज़ भयंकर

युद्ध की सामग्री लेकर क्यूबा की ओर जा रहे हैं। उनके हवाई जहाज़ द्वारा गुप्त रूप से ली गयी फ़ोटो भी उसी समय उनकी मेज़ की दराज़ में रखी थी। लेकिन उन्होंने अपनी किसी भी भाव-भंगिमा से विदेश सचिव साहब को यह आभास नहीं होने दिया कि उनकी बात पर अविश्वास किया जा सकता है।

ग्रोमिको हँसते-मुस्कराते मुलाक़ात समाप्त करके आये और पत्र संवाददाताओं से उन्होंने यही कहा कि मुलाक़ात बहुत उपयोगी और सन्तोषजनक रही।

पर राष्ट्रपति ने जो यह चेहरा बना रखा था, उसका भीतरी सत्य प्रकट होने के दिन निकट आने लगे। शुक्रवार को ही यह तय किया गया कि सोमवार को राष्ट्रपति जनता के सामने भाषण करेंगे और सही स्थिति का अन्दाज़ा देश को देंगे। लेकिन इस बीच उन्होंने अपने पूर्व निश्चित कोई भी कार्यक्रम रद्द नहीं किये। उन्हें क्लीवलैंड में भाषण देना था वहाँ गये, स्प्रिंगफ़ील्ड में इलिनोइस में रुककर लिंकन की समाधि पर पुष्पहार अर्पित करने गये। जनता के बीच जब-जब वे गये, उनके मुँह पर मुस्कान खिली रहती थी, लेकिन ज्यों ही वे अपने होटल के कमरे में पहुँचते कि चिन्ता की रेखाएँ उनके सारे माथे पर फैल जाती थीं और घबराये से वे वाशिंगटन में अपने बार काउंसिल से फ़ोन पर बात करते। शिकागो से जब उन्होंने वाशिंगटन फ़ोन मिलाया तो उधर से उन्हें ऐसी सूचना मिली कि वाशिंगटन में उनकी उपस्थिति आवश्यक है। पर यहाँ के लोगों को कारण क्या बताया जाएगा कि आख़िर क्यों अचानक राष्ट्रपति को वाशिंगटन जाना पड़ गया। अजब समस्या थी! मगर क़िस्मत की बात कि कारण मिल ही गया। उस दिन पानी बरसने लगा था और निजी डॉक्टर मिस्टर बर्कले ने राष्ट्रपति से कहा कि मौसम ख़राब है, आज का प्रोग्राम रद्द कर दिया जाये तो अच्छा रहेगा। डॉ. बर्कले इस तरह की चेतावनी अपना कर्तव्य समझकर हमेशा ही दिया करते थे, लेकिन हमेशा चुस्त रहने वाले राष्ट्रपति डॉक्टर से बहस करते कि आख़िर ऐसी क्या बात है, मुझे कुछ तो नहीं हुआ प्रोग्राम मत टलवाइए। मगर डॉक्टर बर्कले आश्चर्यचकित रह गये, जब उनके एक बार कहने पर ही राष्ट्रपति ने बात मान ली। उन्हें चिन्ता भी हुई कि कहीं तबियत ज़्यादा गड़बड़ तो नहीं है और एक बुलेटिन निकाल दी कि राष्ट्रपति को एक डिग्री बुख़ार है और उनका गला ख़राब है इसलिए वे आगे का प्रोग्राम रद्द करके वाशिंगटन वापस जा रहे हैं। जब राष्ट्रपति कोट, हैट और मफ़लर से ढँके लिपटे घर पहुँचे, तो प्रेस सेक्रेटरी सालिंगर तक नहीं समझ सका कि यह बीमारी कितनी असली है और कितनी नकली।

रविवार का दिन तूफ़ान के पहले की ख़ामोशी का दिन था। राष्ट्रपति सारे दिन अपने भाषण की रूपरेखा तैयार करने में लगे रहे। एक-एक शब्द को कई-कई बार पढ़कर देखते थे। छोटी-से-छोटी बात को ध्यान में रख कर बार-बार

शब्द-योजना बदलते थे। भाषण तैयार कर लेने के बाद शाम को व्हाइट हाउस में उन्होंने 'बिलीबड' नाम की फ़िल्म भी देखी, लेकिन उनका दिल दिमाग़ कल के भाषण में ही लगा हुआ था।

सोमवार को उन्होंने हमेशा की तरह अपने सब काम किये। बस फ़र्क़ केवल इतना था कि रोज़ की अपेक्षा उस दिन दोपहर में वे बहुत देर तक स्विमिंग पूल में तैरते रहे थे।

उसके बाद शाम के क़रीब रूस के राजदूत अनातोलि डोबरीनिन को सेक्रेटरी ऑफ स्टेट डीन रस्क के दफ़्तर में बुलवाया गया। दफ़्तर में जाने के पहले डोबरीनिन महोदय ने पत्रकारों से बड़ी प्रसन्न मुद्रा में बातचीत की। लेकिन पच्चीस मिनट बाद जब वे वहाँ से बाहर आये, तो उनके हाथ में राष्ट्रपति के उक्त भाषण की एक प्रति और रूसी प्रधानमन्त्री ख्रुश्चेव के नाम एक पत्र था। उनके चेहरे की रंगत उड़ी-उड़ी थी। पत्रकारों से भी वह बहुत उखड़े-उखड़े ढंग से पेश आये।

और शाम होते-होते यह ख़बर चारों ओर फैल गयी कि आज राष्ट्रपति राष्ट्र के सामने एक बड़ी गम्भीर समस्या पर भाषण देंगे। चारों ओर वातावरण बड़ी संज़ीदगी से तना हुआ हो गया। सारा राष्ट्र धड़कते मन से राष्ट्रपति का भाषण सुनने की प्रतीक्षा करने लगा।

इधर जैकलीन बेकल थीं कि क्या कर दें कि कठिन ज़िम्मेदारियों से लदे उनके पति के चिन्ताकुल चेहरे पर एक बार, बस एक बार, मुस्कान खेल जाये, क्या कर दें कि एक क्षण को वे चिन्ता छोड़कर एक चैन की साँस ले सकें। मगर नहीं, वे कुछ नहीं कर सकीं। अमरीका की सभी माँ और पत्नियों की तरह वे भी कैरोलीन और जैक जूनियर के साथ राष्ट्रपति का भाषण सुनने के क्षण का इन्तज़ार करने लगीं। अन्त में जैकलीन ने देखा उनके पति सफ़ेद कमीज़, नीली टाई और गहरा नीला सूट पहने—अपने स्टडी कक्ष में गये। वहाँ पर टेलीविज़न कैमरे लगा दिये गये थे। उनके चेहरे पर चिन्ता की गहरी रेखाएँ स्पष्ट उभरी हुई थीं। वे जाकर कुर्सी पर बैठ गये, पर बैठते ही फिर उठकर टहलने लगे। इतने में किसी ने उनकी कुर्सी पर दो मुलायम गद्दियाँ और रख दीं। सारे कमरे में सायं-सायं ख़ामोशी छायी हुई थी। केवल राष्ट्रपति के हाथों में उनके भाषण की प्रति के काग़ज़ों की फड़-फड़ उस शान्ति में कभी-कभी कौंध जाती थी। राष्ट्रपति की सेक्रेटरी मिसेज़ इवेलिन लिंकन एक कंघी और ब्रश लेकर आयीं। राष्ट्रपति उठे। गुसलख़ाने में जाकर मुँह हाथ धोकर बालों पर हल्का ब्रश फेरकर वे थोड़े ताज़े हुए और ठीक सात बजे टेलीविज़न कर्मचारियों ने सिग्नल दिया और राष्ट्रपति की आवाज़ हवा में प्रसारित होने लगी। क्यूबा में सोवियत रूस

की जो गतिविधियाँ चल रही थीं और उनसे जो संकट उत्पन्न हो सकता है, वह सब उन्होंने विस्तार से अपने देशवासियों के सामने स्पष्ट कर दिया।

जैकलीन ने देखा—भाषण समाप्त हो जाने पर भी जैक फिट्ज़राल्ड केनेडी कुर्सी पर से उठे नहीं। एक मिनट उसी तरह ख़ामोश बैठे रहे फिर स्वयं एक-एक कर अपने काग़ज़ समेटने लगे। काग़ज़ समेटते समय की उनकी भावमुद्रा ठीक प्रार्थना की मुद्रा थी। जैसे उस क्षण वे समस्त राष्ट्र की ओर से ईश्वर से प्रार्थना कर रहे हों। उस शाम फिर उन्होंने अन्य कोई प्रोग्राम नहीं रखा। पर इस कदर फ़ोन आने लगे थे कि उनका सारा समय फ़ोन पर बातें करने में ही गुज़रा। उधर जैकलीन ने भी फ़ोन का चोगा उठाया क्योंकि आगामी कुछ दिनों के तमाम सामाजिक कार्यक्रम उन्हें रद्द करने थे। लाइब्रेरी ऑफ कांग्रेस के राष्ट्रीय कवि सम्मेलन में 38 कवियों के स्वागत समारोह में उन्हें भाग लेना था, ग्रैंड डचेज ऑफ लक्समबर्ग और उनके पति प्रिंस फ़ैलिक्स के साथ राजकीय भोज में शामिल होना था, ड्यूक और डचेज ऑफ देवनशायर के कला-संग्रह की प्रदर्शनी के उद्घाटन के लिए नेशनल गैलरी ऑफ आर्ट में जाना था। इन्टरनेशनल हार्स शो के अवसर पर पुरस्कार वितरण के लिए जाना था वगैरह-वगैरह ऐसे तमाम पूर्व निश्चित कार्यक्रमों को उन्होंने एक-एक करके रद्द किया। पर इतना ही होकर नहीं रह गया। अन्त में तीन दिन ऐसे भी आये, जब उन्हें दुनिया से छिपकर रहना था। यों तो उनकी दीन-दुनिया बस अपने प्रिय पति के चारों ओर ही केन्द्रित थी लेकिन उनसे तो दूर रहना ही था। ये तीन दिन उस अमरीकन जनता से भी उन्हें छिपकर रहना था, जो उन्हें बहुत प्यार करती थी।

सारा राष्ट्र जिस समय आसन्न संकट के क्षणों में जी रहा था, उस समय राष्ट्र की प्रथम महिला ने बहुत शान्ति और सौम्यता के साथ अपने को समेट लिया था। कोई शान-शौकत नहीं, कोई मस्त पार्टी, कोई पिकनिक, कोई पिक्चर, कोई उत्सव नहीं। कोई इन्टरव्यू नहीं, कोई मुलाक़ात नहीं, कोई फ़ोटो नहीं। यहाँ तक कि व्हाइट हाउस के लॉन पर नन्हीं कैरोलीन और जैक जूनियर के साथ कोई खेल भी नहीं। मंगलवार जैकलीन की कोई सूचना जनता को नहीं थी। व्हाइट हाउस से कोई दैनिक बुलेटिन नहीं निकला, जिसमें उनका समाचार होता। बुध और वृहस्पति तक तनाव और ज़्यादा हो गया था। ख्रुश्चेव बटन दबाएँगे और आणविक युद्ध प्रारम्भ हो जाएगा या नहीं? और क़रीब सात करोड़ अमरीकावासियों के भाग्य का सूरज चमकता रहेगा या डूब जाएगा—इसकी सबसे ज़्यादा चिन्ता थी एक अकेली जान राष्ट्रपति केनेडी को। और उस एक जान की सबसे ज़्यादा चिन्ता थी रोम-रोम से समर्पिता पत्नी जैकलीन को। और कैरोलीन थी कि रह-रहकर पूछ बैठती थी कि गलियाँ सूनी क्यों हैं, दूकानें बन्द क्यों हैं, बैंड क्यों

नहीं बज रहे हैं, पिक्चर क्यों नहीं दिखाई जा रही और सबसे बड़ी बात कि डैडी हमारे साथ खेलने इतने समय से क्यों नहीं आये? क्या जवाब दें जैकलीन उसे? कैसे समझाएँ कि उसके डैडी कितनी बड़ी ज़िम्मेदारी को अपने कन्धों पर सँभाले किस संकट को झेल रहे हैं।

शनिवार की सुबह एक समाचार आया कि युद्ध के सामान से लदा एक जंगी जलपोत रूस की ओर वापस लौट रहा है। राष्ट्रपति केनेडी के मन में एक किरण चमकी, एक चिन्ता की रेखा मिटी। पर दोपहर होते-होते फिर समाचार आया कि रूसी अपने द्वारा स्थापित अड्डों को मज़बूत बनाने में लगे हैं। अब धीरे-धीरे यह लगने लगा कि शायद ऐसी स्थिति ज़्यादा टाली नहीं जा सकेगी और क्यूबा के मिलिट्री अड्डों पर अमरीका को बमबारी करनी ही पड़ेगी। बात बच्चों के कान तक भी पहुँची। जैकलीन के सामने फिर प्रश्नों की झड़ी लगा दी नन्हीं कैरोलीन ने, "क्या बुरी आत्माएँ बम बरसाएँगी?" "क्या कोई बम हमारे घर पर गिरेगा?" "अगर यहाँ बम गिरा तो डैडी हमारे पास समय से आ जाएँगे न?" और सारे सवालों का अन्त होता "बम गिरने-से क्या मैं मर जाऊँगी?" जैकलीन की एक-एक साँस का चैन ग़ायब हो गया था। एक-एक पल की नींद ख़त्म हो गयी थी। तोपों की गरज़ को अपनी बूम-बूम से उड़ा देनेवाली इस नन्हीं बहादुर कैरोलीन के मन से इस डर को कैसे निकालें? वह कुछ नहीं कर सकीं तो उन्होंने कैरोलीन से कहा, "मेरे साथ प्रार्थना किया करो तो बुरी आत्माएँ बमबाज़ी नहीं करेंगी।"

और जैकलीन की प्रार्थनाएँ, नन्हीं कैरोलीन की प्रार्थनाएँ, तमाम संसार की प्रार्थनाएँ ईश्वर ने सुन लीं। रविवार को प्रधानमन्त्री ख्रुश्चेव का आश्वासन आ गया कि उन्होंने सारी कार्यवाही रोक देने का आदेश दे दिया है। क्यूबा पर बमबारी नहीं की जाएगी। और बस जैकलीन का तीन दिन का अज्ञातवास समाप्त। रविवार को सुबह 10 बजे वाशिंगटन के सेंट स्टीफ़ेन के कैथोलिक चर्च में राष्ट्रपति केनेडी ने प्रार्थना की। लोगों ने देखा हमेशा की तरह साया सरीखी जैकलीन राष्ट्रपति के साथ नहीं थीं। कहाँ हैं वे? उन्हें बहुत प्यार करने वाली जनता की आँखों में यही सवाल था। कहाँ हैं, उनके राष्ट्र की सर्वप्रिय प्रथम महिला?

उसी दोपहर जैक केनेडी वर्जीनिया में अपनी स्टेट म्लैन औरा में गये। और बस जैकलीन केनेडी का अपने पति के साथ चित्र भी आ गया, समाचार भी।

नन्हीं कैरोलीन ने उसी दोपहर अपने डैडी से हज़ारों सवालों की झड़ी लगा दी। सवाल जवाब का अन्त हुआ पिता-पुत्री की समवेत बूम-बूम की आवाज़ों से हँसी और किलकारियों से।...

23 नवम्बर 1963 की सुबह के अख़बारों में समस्त संसार ने बड़ी हैरत से पढ़ा : 'राष्ट्रपति केनेडी की हत्या कर दी गयी।' राष्ट्रपति अपने पूरे काफ़िले और शाही ताम-झाम के साथ थे। वे डलास के विमानस्थल से नगर के व्यावसायिक क्षेत्र की ओर जा रहे थे। राष्ट्रपति के शान्तिवादी सिद्धान्तों के कारण उस क्षेत्र के कुछ उग्रवादी उनके विरोधी भी थे। इस दौरे का एक उद्देश्य वहाँ की जनता की सहानुभूति और सहयोग जीतना भी था। स्वाभाविक था कि विरोधी माहौल में जाते समय उनकी सुरक्षा का पूरा इन्तज़ाम भी अवश्य ही किया गया था। व्हाइट हाउस में ही सुरक्षा पुलिस ने राष्ट्रपति से प्रार्थना भी की थी कि उस क्षेत्र में वे न जाएँ, लेकिन हर संघर्ष से जूझने के आदी उत्साही राष्ट्रपति ने वहाँ जाने का ही निश्चय किया। यहाँ तक कि बन्द मोटर की जगह वे खुली मोटर में चले। वे वहाँ की जनता से आत्मीयता स्थापित करना चाहते थे। मोटर में उनके साथ उनकी प्रिय पत्नी जैकलीन और गवर्नर कोनोली व श्रीमती कोनोली भी थे। सवारी के स्वागत में रास्ते के दोनों ओर हाथ हिला-हिलाकर प्रसन्नतापूर्वक राष्ट्रपति का अभिनन्दन कर रहे थे। यह देखकर श्रीमती कोनोली बोलीं : "व्यर्थ ही समझा जाता है कि इस क्षेत्र के लोग अपने राष्ट्रपति के प्रति कम प्रेम रखते हैं।" यह बात बोले अभी कुछ ही मिनट गुज़रे होंगे कि दनादन दो गोलियाँ आकार राष्ट्रपति के सिर में लगीं—खून की तेज फुहार छूट गयी और राष्ट्रपति मुँह के बल गाड़ी की पिछली सीट पर गिर पड़े। हतप्रभ श्रीमती जैकलीन केनेडी चीख़ उठीं : "नहीं, नहीं, ऐसा नहीं हो सकता!" और काँपते हाथों से अपने पति का सिर सँभालने की चेष्टा करती रहीं। उनके कपड़े पति के ख़ून से तर हो गये। हमेशा हँसते, मुस्कराते रहने वाली पति की बहुत मधुर पत्नी कुछ समझ ही नहीं पायीं कि अचानक यह हो कैसे गया। पर जो होना था वह होकर ही रहा, तुरन्त अस्पताल ले जाने पर भी, अच्छी-से-अच्छी मेडिकल सहायता मिलने पर भी, श्रीमती जैकलीन का सुहाग उनसे छिन ही गया।

इतने आत्मीय जनों से, इतनी सुरक्षा, पुलिस से चारों ओर से घिरे होने पर भी मौत सब के बीच से दिन-दहाड़े राष्ट्रपति केनेडी के प्राण लूट ले गयी। पता नहीं आपको याद है या नहीं उन दिनों की बात जब मौत को जॉन केनेडी के हाथों मुँह की खानी पड़ी थी। जब केनेडी ने केवल अपने ही नहीं अपने अन्य दस साथियों के प्राण भी मौत के जबड़ों में से खींच-कर बचाये थे। कितना विचित्र होता है विधि का विधान भी, जब मौत हर घड़ी सिर पर मँडराती नज़र आती थी, कोई भी क्षण मौत का क्षण बहुत स्वाभाविक ढंग से बन सकता है, तब तो यमराज के दूत निकट आकर भी लौट जाते हैं और जब दूर-दूर तक मौत के कहीं कोई आसार नज़र नहीं आते, जब मौत के क्षण की कल्पना भी नहीं की

जा सकती, पता नहीं किस बहाने किस रूप में मौत आ जाती है कि सब देखते ही रह जाते हैं और प्राण पखेरू उड़ जाते हैं।

एक समय वह भी था जब नवयुवक केनेडी ने मौत का बड़ी बहादुरी से सामना किया था वह बात सन् 1943 की है। तब केनेडी राष्ट्रपति नहीं थे। सेना के एक मामूली अफसर थे। सब प्रकार की सुख-सुविधाओं से पूर्ण एक धनी घराने के पुत्र होने के बावजूद केनेडी में किसी तरह की लापरवाहियाँ नहीं थीं। शुरू से ही पढ़ने-लिखने में बहुत मन लगाते थे। छोटी उम्र में पढ़ाई समाप्त करके उन्होंने सन् 1940 में सेना में भर्ती होने का प्रयास किया। लेकिन पीठ पर घाव होने के कारण वे सेना के लिए अयोग्य क़रार कर दिये गये। पर अपनी लगन और धुन के पक्के केनेडी ने छह महीने तक तरह-तरह के इलाज और व्यायाम के द्वारा अपना घाव ठीक किया और सेना में जाने का पुनः प्रयास किया। इस बार उन्हें नौसेना में कमीशन मिल गया। एक दिन वह भी आया जब क़रीब 25-26 बरस के दुबले-लम्बे ख़ूबसूरत युवक केनेडी को 25 अप्रैल 1943 को दक्षिणी प्रशान्त क्षेत्र में भेजा गया। बहुत ख़ुश थे उस दिन केनेडी, जैसे मानो उन्हें कहीं का राज्य मिल गया हो! मन-ही-मन मुग्ध थे कि वे अब यूनाइटेड स्टेट की नेवी के लैफ्टीनेंट जॉन फिट्जराल्ड केनेडी हैं। वे अब तक गश्त लगाने वाले टारपीडो (एक प्रकार का गोला जो जहाज़ों आदि को नष्ट कर सकता है) जलपोत पी.टी. 109 के कमांडर हैं! बड़ी ख़ुशी के साथ उमंग में भरकर वे अपनी ड्यूटी पर निकल चले। सॉलोमन-द्वीपों में गुआदल केनाल के पास नुलगी नामक क्षेत्र में उन्हें गश्त देनी थी।

द्वितीय महायुद्ध जोरों पर चल रहा था। उस समय तक गुआदल केनाल के द्वीप पर जापानी अपना अधिकार जमा चुके थे। तथा अन्य सॉलोमन द्वीपों को छीनने की ज़ोरदार चेष्टाएँ कर रहे थे। केनेडी के नन्हें जलपोत के चारों ओर घमासान युद्ध चल रहा था। ऐसे जटिल क्षेत्र में अपनी पहली-पहली ड्यूटी पाकर केनेडी और भी ख़ुश थे। ऐसे संकट के समय वीरता प्रर्दशन करने का उन्हें अपूर्व अवसर जो मिला था। केनेडी का यह जलपोत क़रीब अस्सी पचासी फीट लम्बा था। ऐसे जलपोत देखने में तो बड़े ख़ूबसूरत लगते हैं लेकिन दम ज़रा इनमें कम ही रहता है, सोचिए जरा इनका बाह्यावरण प्लाईवुड का बना होता है, लेकिन यह ज़रूर है, कि वार करके ये इतनी फुर्ती से भाग सकते हैं कि बिजली की चाल को भी मात कर दें। इनका काम ही यह होता है कि दुश्मन की ताक में कहीं छिपे रहो, मौक़ा हाथ में आते ही वार करो और जान लेकर भाग जाओ। केनेडी अपने विद्यार्थी जीवन से ही ऐसे फ़ुर्तीले और साहसी काम करने के आदी रहे थे। जाने कितनी नावों की दौड़ में वे हमेशा अव्वल रहते आये थे, सैकड़ों

तरह के खेल-कूदों में हमेशा आगे रहे वे, बहुत ही गज़ब के तैराक भी थे। उन्हें लगा ठीक ऐसी ही ड्यूटी तो उनके उपयुक्त काम है। पिछले दो बरस से वे सेना विभाग में होते हुए भी ऐसे काम कर रहे थे, जो उन्हें बहुत भाते नहीं थे। पहले वे ऑफीसर्स ट्रेनिंग स्कूल में थे, उसके बाद मोटर टारपीडो ट्रेनिंग स्कूल में थे, उसके बाद मोटर टारपीडो ट्रेनिंग सेंटर में गये। वहाँ उन्होंने बड़ी कुशलता से काम किया, लेकिन फिर भी उन्हें अपना मनचाहा काम नहीं मिला। वहाँ उन्हें ट्रेनिंग देने का काम दिया गया। लेकिन अब जब उन्हें पी.टी. 109 जलपोत देकर गश्ती ड्यूटी पर युद्ध क्षेत्र में भेजा गया, तब सचमुच वे बहुत खुश हो गये। जहाज़ मिलते ही केनेडी ने अपने अन्य बारह साथियों की टीम के साथ युद्ध क्षेत्र में जाने की पूरी तैयारी कर ली। मई 1943 में वह युद्ध क्षेत्र में उतर पड़े।

नक्शा देखने पर आप पाएँगे कि सॉलोमन द्वीपों के पश्चिमी क्षेत्र में न्यू ज्योर्जिया नाम का एक बड़ा द्वीप है तथा उससे लगे हुए छोटे-छोटे बहुत-से द्वीप हैं, इन द्वीपों में कुछ तो ख़ासे बड़े भी हैं, जैसे रैंडोवा, वैला-ला वैला, कोलोम बांगरा आदि। इन द्वीपों की तरफ़ पश्चिमी किनारे पर मुंडा में जापानियों के हाथ में एक अच्छी ख़ासी जगह थी, जहाँ लड़ाकू वायुयान उतारे जा सकते थे। इसके अलावा कोलोम बांगरा, जो मुंडा से उत्तर पश्चिम की ओर है वहाँ भी विला नामक जगह पर उन्होंने हवाई जहाज़ों का एक अड्डा सरीख़ा बना लिया था। इन दो जगहों के बलबूते पर जापानी सेनापति का हौसला सारे न्यू ज्योर्जिया समूह के द्वीपों को हथिया लेने का हो रहा था। काफ़ी घमासान युद्ध दोनों ओर से हो रहा था। जुलाई के महीने में केनेडी को इसी समूह के एक द्वीप रैंडोवा की ओर जाने का हुक्म मिला। रैंडोवा हार्बर से ब्लान्शे नहर के पार पाँच मील तक मुंडा द्वीप पर केनेडी अपने जलपोत से निगाह रख सकते थे। मुंडा का वह हवाई क्षेत्र छीन लेने के लिए अमरीकन जापानियों से पूरी ताक़त से लड़ रहे थे। यहीं पास ही में लुम्बेरी नामक जगह पर इन सब जलपोतों के इंचार्ज लेफ्टिनेंट कमांडर वार फ़ील्ड का डेरा था। यहाँ से वे सब जलपोतों से रेडियो सम्पर्क बनाये रखते थे और समयानुसार आदेश देते रहते थे।

केनेडी बड़ी मुस्तैदी से अपने क्षेत्र में गश्त लगाते थे। केवल 19 जुलाई की रात में थोड़ी बमबाज़ी हुई थी, बाकी इन लोगों का काम शान्तिपूर्वक चल रहा था। ये लोग रात भर चौकन्ने रहकर गश्त देते। आँखें कड़ुवा चली थीं, जिस्म थक गये थे, लेकिन उत्साह में कहीं कमी नहीं आयी थी कि अचानक पहली अगस्त को सुबह दुश्मन के लगभग 20 जहाज़ों ने इन जलपोतों के अड्डे पर दनादन गोलाबारी शुरू कर दी। इन जलपोतों पर से भी लड़ाकू हवाई जहाज़ों को ध्वस्त

कर देने वाले गोले चलाये गये। केनेडी ने भी अपने जलपोत के इंजन चालू कर दिये और दुश्मन का जवाब गोले से देते हुए वे लोग सुरक्षित स्थान में जा छिपे। दुश्मन ने जब क्षेत्र ख़ाली कर दिया, तब वे इकट्ठे हुए और आगे के आदेशों की प्रतीक्षा करने लगे। कुछ ही देर में कमांडर वार फील्ड से सूचना मिली कि सम्भवतया आज रात को फिर आक्रमण होगा। वार फील्ड के आदेशानुसार चार-चार जलपोतों की अलग-अलग टुकड़ियाँ बन गयीं। एक-एक टुकड़ी के पास एक जलपोत पर रडार यन्त्र था। बाक़ी तीन को रडार वाले जलपोत के इर्द-गिर्द रहना था। डिवीज़न बी में 159 नम्बर जलपोत के पास रडार था तथा उसके नेतृत्व में 157, 162 तथा केनेडी का 109 नम्बर के जलपोत थे। ब्लैकेट स्ट्राट के ऊपरी छोर पर इन लोगों की ड्यूटी बँधी थी। केनेडी के पोत पर उनके ग्यारह साथी और थे। सबके सब मस्त और चुस्त।

उस रात को तीन लड़ाकू विध्वंसक जापानी जलपोत उसी रास्ते से विला की ओर जा रहे थे। आधी रात तक इन जलपोतों को विला की भूमि पर क़रीब एक हज़ार सैनिक और साठ-सत्तर टन के क़रीब युद्धक सामग्री पहुँचा देनी थी। इन जलपोतों की निगरानी करती हुई 'अमागिरि' नाम की एक पनडुब्बी साथ-साथ चल रही थी। अमागिरि पर लेफ्टिनेंट कमांडर कोहेइ हानमि तैनात थे। इनके पास किसी भी अमरीकन पनडुब्बी को मार गिराने की सारी सामग्री मौजूद थी। और अब बतायें आपको सबसे भयंकर बात कि इन जलपोतों को ब्लैकेट स्ट्राट के उसी रास्ते से जाना था, जहाँ केनेडी साहब का जलपोत गश्त लगा रहा था।

एकदम अँधेरी काली रात के सन्नाटे में डिविज़न बी. के 159 नम्बर जलपोत के रडार पर्दे पर चार रोशनी के धब्बे से दिखाई दिये। इन लोगों ने समझा कोई माल ढोने वाली नावें हैं। किसकी कैसी नावें हैं—यह पता लगाने के लिए ये लोग उधर ही बढ़े। ये वार करने की तैयारी करें-करें कि उधर से जापानियों ने दनादन वार करने शुरू कर दिये। इधर जितने भी जलपोत थे सबने गोलाबारी की लेकिन निशाने चूकते ही चले गये और वे तीनों जलपोत तथा पनडुब्बी बिना एक खरोंच भी खाये अपने निर्धारित स्थान पर पहुँच गयी। इधर पीछे कुछ तीन जलपोत 162, 169 और केनेडी का 109 नम्बर के बाक़ी बचे थे। बाक़ी के सब जलपोत अपना-अपना युद्धक सामान चुकाकर छिप निकले थे। इन तीनों के पास कोई रडार यन्त्र भी नहीं था। और न इन्हें यही मालूम था कि अभी दुश्मन के चार जलपोत इधर से गुजर कर गये हैं व जाकर पुन: वापस आ सकते हैं। इन तीनों ने मिलकर रैंडोवा बेस पर रेडियो से समाचार भेजा और आदेश माँगा कि इन्हें क्या करना है। वहाँ से यही आदेश मिला कि सब इकट्ठे रहो और गश्त लगाओ व युद्ध के लिए तैयार रहो।

अचानक इन्होंने देखा कि 'अमागिरि' पनडुब्बी उधर ही तेज़ी से बढ़ती आ रही है। इन लोगों ने उस पर वार किया कि एक कड़कती आवाज़ सुनाई पड़ी 'फ़ायर'। लेकिन अमागिरि इनके जलपोत के इस क़दर पास आ गयी थी कि अब इतने निकट से फायर सम्भव ही नहीं था तो जापानी कमांडर हनामि ने सोचा कि अब यही उपाय शेष है कि अपने जलपोत के आगे की नोक से इनका प्लाइवुड का जलपोत छेद डाला जाये। इसी इरादे से वह आगे और तेज़ी से बढ़ने लगा। इधर केनेडी ने अपने साथी को आदेश दिया कि जनरल क्वार्टर को सूचना दो और स्वयं जलपोत का चक्का तेज़ी से घुमाने लगे ताकि गोलाबारी करते हुए वे दूर भाग निकलें, पर एक इंजनवाला वह जलपोत जापानी पनडुब्बी के मुक़ाबले में इतना धीरे-धीरे खिसक रहा था कि ख़तरा सिर पर आ गया था। और लीजिए अमागिरि ने अपने सामने वाली स्टील की नोक से पी.टी. 109 के दाहिने भाग में जोर से धक्का मार ही दिया। और कॉकपिट के पास तैनात जवान मार्नें तुरन्त ही शहीद हो गया। थोड़ी देर में एक और कर्कसी नाम का साथी चल बसा। उसी कॉकपिट के पीछे केनेडी जी-जान से चक्का घुमाने में लगे थे। उनकी घाव से कमज़ोर पीठ पर ज़ोर का धक्का लगा— ऐसा लगने लगा कि प्राण ही निकल जाएँगे, लेकिन सारा दर्द पीकर वे चक्का घुमाने में ही लगे रहे। पर दुर्भाग्य हज़ारों ज़बानें लपलपाता हुआ तब दिखा जब केनेडी ने देखा कि उनके जलपोत के गैसोलिन टैंक ने आग पकड़ ली है और जैसे आग का सोता फूट पड़ा है चारों ओर। 'अमागिरि' ने भी जब आग लगी देखी तो यह समझ कर कि अब भला कोई क्या ज़िन्दा बचा होगा, उस स्थान को छोड़ दिया और आगे बढ़ गया।

इंजन रूम में तैनात बेचारे मैकमाहोन की तो बुरी हालत थी उसने देखा कि गैसोलिन टैंक से आग की लपटें फुफकारती हुई उसकी ओर बढ़ती चली आ रही हैं, तो अपनी लाइफ़ जैकेट के सहारे उसने जलपोत को छोड़ दिया, लेकिन समुद्र में नीचे आग लगे खौलते पानी में वह पहुँच गया। बेचारा मशीनमैन मेट जॉन्सटन तो अपने लोहे के टोप और भारी जूतों सहित ही समुद्र की लहरों में जलपोत के डूबने पर डूब चला, जब तैरते हुए वह सतह पर ऊपर आया, तो उसने पाया कि चारों ओर आग-ही-आग है। आग की लहरों को अपने हाथों से काटता हुआ किसी तरह वह साफ़ जगह में निकलने की कोशिशें करता रहा। बाक़ी के सभी लाइफ़ जैकेटों में बेहोशी की हालत में पानी पर उतराते रहे। बड़ी देर बाद वे लोग होश में आये। देखा डूबे जहाज़ में से केवल एक नाव बच रही है। एक ट्यूब में बत्ती जलाकर रोशनी करके केनेडी स्वयं अपने सब साथियों की तलाश में बहुत देर तक तैरते रहे। उन्होंने देखा दो साथी छटपटाते हुए तैर

रहे हैं। पता लगा मैकमोहन बुरी तरह जल गया है। उससे अब तैरा भी नहीं जा रहा है। कैनेडी उसे अपनी पीठ पर लादकर तैरते हुए नाव तक छोड़ गये और दूसरे साथियों को इकट्ठा कर लिया। दो साथी तो काम आ ही चुके थे बाकी दस में से केनेडी ने पाया कि दो की हालत बहुत खराब है। मैकमाहोन के हाथ, पैर, मुँह तथा पूरा शरीर बुरी तरह झुलस गया था। जॉन्सटन तो अभी तक रह-रहकर बेहोश हो जाता था और गैसोलिन का धुआँ पेट में चले जाने के कारण रह-रहकर उल्टियाँ कर रहा था। ये लोग हर घड़ी उम्मीद कर रहे थे कि शायद कोई जलपोत इन्हें खोजता हुआ आये और ज्यों-ज्यों दिन फूटने का समय करीब आता जा रहा था त्यों-त्यों घबराहट बढ़ रही थी कि साथियों के आने के पहले कहीं अगर उन पर जापानियों की नज़र पड़ गयी, तो क्या होगा? अस्त्र-शस्त्रों के नाम पर उनके पास फकत 6 पिस्तौलें और एक 038 कैलीवर का रिवॉल्वर। दो बड़े छुरे और एक जेबी चाकू तथा एक छोटी मशीनगन मात्र बचे थे। नाव इतने लोगों का भार नहीं सह पा रही थी, इसलिए दोनों घायलों को उस पर आराम से बिठाकर बाकी लोग पानी में तैरकर ही दुश्मन की निगाहों से बचे रहने का प्रयास करते रहे। ज्यों-ज्यों समय बीतता जाता था, केनेडी भी हतोत्साहित होते जा रहे थे। वे सोचने लगे कि कुछ देर और मदद अगर नहीं आयी, तो नाव पर जो कुछ भी शेष बचा है, उसका लालच छोड़कर किनारे पर जाकर कहीं छिपने की कोशिश करनी पड़ेगी। पर मुसीबत तो यह थी कि चारों ओर के द्वीप तो जापानियों ने घेर रखे थे। कौन-सा ऐसा द्वीप इन्हें मिल पाएगा जहाँ ये जापानियों से छिप सकेंगे। जहाँ वे थे उस जगह से कोलोम बंगारा दो मील था उसे जापानी हथिया चुके थे। पश्चिम की ओर साढ़े तीन मील दूर फरग्यूसन पैसेज की तरफ जरूर कुछ द्वीप ऐसे थे जहाँ अभी जापानी नहीं पहुँच सके थे। उन्हीं में से करीब 100 गज लम्बा और सत्तर गज़ चौड़ा एक प्लम पुडिंग द्वीप था। करीब एक बजे केनेडी ने साथियों को आदेश दिया कि उक्त द्वीप पर चलना है। कुछ लकड़ी के तख्ते थे जिनके सहारे ये लोग तैरते हुए उस ओर को चले। घायल मैकमाहोन का भार स्वयं केनेडी ने सँभाला। मैक की लाइफ जैकेट की बेल्ट को अपने दाँतों के बीच में दबाकर केनेडी ने उसे अपनी पीठ पर लाद लिया और छाती के बल तैरते हुए आगे बढ़ने लगे। सभी दाँतों तले उँगली दबा रहे थे और ईश्वर को धन्यवाद दे रहे थे कि जो भी हुआ उन्हें इतना हमदर्द नेता तो मिला है, जो हर कीमत पर अपने साथियों को बचाना चाहता है।

बड़ी देर तक मेहनतकश तैराई के बाद वे लोग किनारे आ लगे। किनारे पर आकर केनेडी ने मैक की जैकेट की पेटी अपने दाँतों के बीच से निकाली तो पाया कि उनके जबड़े बेतरह दर्द कर रहे हैं। दर्द इतना तीखा था कि एक

कराह तक निकालने की ताकत नहीं थी। मैक को पीठ से उतारकर आधे धड़ को ज़मीन पर डाले पाँवों को पानी में लटकाये केनेडी बड़ी देर तक औंधे मुँह लेटे रहे। घायल और अमित कृतज्ञ मैकमाहोन ने केनेडी को सहारा देकर उठाना चाहा लेकिन केनेडी की तबियत काफ़ी गड़बड़ हो चली। मुँह में बेल्ट पकड़े रहने के कारण वे समुद्र का बहुत-सा खारा पानी निगल गये थे जिस कारण उन्हें बुरी तरह उल्टियाँ होने लगीं। बेचारा मैकमाहोन तो केनेडी की यह हालत देखकर रोने लगा। उसे कुछ समझ में नहीं आ रहा था कि अपने इस प्राणरक्षक दोस्त की आख़िर कैसे मदद करे?

लकड़ी के एक तख़्ते के सहारे बहते और तैरते हुए केनेडी के अन्य साथी जब उस तट पर आकर लगे, तो उन्होंने पाया कि उनका प्यारा नेता बेहोश पड़ा है। सबने उन्हें उठाकर सुरक्षित स्थान पर ले जाने की कोशिश की। शीघ्र ही उनकी बेहोशी टूट गयी। यह देखकर कि सब साथी सही-सलामत आ गये हैं, केनेडी में फिर से उत्साह और स्फूर्ति जाग गयी। साढ़े तीन मील की इस दूरी को तैरकर पार करने में इन सबको पूरे चार घंटे लग गये थे। मूँगा और लहरों के थपेड़ों की कठिन मार सह-सहकर सब-के-सब बुरी तरह पस्त हो चुके थे। अपने एकमात्र सहारे उस लकड़ी के पटरे को और स्वयं को किसी तरह खींच-खींचकर सब लोग एक झुरमुट की छाँह में इकट्ठे हुए। सब ख़ामोश थे जैसे मानो एक-दूसरे की व्यथा को मन-ही-मन जी रहे हों। द्वीप का निचाट सुनसान वातावरण यों तो अच्छा ही लग रहा था, क्योंकि अगर इस समय वहाँ एक भी जापानी सिपाही होता तो इस क़दर लस्तपस्त थके-माँदे ये लोग उसका मुक़ाबला न कर पाते। लेकिन अँधेरा बढ़ता आ रहा था, बदन पर जो वस्त्र थे बिल्कुल तर थे। बदलने को दूसरे कपड़े नहीं, खाने को एक कण नहीं, पीने को एक बूँद पानी नहीं, समुद्री पानी के नमक से छरछराते घावों पर लगाने को मरहम नहीं! पर बस ग़नीमत थी तो यही कि पाँव टिकाने को कोई ज़मीन थी, दुखते बदन को सहारा देकर टिकाने को खुरखुरी चट्टानें थीं और जी को ढाढ़स देने के लिए यह अहसास काफ़ी था कि बचे हुए साथी सब साथ हैं।

लेफ्टिनेंट ईवान के निर्देशन में सामुद्रिक गुप्तचरी का काम होता था। हज़ारों-लाखों मील के अन्दर दुश्मन का कौन-सा हवाई जहाज़, कौन-सा पानी का जहाज़ किधर जा रहा है, क्या कर रहा है, सबकी रिपोर्ट वह गुआदल केनाल के हेडक्वार्टर पर भेजा करता था। उस क्षेत्र के बहुत सारे युवक स्काउट उसकी मदद करते थे। उसके पास ढेरों राशन, राइफ़लें, रेडियो, नक़्शे सब चीज़ें छुपी रहती थीं। लेफ्टिनेंट ईवान ने दो तारीख़ की सुबह हेडक्वार्टर को ख़बर दी कि एक छोटा-सा जहाज़ जल गया मालूम देता है। उधर से उसे बताया गया कि पी.टी. 109

का पता नहीं चल रहा है। देखो यह जहाज़ कहीं वही तो नहीं है। यदि वह हो तो उसके कर्मचारियों का पता लगाओ कहाँ और किस स्थिति में हैं! और तमाम अमरीकन जहाज़ और हवाई जहाज़ अँधेरे में खोज कार्य में लग गये पर कहीं कुछ न पाकर अपनी फ़ाइलों में केवल यही नोट कर सके कि पी.टी. 109 के सिपाहियों का कुछ पता नहीं चला।

इधर इन सबने मिलकर यह निश्चय किया कि फ़र्ग्यूसन पैसेज में जाकर अमरीकन पी.टी. बोट्स का ध्यान आकर्षित किया जाये। हर संकट और मुसीबत को अपने सिर पर झेलकर सबका कल्याण करने की भावना रखने वाले केनेडी ने फिर अपनी बहादुरी का परिचय दिया और साथियों को आराम करने की सलाह देकर स्वयं लाइफ़ जैकेट पहनकर एक रिवॉल्वर और समुद्री लालटेन लेकर फ़र्ग्यूसन पैसेज की ओर तैरते हुए निकल पड़े। दो-तीन मील की तैराई के बाद वे फ़र्ग्यूसन पैसेज तक पहुँच गये। वहाँ वे घण्टों टोह लगाते रहे कहीं कोई मित्र जहाज़ या पनडुब्बी दीख पड़े पर सब निरर्थक! दूर-दूर तक कुछ पता नहीं चल रहा था। उन्होंने अन्दाज़ लगाया कि शायद पिंजा स्ट्रेट की तरफ आज गश्त लग रही होगी। उधर जाने के लिए वे मुड़े और लिओरावा द्वीप तक पहुँचे होंगे कि मारे थकान के वे फिर बेहोश हो गये और घंटों बेहोशी की हालत में ही पड़े रहे।

इधर रात में थोड़ी-सी वर्षा हुई थी, तो सबने पत्तों के दोने बनाकर थोड़ा-थोड़ा वर्षा का पानी इकट्ठा करके पिया और एक नारियल के पेड़ से तीन नारियल तोड़ सके, जिन्हें बाँटकर सबने खाया। एक दोना पानी और थोड़ा नारियल रखकर सब लोग केनेडी की प्रतीक्षा करते रह गये, पर भोर फूटने को आयी मगर केनेडी नहीं लौटे। सबके जी टूट गये। कहीं किसी जापानी ने तो उन्हें नहीं देख लिया! कहीं वे भटक तो नहीं गये!

जैसे-तैसे काफ़ी देर बाद केनेडी आते दिखे। वे तट पर पहुँचते ही फिर बेहोश हो गये। दिन फूटने को था, इसलिए केनेडी को लेकर सब लोग झाड़ियों में जा छिपे। छिपे-छिपे सबने सारा दिन भूखे-प्यासे गुज़ार दिया। शाम का झुटपुटा होते ही इस बार केनेडी का एक साथी फ़र्ग्यूसन पैसेज की ओर तैरकर गया कि कहीं कोई बचाव का रास्ता मिले। दूसरे दिन भोर में जब वह भी निराश लौटा, तो सारे लोगों की हिम्मत छूट गयी। केनेडी किसी तरह सब में आशा बनाये रखने की कोशिश कर रहे थे, लेकिन मैकमाहोन की हालत देख-देखकर, तो उनका भी कलेजा मुँह को आ रहा था, उसके हाथ-पाँव एकदम सूज आये थे घाव बिना चिकनाई के चिटकने लगे थे, आँखों के ऊपर जो फफोले पड़ गये थे, उनके कारण वह कतई कुछ देख भी नहीं पा रहा था। बुधवार हो गया था और सबने आख़िरी खाना रविवार की दोपहर में खाया था, मारे भूख के आँतें

सिकुड़ी जा रही थीं। प्यास के मारे, हलक चिपक रहे थे। केनेडी देख आये थे कि कुछ दूर पर ओसलाना द्वीप में नारियल के पेड़ बहुत सारे थे वहाँ सबको नारियल की गरी खाने को और उसका मीठा पानी पीने को प्राप्त हो सकेगा। इसलिए सबको हिम्मत बँधाते हुए उन्होंने ओसलाना द्वीप तक चलने को कहा। फिर उसी तरह बाक़ी के साथी लकड़ी के पटरे के सहारे तैरते हुए चले और केनेडी ने उसी तरह मैकमाहोन को अपनी पीठ पर लादा उसकी लाइफ़ जैकेट की बेल्ट अपने दाँतों के बीच दबायी और चल पड़े। ओसलाना द्वीप पर पहुँचकर सबने पेट भर नारियल खाये और पानी पिया। लेकिन खाली पेट इतना नारियल खा जाने से सब-के-सब बीमार पड़ गये। किसी की हिम्मत फ़र्ग्यूसन पैसेज की ओर जाने की न हुई। और किस्मत की मार देखिए कि तीन दिन से तो उस पैसेज में अमरीकन पी.टी. नावें आ नहीं रही थीं, इस रात जब ये कोई उधर गये नहीं तो संयोग की बात कि अमरीकन नावें उधर गश्त को पहुँची थीं।

वृहस्पतिवार 5 अगस्त को केनेडी बहुत चिन्तित हो उठे और रॉस से बोले, चलो सामने के नारू द्वीप पर चलें, शायद कुछ समाचार मिले। उधर जाते समय उन्हें दुश्मन का एक जहाज़ टूटी-फूटी अवस्था में मिला। तक़दीर से उसमें कुछ खाने की चीज़ें छूटी हुई थीं और एक छोटी-सी नाव भी पड़ी थी। केनेडी को नयी आशा बँधी, उन्होंने निश्चय किया कि अब इस पतली नाव से एक बार फिर फ़र्ग्यूसन पैसेज में जाकर मदद पाने की कोशिश करेंगे। लेकिन दुश्मन के जहाज़ पर जो खाने-पीने का सामना मिला था, उसे अपने साथियों तक पहुँचाने के लिए भी वे बेताब हो उठे।

इधर ओसलाना द्वीप पर उनके नौ साथियों ने देखा कि एक नाव पर दो आदमी उधर चले आ रहे थे। सब-के-सब बुरी तरह डर गये। कौन हो सकते हैं ये लोग—दुश्मन के जासूस तो नहीं? इन पर वार करें या न करें कुछ समझ में नहीं आ रहा था कि अचानक थॉम उठा और जिधर से वे आ रहे थे उस दिशा की ओर बढ़ने लगा। नाव पर के दोनों व्यक्तियों ने अचानक देखा कि एक लम्बा-चौड़ा, तगड़ा-सा आदमी बढ़ी हुई दाढ़ी और अजब-सी दृष्टि लिए खड़ा है, तो दोनों डर गये और उल्टे लौटने को हुए। असल में वे लोग भी इस द्वीप पर नारियल खाने आ रहे थे। उन्हें लौटता देखकर थॉम चिल्लाया, 'इधर आओ, इधर आओ।' थॉम ने यह देख लिया था कि ये लोग जापानी नहीं हैं। वह चिल्लाया, 'नेवी, नेवी'। वे लोग एक क्षण ठिठके पर कुछ समझ नहीं पाये, तो थॉम ने कहा, 'हम जापानी नहीं' और उसने अपनी बाँह पर से कमीज़ उठाकर अपनी गोरी चमड़ी दिखायी। जब इसका भी उन पर कोई असर नहीं हुआ, तो थॉम ने आसमान की ओर इशारा करके कहा 'व्हाइट स्टार'। अमरीकन वायुसेना का

एक निशान व्हाइट स्टार था, इसलिए अब वे दोनों कुछ-कुछ आश्वस्त हो गये कि ये लोग दुश्मन नहीं हैं और वे दोनों द्वीप पर आये।

इन दोनों का नाम बिउकु और ऐरोनी था। ये दोनों वहीं के गाँवों के जंगली लोग थे, अँग्रेज़ी समझते नहीं थे लेकिन अमरीकन सेना के लिए स्काउट का काम करते-करते थोड़ा-बहुत टूटी-फूटी अँग्रेज़ी समझने लगे थे। इसके साथ सब लोग सुरक्षा के उपाय सोचने लगे। यह निश्चय हुआ कि बिउकु के साथ नापर थॉम रैंडोवा हार्बर तक जाएगा और वहाँ से मदद ले आएगा। लेकिन इस समय तक लहरों का वेग कुछ इतना जबर्दस्त हो गया था कि इन लोगों को लौटना पड़ा, आगे बढ़ ही नहीं सके। इतने में केनेडी खाने का सामान लेकर आ चुके थे। उन्होंने सारी स्थिति समझी और नाव लेकर खुद जाने की ठानी। मगर जरा ही दूर गये होंगे कि जबर्दस्त आँधी आयी और पतवारें हाथ से छूट गयीं। किसी तरह अपनी नाव को सही-सलामत बचाकर ये लोग भी वापस आ गये।

दूसरे दिन भोर में यह निश्चय हुआ कि बिउकु और ऐरोनी ही हेडक्वार्टर तक जाकर उनका सन्देश पहुँचा दें। अब समस्या थी कि सन्देश कैसे पहुँचायें, पता नहीं ये लोग उन्हें ठीक से बता भी पाएँगे या नहीं, तो केनेडी ने एक मज़ेदार उपाय सोचा, उन्होंने अपने चाकू से एक नारियल के खपड़े पर खोद-खोदकर सन्देश लिखा : 'नेटिव नोज पोजीशन ही कैन पायलट। एलाइव नीड स्माल बोट—केनेडी'।

यह सन्देश लेकर वे दोनों स्काउट रैंडोवा हार्बर तक का 38 मील लम्बा रास्ता तय करने को चल पड़े। बीच में उन्होंने किसी अन्य स्काउट के द्वारा लेफ्टिनेंट ईवान के पास भी इन लोगों का समाचार भेज दिया। ईवान ने तुरन्त सात स्काउटों के साथ एक नाव और बहुत-सा खाने-पीने का सामान ओसलाना द्वीप पर भेज दिया और केनेडी को तुरन्त बुलाया ताकि सुरक्षा के उपाय साथ मिलकर सोचे जा सकें। केनेडी तुरन्त उधर की ओर चल दिये। दो स्काउट नाव खे रहे थे और केनेडी पत्तों और घास-फूस के नीचे छिपे थे, ताकि दुश्मन की निगाह न पड़े। थोड़ी ही देर में दुश्मन का एक हवाई जहाज उधर ही आ गया। इन लोगों के तो प्राण ही सूख गये, बेचारे दोनों स्काउट भी बहुत डर रहे थे कि कहीं अगर केनेडी का जरा भी शरीर दिख गया तो खैर नहीं। जैसे-तैसे वह जहाज उधर से निकल गया, तो तीनों की जान-में-जान आयी।

गोमू द्वीप पर आकर ही केनेडी ने पत्तियों और घास-फूस के बीच से सिर निकाला और देखा सामने लेफ्टिनेंट ईवान खड़े हैं। उन्होंने कहा, "हेलो, मैं केनेडी हूँ।" ईवान उन्हें अपने साथ ले गये और कहा कि "आप तो सही-सलामत इसी नाव पर रैंडोवा चले जाइए। यहाँ से कोई खतरा नहीं है। हम ओसलामा द्वीप

पर से आपके साथियों को बचा लाने का इन्तजाम कर लेंगे।'' लेकिन केनेडी ने यह प्रस्ताव एकदम अस्वीकृत कर दिया। उन्होंने कहा, ''नहीं जब तक मेरे साथी सही-सलामत नहीं आ जाएँगे। मैं सुरक्षित होकर रैंडोवा नहीं जाऊँगा।'' ईवान ने हेडक्वार्टर से यह बात कही। पूरे सलाह-मशविरे के बाद आख़िर सबको केनेडी की इस मानवीय बात का मान रखना ही पड़ा और केनेडी के साथ मदद का सामान कर दिया गया। वे अपने साथियों को लेने ओसलाना की ओर फिर लौट चले। ओसलाना पर जब आये तो उनके साथी खुशी से चिल्लाये, ''ऐ जैक, प्यारे लो तुम्हारे खाने को हमने कुछ बचा रखा है।'' ''बहुत-बहुत धन्यवाद दोस्त, मैंने अभी तक एक नारियल खा लिया है, यह तुम खा लो।''

निराशा के बादल छँट गये थे। रविवार की सुबह ये सब रैंडोवा हार्बर सुरक्षित आ गये। लेकिन केनेडी को रह-रहकर अपने दो मृत साथियों, मार्ने और ऐंड्रयू कर्कसी की याद आ रही थी। उनका मन बहुत उदास था। काश! वे दोनों भी बच गये होते। यह सब बातें उनके राष्ट्रपति बनने के पहले की हैं। राष्ट्रपति बन जाने पर वे सारे संसार में कितने लोकप्रिय हो गये ये सभी जानते हैं—अब सुनिए उनकी मृत्यु के कुछ समय बाद की बातें—

यह एक विचित्र संयोग था। सफ़ेद छोटा-सा गिरजाघर चारों ओर ऊँचे-ऊँचे सरो के पेड़ों से घिरा हुआ था। सरो के काही रंग के पत्ते बारिश में भीगकर और भी झुक गये थे और उनसे बूँदें टप-टप आँसुओं की तरह चू रही थीं। आपको शायद मालूम होगा कि पश्चिमी देशों में सरो की पत्तियाँ शोकसूचक होती हैं।

गिरजाघर की छत पर बारिश के तेज़ झकोरे पड़ रहे थे—बाहर सर्द भीगा हुआ अन्धड़ चल रहा था और अन्दर मिसेज़ केनेडी अपने नये वर के साथ विवाह-बन्धन में बँध रही थीं। तूफ़ानी समुद्र से घिरा पाँच मील के घेरे का यह छोटा-सा द्वीप उनके नये पति की सम्पत्ति है। विवाह को अत्यधिक प्रचार और सनसनीखेज खबरों से बचाने के लिए केवल पन्द्रह पत्रकारों को आने की अनुमति दी गयी थी। लेकिन द्वीप के चारों ओर कितनी ही नौकाएँ लंगर डाले खड़ी थीं। बारिश में भीगते दर्शक दूरबीन लगाये खड़े थे। लेकिन सरो के वही लम्बे रोते हुए वृक्ष एक आड़ बन गये थे। कैसे अनेक पत्रकार उसी तूफ़ानी समुद्र में कूद पड़े, नुकीली चट्टानों से टकराकर लहूलुहान होकर द्वीप पर पहुँचे, वह सब कथा आप अखबारों में पढ़ चुके हैं। लेकिन कम लोगों को यह मालूम है कि सारे संसार के स्नेहपात्र स्व. राष्ट्रपति केनेडी का स्थान लेने वाला यह यूनानी धनपति ओनासिस कौन है?

ओनासिस के बारे में अनेक दन्तकथाएँ फैली हुई हैं। शायद आपने सुना हो कि दुनिया के सबसे महँगे जहाज़ी बेड़े का मालिक ओनासिस है; शायद आपने

सुना हो कि ग्रेटा गार्बो, ड्यूक ऑफ विंडसर, सर विंस्टन चर्चिल, अर्नेस्ट हेमिंग्वे—सभी ओनासिस के मित्र और मेहमान रह चुके हैं; शायद आपने सुना हो कि संसार का सबसे प्रख्यात द्यूत नगर मांटेकार्लो ओनासिस का प्रिय निवास स्थल रहा है और जब वह वहाँ जुआ खेलने और बाज़ी लगाने गया, तो धन माँगने और बैंक में जमा करने से ज्यादा आसान उसे यह लगा कि मांटेकार्लो बैंक खरीद लिया जाये, और लीजिए घंटे भर में वह खरीद भी लिया गया! शायद आपने यह भी सुना हो कि ओनासिस ने मिस्त्र के राष्ट्रपति नासिर को यह सुझाव दिया था कि सऊदी अरब से स्वेज के किनारे-किनारे भूमध्य सागर तक एक विराट ज़मींदोज नहर बनायी जाये, जिसमें से तेल और पेट्रोल अरब से सीधे भूमध्य सागर तक पहुँच सके। यह पूरी ज़मींदोज़ नहर बनाने का खर्च ओनासिस खुद करने को तैयार था। शायद आपने यह भी सुना हो कि यही ओनासिस था, जिसको ज़िन्दा या मुर्दा पकड़ लाने के लिए दक्षिण अमरीका के एक देश की सरकार ने अपना पूरा जंगी जहाज़ी बेड़ा, अपने बमवर्षक विमान भेज दिये थे, और ओनासिस को चेतावनी दी थी कि अगर उसके जलपोत ज़रा भी आगे बढ़े, तो इसे आक्रमणकारी कार्यवाही माना जाएगा। और यदि कोई दूसरा देश उसकी सहायता के लिए आया, तो विश्वयुद्ध छिड़ सकता है!

लेकिन हो सकता है कि इनमें से बहुत-से समाचार भारत के पाठकों तक न पहुँचे हों, क्योंकि ओनासिस शुरू से ही प्रचार और विज्ञापन से बहुत कतराता रहा है। यहाँ तक कि उसके बारे में जो बहुत-सी सही-गलत खबरें फैल गयीं, उनका खंडन करने में भी उसे कोई दिलचस्पी नहीं रही। सच तो यह है कि उसे कभी इन चीज़ों के लिए वक्त ही नहीं मिला। पेरिस, न्यूयार्क, हैम्बर्ग, मांटीवीमुंयो, मांटेकार्लो, सऊदी अरब, लन्दन और काहिरा—सारी दुनिया में उसके कार्यालय फैले हुए हैं, और कोई नहीं जानता कि कब-किस समय अपना निजी गुप्त द्वार खोलकर चमड़े का सूटकेस बगल में दबाये, काला चश्मा लगाये हुए, भूरे या नीले रंग का सर्ज का सूट पहने हँसता हुआ ओनासिस दफ़्तर में दाखिल हो जाये। कल उसका टेलीफ़ोन नार्वे से आया हो और आज सुबह अर्जेंटाइना के कार्यालय में ओनासिस दिखाई पड़े!

जेट से भी अधिक तेज़ गति से जीने और यात्राएँ करने वाला ओनासिस सबसे ज़्यादा पसन्द करता है अपने प्रिय विश्राम जलपोत क्रिस्टीना की खुली डेक पर धूप में आरामकुर्सी पर बैठकर अथाह समुद्र की ओर देखना। इस विवाह के लिए भी वह अपने इसी जलपोत क्रिस्टीना में गया था। आइए, पहले आपको उसके इस प्रिय तैरते राजमहल की सैर को ही ले चलें।

आपने महाभारत में मयदानव के बनाये हुए महल की कहानी पढ़ी होगी,

जहाँ जल स्थल की तरह दिखता था और कठोर फ़र्श जल की तरह। इस बड़े खूबसूरत सायबान, जिसके खम्भे महकती लकड़ियों के बने हैं, के फ़र्श को ज़रा ध्यान से देखिए। चारों तरफ़ शतरंजी संगमरमर के बीच में एक बहुत बड़ा चौखटा है, जिसमें बहुत रंगीन कीमती पत्थरों से प्राचीन ग्रीस में विलासमय जीवन के विभिन्न चित्रों की अनुकृतियाँ बनी हुई हैं। कहीं लायर (ग्रीक वीणा) बजाती हुई सुन्दरियाँ, कहीं वृक्ष के नीचे प्रेमी-युगल, कहीं पहाड़ी चश्मे में जल भरती हुई कोई मुग्धा! थोड़ी देर में आप देखेंगे कि ओनासिस की कोई नयी अतिथि मित्र तैरने की पोशाक में चली आ रही है। इस चित्रमय फ़र्श पर पहुँचते ही एक हल्की-सी संगीत-ध्वनि होगी, और बजती हुई घंटियों के साथ फ़र्श नीचे धसकने लगेगा। दो मिनट के अन्दर नीचे धसककर वह फ़र्श तालाब का फ़र्श बन गया है, और चारों तरफ़ से चाँदी के बने नलों से स्वच्छ जल तालाब में भरने लगा है।

दूसरी तरफ़ उसका प्रख्यात बार (मदिरालय) है। अतिथियों के लिए जो कुर्सियाँ पड़ी हैं, वे अद्भुत हैं। जहाज़ के लंगर की मोटी रस्सी लपेटकर गोल चक्र बना दिये जायें, कुछ वैसी ही ये कुर्सियाँ हैं, जिनमें हाथी दाँत के हत्थे लगे हुए हैं और हर हत्थे पर यूनान के पुराने महाकाव्य ईलियड और ओडिसी के दृश्य अंकित हैं। चाँदी, सोने या प्लेटिनम के पात्र तो कोई बात ही नहीं, उससे भी मूल्यवान कीमती पत्थरों में तराशे हुए मदिरापात्र अतिथियों के हाथों में हैं, और सामने एक बड़ा-सा खूबसूरत नीला शीशा है, जो समुद्र के जल का आभास देता है। उसके पीछे एक क़तार में संसार के आदिकाल से लेकर बीसवीं शताब्दी तक के प्रख्यात जहाज़ों के मॉडल एक-एक कर तैरते हुए चले जा रहे हैं। ज़रा अलग हटकर एक बहुत बड़ी महोगनी की दीवार पर पुराने हाथ के बने पार्चमेंट काग़ज़ पर बना एक विशाल नक़्शा है पूरे संसार और उसके समुद्रों का। उस नक़्शे पर बिजली के तार की अदृश्य जाली फैली हुई है, और कितने ही छोटे-छोटे जहाज़ उन समुद्रों में तैर रहे हैं। यह कोई काल्पनिक झाँकी नहीं है, ये सारे जहाज़ ओनासिस के बेड़े के जहाज़ हैं और हर क्षण कौन किधर जा रहा है, उसकी पूरी गतिविधि रेडियो तरंगों के माध्यम से इस नक्शे पर अपने-आप दिख रही है। यहीं ओनासिस का पुस्तकालय भी है। और इसी के बगल से खूबसूरत घुमावदार जीने जहाज़ के मुख्य डेक की ओर जाते हैं। पुस्तकालय और जीने के बीच नीचे भूमध्य सागर बनाया गया है। ओनासिस सारे संसार के समुद्रों का लेखा-जोखा और पुस्तकों के सारे ज्ञान का रस इसी भूमध्य सागर के किनारे बैठकर लेता है। मांटेकार्लो से लेकर उसके अपने ग्रीक द्वीप तक यही भूमध्य सागर है। इसे वह अपने प्यार और अपने भाग्य का दायरा मानता है। बहुत मोटे तुर्की कालीनों से ढँके पतले-पतले रास्ते जहाज के विभिन्न कमरों तक गये हैं।

हर कमरा ग्रीस के किसी द्वीप के नाम पर है। कमरे के द्वार पर उस द्वीप का खूबसूरत नक्शा और कमरे के अन्दर का सारा सामान उस द्वीप के वातावरण को प्रस्तुत करता हुआ।

एक और कक्ष जो कभी उसे बहुत प्रिय था वह है बच्चों का डाइनिंग रूम। हर तरफ़ संसार की खूबसूरत-से-खूबसूरत गुड़ियों और खिलौनों से सजा हुआ। उसकी खिलखिलाहट सबसे ज्यादा इसी कक्ष में सुनाई पड़ती थी। आपने इस विवाह के चित्रों में जैकलीन की बड़ी लड़की कैरोलिन का बहुत उदास, मन तोड़ देने वाला—चित्र देखा होगा, क्योंकि वह अपने पिता की सबसे दुलारी बिटिया थी। लेकिन इसे भी कैसा अजीब संयोग माना जाये कि ओनासिस भी अपनी पूर्व पत्नी से उत्पन्न सन्तानों में अपनी बड़ी बच्ची को ही सबसे ज्यादा प्यार करता है—यह डाइनिंग रूम खास तौर से उसी के लिए बना था और अपने इस तैरते हुए तिलिस्मी राजमहल का नाम उसने इसी बड़ी बच्ची के नाम पर रखा—क्रिस्टीना!

जब विवाह के समय और उसके बाद जैकलीन कैरोलिन को बराबर अपने अंक में दुबकाये रही, तो क्या ओनासिस को क्रिस्टीना याद आयी थी? संसार के बड़े-से-बड़े ऐश्वर्यों को जीतने के बाद जब इस समय संसार की सबसे अधिक चर्चित नारी को जीतकर वह अपने जहाज़ पर, अपने एकान्त द्वीप पर पहुँचा, तो क्या उसे सोलह वर्षीय निर्धन असहाय ग्रीक लड़के की याद आयी होगी, जो अपना सब-कुछ खोकर अपने सारे परिवार में से अनेकों का वध, अनेकों को जेल और अनेकों को कोड़े लगने का दंड देखकर किसी प्रकार इतालियन जहाज़ पर चुपचाप निकल भागा था। जेब में सिर्फ़ पचास पौंड थे और जहाज में लोग भेड़-बकरियों से भी बदतर हालत में ठसाठस भरे हुए थे। क्या ओनासिस ने कभी यह सोचा होगा कि वह निर्वासित, निराश्रित लड़का एक दिन फिर अपने द्वीप में संसार के सारे ऐश्वर्य और संसार की सबसे प्रसिद्ध नारी को जीत कर लौटेगा।

कौन था वह? उसे क्यों सोलह वर्ष की उम्र में इस तरह अपना देश छोड़ना पड़ा? वह कहाँ गया? यह कारूँ का खजाना उसे हासिल कैसे हुआ—यह कहानी एक विचित्र कहानी है।

एक छोटा-सा क़स्बा इसमर्ना उस वक्त ग्रीक क़स्बा माना जाता था। अँग्रेज़ उसके संरक्षक थे। इसी कस्बे में सन् 1902 में ओनासिस के पैदा होने पर उसकी माँ ने बड़े चाव से दो विश्वविख्यात ग्रीक विद्वानों पर उसका नाम रखा एरिस्टॉटिल साक्रेटीज़ ओनासिस। पिता तम्बाकू का रोज़गार करते थे और इसमर्ना के व्यापार मंडल के सभापति थे। वहाँ के प्रख्यात ग्रीक कॉलेज में ओनासिस ने शिक्षा पायी। पाँच वर्ष का था, तभी माँ चल बसी। दादी ने पाला-पोसा। आठ वर्ष का था

कि जर्मनी की लड़ाई छिड़ गयी। एक जर्मन जनरल ने आकर इसमर्ना पर हुकूमत चलानी शुरू की। जर्मन जनरल एक ओर बहुत उदार था—बच्चों को अपनी गाड़ी पर घुमाता था—मगर दूसरी ओर उसका हुक्म था कि सब बच्चे चाँद-तारे का तुर्की बैज लगायें और लाल तुर्की टोपी पहनें।

पहली बार ओनासिस ने विद्रोह किया और उसकी जमकर मरम्मत हुई। युद्ध में यूनान अँग्रेज़ों की ओर था, इसलिए लड़ाई ख़त्म होने के बाद इसमर्ना फिर यूनान को दे दिया गया। अच्छे दिन लौटे—मगर सिर्फ़ चन्द रोज़ के लिए। कमाल अता तुर्क ने सेनाएँ इकट्ठी कीं। और तुर्की का जो हिस्सा यूनान के क़ब्ज़े में था, उस पर हमला बोल दिया। इसमर्ना फिर तुर्की क़ब्ज़े में आ गया और पहली बार मार-काट, खून-ख़राबा और क़त्लेआम शुरू हुआ। परिवार के कई लोग फाँसी पर लटका दिये गये, कई लड़ते-लड़ते मारे गये और बाक़ियों को कंसंट्रेशन कैम्प में भेज दिया गया। ओनासिस ने पाया कि उसकी सौतली माँ, भाई-बहन, दादी-सभी एक शरणार्थी शिविर में भाग गये हैं और पिता को तुर्की सिपाही हथकड़ियाँ डालकर लिए जा रहे हैं। वह भागता हुआ घर आया, तो उसने पाया कि उसके घर पर तुर्की झंडा लहरा रहा है, और वह एक तुर्की जनरल की छावनी बना दिया गया है। वह घर में घुसने लगा कि पहरेदारों ने उसकी छाती पर संगीन अड़ा दी...

मौत! बिल्कुल सामने खड़ी हुई मौत आदमी में डर और बुज़दिली भी जगाती है पर कभी-कभी पैनी चतुराई और जीने की प्रबल इच्छा भी जगाती है। सोलह वर्ष के शिक्षित नवयुवक ओनासिस ने छाती पर संगीनों की नोक अनुभव करते हुए क्षण भर में यह निश्चय कर लिया कि किसी-न-किसी तरह उसे जीना है। यही नहीं, बल्कि किसी-न-किसी तरह अपने पिता को छुड़ाना भी है। उसने सिपाहियों से कहा कि मुझे जनरल के पास ले चलो। उसकी मुश्कें बाँधकर उसे जनरल के सामने पेश किया गया, तो उसने बहुत गम्भीर स्वर में कहा कि हमारी यह कोठी काफी बड़ी कोठी है, इसमें कहाँ से कैसे नल का पानी आता-जाता है, कहाँ से कैसे गैस आती है, यह सब आप लोगों को नहीं मालूम। कोई बताने वाला भी नहीं, इसलिए अगर वह इस कोठी में मददगार अर्दली के रूप में रख लिया जाये, तो जनरल की काफ़ी तकलीफ़ें बच जाएँगी। यह बात तुर्की जनरल की समझ में आ गयी। उसे बाहर के एक कमरे में रहने की इज़ाज़त दे दी गयी। धीरे-धीरे उसकी सेवाओं से ख़ुश होकर उसे रोज़ कोठी में बना हुआ खाना ले जाकर जेल में पिता को दे आने की इज़ाज़त भी दे दी गयी।

इसी बीच उसके दो चाचाओं को तुर्कों ने फाँसी पर चढ़ा दिया। ख़बर थी कि शीघ्र ही पिता को भी फाँसी दे दी जाएगी। वह दौड़-धूप कर के इसमर्ना

के उन तुर्क व्यापारियों से मिला, जो उसके पिता के मित्र रह चुके थे। उन सबकी कोशिश से उसके पिता का प्राणदंड तो रुक गया, लेकिन उन्हें रिहाई नहीं मिली। उसने तय किया कि वह अब ग्रीस छोड़ देगा और अन्तिम बार पिता से मिलने जेल में गया। मुलाक़ात हो ही रही थी कि अकस्मात् उसने दो अफसरों को आते देखा। मालूम हुआ कि पिता का प्राणदंड तो रोक दिया गया है, लेकिन ओनासिस को कैद कर लेने का हुक्म हुआ है। यह हुक्म सुनाकर अपने दफ्तर की ओर गया, और ओनासिस से कह गया कि मुलाक़ात ख़त्म करके सीधे दफ़्तर में आओ। और उसी वक़्त ओनासिस ने फिर अपनी ज़िन्दगी का एक बहुत बड़ा जुआ खेलने का निश्चय किया। अभी फाटक के पहरेदारों को गिरफ़्तारी की बात नहीं मालूम थी। रोज़ आने-जाने से पहरेदार ओनासिस को पहचान गये थे। वे जानते थे कि ओनासिस अफ़सरों के लिए छोटी-मोटी चीज़ें लाया करता है। पिता को बिना कुछ बताये वह द्वार की तरफ गया। पहरेदार से हँसकर बोला कि उस अफसर ने मुझसे कहा है कि केक और ताज़ा शहद लेकर जल्दी मेरे दफ़्तर में आओ। मैं अभी आता हूँ।

फाटक के बाहर निकलकर फिर वह जान छोड़कर भागा। शायद आज की सुपरसॉनिक जेट की यात्राएँ भी ओनासिस को उतनी तेज़ न लगती हों जितनी उस समय की वह दौड़ थी! वह सीधे अमरीकी काउंसुलेट गया, जहाँ उपकाउंसल उसके पिता का परिचित था। उसने ओनासिस को एक कोठरी में छुपा दिया और दो-तीन घंटे बाद उसे अमरीकी जहाज़ी पोशाक़ पहनाकर कुस्तुनतुनिया को जाने वाले एक अमरीकी जंगी जहाज़ पर चढ़ा दिया। वहाँ उसके परिवार के बचे हुए लोग भी उसे मिले, वह कैसे वहाँ से तुर्की की राजधानी अंकारा गया, कैसे वहाँ कमाल अतातुर्क के अन्तरंग अफ़सरों से मिलकर अपने पिता की रिहाई का परवाना हासिल किया—यह एक अलग कथा है।

और अब उसे जीवन का पहला धक्का लगा। पिता जब छूटकर आये, तो जेब में एक कौड़ी भी नहीं थी। अपने परिवार के अलावा सोलह मृत रिश्तेदारों की विधवा पत्नियों और बच्चों का बोझ अलग से। उनमें से कोई भी स्थिति को समझने के लिए तैयार नहीं, और छोटी-से-छोटी बात पर ओनासिस और उसके पिता को तानेजनी! एक क्षण को उसे यह लगा कि इस नरक से शायद जेल बेहतर थी। उसने अकस्मात् तय किया कि वह एक क्षण भी यहाँ नहीं रह सकता—उसे कहीं और जाना है—कहीं बहुत दूर, जहाँ परिवार की गन्ध भी न हो। किसी तरह उसे अर्जेंटाइना के लिए पासपोर्ट मिला और ब्यूनसआयर्स जाने वाले एक इतालवी जहाज़ पर वह भी सवार हो गया।

तूफ़ानी समुद्र में भेड़-बकरियों की तरह ठँसे हुए मुसाफ़िरों के बीच वह

सोलह वर्षीय युवक किसी तरह सफ़र काट रहा था। अँधेरे में कई-कई दिन की यात्रा के बाद जब बन्दरगाहों की रोशनी नज़र आती थी, तो इतालवी कप्तान शहर का नाम पुकारता था। उसी सफ़र में उसने पहली बार एक बिल्कुल नया नाम सुना—मांटेकार्लो! उस समय मांटेकार्लो उसके लिए सिर्फ़ कोहरे और अँधेरे में टिमटिमाती चन्द बत्तियों का नाम था।

सितम्बर, 1923 में वह ब्यूनसआयर्स पहुँचा। जेब में कुल पचास पौंड, जो दो महीने तक चल सकेंगे। परिचय के नाम पर एक अँग्रेज़ टेलीफ़ोन कम्पनी में काम करने वाले कुछ ग्रीक क्लर्क। वहीं किसी तरह उसे एक छोटी-सी नौकरी मिल गयी। धीरे-धीरे उसने रात में ओवरटाइम भी करना शुरू किया। चौबीस घंटे में एक या दो घंटे की नींद और बाकी टेलीफ़ोन का काम! अगर वह उस नौकरी में रहता तो बयालीस वर्ष की उम्र में चार सौ रुपये प्रति माह पेंशन से रिटायर हो चुका होता। अपने को जगाये रखने के लिए वह सिगरेट पीता था, और उसे ग्रीस, आर्मीनिया और तुर्की की सिगरेटों का स्वाद याद आता था, जिनके सामने अर्जेंटाइना की सिगरेटें बिल्कुल फ़ीकी और बेजान थीं। एक दिन उसे ख़्याल आया कि क्यों न यहाँ वह तम्बाकू मँगवाया जाये। उसने अपने पिता को लिखा और कुछ नमूने मँगवाये। कुछ लोगों ने उसे पसन्द किया।

चार साल में उसने इतना धन्धा बढ़ाया कि चौदह हज़ार पौंड लगाकर उसने सिगरेट बनाने का एक कारख़ाना खोला। पर कुछ ही दिन में कारख़ाना बिल्कुल डूब गया। जितना कमाया था, सब मिट्टी में मिल गया। लेकिन उसने इससे कई नये अनुभव पाये और काम फिर शुरू किया। 1929 में उसने अपने पिता को भी बुला लिया। दो वर्ष उसके पास रहकर पिता की मृत्यु हो गयी।

तम्बाकू का धन्धा बहुत धीमी गति से चल रहा था, एक दूसरा संकट उठ खड़ा हुआ। अकस्मात् ग्रीक सरकार ने कई देशों से चीज़ों का आयात बन्द कर दिया, जिनमें अर्जेंटाइना भी था। ओनासिस ने तुरन्त महसूस किया कि अब अर्जेंटाइना भी ग्रीक चीज़ों का आयात रोक देगा और ओनासिस का दिवाला पिट जाएगा। वह तुरन्त ग्रीक लौटा और वहाँ के प्रधानमन्त्री से उसने बातें कीं। समझाया कि अर्जेंटाइना से व्यापार करना ग्रीक के लिए कितना लाभदायक हो सकता है। ग्रीक सरकार को इस चौबीस वर्ष के नवयुवक की बातों में इतना सार दिखाई दिया कि उन्होंने ओनासिस को अपना विशेष राजदूत बनाकर अर्जेंटाइना भेजा कि वह व्यापार की बात करे।

तम्बाकू का एक छोटा शरणार्थी व्यवसायी राजदूत बनकर लौटा—तम्बाकू के व्यवसाय पर बात करने के लिए! लेकिन उसका दिमाग़ हमेशा स्थितियों से बहुत आगे चलता था। ब्यूनसआयर्स के डाकयार्ड पर सैकड़ों जहाज़ आ-जा रहे

थे। प्रथम महायुद्ध के बाद यह एक ऐसा समय था, जब सारे संसार में तिजारती मन्दी आयी हुई थी। बड़े-बड़े अन्तरराष्ट्रीय व्यवसायों का दिवाला निकल चुका था। चीज़ें मिट्टी के मोल बिक रही थीं। उन्हें ख़रीदने वाला कोई नहीं था। उसी समय ओनासिस को लगा कि उसकी क़िस्मत की सही कुंजी समुद्र के पास है—उसे जहाज़ी बनना ही है। उसने पता लगाया कि कनाडा के पास कुछ पुराने जहाज़ हैलीफैक्स और मांट्रियाल में पड़े हुए हैं। दस लाख डॉलर में बनने वाला हर जहाज़ उस वक़्त एक लाख डॉलर में बेचा जा रहा था, और फिर भी ख़रीदने वाला कोई नहीं था! इसने छह लाख डॉलर का इन्तज़ाम किया और जाकर छह जहाज़ खरीद लिये। दो जहाज़ों को चलाना शुरू किया। चार जहाज़ पड़े रहे। धीरे-धीरे उसका पूरा बेड़ा चलने लगा। इतने में युद्ध शुरू हुआ...और सोना बरसने लगा।

युद्ध शुरू होने के पहले ही ओनासिस ने फिर एक बहुत बड़ा जुआ खेला था। उसने तय किया कि वह अपने जहाज़ों पर मुख्यतया पेट्रोल ढोएगा। उस समय जहाज पर पेट्रोल ले जाना उतना ही ख़तरनाक था, जितना आज हाइड्रोजन बम ले जाना। लेकिन ओनासिस ने तय किया कि या तो उसका बेड़ा जल जाएगा या फिर वह व्यवसाय में एक क्रान्ति पैदा कर देगा। उसने स्वीडन जाकर एक बड़े पेट्रोल ढोने वाले जहाज़ का आर्डर दिया, जिसमें साढ़े पन्द्रह हज़ार टन पेट्रोल रखा जा सके।

सारी दुनिया ने उसे पागल कहा। ख़ासतौर से किसी ग्रीक जहाज़ी के लिए तो यह दुस्साहस आत्महत्या से बढ़कर था। उसके सबसे बड़े प्रतिद्वन्द्वी दूसरे बड़े अनुभवी वृद्ध जहाज़-व्यवसायी लिवानोज ने खुद उसे आकर समझाया। लेकिन ओनासिस अपने निश्चय पर दृढ़ था। और अन्त में ओनासिस ने धीरे-धीरे अन्य देशों के बेड़ों को हराकर सऊदी अरब के तेल के सारे यातायात पर अपना अधिकार जमा लिया। इंग्लैंड, डेनमार्क, स्वीडन, नार्वे, इटली, अमरीका और लाइबेरिया के जहाज़ी बेड़े धीरे-धीरे बाज़ार से बाहर होते गये। ओनासिस एकछत्र सम्राट बन गया। उसके लिए ओनासिस ने जो राजनीतिक खेल खेले, जिस प्रकार सऊदी अरब को अपने एहसानों से लाद दिया, वह व्यवसाय-चातुर्य की एक अद्‌भुत मिसाल है।

उसने एक और दिलचस्प तरकीब ढूँढी थी। उसके अधिकतर बेड़े ऐसे देशों में रजिस्टर कराये हुए थे, जहाँ टैक्स या तो लगता ही नहीं, या नाममात्र को लगता, मसलन पनामा, लाइबेरिया, हस्डूराज आदि। एक मौक़े पर उसने एक पूरा बेड़ा सऊदी अरब के लिए बनाया। उसी के झंडे के नीचे व्यापार किया और अथाह सम्पत्ति कमाकर उस बेड़े का एक बहुत बड़ा हिस्सा अरब को मुफ़्त दान दे दिया।

एक बार कुछ अमरीकी जहाज़ ख़रीदने के सिलसिले में अमरीका ने उस पर कानून तोड़ने का आरोप लगाया। वह स्वयं उड़कर अमरीका गया और अदालत में जाकर आत्मसमर्पण कर दिया। मुकदमा चला और उस पर सत्तर लाख डालर का जुर्माना हुआ। मुस्कराते हुए ओनासिस ने सत्तर लाख की राशि जमा करा दी—मानो अठन्नी या रुपया जुर्माना हुआ हो। मालूम हुआ कि इसी बीच में इस स्थिति का उसने दूसरा लाभ उठा लिया—कई अमरीकी जहाज़ी कम्पनियाँ क़ायम हो गयीं, जिन सबमें ओनासिस का बहुत बड़ा हिस्सा था।

हमने ओनासिस के प्रतिद्वन्द्वी वृद्ध व्यवसायी लिवानोज़ का ज़िक्र किया था कि जब उसने अपने पहला पेट्रोल का जहाज़ बनवाया, तब लिवानोज़ ने उसे चेतावनी दी, समझाया। लिवानोज का कहना था कि वह अकेला है, अविवाहित है, इसलिए अपने शून्य को भरने के लिए दुनिया भर के ख़तरे उठाता रहता है। लिवानोज़ की दो लड़कियाँ थीं। छोटी लड़की उस समय न्यूयार्क में पढ़ती थी और गुड़िया खेलती थी। उम्र आठ-नौ वर्ष। बड़ी लड़की यू जेनी कैशोर्य के निकट थी। ओनासिस को शादी के बारे में तय करते-करते कई साल लग गये और जब वह शादी करने के लिए राज़ी हुआ, तो उसने पाया कि छोटी लड़की टाइना ही उसके मन को आकर्षित कर पाती है। ओनासिस ने अपने मित्र और प्रतिद्वन्द्वी के सामने यह प्रस्ताव रखा तो वह बहुत क्रोधित हुआ। उसने समझाया कि वह जहाज़रानी के नियम के विपरीत है। जो जहाज बन्दरगाह पर पहले पहुँचे, उसे पहले माल उतारने की सुविधा होनी चाहिए। लेकिन ओनासिस ने तय कर लिया था। और उसने जब जो तय किया वह पूरा किया। विचित्र बात है कि उसकी पहली पत्नी टाइना भी उम्र में उससे पूरे बीस वर्ष छोटी थी। उसकी बड़ी बहन यू जेनी का विवाह दूसरे ग्रीक जहाज़-व्यवसायी स्टेवरोज नियार्कोस से हुआ। कहते हैं कि नियार्कोस ने हमेशा यह कोशिश की कि वह ओनासिस को पछाड़ सके, लेकिन ओनासिस की दौलत का कोई मुक़ाबला नहीं। और उसी समय ओनासिस को झक सवार हुई कि वह सुदूर दक्षिणी समुद्रों में जाकर व्हेल का शिकार करेगा और सोने से भी अधिक कीमती व्हेल का तेल बेचेगा!

लेकिन व्हेल का शिकार कोई मामूली चीज़ नहीं है। एक तो सुदूर दक्षिणी ध्रुव के पास जिस ठंडे-बर्फ़ीले पानी में व्हेल मिलती हैं, वहाँ के लिए बिल्कुल अलग खास तौर के जहाज़ बनवाने पड़ते हैं। फिर व्हेल पकड़ने, खींचने और लादने के लिए उनमें खास तरह की मशीनें और इंजन लगते हैं। मौसम बिल्कुल अनिश्चित रहता है। सिर्फ़ थोड़े से देशों के कुछ खास जातियों के लोग हैं, जो पीढ़ी-दर-पीढ़ी व्हेल का शिकार करते आते हैं और वे अपने खानदान के बाहर उस रहस्य को प्रकट नहीं करते। और सबसे बढ़कर यह कि व्हेल की नस्ल

खत्म होती जा रही है, अतः उसे बचाने के लिए अन्तर्राष्ट्रीय व्हेल कमीशन ने बहुत से नियम और प्रतिबन्ध लगा रखे हैं, जिनका पालन करना बहुत जरूरी होता है। इस सबके बाद व्हेल के तेल का बाजार बिल्कुल ही निश्चित नहीं—कभी करोड़ों का फायदा, कभी अरबों का नुकसान।

सन् 1948 में जब जर्मन लोगों के साथ साझेदारी करके ओनासिस ने व्हेल के शिकार के लिए पुराने जहाजों को नये ढंग से सुधरवाना शुरू किया, तो फिर दुनिया में यही चर्चा फैली कि ओनासिस पर पागलपन सवार है। ओनासिस आधुनिक यूलिसिस बनना चाहता है। लेकिन ओनासिस अपने निश्चय पर दृढ़ रहा। जिन देशों के लोग यह व्यवसाय करते आये थे, उन्होंने भी हर तरह का विरोध किया। बाज़ार में गतिरोध पैदा किया—लेकिन ओनासिस अपने हठ पर कायम रहा।

सन् 1954 में एक विचित्र घटना हुई। पेरू और इक्वाडोर ने घोषित किया कि दो सौ मील का समुद्री क्षेत्र उनका आरक्षित क्षेत्र है, जिसमें व्हेल या किसी किस्म का शिकार नहीं किया जाएगा। यह घोषणा सारे संसार के जहाजियों के लिए आपत्तिजनक घोषणा थी, क्योंकि अभी तक तट से बारह या बीस मील तक का समुद्र ही आरक्षित समुद्र माना जाता था।

हम पहले बता चुके हैं कि ओनासिस अपने बेड़े ऐसे देशों में रजिस्टर करवाता है, जहाँ टैक्स कम लगता है। उसका यह बेड़ा पनामा सरकार के अधीन था। पनामा सरकार ने पेरू से विशेष समझौता किया कि उसे पचास मील की छूट दी जाये।

ओनासिस का बेड़ा उस क्षेत्र के आसपास था, लेकिन उसने इस क्षेत्र में प्रवेश नहीं किया था। उसी समुद्र में से एक शीत अन्तर्धारा बहती है, जिसमें ऐसी मछलियाँ पैदा होती हैं, जिन्हें खाने के लिए व्हेल आती हैं। उस धारा में मछलियों की पैदावार कैसी हो रही है, ताकि अगले वर्ष व्हेलों के आने-जाने का रास्ता मालूम हो सके, इसका पता लगाने के लिए दो नौकाएँ अन्दर गयीं। जर्मनी में किसी पत्रकार ने उन नौकाओं के जहाज़ी अफसरों में से किसी की पत्नी का इंटरव्यू लेकर छपने भेज दिया। पेरू के समाचारपत्रों में भी वह इंटरव्यू छपा और उस पर पत्रों ने सुर्खी दी—'धोखेबाज़'! उस दिन शाम को पेरू के राष्ट्रपति ने एक विशेष दावत का आयोजन कर रखा था। अकस्मात् एक विरोधी दल के सदस्य ने आकर वह अख़बार राष्ट्रपति को दिखाया और कहा, "यह हमारे राष्ट्र का अपमान है।" दूसरी तरफ़ से विरोधी दल का दूसरा सदस्य आया और उसने कहा, "दुनिया हमको बुजदिल समझेगी—एक सौदागर हमें चुनौती देकर अपमानित कर रहा है।" (संयोग से इस सफर में ओनासिस के जहाज़ का नाम ओलम्पिक

चैलेंजर था) राष्ट्रपति ने उसी समय निर्णय दिया कि जलसेना और वायुसेना को हुक्म दिया जाये कि वे ओनासिस को ज़िन्दा या मुर्दा पकड़कर पेश करें। और तुरन्त तोपें दागते हुए जंगी जलपोत और बमवर्षक विमान झपट पड़े।

पूरा बेड़ा कैदी बनाकर लाया गया। बेड़े पर पनामा का राष्ट्रध्वज था। पनामा सरकार ने पेरू सरकार के इस कार्य का विरोध किया। लेकिन विरोध के अलावा और वे क्या कर सकते थे? ओनासिस के तमाम विरोधी बहुत खुश हुए कि पहली बार इसको ठीक-ठीक सज़ा मिली। लेकिन उसी समय ओनासिस के पास जो छिपी हुई तुरुप की चाल थी वह भी सामने आ गयी। अकस्मात् ब्रिटेन ने पेरू को चेतावनी दी कि बेड़ा तुरन्त छोड़ दिया जाये, वरना उसे छुड़ाने के लिए ब्रिटिश जलसेना को जाना पड़ेगा।

लोगों को ताज्जुब हुआ कि पनामा और पेरू के झगड़े में ब्रिटेन के हस्तक्षेप का क्या मतलब? और तब पता चला कि अपने साधारण बेड़ों का बीमा ओनासिस छोटे टैक्स-रहित देशों में कराता था। लेकिन हर प्रकार की दुर्घटना के लिए इस बेड़े का बीमा उसने इंग्लैंड की एक मशहूर बीमा कम्पनी में कराया था। यदि उस बीमे की पूरी रकम ब्रिटेन को देनी पड़ती, तो ब्रिटेन के सामने बड़ा भारी आर्थिक संकट आ जाता। ब्रिटेन के हस्तक्षेप के बाद पेरू ने जल्दी-जल्दी मुक़दमा कराया, जुर्माना किया और बेड़े को छोड़ दिया। जुर्माना भी ओनासिस की नहीं, ब्रिटेन की बीमा कम्पनी की जेब से गया।

विवाह के बाद ओनासिस ने रहने के लिए मांटेकार्लो को चुना। आपको याद होगा कि मांटेकार्लो को उसने सोलह वर्ष की आयु में अपनी निर्वासित-यात्रा के दौरान दूर से देखा था। लेकिन छह साल के बाद जब वह तम्बाकू के व्यवसाय के सिलसिले में ग्रीस लौट रहा था, तो वह मांटेकार्लो उतरा और तभी से मांटेकार्लो का सौन्दर्य उसके मन में बस गया। उसने एक बहुत मशहूर और ऐतिहासिक महत्त्व की बहुत खूबसूरत इमारत ख़रीदी। इस इमारत में कभी बेल्जियम के निर्वासित बादशाह लियोपोल और विंडसर दम्पती भी रह चुके थे।

ओनासिस को जुआ खेलने में कोई दिलचस्पी नहीं, लेकिन जब कभी वह जुए की मेज़ पर गया तो, उसने सबसे बड़ी बाज़ियाँ लगायीं। ज़िन्दगी बहुत सुखद थी। ऐथिना (टाइना) से उसे दो बच्चे हुए—क्रिस्टीन और ऐलेक्जेंडर। दोनों को वह बहुत प्यार करता था। दुनिया के महानतम लोग उनके अतिथि हुआ करते थे—ग्रेटा गार्बो से लेकर विंस्टन चर्चिल तक। अगर उससे कोई पूछता कि संसार की सबसे सुन्दर स्त्री कौन है, तो वह जवाब देता था, ''मेरी पत्नी।'' लेकिन धीरे-धीरे मांटेकार्लो में यह अफ़वाह फैलने लगी कि दोनों में गम्भीर मतभेद हैं। उन दिनों मारिया कालास नामक एक सुन्दर गायिका अक्सर ओनासिस के साथ

दिखाई देती थी। उस समय मारिया कालास को पश्चिम संगीत-जगत में दुनिया की सबसे मधुर आवाज़ माना जाता था। लोगों का ख़याल था कि ऐथिना और ओनासिस में इसी स्त्री के कारण मतभेद हुआ है। लेकिन बाद में (1960 में) ऐथिना ने अदालत में तलाक़ की अर्जी दी, और उसमें उसने किसी अन्य स्त्री के नाम के पहले अक्षरों—जे.आर.—का संकेत मात्र किया। बाद में ऐथिना ने स्वयं ब्लैंडफोर्ड के मार्क्विज—से विवाह कर लिया।

सन् 1960 से 1968 तक पूरे आठ वर्ष का समय ओनासिस के लिए कैसा बीता, इसके बारे में कुछ भी ज्ञात नहीं, सिवाय इसके के उसकी विश्वव्यापी यात्राएँ पहले से भी ज़्यादा तेज़ी से होती रहीं। कहा जाता है कि पेरिस में ऐथिना की किसी सहेली से पूछा गया कि क्या तुम्हें मालूम है कि ओनासिस का सबसे अधिक प्रेम अब किसे प्राप्त है? तो उसने कहा, "जहाँ तक मुझे मालूम है क्रिस्टीना को।" और दूसरे ही क्षण भेदभरी मुस्कान फेंककर बोली, "मेरा मतलब उसके जहाज़ से है।" उसने भले ही यह बात महज़ मज़ाक़ में कही हो, पर हक़ीकत भी यही थी कि ओनासिस ने अपनी पूरी दीवानगी से अगर किसी को प्यार किया है, तो वह अपने क्रिस्टीना को ही! उसके हर काट, हर घुमाव, हर रूप-रंग ने उसे जितना लुभाया है, उतना उसे कोई भी रूपसी नहीं बाँध सकी है। 1954 में अपनी पूर्व पत्नी टाइना के इसरार पर उसने यह जलपोत ख़रीदा था और फिर इस 1600 टन के 325 फुटे जलपोत पर 25 लाख डालर खर्च करके उसने बड़े शौक से इसे एक तैरते तिलिस्म में परिवर्तित कर लिया था। पति-पत्नी दोनों ने बहुत ही चाव से इसका नाम अपनी प्यारी बिटिया क्रिस्टीन के नाम पर रखा था—क्रिस्टीना। और तब से क्रिस्टीना ने अपने विशाल पटल पर हज़ारों क़िस्म के आमोद-प्रमोद देखे, अनगिनत शानो-शौकत देखी, एक-से-एक बढ़कर, एक-से-एक बड़े मेहमानों की आवभगत की, लेकिन क्रिस्टीना की क़िस्मत का रंग भी बदलने को था।

इसी रस-रंग भरे ख़ूबसूरत क्रिस्टीना पर सन् 1963 में स्वागत हुआ था एक अनिन्द्य सुन्दरी श्रीमती जैकलीन केनेडी का। उनके नन्हे बच्चे की मौत ने उन्हें बहुत ज़बर्दस्त आघात दिया था। कुछ अरसे से स्वयं बीमार भी चल रही थीं। कमज़ोरी बढ़ती जा रही थी और साथ-ही-साथ अपने राष्ट्र की हर पल चिन्ता करने वाले उनके पति राष्ट्रपति केनेडी अपनी परम प्रिय पत्नी के लिए भी बहुत चिन्तित रहने लगे थे। ओनासिस नामक एक बड़े जहाज़ी की मित्र जैकलीन की बहन ली राजविले ने सलाह दी कि ओनासिस के क्रिस्टीना जलपोत पर जैकी कुछ दिन आराम करके स्वास्थ्य लाभ करने चले। और सचमुच जैकी क्रिस्टीना पर आराम करने के बाद फिर फूलों-सी महकने लगीं। बुलबुल-सी चहकने लगीं।

राष्ट्रपति केनेडी ओनासिस के बहुत शुक्रगुज़ार हुए। तहेदिल से उसे धन्यवाद के सन्देश भेजे। बाद में उनकी शहादत के बाद ओनासिस जैकी को सहानुभूति अर्पित करने और जैकी के स्व. पति को श्रद्धांजलि अर्पित करने गये थे।

जैकलीन ने पूरी गरिमा से पति की शहादत को झेला और कई जगह स्व. पति के सम्मान की रक्षा के लिए संघर्ष भी किया। पर धीरे-धीरे वे राजनीतिक चक्रों से अलग होती गयीं और अपने नन्हे-मुन्ने बच्चों की दुनिया में सिमट आयीं, अपने निजी शौक, निजी संसार में खो गयीं, देश-विदेश की सैर पर भी खूब निकलीं। आयरलैंड, स्विट्जरलैंड, स्पेन, इटली, हवाई, कैरीबीन, कनाडा, ग्रीस, कम्बोडिया, मैक्सिको आदि तमाम जगहें उन्होंने राष्ट्रपति के स्वर्गवास के बाद ही घूमीं। ग्रीस और कैरीबीन में उनके मेज़बान ओनासिस ही थे। दोनों एक-दूसरे के मोहपाश में कब, कैसे बिंधते चले, कोई नहीं कह सकता। हाँ, उनके जलपोत क्रिस्टीना को इतना ज़रूर मालूम है कि उसके विशाल पटल पर जो एक बहुत बड़ा भोज हुआ था, उस अवसर पर उसने महसूस कर लिया है कि और भी कोई है जिसे ओनासिस अब उससे भी ज्यादा प्यार करने लगा है। क्रिस्टीना के साज-सँवार से ज़्यादा फ़िक्र ओनासिस को अब उस दिन की ख़ास अतिथि जैकलीन केनेडी की रहने लगी थी।

अगस्त के दिन थे। बाहर उमस और गर्मी थी लेकिन क्रिस्टीना के डेक पर अभूतपूर्व जश्न का आयोजन था। बूज़ूकी-बैंड पर सुर्तकी नृत्य में हँसती-मुस्कराती जैकी भी शामिल हुई थी। अपनी बेहद मनपसन्द धुनों को सुनते हुए ओनासिस ने बड़ी भावुकता से बड़े क़ीमती बारीक़ जालीदार काम का एक चाँदी का ब्रैसलेट जैकी को पहनाया, जिस पर अंकित था जे. आई. एल. वाई. यानी जैकी, आई लव यू (यद्यपि ठीक ऐसे ही ब्रैसलेट टी. आई. एल. वाई. टाइना को और एम. आई. एल. वाई मारिया कालास को भी किसी ज़माने में दे चुके थे।)

और फिर दो देशों के बीच हुई फ़ोनवार्ता पर प्रस्ताव और अनुमोदन के बाद दो ही महीने बाद अक्टूबर के शुरू दिनों से ही रात-दिन के अथक परिश्रम से स्कोर्पियो द्वीप का साज-सिंगार नये सिरे से होना शुरू हुआ। द्वीप पर स्थित 'द लिटिल वर्जिन' नामक एक छोटे-से चर्च को नयी-नवेली की तरह सजाया-सँवारा गया। और लीजिए, बीस अक्टूबर को तो देश-विदेश से बड़े-बड़े नामी-गिरामी मेहमान चले आ रहे हैं। कोई जेट लानर से तो कोई शटल प्लेन से, कोई हैलीकॉप्टर से तो कोई मोटरबोट से! और एक हवाई जहाज़ आया हालैंड से। मालूम है, उसमें से कौन उतरा? उसमें से अवतरित हुआ एक बहुत बड़ा पहाड़ ढेर-के-ढेर फूलों का! महकते रंगे-बिरंगे फूल! और साथ में बहुत ही ख़ास क़िस्म के ट्यूलिप के फूल और वसन्ती कलियाँ, जिनके गजरे बनेंगे नव-दम्पती के लिए।

और आये एथेंस से पूज्य पादरी फादर पोलीकापो एथेंसियन और आयी संसार की महँगी-से-महँगी शराब क्रिस्टीना की ख़ूबसूरत बार के लिए।

सारी तैयारियाँ पूरे उत्साह और लगन से की जा रही थीं। लेकिन शुरू से ही विज्ञापन और प्रचार से कोसों दूर भागने वाले ओनासिस ने पत्रकारों को अपने द्वीप पर आने से बिल्कुल रोक रखा था। इसलिए संसार में केवल उड़ती ख़बरें पहुँच रही थीं, जिन पर कोई विश्वास करता था और कोई स्कैंडलबाज़ी कहकर टाल देता था।

लेकिन कितना भी बचो, पत्रकारों की नज़र से एकदम बच पाना बड़ा मुश्किल होता है। घनघोर वर्षा, समुद्र की हरहराती लहरों के थपेड़े—और उससे भी बढ़कर स्कोर्पियो द्वीप के चारों तरफ़ फैली बेहद पैनी, नुकीली चट्टानों से जूझते, घायल होते पत्रकारों ने आख़िर पक्की ख़बर दुनिया को दे ही दी। यूनान के प्रेस मन्त्रालय ने चुने हुए पन्द्रह पत्रकार और फोटोग्राफ़र इस विवाह-समारोह में भेजे थे। लेकिन पचासों पत्रकार द्वीप के पास ही एक लफकास नामक बस्ती में एक हफ़्ते से बसेरा डाले पड़े थे। उस दिन बहुत दिनों की चरम घुटन और उमस के बाद बादल खुलकर बरस रहे थे। वर्षा में भीगते ये पत्रकार द्वीप से क़रीब पचास गज दूर अपनी-अपनी नौकाओं से उतरकर तैरते, चट्टानों से टकराते चले आये। पुलिस का भारी इन्तजाम था। इन लोगों को पूरे प्रयास से रोके रखा गया, लेकिन अन्त में इनकी दशा देखकर ओनासिस का दिल पिघला और कुछ पत्रकार, फ़ोटोग्राफर, टेलीविज़न कैमरामैन आदि को चर्च तक आने दिया गया।

शाम को आठ बज कर चालीस मिनट पर प्रमुख अतिथियों से घिरे ओनासिस नीली डिनर जैकेट पहने, कोट के काज में एक बड़ा-सा लवंग पद्म लगाये अपनी ख़ूबसूरत मोटर कार में बैठकर चर्च पहुँचे। गुलाबी और प्याज़ी रंग की पोशाक में अपने दोनों बच्चों के साथ जैकलीन द्रुतगति से चलनेवाली नौका से चर्च के तट पर पहुँची। दस बरस की कैरोलीन अपने स्वर्गीय पिता की लाडली बिटिया सफेद क़ीमती पोशाक पहने थी, और सात वर्षीय जॉन माँ से चिपका चल रहा था। बिना छाता लगाये फुहारों में भीगती -भीगती जैकलीन चर्च में पहुँची। क़रीब पाँच सौ एकड़ के इस द्वीप को चारों ओर से तमाम दर्शक घेरे खड़े थे। शायद एक झलक मिल जाये। लेकिन बहुतों को निराशा ही हाथ लगी। नन्हा चर्च लम्बे-लम्बे सरो के पेड़ों से घिरा हुआ था। सरो के चिकने पत्तों से टप-टप बूँदें चू रही थीं और अन्दर का दृश्य इस सबके बीच में छिप गया था।

एक ओर यश और सौन्दर्य की सम्राज्ञी जैकलीन और दूसरी ओर अपार धनराशि के मालिक 62 वर्षीय जहाज़-सम्राट ओनासिस का मिलन-समारोह समारम्भ 31 वर्षीय पादरी ने दोनों के हाथ रेशमी रिबन से बाँधकर किया। दोनों का ही यह पुनर्विवाह परम्परावादी ग्रीक रीति के अनुसार सम्पन्न कराया गया।

एक वेदी के चारों ओर जैकी और ओनासिस ने तीन फेरे लिए। ग्रीक रीति के मुताबिक़ दोनों की यह कोशिश थी कि कदम साथी से आगे पड़ें। जिसके कदम आगे पड़ते हैं उसे गृहस्थ जीवन में हर काम में पहल लेने का स्वत: अधिकार प्राप्त हो जाता है। फिर प्रमुख पादरी ने दोनों को महकते गजरे पहनाये और एक ही पात्र में से दोनों को मदिरापान कराया (जो मन और प्राण की, शरीर और आत्मा की एकात्मकता का प्रतीक माना जाता है!) फिर सभी सम्मानित अतिथियों ने मिलकर मादक धुनों पर वेदी के चारों ओर ख़ूब नृत्य किया।

जैकी के दोनों लाडले बच्चे कैरोलीन और जॉन, और ओनासिस के दोनों दुलारे बच्चे—20 वर्षीय ऐलेक्ज़ेंडर और 18 वर्षीय क्रिस्टीना ने सारा समारोह बड़े संयम और चाव से देखा। बीच-बीच में चारों बच्चे एक-दूसरे की ओर प्रीतिपूर्ण मुस्कानों का आदान-प्रदान करते चल रहे थे।

सारे संसार ने बड़े कौतुक और उत्सुकता के साथ इस विवाह के समाचारों को सुना, और अलग-अलग प्रतिक्रियाएँ व्यक्त कीं। असल में जैकलीन का व्यक्तित्व इतना मोहक और आकर्षक रहा है कि शुरू से ही वह सारे संसार की प्रिय पात्री बन गयी थीं। बहुतों को इस विवाह की ख़बर सुनकर तसल्ली हुई कि चलो मँझधार में भटकती नाव एक किनारे लगी। मगर अधिकतर लोगों को यही लगा कि एक देवी अपने आदरास्पद सिंहासन से पदच्युत हो गयी है। वास्तव में क्या सही है, क्या ग़लत, क्या ठीक हुआ, क्या बुरा, यह कहना-समझना उचित भी नहीं है। यही कहा जा सकता है कि धनकुबेर ओनासिस ने जैकलीन को सैकड़ों कमरों वाला आलीशान महल, दो-ढाई सौ नौकर, दो स्थल-जलगामी जहाज, एक हेलीकॉप्टर और पूरी-की-पूरी ओलम्पिक एयर लाइन और अपना बहुत ही चहेता जलपोत क्रिस्टीना समर्पित किया। एक बहुत बड़ी जायदाद की उसे मालकिन बनाया; और बदले में जैकलीन ने ओनासिस—धनकुबेर ओनासिस—के अर्थहीन जीवन को ऐतिहासिक महत्त्व प्रदान कर दिया।

पत्थरों से टकराती एक पाँखुरी
बोरिस पास्तरनाक

कमरे में चारों ओर सिगरेट का धुआँ भरा था, कड़ुवा, कसैला लेकिन तुर्श और तेज! वे बार-बार रूमाल से माथे पर आया पसीना पोंछ रहे थे। ख़ासी सर्दी थी मौसम में, लेकिन शायद भीतर की कोई आग थी जो सुलग रही थी और उनके द्वारा पढ़ा जाता हुआ एक-एक शब्द हर सुनने वाले को एक गुनगुनी सुरसुराहट दे रहा था। पढ़ते समय उनकी सुतवाँ लम्बी नाक और भी तनी हुई लग रही थी। चौड़े माथे पर कुछ ढीठ लटें जब-तब छितरा जाती थीं। आँखें गहरी और पारदर्शी! और एक-एक शब्द को तौल-तौलकर उच्चारते, उनके होंठ कुछ और भिंचे, जिद्दियाये जैसे लग रहे थे।

और मैं! मैं पता नहीं उनकी कविता सुन रही थी या उनके नैन नक़्श को अक्षर-अक्षर बना, ख़ुद ही कोई कविता रच रही थी। हाँ, वे मुजस्सिम कविता ही थे मेरे लिए! कैसी कशिश थी उनके व्यक्तित्व में, कितनी लाजवाब थीं उनकी कविताएँ!

अरे! मैंने यह तो बताया ही नहीं आपको, कि मैं किसकी बात कर रही हूँ। मैं आपको पास्तरनाक, जिवागो के विश्वविख्यात लेखक बोरिस पास्तरनाक के विषय में बता रही हूँ। यह बात तब की है जब वे जवान थे और तमाम पढ़ने-लिखने में रुचि रखने वाले लोग उनके बहुत प्रशंसक थे। कहीं भी उनका कविता-पाठ होता, लोग सब छोड़-छाड़कर उन्हें सुनने पहुँच जाते। ऐसी ही एक शाम की बात कर रही थी मैं। उस दिन मैंने पहली बार उन्हें देखा था। और मैंने देखा जब काव्य-पाठ समाप्त हुआ तो कैसे लोगों ने वह रूमाल छीन लिया और उसकी कत्तर-कत्तर करके फाड़ लीं और टुकड़ा-टुकड़ा जिसके भी हाथ लगा उसने जतन से सँभाल कर रख लिया। सारे श्रोता उन पर टूट पड़े थे, कोई उन्हें छूना चाहता तो कोई बहुत क़रीब से देखना, शायद उन्हें सूँघना चाहता था। कइयों ने तो उनकी

पी हुई सिगरेटों से छूटे फेंके गये टुकड़े ही उठा-उठा कर सहेज लिये। कितनी भक्ति! कितना प्रेम!

और बस, मुझे लगा! यही तो हैं वे, जिन्हें मैं खोज रही थी—शायद मेरा जन्म ही इसलिए हुआ था कि इन्हें पाना था। मेरी बात आपको शायद अतिरिक्त भावुकता भरी लगे पर हक़ीक़त है यह। लेकिन ऐसी बातें भला किसी से कही थोड़े ही जाती हैं, मन की होती हैं, मन ही में रहती हैं। सो मैं और मेरी सहेली बस दूर-दूर से ही उन्हें चाहने-पूजने लगे थे। हम जब देखो तब एक-दूसरे को उनकी कविता पढ़-पढ़ कर सुनाते। उनके शब्द एक बहुत बड़ा सरोवर बन जाते, जिसकी लहर-लहर हमें अपने में डुबो लेती और हम रात-दिन बस उन्हीं ख़यालों में डूबते-उतराते रहते। कितनी अनोखी, कितनी मौलिक, कितनी छू जाने वाली होती थीं उनकी रचनाएँ! भगवान के बाद अगर किसी को हमने माना था तो वे थे पास्तरनाक लेकिन उन्हें क्या मालूम था? पता नहीं भगवान को भी पता होता होगा या नहीं।

और, मेरे ये भगवान एक दिन अचानक मेरे दफ़्तर में प्रगट हो गये। अक्टूबर का महीना था और 1946 का साल! मैं 'नोवी मीर' नामक साहित्यिक पत्रिका की सम्पादक थी। उनसे मेरा परिचय यह कहकर कराया गया कि मैं उनकी रचनाओं की अनन्य प्रशासका हूँ। कैसी गुरु-गम्भीरता से उन्होंने पूछा था, "कौन-कौन-सी किताबें हैं आपके पास?" मैं बोली थी, "मेरे पास तो सिर्फ़ एक ही है, पर पढ़ी सब हैं मैंने।" वे बोले, "अरे! अच्छा, मैं आपको कुछ किताबें भेजूँगा। वैसे मेरे पास खुद ही मेरी किताबें नहीं रह पाती हैं" और लो, वे बोलते ही चले गये थे। "आजकल कुछ लिख नहीं पा रहा हूँ बस यों ही छिटपुट अनुवादों में लगा हुआ हूँ। शेक्सपियर पर भी कुछ काम कर रहा हूँ। और आपको पता है, मैंने एक उपन्यास भी शुरू कर रखा है। मुझे खुद मालूम नहीं वह कथा कैसा रूप लेने वाली है। मैं पुराने मास्को जाना चाहता हूँ। लोग भूल चुके हैं उसके बारे में, बस कला की बातें करेंगे, दर्शन बघारेंगे।" एकाएक उन्हें जैसे ख़्याल आया कि वे तो बोले ही जा रहे हैं तो अचानक एक ब्रेक लगाया और मेरी ओर देख कर बोले थे, "सचमुच सुख मिलता है जानकर कि अभी भी हमारा कोई प्रशंसक है।" और अजब भोंडे-से ढंग से उठकर चल दिये थे महाशय!

दो दिन बाद जब मैं दफ़्तर पहुँची तो मेज़ पर एक अख़बार में लिपटा पैकेट रखा था। पाँच पुस्तकें थीं पास्तरनाक की! हल्की, एक बहुत हल्की-सी गुदगुदी महसूस की थी मैंने। पर यह क्या! शाम को स्वयं पास्तरनाक मौजूद थे—चलिए आपको घर तक छोड़ आयें—और यह शाम को घर छोड़ने का सिलसिला चल निकला। रास्ते में कैसी बच्चों जैसी बातें करते थे वे! कभी किसी ऊँची इमारत

को देखकर कहते, ''इसे लोगी'' कभी किसी चौक को देखकर कहते, ''यह पूरा चौक तुम्हें भेंट करना चाहता हूँ। तुम तो ना बोलोगी, लेकिन मेरी मर्ज़ी है।'' और ऐसी ही फ़िजूल-सी बच्चों जैसी बातें...

और एक दिन बोले, ''अपने किसी पड़ोसी का फ़ोन नम्बर दो न, अक्सर शाम को बात करने को जी चाहता है।'' मैंने अपनी पड़ोसन ओल्गा वोलकोवा का नम्बर दे दिया।

सच बताऊँ आपको—ऐसी हरकत मैंने पहले कभी नहीं की थी। पर किसी के कहने में कोई जादू-टोना हो तो भला इन्सान क्या करे—फिर चालू हुआ अजीब सिलसिला—रास्ते भर जो उखड़ी-पुखड़ी बातें करते थे उनमें कोई छोर तो होता नहीं था न! फिर भी शाम को जब फोन आता तो बात जहाँ छोड़ी थी वहीं से चालू हो जाती। मेरी पड़ोसन पाइप पर टनटन की आवाज़ करती और मैं समझ जाती फ़ोन आया है। वही बचपन भरा सिलसिला।

साल बदला। 1947 की 4 जनवरी को उनका ख़त मिला—एक बार फिर दिल की भीतरी तहों से निकली मेरी सारी शुभकामनाएँ लो। दुआ करो कि हेमलेट का काम पूरा हो जाये और मैं अपने उपन्यास का काम नये सिरे से शुरू कर सकूँ।

तुम कमाल की चीज़ हो! मैं तुम्हें हमेशा सुखी देखना चाहता हूँ—बी.पी.। पहली बार उनके लिखे शब्द मेरे लिए मेरे पास आये थे। मुझे लगा, प्यारे-प्यारे सफ़ेद बग़ुले उड़ते हुए मेरे पास आये हैं।

उसके बाद दो-चार दिन वे मिले नहीं—मैं केवल उस खत को हज़ार-हज़ार बार पढ़ती। बगुलों के पंख फड़फड़ाते तो—मगर कुछ काँपते भी लगे...तो क्या उपन्यास पर नये सिरे से काम करने के मतलब हुए मुझसे मिलेंगे भी नहीं...

कुछ दिन बाद वे आये। बड़ी बेतरतीबी से। हड़बड़ाये-से आते ही बोले, ''एक मिनट मेरी ओर देखना मत...कुछ बोलना मत...मैं बहुत संक्षेप में अपनी कोई बात कहना चाहता हूँ—उस बात के पहले एक बात सुन लो कि आज से तुम मुझे 'आप', कहकर मत बुलाना। मुझे 'तुम' कहो। इस 'आप' की औपचारिकता की कोई सार्थकता नहीं है।''

''मैं आपको 'तुम' कहकर नहीं बुला सकती। बोरिस लिओनीदोविच! यह असम्भव है।''

''नहीं, नहीं, तुम्हें आदत डालनी होगी, थोड़े दिन अटपटा लगेगा, बस! और मुझे 'तुम' कहने दोगी न स्वयं को...''

और बस ऐसी ही बातें—शाम को घर पहुँची। रात को 9 बजे थे कि मुझे पाइप पर ओल्गा की टनटन सुनाई दी। समझ गयी मैं कि किसका फोन है और

बात का सिलसिला कहाँ से शुरू होगा।

"दूसरी बात जो मैं तुम्हें संक्षेप में बताना चाहता था, वह तो मैंने बतायी ही नहीं। तुमने पूछा क्यों नहीं कि क्या बात थी वह? बहरहाल, देखो पहली बात तो हुई कि हम दोनों एक-दूसरे को 'आप' कहकर नहीं 'तुम' कहकर सम्बोधित करेंगे। दूसरी बात यह थी कि "मैं तुम्हें प्यार करता—तुम्हें प्यार करता हूँ—और बस, अब मेरी ज़िन्दगी का सिर्फ़ यही मक़सद है कि मैं तुम्हें प्यार करता हूँ।"...

1947 की गर्मियाँ आ गयी थीं! अब तक हम दोनों अपने-अपने घर में अकेले रह गये थे। अब हम प्रति-दिन बिना नागा मिलने लगे थे। मैं सुबह-सुबह ठीक सात बजे दरवाज़ा खोलती और वे आते दीखते—न उन्हें दरवाजा खटखटाने की ज़रूरत पड़ती थी, न मुझे खटखटाहट का इन्तज़ार रहता। मेरा दरवाज़ा खोलना और उनका आना दोनों एक साथ ही होता, न एक पल इधर न एक पल उधर।

मैं अक्सर अपना जापानी ड्रेसिंग गाउन पहने होती थी। उसमें छोटे-छोटे घरों की डिजायन बनी थी। पीछे दो रिबिन लटकते रहते। जिवागो की एक कविता में उस गाउन को दिखाऊँ आपको—लीजिए देखिए—

"बिखर जाने दिया है मैंने अपना घरबार
एक-एक कर छूट गये सारे प्रियजन
और अब मेरे साथ है सिर्फ़ अकेलापन
मेरे चारों ओर प्रकृति में, और अन्दर मेरे हृदय में...
जैसे झाड़ी से उतर जाते हैं अवांछित पीले पत्ते,
वैसे, सिर्फ़ रेशमी डोर वाले एक ड्रेसिंग गाउन में तुम
सिमट आती हो मेरी बाँहों में
सब कुछ खोते जाने वाले रास्ते पर
मिलता है सिर्फ़ एक दुर्लभ उपहार—तुम
जब ज़िन्दगी लाइलाज मर्ज़ से ज़्यादा
प्राणघातक बन जाये
तब सौन्दर्य का सिर्फ़ एक आधार रह जाता है—साहस
वही है जो हमें खींच लाया है
इतने अन्तरंग, इतने समीप।"

उस गर्मी में नींबू के पेड़ पर भरभरा कर फूल निकले थे। सारा मुख्यपथ मीठी-मीठी ख़ुशबू से भर गया था। किसी-किसी दिन वे अधजागे निंदियारे से

आते। इसका मतलब होता उस रास्ते की ख़ुशबू, हमारे घर, हमारी गली की बत्तियाँ वह सड़क सब हमारे साथ रात जागे थे...यों ही सोते-जागते एक-दूसरे के खयालों में बसे हमारे रात-दिन बीतते जा रहे थे।

एक दिन मैं अपनी माँ के ही कछुए की ख़ाल वाली कंघी से बाल बना रही थी। मुझे क्या मालूम था कि यह बात किसी कविता का सृजन कर रही थी—(हेलमेटेड वूमन लुकिंग इन अ मिरर) रात को जागी गली की बत्तियाँ, नींबू की महक से सराबोर यह सड़क सभी के अर्थ तो उनकी कविताओं में शब्द पाते जा रहे थे उन दिनों...हमारा हर पल सार्थक था कविता में...कविताएँ...कविताएँ... सृजन...सृजन...सृजन!

उन भावुकता भरे दिनों में कभी-कभी मज़ेदार घटनाएँ भी घट जाती थीं। एक बार बड़ा मज़ा आया। बड़ी सर्दी थी उस दिन—मैं एक कुर्सी पर बैठी थी और बोरिया...हाँ मैं उन्हें तब यही नाम लेकर पुकारने लगी थी! बोरिया सोफा पर बैठे थे। मेरी कुर्सी की ओर आने को जो वे उठे कि सोफा पुराना था ही, उनके हाथ का वज़न पड़ते ही उसका हत्था टूट कर गिर गया। पहले तो अपराधी बच्चे की तरह वे उछलकर दूर भागे। फिर घबराये-से बोले, देखो यह किस्मत की उँगली का इशारा है। कैसी तो थी उनकी भावभंगिमा उस समय की!...

हमें दुनिया से कुछ लेना-देना नहीं था। हम अपने में मगन थे—पर दुनिया न तो खुद मगन रहती है न किसी को मगन रहने देती है। रिश्तेदारों, सगे-सम्बन्धियों, परिचितों, मित्रों सभी की तरह-तरह की बातें। तानेजनी छींटाकशी चलने लगी। हर कोई मेरी जान के पीछे लगा था कि बोरिया यदि मुझे सचमुच प्यार करते हैं तो अपनी पत्नी को तलाक देकर मुझसे ब्याह क्यों नहीं कर लेते। मेरी माँ तो अक्सर बहुत ही ऊटपटाँग बातें करती रहती थीं। एक बार मुझे मामूली सर्दी-जुकाम हो गया था। वे दो दिन किसी कारणवश आ नहीं सके थे। माँ ने आसमान सिर पर उठा लिया। बोलीं, ''मेरी बच्ची तुम्हारे कारण बीमार रहने लगी है। तुम उसे देखने तक नहीं आये। तुम हमें बर्बाद करके छोड़ोगे।'' वग़ैरह-वग़ैरह। बड़े शान्त स्वर में बोले थे वे ''मरीया निकोलायेव्ना, आपकी बेटी मुझे जान से भी ज़्यादा प्यारी है। लेकिन बाहरी ज़िन्दगी को एकदम से तो उलट-पुलट करके बदला नहीं जा सकता न!''

आज भी मैं शर्म से सिहर-सिहर उठती हूँ। जब मुझे याद आता है कि अपने घरवालों की निरन्तर चखचख से तंग आकर कभी-कभी मैं भी अजब और ताने भरे ढंग से अपने बोरिया से झगड़ पड़ती थी। छी:! ऐसा क्यों किया था मैंने! उन दिनों तो वे बड़े दुखी भी थे। उनकी पत्नी को मेरे बारे में पता लग चुका था और वे बोरिया से निरन्तर झगड़ती रहती थीं। उन्होंने बोरिया का जीना

हलकान कर रखा था और ऐसे ही में मैं भी एक दिन किसी बात पर झगड़ पड़ी थी तो वे बड़े टूटे मन से बोले थे, "ऐसा मत कहो ओलिया! ठीक है, मैं तुम्हें जी-जान से प्यार करता हूँ—पर अब तुमसे मिलूँगा नहीं। परिवार को तोड़-फोड़ डालने का ख़ौफ़नाक काम मैं कर नहीं पाऊँगा। जब तक तुम्हें यह अहसास न हो जाये कि हमें दुनियावी रिश्तों से ऊपर उठकर एक अतीन्द्रिय जगत में रहना है और उस दिन का इन्तज़ार करना है जब कोई दैवी शक्ति ऐसा योग बिठा दे कि हम एक हो सकें, तब तक हमें एक-दूसरे से मिलना भी नहीं चाहिए! मैं किसी दूसरे की खुशियों के खंडहर पर अपनी कामनाओं का सुन्दर महल नहीं चिन सकता।

लेकिन कुछ भी सोचो, कुछ भी कहो, हमारे पास अब इतनी ताक़त नहीं बच रही थी कि एक-दूसरे को झटककर अलग कर देते। हम एक-दूसरे की अजब मजबूरी बन चुके थे...

1948 में बोरिया ने मेरा दफ़्तर छुड़ा दिया। पतापोवा गली के अपने छोटे से घर में मेरा स्कूल लगता। यानी बोरिया ने मुझे अनुवाद करना सिखाना शुरू किया। शुरू-शुरू में मैं अनुवाद करते समय दस लाइनों की बीस बना देती थी। वे हँसते-हँसते मुझे अनुवाद के गुर सिखाते।

उन्होंने ही मुझे बताया था कि मूल विचार को नंगा करके देखो। फिर उसे नये शब्दों के वस्त्र पहना दो। लेकिन ध्यान रखो कि कम-से-कम शब्दों में पूरी बात कहने की सामर्थ्य होनी चाहिए; अनुवाद शब्द का नहीं, विचार का होता है। उसमें यह भी ध्यान रखना होता है कि शाब्दिक अनुवाद भी हो और कहने के ढंग से निखार भी हो। बड़ी बारीक़ रेखा होती है दोनों के बीच की। जितना उसे सँभाले रहोगी, अनुवाद उतना ही अच्छा माना जाएगा।

धीरे-धीरे तो हम साझेदारी में काम करने लगे थे। अक्सर वे कोई अनुवाद शुरू करते और मैं उसे पूरा करने को ले लेती, ताकि वे अपना समय उपन्यास में लगा सकें। अनुवाद का काम रोज़ी का साधन भी बन चला था। क्योंकि धीरे-धीरे मेरे अनुवाद लोगों को बहुत पसन्द आने लगे थे और प्रकाशक मुझे काफ़ी काम देने लगे थे। एक बार तो बहुत मज़ा आया। मैं कुछ अनुवाद की हुई चीज़ें एक प्रकाशक के पास भेज रही थी। उन काग़ज़ों के बीच पास्तरनाक ने अपने द्वारा अनूदित एक रचना मेरे नाम से भेज दी। कुछ दिन बाद प्रकाशक के पास से पत्र आया कि अन्य अनुवाद तो ठीक थे केवल एक इसे ज़रा सुधार कर वापस भेजूँ। वह लौटा हुआ अनुवाद पास्तरनाक का किया हुआ था। उसे देखकर बोरिया कितना खुश हुए थे। बच्चों की तरह किलकने लगे थे और मुझे मेरे अनुवादों के लिए बहुत शाबाशी दी थी।

छिटपुट अनुवाद के काम रोज़ी-रोटी तो दे देते थे, लेकिन पास्तरनाक की आत्मा कहीं भीतर तक दर्द भरी उदासी झेल रही थी। यह मुझे उस दिन पता चला जब किसी ने एक ब्रिटिश अख़बार ला कर दिया। उसमें एक लम्बा लेख पास्तरनाक पर था। लेख का शीर्षक था 'पास्तरनाक का साहित्यिक मौन!' लेख में बताया था कि पास्तरनाक के पिता कई वर्षों तक इंग्लैंड में रहे थे, उनकी मृत्यु वहीं हुई थी। पास्तरनाक का नाम इंग्लैंड में बहुत आदर से लिया जाता है। उनकी प्रशंसा करते हुए उस लेख में यहाँ तक कहा गया था कि पास्तरनाक ने शेक्सपियर का इतना गज़ब का अनुवाद किया है कि शेक्सपियर ने यदि रूसी भाषा में लिखा होता तो ठीक उन्हीं शब्दों, उन्हीं भावरूपों का इस्तेमाल किया होता। किन्तु कैसी अफ़सोस की बात है कि पास्तरनाक जैसा महान लेखक आजकल केवल अनुवाद कार्य में लगा है। अगर वह खुद लिखता भी है तो या तो अपने मित्रों के लिए या स्वयं अपने लिए होता होगा। आदि-आदि। बड़े दुखी हुए थे वे इसे पढ़कर, बोले, ''ख़ाक साहित्यिक मौन है? वे क्या जानें कि मैं मौन दिख रहा हूँ। इसलिए कि कोई मुझे छापने को तैयार नहीं है। क्या विडम्बना है!''

1949 तक तो हमारा प्यार अपनी सम्पूर्ण सुकुमारता के साथ हमारे मन-प्राण में रच-बस गया था हम एक-दूसरे की ज़रूरत बन चुके थे। प्यार की अनोखी ऊँचाइयों के क्षितिज हमने अपनी बाँहों में भर लिये थे। उस पूर्ण सन्तुष्ट भरे-भरे मन से पास्तरनाक अब प्राणपण से जुट गये थे डॉ. जिवागो को पूरा करने में। उनकी ज़िन्दगी के सारे सपनों का निचोड़ था वह उपन्यास! बहुत महान रचना सृजन के दौर में से गुज़र रही थी।

लेकिन क़िस्मत की मार कि अब वह समय भी आ गया था जब युद्ध के बाद की यन्त्रणाएँ रूसी जीवन पर हावी होने लगी थीं। स्तालिन की नीतियों तले कलाकार और बुद्धिजीवी कुचले जा रहे थे। बोरिया पर चारों ओर से शाब्दिक हमले होते रहते थे। एक लेख में अलेक्सी सुरकोव ने तो यहाँ तक लिखा— ''समसामयिक परिस्थितियों से अपने अलगाव को पास्तरनाक बड़ी शान और गौरव की चीज़ समझता है। ऐसा प्रदर्शित करता है जैसे वह कोई बड़ा ऋषि-मुनि है, जो समयातीत है...सोवियत क्रान्ति के बारे में घृणा और हिकारत से बात करता है। सोवियत साहित्य में अब उसकी कविताओं की कोई क़ीमत नहीं है। व्यर्थ का कचरा है वह।''

पास्तरनाक ने एक जगह लिखा है, ''हमारे ज़माने में राजनीतिक निन्दा केवल एक चलन नहीं वरन एक दर्शन बन चुकी थी।'' और पास्तरनाक स्वयं इन राजनीतिक निन्दाओं के शिकार थे। सुरकोव का लेख पढ़कर अपने एक मित्र को फ़ोन किया और बोले थे—देखा, कैसे चौराहे पर खड़े करके कोड़े लगाये

गये हैं मुझे। पर कोई बात नहीं दोस्त। तकलीफ के जिस दौर से गुज़र रहा हूँ, ये कोड़े उससे ज़्यादा तकलीफ़देह नहीं।

स्तालिन का मास्को! कैसा तो हो गया था हमारा देश! सुरकोव जैसे लेखकों की ऐसी निन्दाएँ यन्त्रणा शिविरों का टिकट होती थीं। कभी-कभी तो साँसों के ख़ात्मे का एलान भी! ये आलोचनाएँ किसी को भी 'जनता का दुश्मन' का ख़िताब दे सकती थीं।

अक्टूबर का महीना था। मौसम ख़ासा ख़ुशगवार-सा था। हम दोनों स्टेट पब्लिशिंग हाउस गये थे। वहाँ से कुछ रुपया मिलना था। वह लेकर हम एक बाग में बेंच पर कुछ देर बैठकर बतियाने के इरादे से गये। हमने देखा चमड़े का कोट पहने एक अनजान व्यक्ति वहीं हमारी बगल में बैठकर हमें अजब तरीक़े से घूरने लगा। ख़याल आया अरे यह तो काफ़ी देर से हमारे पीछे-पीछे चल भी रहा था। लो, मतलब कि हमारा पीछा किया जाना शुरू हो गया। हम उठकर चल दिये। ख़ूब दूर पैदल चलने के बाद जब जुदा होते समय बोरिया ने कहा कि कल ज़रूर मिलना, तुम्हें डॉ. जिवागो के कुछ नये अंश सुनाऊँगा, तब तक भी वह आदमी हमारे पीछे लगा था।

और शाम का धुँधलका अभी छाया ही था कि कुछ वर्दीधारी लोग धड़धड़ाते हुए मेरे कमरे में घुस आये और बोले, ''तुम गिरफ़्तार की जाती हो।'' मेरे कमरे की तलाशी ली जाने लगी। और हर वह चीज़ जो पास्तरनाक से सम्बन्धित हो सकती थी, चुन-चुनकर अलग निकाल ली गयी। उनकी लिखी पांडुलिपियाँ, यहाँ तक कि छोटी-छोटी चिटें भी ले ली गयीं। अपनी किताबों पर कितने शौक़ से बोरिया ने मेरे नाम समर्पण लिखे थे, वे किताबें उन लुटेरों के पंजों में जैसी निःसहाय-सी पड़ी थीं, देखकर मेरी आत्मा कराह उठी। मेरा एक-एक ख़त भी उन्होंने छीन लिया। मुझे वे एक कार में बिठाकर ल्यूबिआँका ले गये। मेरे पीछे भी मेरा घर उलटता-पुलटता रहा। मेरी बेहद प्रिय चीज़ें नोची-खसोटी जाती रहीं।

महिला पुलिस का व्यवहार तो और भी विचित्र था। मेरे तन पर से एक-एक चीज़ उतार ली गयी—मेरी घड़ी, मेरी अँगूठी, यहाँ तक कि मेरे भीतरी वस्त्र भी! तर्क था उन कपड़ों की मदद से कहीं मैं फाँसी लगाकर मर न जाऊँ।

काल कोठरी में अकेली बैठी मैं सिर्फ़ एक ही बात सोच रही थी—बोरिया मुझे न पाकर कितना दुखी होंगे! जब वे जानेंगे कि मुझे क़ैद कर लिया गया है तो वह पल उन पर कैसे भारी गुज़रेगा! हे भगवान, मैं क्या करूँ! दूसरे ही क्षण मेरे दिमाग़ में विचार कौंधा, अरे पगली, उन्हें छोड़ दिया गया होगा क्या? ज़रूर वे भी गिरफ़्तार हो चुके होंगे। मुमकिन है जब हम जुदा हुए थे, उसी के बाद उन्हें धर लिया गया हो।

तीन दिन का एकान्तवास देने के बाद मुझे एक सेल में डाल दिया गया, जिसमें 14 और औरतें भी थीं। यहाँ सारे दिन बेहद तेज़ रोशनी की जाती थी, ताकि हम सो न सकें। और रात को सवाल-जवाब का त्रासदायक सिलसिला चलता था। यहाँ मेरे साथ एक बहुत ख़ूबसूरत जवान लड़की भी थी। उसकी मोटी-मोटी भौंहें नाक पर आकर जुड़ गयी थीं। उसकी काली आँखें बेहद चमकदार थीं और बरौनियाँ तो बहुत ही सुन्दर थीं। मैंने उसकी ओर टकटकी लगाकर देखा तो वह बोली, "क्यों, मुझे देख कर किसी की याद आ रही है क्या?" मैंने कहा, "पता नहीं क्यों, तुम्हें देखकर त्रॉत्स्की का ख़याल आता है।" वह हँसी और बोली, "ठीक ही ख़याल आता है, मैं उन्हीं की धेवती हूँ। सभी कहते हैं, उनसे मेरी शक्ल बहुत मिलती है।" त्रॉत्स्की की बेटी देश छोड़ चुकी थी। यह उसी की बेटी साशा मोग्लिन थी। साशा के पिता प्रावदा के सम्पादकीय विभाग में थे। कुछ समय पहले उन्हें भी गिरफ़्तार करके फाँसी पर चढ़ा दिया गया था। साशा को सुदूर उत्तर में कहीं पाँच साल के लिए निष्कासित कर दिया गया था। अब यहाँ थी। उस दिन जब उसे खींचकर मुझसे दूर ले जाया गया था, तब वह कैसी दर्दीली चीख़ से रोयी थी...आज तक मेरे कानों में वह आवाज़ टीस पैदा कर जाती है।

जेल में जो संगी-साथी होते हैं उनसे ज्यादा निकटता ज़िन्दगी में और किसी से महसूस नहीं की जा सकती। क्योंकि वहाँ सभी एक-दूसरे के हाथों में अपने भाग्य की लाइनें पढ़ते रहते हैं...जो इसके साथ हो रहा है वही कल हमारे साथ भी होना है...कितनी सहानुभूति और कितना अपनापन होता है वहाँ एक-दूसरे के प्रति!

लेकिन यह क्या! ऐसे ही आलम में मैंने जाना कि अरे मैं तो माँ बनने वाली हूँ शायद! कुछ ही दिनों में बात पुष्ट हो गयी तो मुझे डबलरोटी, फल और सलाद खाने को मिलने लगे।...

जेल में चौदह दिन बीत गये थे। पन्द्रहवीं रात को ज़रा सोने की कोशिश कर रही थी कि सन्तरी आया और बोला, पूछताछ के लिए चलो। एक सँकरे गलियारे से मुझे दफ़्तर में ले जाया गया।

वर्दीधारी व्यक्ति बोला, "मैं आपका विनम्र, जिरह करने वाला अफ़सर हूँ। अपना परिचय दूँ—मेरा नाम अनातोली सर्गेयेचिव सिम्योनोव है। अब आप बतायें आपको क्या कहना है।"

"आप क्या जानना चाहते हैं?" मैंने पूछा।

"आप और पास्तरनाक विदेशी अफ़वाहों से प्रभावित होकर कहते रहे हैं कि आपको हमारी सरकार पसन्द नहीं है। और आप उसके तख़्ता पलटने के प्रयास

करते रहे हैं। उस विषय में बताइए। और बताइए कि यह नया उपन्यास किस विषय पर लिखा जा रहा है। पास्तरनाक अपने विचारों का साझीदार आपको बराबर बनाते रहे हैं। बताइए कि उपन्यास में आगे चलकर वे क्या प्रतिपादित करना चाहते हैं।'' यह कहकर उसने मुझे एक काग़ज़ और कलम दिया और कहा, मैं डॉ. जिवागो की विषयवस्तु के बारे में लिखूँ।

मैंने लिखा—यह एक बुद्धिजीवी डॉक्टर की कहानी है, जो 1905 और 1917 की क्रान्तियों के दौरान गुजरे अपने जीवन को बड़ा बोझिल पाता है। वह स्वभाव से कलाकार था, कवि था! जिवागो भले ही आज जीवित न हो, पर उसके तमाम हमसफ़र होंगे। उपन्यास में सोवियत सिस्टम के खिलाफ तो कुछ भी नहीं कहा गया है।

मैं कई पृष्ठ लिख चुकी थी। एक पृष्ठ को पढ़कर सिम्योनोव मुँह बना कर बोला, ''यह सब खुराफ़ात लिखने से क्या फायदा? तुमको तो सिर्फ़ यह लिखना है कि तुमने उपन्यास पढ़ा है और वह सोवियत जीवन पर बुरा असर डाल सकता है।'' जाहिर है मैं यह नहीं लिख सकती थी। कई रातों तक उस वर्दीधारी के साथ मेरी बहस चलती रही। ऐसी बहस करने की ताकत शायद मुझमें इसलिए आ जाती थी कि गर्भिणी होने के नाते मुझे दिन में सो लेने दिया जाता था।

एक रात सिम्योनोव के साथ एक और वर्दीधारी भी बैठा था। उस रात सिम्योनोव हमेशा से ज्यादा कड़ी आवाज में बातें कर रहा था। दूसरा आदमी बोला, ''तुमने बार-बार कहा है कि एक बार तुम्हें मिल लेने दिया जाये। ठीक है, आज हम तुम्हें पास्तरनाक से मिलवा देंगे।''

मैं तो एकदम ठंडी ज़र्द पड़ गयी। बोरिया भी तो मेरी ही तरह कैदी होंगे! कैसे देखूँगी उन्हें इस हाल में! पर खुश भी थी। कम-से-कम एक बार उन्हें बाँहों में तो ले सकूँगी। दो शब्द सान्त्वना के तो दे सकूँगी।

मारे खुशी के मेरे कदम लड़खड़ा रहे थे। मैं उसके साथ चल पड़ी। पुलिस की गाड़ी में मैं दूसरे जेल में ले जायी गयी। यहाँ सँकरे गलियारों का अजीब सिलसिला शुरू हुआ। कभी सीढ़ियाँ चढ़नी पड़तीं। फिर कभी उतरनी पड़तीं; ज्यादातर उतरनी ही पड़ती थीं। तहखाने-दर-तहखाने कैसी जगह जा रही हूँ मैं! किसी भी व्यक्ति की सहनशक्ति के चीथड़े उड़ा देने के लिए ऐसी यात्रा काफ़ी होती है। मैं बेहद थक चुकी थी। टूटकर गिरने ही वाली थी कि बहुत नीचे तलघर में सीलन भरी एक अँधेरी कोठरी में मुझे धकेल दिया गया। मैंने सुना मेरी पीठ पीछे एक दरवाज़ा भड़ से बन्द किया गया। धीरे-धीरे जब मेरी आँखें उस अँधेरे की आदी हुईं तो मैंने देखा कमरे में जहाँ-तहाँ गढ़ों में पानी भरा था और टीन

के पतरे मढ़ी मेजों पर सलेटी चादरों से ढँके कुछ बेजान शरीर पड़े थे। चारों ओर मुर्दाघर की-सी बास भरी पड़ी थी! तो क्या जिस पर मैं जी-जान से मरती हूँ वही मेरा प्रिय यहाँ मरा पड़ा है।

मैं फ़र्श पर गिर पड़ी। मेरा एक पैर पानी भरे गढ़े में घुस गया। मेरे शरीर में से जैसे किसी ने जान चूस ली थी। पर अचानक जाने कहाँ की पुख़्तादिली महसूस की मैंने और सोचा...नहीं, ऐसा नहीं हो सकता। मेरे बोरिया यहाँ नहीं हो सकते। यह सब मुझे डराने का खौफनाक तरीका मात्र है।

मुझे याद नहीं कब तक मैं वहाँ पड़ी रही। एकाएक दरवाजा खुला और मैं आगन्तुक के पीछे-पीछे चल दी। एक कमरे में ले जायी गयी, जहाँ सिम्योनोव मेरा इन्तज़ार कर रहा था। शरारती मुस्कान के साथ वह बोला, ''माफ़ करिए, गार्ड आपको गलत जगह ले गया था।'' फिर वही पूछताछ का सिलसिला! आखिर मुझे फिर ल्यूबिआँका के अपने उसी सेल में भेज दिया गया। यहाँ आते ही मैंने अपने पेट में चरम पीड़ा महसूस की। अपने बोरिया से मिलने की बावली खुशी लेकर मैं गयी थी और मेज़ों पर पड़ी उन लाशों के बीच उनके होने की सम्भावना ने जो मेरी नस-नस चिटका दी थी, उसका नतीजा सामने आ गया।

मैं जेल के अस्पताल में ले जायी गयी। वज्रपात! बोरिया का और मेरा अजन्मा शिशु मर चुका था! मेरा गर्भपात हो गया!

खुशकिस्मती और बदकिस्मती कैसी गलबहियाँ डालकर चलती हैं, इसका पता मुझे बाद में लगा जब मैंने जाना कि जेल से छूटे किसी कैदी ने पास्तरनाक को बताया था कि जब मैं जेल में लाई गयी थी, तो गर्भवती थी और बस पास्तरनाक तो सारे मास्को को घूम-घूमकर दोस्तों को बताते फिरे थे कि वे शीघ्र ही पिता बनने वाले हैं। उन्हें गर्भपात की खबर मिली ही नहीं थी, वे तो सबको खुशियाँ बाँटते फिर रहे थे।

इधर पूछताछ करते-करते सिम्योनोव भी शायद थक चला था। मेरे घर से लाये गए पास्तरनाक से सम्बन्धित हर कागज के हर अक्षर में से मेरे अपराध खोजे जा रहे थे। जब कुछ हाथ नहीं आया तो सिवाय कुछ खतों और कुछ बड़े भावुक समर्पण वाली पुस्तकों को छोड़कर सब कागज नष्ट कर दिये गए।

बाद में पता चला, एक दिन जब पास्तरनाक ल्यूबिआँका पहुँच गये थे, तो उन्होंने सिम्योनोव के सामने जमीन-आसमान एक कर दिया था कि उनका बच्चा उन्हें दे दिया जाये। बच्चे की जगह सिम्योनोव ने उनके उन खतों और पुस्तकों का पुलिन्दा उनके हाथों में रख दिया था, तो उन्होंने तभी और वहीं एक काग़ज़-कलम लेकर राष्ट्रीय सुरक्षा मन्त्री के नाम एक पत्र लिखा था। बाद में सिम्योनोव ने अपने हाथों से बाकी का खत छिपाकर उसकी कुछ पंक्तियाँ पढ़ने को दी थीं और कहा था, देख पास्तरनाक तक स्वीकार करते हैं कि तुमने राष्ट्रविरोधी काम

किये होंगे।

असल में बोरिया ने लिखा था कि अगर आप सोचते हैं कि ओल्गा ने राष्ट्रविरोधी काम किये हैं तो मैं माने लेता हूँ, पर उस हालत में मैं स्वयं भी अपराधी हूँ। और लेखक के नाते अगर मेरा कोई प्रभाव है तो आपको बजाये ओल्गा के मुझे गिरफ़्तार कर लेना चाहिए।

लेकिन बात साफ़ थी। पास्तरनाक को गिरफ़्तार करना आसान नहीं था और मेरे लिए यह कह देना आसान था कि जासूसों से मिलकर राष्ट्रविरोधी काम करती हूँ—एक लेफ़्टिनेंट के ट्रिब्यूनल का फैसला सुना दिया गया। मुझे सख्त मशक्कत वाले कैम्प में पाँच वर्ष की सजा काटनी थी।

इतनी पूछताछ, इतना काग़ज़ी काम और इतने समय की बर्बादी सिर्फ़ एक आदमी....पास्तरनाक को निशाना बनाकर! कमाल है!...

और मौर्दोविया के कैम्प में कड़ी धूप में 13 घंटे रोज कड़ी मेहनत करनी पड़ती थी। हमारी वर्दी एक ऐसे कपड़े की बनी होती थी, जिसमें से हवा नहीं गुजर सकती थी। सारा दिन हमारे शरीर से पसीना चूता रहता। इस पर मक्खियाँ भिनभिनाती रहतीं। कहीं कोई छाँव नहीं थी। हमारी वर्दी की पीठ पर हमारे नम्बर लिखे थे।

बोरिया का कोई समाचार नहीं था। साथ थीं सिर्फ़ यादें और कड़ी मशक्कत में गुज़रते दिन। एक दिन अकस्मात् एक गुसलखाने की चौखट पर पड़ा एक पोस्टकार्ड मुझे दिखाई दिया। अरे, मेरा नाम! बोरिया के अक्षर! मेरी आँखों में आँसू आ गये और उन आँसुओं में तैरकर चले आये वही प्यारे-प्यारे सफ़ेद बगुले! जिन्हें मैंने बोरिया का पहला खत अपने नाम पाकर महसूस किया था! डूब गये वे बगुले भी, सूख गये मेरे आँसू भी! कई महीनों पुराना था वह खत!...

गर्भपात के बाद से मुझे बड़ी तकलीफ रहने लगी थी। मैं दूसरे दिन काम पर नहीं जाना चाह रही थी और छुट्टी के लिए बहाना खोज रही थी। सोचते-सोचते मुझे ख्याल आया कि दो वर्दियों में से मेरी एक वर्दी फट गयी थी, जिसे सिलाई करने के लिए मिशनरी नन्स को दे दिया गया था। अपनी दूसरी एकमात्र वर्दी को मैंने पानी में डुबो दिया था। अच्छा बहाना मिल गया। काम पर जाने के लिए मेरे पास शरीर ढँकने को कपड़ा नहीं था।

खेत पर हाज़िरी ली गयी। मुझे अनुपस्थित पाकर गार्ड भेजा गया पकड़ बुलाने को। गीली वर्दी का बहाना नहीं चला। उसी को निचोड़ कर गीली ही पहनकर चलने का हुक्म मिला। गीली वर्दी में खेतों की मिट्टी-धूल लिपट गयी, वह बेहद भारी हो गयी। अभी तो सुबह ही थी और अभी से रेत-मिट्टी शरीर में चुभने लगे थे। दोपहर को जब पसीना टपकेगा और यह मिट्टी काटेगी तो

क्या हाल होगा ईश्वर!

ऊपर से कैम्प के अफ़सरान शरारती नजरों से मेरा मखौल उड़ा रहे थे। मैं डर रही थी इस अपराध की सज़ा शायद यही मिले कि मेरी घर से आने वाली डाक मुझे न दी जाये। इस बात पर मैं ईर्ष्यालु हो आयी थी उन मिशनरी नन्स से, जो इस तरह की सजा भी सहज ही सह लेती थीं—शायद इसीलिए कि उनके पास उनका धर्म, उनकी आस्था और यकीन होता था! मैं किस बल पर जीऊँ? पता नहीं किस हाल में होंगे बोरिया मेरे बिना!

शर्मनाक रातें और दर्दनाक दिन गुजरते जा रहे थे। मुर्दा दिल जी उठा। मुझे दफ़्तर में बुलाया गया और एक खत तथा एक कॉपी दी गयी और कहा इसे पढ़कर अभी वापस कर दो। मैंने देखा खत पास्तरनाक का था और कॉपी में पास्तरनाक के हाथ से लिखी कई कविताएँ थीं। मैंने बड़ी मिन्नत की कि ये चीज़ें मुझे रखने दी जाएँ, पर, ''नहीं यही हुक्म है कि यहीं बैठकर पढ़ो और वापस कर दो तथा कॉपी पर पीछे लिख दो कि तुमने पढ़ लिया,'' कहकर वह मशीनवत् अपनी दूसरी फ़ाइलें देखने लगा।

मैंने पढ़ा—

''जब छतों पर इकट्ठा हो जाये बर्फ
और बर्फ बिछ जाये लम्बी राहों पर, परत-दर-परत
मैं निकल पड़ता हूँ बाहर
इस बर्फ में भटकने के लिए यूँ ही
—और पाता हूँ कि अरे द्वार पर तुम खड़ी हो —''

यानी बोरिया मेरे बिना बहुत अकेले हैं। मुझे प्यार करते हैं, वैसा ही प्यार जैसा मैं उन्हें करती हूँ। मैं....नम्बर पड़े अपने इस मैले लबादे और सूरज की क़िरणों से झुलसती अपनी नाक लिये मैं।

''पेड़ और कँटीले तार पीछे लौटते जाते हैं।
सुदूर कोहरे में
बर्फीले तूफानी झकोरों में
गली के मोड़ पर कौन खड़ा है? तुम!''

हरे रंग की वह कॉपी उनकी कविताओं से भरी पड़ी थी। कितनी गिड़गिड़ाई मैं, कितनी मिन्नतें की, हाय यह कॉपी मेरे पास ही रहने दो। पर वही जवाब—यही ऑर्डर मिला है कि पढ़कर वापस कर दो। यानी कि हम पर अभी भी केस चल ही रहा है। हमारे नाम से अभी भी आर्डर दिये ही जा रहे हैं!

खत को पढ़ती रही। मेरे साथ जागे तारे अब बुझने लगे थे—सुबह होने वाली थी। मुझे काम पर जाना था। हाय! इन्हें क्या मालूम कि मेरी कितनी कीमती चीज़ ये मुझे दिखाकर मुझसे छीन ले रहे हैं।

कोठरी में लौटकर बादलों की तरह मैंने एक धुँधले पड़े शीशे के टुकड़े में अपना चेहरा देखा...मेरी आँखों में नीलापन तो अभी भी बच रहा है...पर खाल कितनी खुरदरी हो गयी है। मेरी नाक की चमड़ी उधड़-उधड़ कर खुरंट जमी-सी हो गयी है। और, मेरे एक दाँत के कोने भी झर गये हैं...कैसी तो हो गयी हूँ मैं! और बोरिया हैं कि मेरी उसी सूरत को जिसे उन्होंने प्यार किया था...याद किये जा रहे हैं। खत में लिखा था, ''मेरे चरम सुख! मैं तुम्हें लिखता हूँ, तुम्हारा इन्तज़ार करता हूँ...'' मेरा इन्तजार...यहाँ की मशक्कत का एक वर्ष और गुजरेगा कि मैं बिल्कुल बूढ़ी और बदशक्ल दिखाई देने लगूँगी।...

लेबर कैम्प से छूटने के बाद ज़िन्दगी के पीछे छूटे हुए सुखों का सहेजना भी बड़ा मुश्किल लग रहा था। ज़िन्दगी से नये सिरे से पहचान-सी हो रही थी। डॉ. जिवागो करीब-करीब पूरी हो चली थी और ज़िन्दगी एक बार फिर हम दोनों पर मेहरबान थी।

इस बार जब मैं फिर माँ बनने वाली थी, तो पास्तरनाक बोले, ''मातृत्व की तैयारी के लिए हम लोग दूर कहीं अकेली जगह में चलें, जहाँ हर क्षण हम एक-दूसरे के साथ बिता सकें।'' अगस्त के आखिरी दिन थे। मैं एक छोटे ट्रक में बैठकर गाँव की ओर किसी छोटे-से दाचा की तलाश में गयी थी। रास्ता बड़ा ऊबड़-खाबड़ था। मेरी तबियत खराब होने लगी। बीच में ही रुककर मैं पास के अस्पताल में चली गयी—वहाँ मैंने एक मृत शिशु को जन्म दिया।

मैंने सोचा, ऐसा तो होता ही रहता है। लेकिन मेरे सोचने से क्या होता है! बाकी सब लोग मेरे ऊपर बहुत ही ख़फ़ा हुए। मेरी बेटी इरा तो बहुत ही दुखी थी; उसे इस बच्चे का बहुत इन्तजार था। बोरिया तो मेरे बिस्तर की पाटी पकड़कर जो रोये हैं कि मैं भीतर तक हिल गयी। बिलखते हुए बोले थे, ''तुम्हें मुझ पर जरा भी भरोसा नहीं था क्या? तुम समझती हो इतनी बड़ी दुनिया में हमारे बच्चे को कहीं जगह न मिलती!'' उन्हें कैसे समझाती कि मैंने जान-बूझकर थोड़े ही ऐसा किया था।

मास्को से 18 कि.मी. दूर, लेखकों के एक नगर पेरेदेलकिनो में हमें एक छोटा-सा कमरा मिल गया था, जिसके सामने एक खुला बरामदा भी था। इधर पता नहीं क्यों बोरिया मुझमें जरूरत से ज्यादा सिमटने लगे थे। कभी काम से मुझे बाहर जाना पड़ता तो वह दूरी भी उन्हें नागवार गुज़रती और मान लो कभी

लौटते-लौटते देर हो जाये और मैं रात पतापोव गली में माँ के घर ठहर जाऊँ तब तो जैसे वे अपने मुँह पर तमाचा ही लगा महसूस करने लगते। वे खुद मास्को की ओर जाना ही नहीं चाहते थे, वहीं उस छोटे-से कमरे में पड़े रहते। धीरे-धीरे उन्होंने अपना सारा साहित्यिक लेन-देन, काम-काज मेरे ऊपर छोड़ दिया। उनकी पांडुलिपियाँ सम्पादित करके मैं टाइप करती, प्रूफ़ पढ़ती। बाद में डॉ. जिवागो का तो सारा काम शुरू से लेकर आखिर तक मैंने ही किया।

1955 की गर्मियों तक मैंने पूरा उपन्यास टाइप करके एक खूबसूरत भूरी जिल्द में बँधवा दिया। खूबसूरत जिल्द को देखकर बोरिया बच्चों की तरह किलक उठे थे। मैं टाइप की हुई प्रतियाँ कई प्रकाशकों को दे आयी। हम बड़ी उत्सुकता से उनकी प्रतिक्रिया का इन्तज़ार कर रहे थे। पर कई दिन गुज़र गये, किसी ने कुछ भी सन्देश नहीं भेजा। एक दिन शाम को इजमाल्कोवो झील के पुल पर टहलते हुए पास्तरनाक ने मुझसे कहा था, ''मेरी बात गाँठ बाँध लो। इस उपन्यास को कोई नहीं छापेगा। मुझे इस बात का पक्का विश्वास हो गया है कि यह कभी नहीं छपेगा। इसलिए मेरा मन होता है इसकी टाइप की हुई प्रतियाँ यों ही लोगों में पढ़ने को बाँट दी जाएँ।''

'नोवी मीर' के सम्पादक ने उपन्यास के कुछ अंश छापने का वायदा किया था। पास्तरनाक बोले थे, ''केक होता है न, उसके ऊपर क्रीम लिपटी रहती है तो उसकी शक्ल दिखाई नहीं देती। उसी तरह मेरे उपन्यास में भी क्रान्ति दिखाई नहीं देती—इसीलिए इसके कुछ अंश भले ही छाप दिये जायें, पर पूरा उपन्यास कोई नहीं छापेगा—क्रीम क्रीम खिला दिया जाएगा—केक यों ही रह जाएगी।'' वे इसके प्रकाशन की उम्मीद कतई खो चुके थे, पर एक बात मैं पक्की बता सकती हूँ कि हम दोनों में से किसी ने भी तब यह सोचा भी नहीं था कि इसे विदेश में छपाया जा सकता है।...

1956 के मई महीने में मास्को रेडियो के इटली भाषा विभाग ने एक वार्ता के दौरान प्रसारित किया था कि पास्तरनाक का नया उपन्यास डॉ. जिवागो तीन चौथाई सदी की कहानी कहता है। कहानी द्वितीय महायुद्ध पर समाप्त होती है। उपन्यास शीघ्र ही प्रकाशित होने वाला है।

महीना खत्म होते-होते एक शाम जब प्रकाशकों के यहाँ से चक्कर लगाकर मैं घर लौट रही थी कि देखा दस मीटर पहले ही बोरिया महाशय मेरी अगवानी के लिए खड़े हैं, चेहरा खिला-खिला है। झपटकर बोले, आज एक प्रकाशक उपन्यास ले गया।

''मैं बैठा पढ़-लिख रहा था कि दो युवक आये। उनमें से एक तो इतना सुन्दर, जवाँ-दिल और आकर्षक था कि तुम देखती तो खुश हो जाती। पता है

उसका नाम भी बड़ा अजीब था। सर्जिओ डी, 'ऐंजेलो' उन्होंने बताया कि रेडियो पर उन्होंने मेरे उपन्यास के बारे में सुना था। इटली का सबसे बड़ा प्रकाशक फैलट्रिनेली उसे छापना चाहता है, ये लोग उसी के प्रतिनिधि थे।'' उन्होंने एक साँस में कह दिया, उनके कहने और मेरी ओर देखने के ढंग से साफ़ जाहिर था कि जनाब उपन्यास दे तो बैठे हैं पर अब सोच रहे हैं कि कहीं जल्दबाज़ी में बेढंगी बात तो नहीं कर बैठे हैं। घबरा भी रहे थे कि मैं शायद बिगड़ पडूँगी। उपन्यास देकर वे खुश भी थे, चिन्तित भी थे और शिद्दत से चाह रहे थे कि मैं उनके किये को सही कह दूँ। पर मेरी प्रतिक्रिया उन्हें वही मिली, जिसका शायद उन्हें खटका बना था।

मेरे मुँह से बेसाख्ता निकला, ''यह क्या कर बैठे तुम? ल्यूबिआँका की जेल में रात-दिन मुझसे सिर्फ़ यही पूछा जाता रहा था कि डॉ. जिवागो में क्या है। नोवी मीर तक उसके अवांछित अंश निकाल कर छापेगा। सब अपनी चमड़ी बचाते हैं।''

खिसियाते हुए वे बोले, ''अब इतनी हाय तौबा न मचाओ, मैंने उन्हें पढ़ने को ही दिया है न!''

''पढ़ने को? अरे वे इस पर झपट पड़ेंगे। उनका क्या बिगड़ता है। वे जरूर छापेंगे और फिर जो कहर टूटेगा उसका अन्दाज़ा मुझे है।'' मैं बरस पड़ी।

बोरिया परेशान हो गये। बोले, ''ओलिया, अब तुम जो ठीक समझो करो, चाहो तो इस इटालियन को फोन करके उपन्यास वापस माँग लो। बिना तुम्हारी सहमति के मैं कुछ नहीं करना चाहता। तुम नहीं चाहती तो नहीं छपाएँगे, पर ज़रा मज़ा तो ले लें। देखें उधर से क्या प्रतिक्रिया होती है—प्रकाशन की खबर से यहाँ वालों पर क्या प्रतिक्रिया होती है!

मैं समझ गयी कि शायद अब वह सीमा आ चुकी थी, जब मन-ही-मन वे सोच चुके थे कि भले ही बाहर छपे, पर उपन्यास छप जाना चाहिए।

स्टेट पब्लिशिंग हाउस का निकोलाइ बान्निकोव बोरिया का प्रकाशक था, उसने सुना तो बेहद नाराज़ हुआ। आने वाले संकट का अन्दाज करके उसने एक पत्र में अपना वक्तव्य छपाया, ''अपने देश के प्रति किसी के मन में इतना कम प्यार कैसे हो सकता है? किसी के अपने मतभेद हो सकते हैं, पर यह तो सरासर देशद्रोह है।''

मैंने डी' ऐंजलो से मिलने का निश्चय किया। उसने बड़े धैर्य से मेरी बातें सुनीं। जब मैंने बताया कि उसका काम बोरिया के लिए कितना घातक होगा तो वह बड़ी साफ़ रूसी में बोला, ''देखिए, अब तो बहुत देर हो चुकी। मैं तो उसी दिन उपन्यास प्रकाशक को दे आया था। फैलट्रिनेली ने समय निकाल कर उसे

पढ़ भी लिया है और वे कहते हैं जो होगा देखा जाएगा। वे इस उपन्यास को जरूर छापेंगे।''

मैंने उसे सलाह दी कि फैलट्रिनेली से थोड़ा ठहर जाने को कह दें। उपन्यास पहले सोवियत रूस में छप जाये, उसके बाद वह उसे शौक से छाप लें। विदेश में सबसे पहले छापने के अधिकार निश्चित रूप से उनके ही रहेंगे पर पहले उपन्यास यहाँ छप जाने दें।

डी' ऐंजेलो को शायद बात जँच गयी और उसने मुझे आश्वासन दिया कि वह फैलट्रिनेली से बात कर लेगा।

पर मेरा मन निश्चिन्त नहीं था। मैं ज्नाम्या के सम्पादक बदीम कोजेव्निकोव के पास गयी। उन्होंने डॉ. जिवागो की कुछ कविताएँ प्रकाशित की थीं। पूरे उपन्यास की पांडुलिपि भी उनके पास थी, उन्होंने ज़रूर उसे पढ़ लिया होगा।

''ओफ़्फ़ोह, क्या आफ़त है!'' वे बुदबुदाये! ''रूस के उस आखिरी रोमांटिक कवि के साथ तुम स्वयं को उलझाती फिरो और हम तुम्हें मुसीबतों से छुटकारा दिलाते फिरें। तुम्हें कभी चैन ही नहीं पड़ता। किसी बात से सन्तोष ही नहीं मिलता। मैंने सबसे पहले इस उपन्यास की कविताएँ छापी थीं। अब मुझे भी कीचड़ में घसीटा जाएगा। क्या मुसीबत है। जाऊँगा अब पोलीकापोव (कम्युनिस्ट पार्टी की केन्द्रीय समिति के सांस्कृतिक विभाग के अध्यक्ष) से मिलूँगा। देखूँगा क्या कर सकता हूँ।''

कुछ ही दिन बाद पोलीकापोव का बुलावा आ गया। असमय ही बूढ़ा-सा हो आया वह रूखा-सा व्यक्ति बोला, तुम डी' ऐंजेलो से बराबर मिलती रहो। उसके पीछे पड़ जाओ, उससे मिन्नतें करो और किसी तरह पांडुलिपि वापस ले लो। हम उसे वायदा दे सकते हैं कि इस मामले पर हम जल्दी-से-जल्दी विचार करके उपन्यास छापने को दे देंगे। यह बाद में देखेंगे कि पूरा छापेंगे या उसे काट-पीट कर छापना होगा। पर किसी भी हालत में उसे हम पहले छापकर तब उन्हें छापने की अनुमति दे देंगे।

डी' ऐंजेलो से सैकड़ों मुलाकातों के बाद आखिर मैं एक बार फिर पोलीकापोव के पास गयी और मैंने उन्हें बताया कि फैलट्रिनेली ने कहा है कि पांडुलिपि उन्होंने अपने पढ़ने के लिए रख ली है। उसे वापस नहीं देंगे। फिलहाल नहीं छापेंगे। लेकिन उन्हें विश्वास है कि रूस उसे कभी नहीं छापेगा और वे स्वयं इतनी महान कृति से विश्व को वंचित रखने का गुनाह नहीं कर पाएँगे।

पोलीकापोव ने स्टेट पब्लिशिंग हाउस के डायरेक्टर को फोन करके कहा कि तुरन्त जिवागो पढ़ें और एक सम्पादक नियुक्त करें जो उपन्यास में आवश्यक काट-छाँट करे तथा पास्तरनाक के साथ भी समझौते पर हस्ताक्षर करा लें।

और इस तरह डॉ. जिवागो फिर से टाइप होनी शुरू हुई। बोरिया को प्रूफ जाँचने को मिलते रहे। पर यहाँ बस यही होता रहा और उधर फैलट्रिनेली ने नवम्बर 1957 में जिवागो को इतालियन और रूसी दोनों भाषाओं में छाप दिया और दूसरे बरस ही उनको नोबेल पुरस्कार देने की घोषणा कर दी गयी...

मिलान में उपन्यास छपते ही हम दोनों को घेरना शुरू हो गया।

हमारे देश में हम जैसे बुद्धिजीवियों की अकल ठिकाने लगाने का एक आसान तरीका अपनाया जाता है। हमारी आय के सभी साधन सरकार के अधिकार में होते हैं, बस वहाँ प्रतिबन्ध लगा दो। लेखक को इस हद तक भूखा मारो कि वह झुक जाये।

उधर पश्चिम में उपन्यास का छपना था कि इधर हमारे सारे लेखकीय अनुबन्ध तोड़ दिए गये। अनुवाद के लिए मिले कार्यों से हमारे निकाले जाने की नोटिसें आनी शुरू हो गयीं और नोबेल पुरस्कार मिलते-मिलते तक तो हम दोनों बिल्कुल बेकार हो चुके थे। बोरिया के पास तो पोलिश अनुवादों का कुछ काम था भी, लेकिन मुझे तो एकदम फ़ाकाखोर बना दिया गया था।

फिर फ़ाकाखोरी एक फ़ाकामस्ती भी देती है न, सो हम दोनों ने निश्चय किया कि अब जो होगा देखा जाएगा, इस पुरस्कार को प्राप्त करना हमारा अधिकार है, इसे पास्तरनाक स्वीकार करेंगे। 23 अक्टूबर, 1958 को बोरिया ने स्वीडिश अकादमी को तार भेज दिया, "परम कृतज्ञ, मार्मिक अनुभूतिशील, गौरवान्वित, आश्चर्यचकित और विभोर हूँ।"

लेकिन समय ने वह करवट भी ली कि हम सबको पतापोव गली के घर में 29 अक्टूबर की शाम को एकत्र होना पड़ा। अपना सबसे शानदार सूट पहने पास्तरनाक आये। बोले, अधिकारी वर्ग का अपमानजनक रवैया अब पूरी तरह स्पष्ट हो गया है। उनका सारा प्रचार इसीलिए तूल पकड़ रहा है कि उपन्यास को नोबेल पुरस्कार मिल गया है। उनके चेहरे बेनकाब हो गये हैं, अब ऐसे में मैं पुरस्कार अस्वीकार कर दूँगा। देखूँ, फिर उन्हें क्या करने को रह जाएगा!

मैं एक बार अचम्भित और सन्न रह गयी यह बोरिया कैसे आदमी हैं! एक बार कुछ निश्चय करेंगे दूसरी बार कुछ। मैंने कहा, तुम्हें अपने निश्चय पर दृढ़ रहना चाहिए तो पता चला, महोदय स्टाकहोम को तार भी भेज चुके हैं, प्रतिलिपि दिखायी—"मैं जिस समाज में रहता हूँ उसने पुरस्कार को जो अर्थ दिये हैं, उसे देखते हुए मैं इस सम्मान के लिए स्वयं को अयोग्य पाते हुए इसे अस्वीकार करता हूँ। कृपया मेरे ऐच्छिक अस्वीकार को..."

मैं आगे पढ़ भी नहीं सकी। पिछले धन्यवाद ज्ञापन के तार के बाद अब यह तार! मैं किंकर्तव्यविमूढ़ थी। यों ऐसा करना ठीक बोरियानुमा हरकत ही थी।

हमेशा ही वे पहले काम कर डालते थे, फिर बताते थे और फिर बैठकर सोचते थे कि लोग क्या कहेंगे।

जहाँ तक लोगों का सवाल है शायद आरिआद्ना एफ्रोन नाम की एक और महिला, जो जेल के कैम्प से बचकर आयी थी, केवल वही गयी और बोरिया को चूमकर बोली थी, "बहुत अच्छा हुआ, बोरिया, तुम्हारे लिए बहुत अच्छा।" क्योंकि वह बेचारी और कुछ नहीं जानती थी वह तो केवल बोरिया का साथ देना चाहती थी—भले में, बुरे में।

पर बोरिया के पास हमें देने को अपना एक और करिश्मा था। स्वीडिश अकादमी को तार देने के साथ-साथ श्रीमान ने अपने यहाँ की सेंट्रल कमेटी को भी एक तार भेजा था, जिसमें कहा था कि "मैंने नोबेल पुरस्कार ठुकरा दिया है। अब कृपया ओल्गा इविंस्काया को काम पर आने की इजाज़त दी जाये।" यानी...

पर देखिए मज़ा–ज्ञात होता है कि पुरस्कार के अस्वीकार से अधिकारी प्रसन्न होंगे, ऐसी बात थी ही नहीं। इतनी बड़ी विदेशी मुद्रा प्राप्त करके तो वे शायद सुखी ही होते। उन्हें यह अस्वीकार नहीं, और ही कुछ चाहिए था।

जहाँ तक मैं समझती हूँ, वे तो कवि को झुका देना चाहते थे, चाहते थे कि वे जनता के सामने नाक रगड़ें और कहें कि उनसे गलतियाँ हो गयी हैं। यानी कि ताकत और असहनशीलता की जीत उन्हें चाहिए थी। पर बोरिया के इस अस्वीकार से वे थोड़े सिटपिटाये जरूर।

लेकिन हमारा जीना दूभर कर दिया गया था। जहाँ जाते हमारा पीछा किया जाता। कभी-कभी तो उन पीछा करने वालों की हरकतें बड़ी अजीबोगरीब भी होती थीं, जैसे कभी वे औरतों का वेष धरकर आते, कभी हमारे घर के सामने शराबियों की-सी हरकतें करने लगते। पेरेदेलकिनो के हमारे छोटे-से कमरे में भी गुप्त माइक्रोफोन फिट कर दिया गया था।

बोरिया ने तो इसमें से भी मज़ाक बुन लिया था। कमरे में घुसते ही बड़ी अदा से झुककर कहते, "नमस्कार माइक्रोफोन जी।" और जहाँ माइक्रोफोन फ़िट होने का शक नहीं था, वहीं पास में जड़ी कील पर अपनी टोपी टाँगते। यों शायद उन्हें इतना शक नहीं था, फिर भी हर ओर से शंकालु छायाएँ हमें घेरे हैं, यह भावना-मात्र ही अजीब बेचैनी और तनाव पैदा करती रहती थी। हम अपनी ही छाया से खुद डरते से, केवल फुसफुसाहट में चन्द बातें ही किया करते।

उन दिनों कई बार वे आत्महत्या तक की बातें करने लगे थे। एक बार बोले, "अब वह समय आ गया है कि इस ज़िन्दगी को खत्म कर देना चाहिए। इन्तिहा हो चुकी है। हम दोनों को साथ रहना है तो आज ही चलो मैं एक खत लिख देता हूँ और हम दोनों मिलकर आज जिस तरह इकट्ठे साथ बैठेंगे, वैसे

ही बैठा वे कल हमें पाएँगे। एक बार तुमने कहा था न कि नेम्बुताल की ग्यारह गोलियाँ काफी होती हैं। तो लो देखो मेरे पास ये बाईस गोलियाँ हैं। आओ दोनों खा लें।'' ओह! उस दिन कैसे-कैसे तो मैंने उन्हें इस मूड से उबारा था!

पोलीकापोव ने सुना तो मुझे लेखक संघ के दफ़्तर में बुलाया। ''यदि तुम पास्तरनाक को आत्महत्या करने दोगी तो समझी रहो रूस की पीठ में दूसरा छुरा भोंकने में मददगार मानी जाओगी। इस लफ़ड़े को अब खत्म करना ही होगा। हमें तुम्हारी मदद चाहिए। केवल तुम उसकी मदद कर सकती हो, ताकि वह फिर से जन-मन में अपनी जगह बना सके। अगर उसे कहीं कुछ हो गया तो सारी नैतिक ज़िम्मेदारी केवल तुम्हारी होगी। अब जितने प्रतिवाद हो रहे हैं उनकी ओर ध्यान मत दो, उसके दिमाग़ में खुराफात को जन्म मत लेने दो। बस उसको साहचर्य का सुख देती रहो।''

मैंने कहा, हवाई बातें नहीं, ठोस बात बताइये कि मुझे क्या करना चाहिए। वे बोले, सिर्फ़ पुरस्कार के अस्वीकार मात्र से बात नहीं बनती, पास्तरनाक को आगे बढ़कर कुछ कहना होगा। लेकिन क्या? सवाल का जवाब स्पष्ट था लेकिन...

उस दिन शाम को कम्युनिस्ट पार्टी के एक अधिकारी सेमिचास्नी ने टेलिविजन पर एक भाषण के दौरान बोरिया पर नया वार किया, ''पास्तरनाक के रूप में हमारे बीच में एक खजली भेड़ है...उसने जनता के मुँह पर थूका है...उसने जो किया है वह तो एक सूअर भी नहीं करेगा...जहां खाता है, उसी जगह पर उसने गन्दा किया है...उसे देश से चला जाने दो...कह दो उससे वह खुद को अपने उस पूँजीवादी स्वर्ग में ले जाये...''

सुनकर एक पल को जी में आया, सच, चलो देश को छोड़ दें। वे हमें जाने को कह रहे हैं, चलो यही सही। लेकिन यह तो वह मूड था, जो इस पल आया उस पल चला गया। ''नहीं रे ओलिया, मैं विदेश नहीं जा सकता। वे हम सबको साथ भी जाने दें तो भी नहीं!'' डूबी-डूबी-सी आवाज में वे बोलते रहे, ''मैंने हमेशा पश्चिम जाने की तमन्ना की है लेकिन बस महज़ सैर-सपाटे के लिए। लेकिन नहीं रात-दिन और हर आने वाले रात-दिन के लिए वहीं रहना...नहीं-नहीं यह मेरे लिए कतई सम्भव नहीं। मैं अपना काम यहीं, केवल यहीं कर सकता हूँ। अपने देश में, ये भोजपत्र के पेड़, ये जाने-पहचाने सुख-दुख यहाँ तक कि अब जानी-पहचानी ये मुसीबतें भी...नहीं-नहीं—मुझे उम्मीद है मैं वह सब सह लूँगा, जो मुझे मिलेगा!''

लेकिन यह भी सच है कि बोरिया की ज़िन्दगी बड़ी अकेली और खौफ़नाक हो गयी थी। रोज़ ही धमकी भरे पत्र मिलते, उनके खिलाफ विद्यार्थियों का एक बहुत बड़ा प्रदर्शन हुआ, रोज़ अफवाह उड़ती कि आज पेरेदेलकिनो के कमरे पर

हमला होगा और इस सबके ऊपर वह धमकी कि देश निकाला दे दिया जाएगा।

'जनमन में अपने लिए फिर से जगह बनाना' इस भयावह दौर से जी कर! एक हमदर्द युवा वकील ने लेखक संघ में मुझे सलाह दी कि पास्तरनाक ख्रुश्चेव को एक पश्चाताप का पत्र लिखकर अपने अपराध स्वीकार करते हुए माफी माँग लें और प्रार्थना करें कि उन्हें रूस में ही रहने दिया जाये।

मैं जानती थी कि बोरिया अपने देश से भीतर से कितने जुड़े हैं। उन्हें यदि देश निकाला दिया गया तो वे जिन्दा नहीं रह सकेंगे। निश्चय ही बेमौत मर जाएँगे। आशंकित होकर मैंने उस खैरख्वाह से कहा कि कृपया मुझे पत्र का एक मसविदा बना कर दे दें।

बोरिया को दूर-दूर तक आभास भी नहीं था और हम यहाँ यह सब योजना बना रहे थे। आज सोचती हूँ तो खुद को धिक्कारती हूँ, काश! मैंने ऐसा हैवानी काम तब न किया होता। पर जैसे तनाव में तब हम जी रहे थे—दिमाग़ ने सोचना ही छोड़ दिया था जैसे।

बोरिया ने पत्र पर हस्ताक्षर कर दिये। साथ ही कुछ खाली काग़ज़ों पर हस्ताक्षर भी करके दे दिये थे कि और कुछ ज़रूरत पड़े तो हम काम में ले लें। उन्होंने लाल पेंसिल से केवल एक वाक्य लिख दिया था, "ओलिया, खत यों ही जाने दो, केवल एक बात लिख सको तो लिख दो, मैं सोवियत यूनियन में नहीं रूस में जन्मा था।"

उफ! वह खत कभी नहीं भेजा जाना चाहिए था—कभी नहीं! पर हमने भेजा! सारा कुसूर मेरा था—केवल मेरा!...

पास्तरनाक की मृत्यु के बाद एक बार फिर मुझे और मेरी बेटी इरा को जेल की यन्त्रणाएँ भोगनी पड़ीं। वह बात अभी जाने दें...

(लेकिन पाठक जरूर उत्सुक होंगे जानने को कि इस दौर में ओल्गा पर क्या गुज़री। बहुत संक्षेप में सूचनार्थ हुआ यों कि पास्तरनाक को देशनिकाला तो नहीं दिया गया किन्तु उन पर इस कदर रोक लगा दी गयी थी कि उनका जीना दूभर-सा हो गया था। लेखकों को मिलने वाली रॉयल्टी भी स्टेट के द्वारा ही प्रकाशकों से ली जाती है और स्टेट लेखकों को वह धन बाँटती है। चूँकि पास्तरनाक को लेखक संघ से निकाल दिया गया था, इसलिए उनकी पुस्तकों से प्राप्त रॉयल्टी भी उन्हें नहीं दी जाती थी। आय के सभी साधन-स्रोत बन्द हो गये थे। उधर पश्चिम में उनके उपन्यास डॉ. जिवागो तथा अन्य पुस्तकों के पुनर्मुद्रण आदि के लिए करीब पाँच लाख डॉलर की राशि एकत्र हो गयी थी। शायद पास्तरनाक इस धनराशि को छूते भी नहीं, अपने देश में जो मिलता था उसी से खुश रहते, पर वह सब तो बन्द हो गया था। इसलिए उन्होंने निश्चय किया कि इसमें से

एक लाख डॉलर लेकर एक ट्रस्ट बना दिया जाये, जिसमें से पास्तरनाक की पत्नी और ओल्गा के दोनों बच्चों का निर्वाह होता रहे। बाकी के धन को उन्होंने उन तमाम जरूरतमन्द लेखकों में बाँट देने के लिए कहा था, जिन्होंने पत्र लिख-लिखकर पास्तरनाक से मदद माँगी थी।

मार्च 1960 आते-आते पास्तरनाक बहुत बीमार हो गये थे। पिछले दो-तीन बरस में पश्चिम से जो भी लेखक आते उनके लिए पास्तरनाक से मिलना एक अहम बात हो गयी थी। मगर पास्तरनाक के घर पर हर समय निगाह रखी जाती थी। ओल्गा का घर भी निरन्तर निगरानी में रहता था। अक्सर ओल्गा अपनी माँ के घर पर पास्तरनाक के साथ विदेशी अतिथियों की मुलाकात करवा देती थी। पर यह सबकुछ बड़ी मुश्किलों से हो पाता था। फिर भी हर तरह की धमकियों का सामना करके हर खतरे से खेलकर ओल्गा का अब बस एक ही ध्येय हो गया था कि उसके प्रिय को उसका देश मान नहीं दे रहा है, तो न सही, विदेशों के माध्यम से ही सही उनकी प्रतिमा धूमिल न होने देगी, तथा उनके लिखे हर शब्द की जान से ज्यादा हिफाजत करेगी। उनका लिखा टाइप करती, उनसे डिक्टेशन लेती, उनका लिखा कहीं-न-कहीं छपता रहे इसका प्रयास करती। पर भला सरकार को यह सब कैसे गवारा होता! अन्तिम दिनों में तो उसका पास्तरनाक से मिलना-जुलना भी बन्द करवा दिया गया था।

वे बिस्तर पर पड़े-पड़े प्रतिदिन उसके नाम एक खत डिक्टेट करवाया करते थे। वह पास ही एक घर में रहती थी, पर मिलना सम्भव नहीं था। रविवार, 21 मई को उन्होंने उसके पास सन्देश भेजा कि जैसे भी हो मिलने आओ, पर सन्देश उसे दिया ही नहीं गया। और 30 मई को रात 11.30 बजे वह महान् लेखक निचाट अकेला इस दुनिया से चला गया। पास थी केवल एक नर्स और आँखों में ओल्गा के इन्तजार की आस!

शवयात्रा के पहले बस कुछ पलों के लिए ओल्गा को उस कमरे में बैठने की इजाजत भर मिल पायी थी। कैसी अजीब नियति थी—लेखक क्या सचमुच भविष्यद्रष्टा होते हैं! डॉ. जिवागो का पन्द्रहवाँ अध्याय खोल कर पढ़िए--यूरी जिवागो के मृत शरीर को विदा देने की अनुमति लारा को मिल गयी है—कमरे में वह अकेली है। 'गुडबाय मेरे महान्!' उसने कहा, 'मेरे प्यार! मेरे अपने! मेरे गौरव! गुडबाय! मेरी तेज़ गहरी नदी, दिन भर तुममें डूबकर छपछप करना, तुम्हारे शीतल, गहरे जल में आकंठ डूबना...कितना-कितना प्रिय था मुझे...'

भविष्यद्रष्टा पास्तरनाक अपनी मृत्यु से पहले ही जान चुके थे कि उनके जाने के बाद ओल्गा पर ज़रूर मुसीबतों के पहाड़ टूटेंगे। आश्चर्य नहीं कि जीवन काल में ही ओल्गा को फिर से शिकार बनाया जाये ताकि वे झुक सकें! उन्होंने

इटली में एक शुभचिन्तक मित्र को लिखा था, 'ईश्वर न करे यदि कभी ओल्गा को गिरफ़्तार कर लिया जाएगा, तो मैं तुम्हें एक तार भेजूँगा कि उसे लाल बुखार चढ़ आया है तो तुम समझ जाना और वही सबकुछ तुरन्त करना जो इस हालत में मेरे लिए करोगे। ओल्गा पर आँच आयी तो समझो मैं खाक में मिल जाऊँगा।'

खैर, वह मौका तो नहीं आया, लेकिन उनकी मृत्यु के बाद ओल्गा को बहुत मुसीबतों का सामना करना पड़ा। एक फ्रांसीसी युवक के साथ ओल्गा की बेटी इरा की शादी होनी थी। पास्तरनाक को लड़का पसन्द था। ब्याह जून में होना था, लेकिन पास्तरनाक की मृत्यु हो जाने के कारण ओल्गा ने तारीख दो महीने आगे बढ़ा दी। अब 20 अगस्त को शादी होनी थी। गोर्की लिटरेरी इंस्टीट्यूट के छात्र उस युवक की परमिट केवल 10 अगस्त तक की ही थी। साधारण हालात में दस-पन्द्रह दिन की अवधि बढ़ा देना मामूली बात होती है। उस युवक ने ख्रुश्चेव तक को पत्र लिखकर प्रार्थना की, पर ठुकरा दी गयी और उसे 10 तारीख को बिना ब्याह किये ही लौट जाना पड़ा। और 18 अगस्त को ओल्गा को गिरफ़्तार कर लिया गया। दो हफ्ते बाद इरा भी गिरफ़्तार कर ली गयी।

ओल्गा की गिरफ़्तारी की खबर पश्चिम भी पहुँची, पर लाल बुखार की खबर देने वाला चला गया था और शायद कोई यों खुल्लमखुल्ला सोवियत सरकार से दुश्मनी भी ज़ाहिर नहीं करना चाहता था। सो कहीं कुछ नहीं हुआ।

12 दिसम्बर, 1960 को मास्को में ओल्गा का ट्रायल हुआ और उसे आठ बरस की बामशक्कत सज़ा सुना दी गयी। इरा को भी माँ के अपराधों में सहभागी होने के लिए तीन बरस की बामशक्कत कैद हो गयी। दोनों पर जुर्म था कि करीब आठ लाख रूबल उन्होंने गैर कानूनी रूप से विदेशों से प्राप्त किया है। और भी तरह-तरह के इलजाम थे, जैसे ओल्गा ने कुछ विद्यार्थियों से फारसी कविताओं के अनुवाद कराये, उन्हें थोड़ा-सा पारिश्रमिक दिया और अनुवाद अपने नाम से छपाकर सारा धन हड़प गयी, आदि-आदि। लेकिन जानकार सूत्रों का कहना है कि असल में हकीकत यह थी कि अधिकरीगण चाहते थे कि पास्तरनाक अपने अन्तिम दिनों में जो नाटक त्रयी 'ब्लाइंड ब्यूटी' नाम से लिख रहे थे, उसकी पांडुलिपि उन्हें सौंप दी जाये। पास्तरनाक अपने जीवन काल में ही ओल्गा को अपने तमाम साहित्यिक कारोबार का मालिक अटर्नी बना गये थे—केवल ओल्गा को ही उनके लिखे शब्दों को अपने मनोनुकूल छपाने का अधिकार था, अधिकारियों को डर था कि पास्तरनाक का तमाम अनछपा साहित्य ओल्गा कहीं विदेश न भेज दे। बस इसीलिए उस पर मनमाने अपराध मढ़कर उसे जेल के सीखचों के भीतर डाल दिया गया था। जिवागो ने लारा के लिए लिखा था—

शी वाज़ ऐज़ नियर ऐड डियर टु हिम
इन ऐव्री फीचर
ऐज द शोर्स आर क्लोज टु द सी
इन ऐव्री ब्रेकर।)

अभी आपको 1970 की बात बताऊँ।

एक बार मैं लेनिनग्राद से रेल द्वारा मास्को जा रही थी। मामूली सोवियत नागरिक की हैसियत डीलक्स 'ऐरो' में सफर करने की नहीं होती है, लेकिन लेनिनग्राद के कुछ मित्रों की मदद से मुझे उस गाड़ी में जगह मिल गयी थी। दो बर्थवाले डिब्बे में मेरा हमसफ़र यात्री एक पुरुष था। मैंने देखा वह लम्बा-तगड़ा था, उसकी सिलवटों भरी कमीज़ के बटन खुले थे, टाई भी तिरछी लटक रही थी। बगल की मेज पर अखबार के टुकड़े पर कुछ सैंडविच फैली थी और पास ही शैम्पेन की बोतल रखी थी। बूढ़ों जैसी गंजी खोपड़ी के बावजूद वह खासा युवा और खूबसूरत दिख रहा था। उसका निचला होंठ शरारती बच्चे के होंठों की तरह ज़रा फूला हुआ-सा था, आँखें वैसी भूरी थीं, जिन्हें मासूम कहा जाता है—बचपना भरी-सी!

उसने मुझे इस तरह नमस्कार किया, मानो मेरी-उसकी बरसों की पहचान हो और आज अचानक भेंट हो गयी हो।

कोट उतारने में मेरी मदद करते हुए बोला, "माफ करिएगा, मैं शाम को खा नहीं पाया था, इसलिए जरा कुछ खा रहा था। रेलवालों के भोजन में शैम्पेन भी शरीक है, लेंगी आप?"

"नहीं, मैंने भरपेट खाना खा लिया है, धन्यवाद!" मैं आशंकित हो उठी थी कि यह उस किस्म का जीव दिखता है, जो न तो खुद चैन से बैठेगा न दूसरे को शान्त बैठने देगा। मैंने अपना सामान यथास्थान रखकर एक पत्रिका निकाल ली और बैठकर पढ़ने लगी। पत्रिका में एक लोकप्रिय रूसी लेखक की कहानी धारावाहिक रूप से प्रकाशित हो रही थी।

"ऐसा कूड़ा-कचरा आखिर कैसे पढ़ लेती हैं आप?" वह बोला, "मैं ऐसी पत्रिकाओं की ओर आँख उठाकर देख भी नहीं सकता। हर कहानी में आगे चलकर क्या होगा सब पढ़ने के पहले ही पता रहता है।..."

बस यहीं से हमारी साहित्य सम्बन्धी बातों की शुरुआत हुई। मेरा बातूनी सहभागी बोला, "मैं अगर किसी वर्तमान लेखक को पढ़ सकता हूँ तो केवल उन्हें जो छपते नहीं।"

"मसलन!" मैंने कहा।

"जैसे, सोल्जेनित्सिन को ले लीजिए। मैं तो उसे टॉलस्टाय से बड़ा मानता हूँ। पर, मेरे खयाल से तो आपने तो उसे पढ़ा ही नहीं होगा।" वह तमतमा आया था, लेकिन जब मैंने उसे बताया कि एक लेखक के रूप में सोल्जेनित्सिन की मैं भी प्रशंसिका हूँ, तो मेरा यह नया दोस्त उछल पड़ा और खुश होकर बोला, "अरे वाह, इसी बात पर एक-एक जाम हो जाये।" और झपाटे-से रेल के भोजनालय की ओर दौड़ पड़ा। दोनों हाथों में शैम्पेन की बोतलें और सैंडविच लादे हुए वह वापस आया। बोला, "मेरा नाम स्लावा है।"

रात-भर हम बैठे शैम्पेन पीते रहे और सोल्जेनित्सिन के साहित्य की और उसके उन साथियों की, जो उसके साथ खड़े थे, बातें करते रहे, "जब नोबेल पुरस्कार विजेताओं की बात आयी तो वह बड़ी गर्मजोशी से बोला, "वह पास्तरनाक जैसा खुद को झुठलाने वाला लेखक नहीं है। पास्तरनाक ने जिस तरह का बेहूदा और शर्मनाक खत लिखा था उस पर उसे बेहद क्रोध आया था। उसे डरने की कोई जरूरत नहीं होती, डरपोकपना दिखाओगे तो मारे ही जाओगे। सोल्जेनित्सिन सत्य के लिए उठ खड़ा हुआ था। वह जानता था कि सत्य के लिए कैसे लड़ा जाता है। सत्य के लिए मर जाने को भी वह तैयार था।"

मैं अपना उबाल रोक नहीं पा रही थी। मैंने भी उतनी ही तेजी से कहा, "लोग भूल जाते हैं कि पास्तरनाक की ट्रैजेडी—किस युग में हुई थी, यह भी भूल जाते हैं कि जिस रास्ते पर दूसरे चलकर नाम रोशन कर रहे हैं, उसकी राह उसी ने दिखाई। खुशकिस्मत था सोल्जेनित्सिन कि उसका साथ देने को, साथ खड़े होने को कुछ लोग तो थे। पर कौन था उस पास्तरनाक के साथ तब? उन दिनों चुप रह जाना तक बड़ी बहादुरी की बात समझी जाती थी, उसकी तरफ़दारी करके बोलने का मतलब, तुम शीतयुद्ध करने वाले हो—और सज़ा होती पूर्ण बहिष्कार, देश निकाला!"

मिचमिचाते हुए स्लावा बोला, "किन्हें समझती हो तुम सोल्जेनित्सिन के दोस्त?"

"क्यों, चुकोव्स्की, सखारोव दोस्त ही तो हैं और रोस्त्रोपोविच भी..."

मेरा यह कहना था कि वह तो और भी ज़ोश में आ गया। "आप कहती हैं रोस्त्रोपोविच भी न! ठीक, मालूम है आपको कि रोस्त्रोपोविच ने सोल्जेनित्सिन को पहली बार रियाजाँ के एक कविता पाठ में देखा था और वह ऐसा दीवाना हो गया था कि उसे अपने घर जाने, वहाँ रहने, वहाँ की हर चीज़ को अपना समझने का निमन्त्रण दे आया था।"

और बड़ी देर तक स्लावा, रोस्त्रोपोविच और सोल्जेनित्सिन की मित्रता की

बातें बताता रहा था।

फिर मैंने उसे ख्रुश्चेव को लिखे खत से सम्बन्धित तमाम बातें बतायी थीं। मैंने बताया था कि वह खत किस तरह दूसरे लोगों ने पास्तरनाक की लेखन शैली की नकल करके उसी का-सा दिखे ऐसे वाक्य बना-बना कर लिखा था। ''पास्तरनाक ने उस पत्र पर हस्ताक्षर अपने तईं नहीं किये थे। उन्होंने भीतर से, कहीं बहुत भीतर से टूटकर यह सब उस औरत के लिए किया था, जो उन्हें जी-जान से चाहती थी और उनकी ज़िन्दगी की खैरियत के लिए कुछ भी करने को तैयार थी। जो उन्हें प्यार करते थे, जिन्हें वे प्यार देते थे उन्हें सताया जा रहा था, बस महज़ उन्हें बचाने के लिए पास्तरनाक ने उस खत पर हस्ताक्षर कर दिये थे।

''मैं नहीं कहती कि सोल्जेनित्सिन ने कोई बड़ा काम नहीं किया था, उसने लेबर कैम्पों की यन्त्रणाएँ सहीं, कैंसर तक से वह लड़ा। वह तो सही मायनों में जुझारू व्यक्ति है। लेकिन इसका यह मतलब नहीं कि पास्तरनाक को उसका सही श्रेय ही न दिया जाये। जिन्हें प्यार करता था उनकी रक्षा करने के लिए पास्तरनाक ने जो कुछ किया वही उसकी शर्म का बायस बन गया। लेकिन उसने जो किया सो किया। क्या उसके द्वारा छोड़ा गया उपन्यास किसी से कुछ नहीं कहता?''

''हूँ, तो वह सबकुछ एक औरत के लिए किया गया था...हे भगवान, ये औरतें! ठीक है, बात को नये सिरे से समझने की जरूरत है लेकिन फिर भी मैं कहूँगा सोल्जेनित्सिन यों किसी औरत के बहकावे में न आता...''

उसकी बातें मुझ पर कैसी गुजर रही होंगी यह खुद न कहूँ वही बेहतर होगा...सुबह यात्रा समाप्ति पर विदा होते समय जब उसने एक काग़ज़ पर अपना पूरा नाम और टेलीफोन नम्बर लिखकर दिया तभी मैं जान सकी थी कि रात की बातों में इतनी गरमजोशी क्यों थी। स्लावा का ही पूरा नाम था—स्तिस्लाव लिओपोल्दोविच रोस्त्रोपोविच! तो इसीलिए सोल्जेनित्सिन के लिए इतने अधिकार और प्यार के साथ वह बोल रहा था—कैसी मूर्ख हूँ मैं कि अन्दाज नहीं लगा सकी—पर मेरी बातों में छिपे प्यार और अधिकार से क्या वह अन्दाज लगा सका होगा—कौन थी मैं!

मोहम्मद अली जिन्ना की पत्नी : भारतीय संस्कृति की उपासिका रत्ती!

बम्बई की एक आभिजात्य बस्ती में एक पुराना मकान, नाम माडर्न मेनर! मैं उसकी सीढ़ियों पर खड़ी हूँ, कई भावनाएँ मन में आ रही हैं। अभी यह दरवाजा खुलेगा और पचास साल पहले की एक विचित्र कहानी की दुनिया में प्रवेश करूँगी।

कहानी कौन-सी?

जिन्ना के बारे में सब लोग जानते हैं उनकी प्रतिभा, अन्तिम दिनों में उनका कट्टर साम्प्रदायिक दृष्टिकोण, उनकी कूटनीति! लेकिन कितने लोग यह जानते हैं कि बहुत पहले जब साम्प्रदायिक नहीं थे, कट्टर भारतीय देशभक्त थे तब उनके जीवन में एक अनिंद्य सुन्दरी षोडशी युवती रतन बाई का प्यार था, जिससे बाद में उनका विवाह भी हुआ? कितने लोग जानते हैं कि वह रतन बाई भारतीय संस्कृति और भारतीय अध्यात्म की उपासिका थी? इस विवाह की कथा कितनों को मालूम है? लोग जो जानते भी थे वे अब भूल चुके हैं। लेकिन एक व्यक्ति नहीं भूला, वह है वयोवृद्ध कांजी द्वारकादास जो न केवल उस परिवार के घनिष्ठ मित्र रहे हैं वरन् जीवन के अन्तिम दिनों में जिन्ना से पृथक होने के बाद जो रत्ती के ममतामय मित्र रहे और आज तक जो उसकी जन्मान्तर मैत्री में विश्वास करते हैं। इसी माडर्न मेनर में वे रहते हैं, जिनसे यह कथा सुनने में आयी।

दरवाजा खुला और मैंने एक हॉल में प्रवेश किया, जहाँ कुछ ऐसा है जो पचास वर्ष यानी 1913 के पहले से आज तक ज्यों-का-त्यों अपनी जगह बना हुआ है। एक वातावरण और शायद एक मित्रता की अवशेष स्मृति! हॉल में बिछे गलीचे, झाड़ फानूस, पच्चीकारी वाला पुराना मजबूत फर्नीचर और इन सबके अलावा सामने दीवार पर लगी सुनहरे फ्रेम वाली बहुत बड़ी और भव्य रत्ती जिन्ना की तस्वीर! एक-एक अंग मानो मूर्तिकार ने तराशा हो।

और लीजिए मैं पचास बरस पीछे की दुनिया में खोयी ही हुई थी कि जमाने की उम्र बताते हुए, स्टडी का पर्दा हटाते हुए कांजी द्वारकादास जी ने प्रवेश किया। सादा लिबास, आँखों पर बहुत मोटे लेंसोंवाला चश्मा, एकदम सफेद बाल और

धीमी चाल! हम उनकी स्टडी में बैठे। रत्ती के जिक्र से उनमें मानो नये प्राण जाग गये। उन्हें आँखों से बहुत कम दिखता है। शाम हो चली थी मगर उन्होंने टटोल-टटोलकर तमाम फाइलें ढूँढीं और रत्ती की कहानी के एक-एक अध्याय खुलते गये। अन्त में उन्होंने दिखायी वह फाइल जिसमें रत्ती के खत, सन्देश, और तार सब सहेजकर रखे हुए हैं। दुर्लभ खूबसूरत पैड लेकिन वक्त कागजों को पीला बनाकर छोड़ गया है।

"क्या कभी आपने ऐसा महसूस किया है कि राह चलते अनगिनत परिचित चेहरों में से कोई एक बिना किसी कारण के आपका ध्यान अपनी ओर खींच ले। आप न केवल उसे देखें बल्कि यह महसूस करें कि आप इसे जरूर जानते हैं। पता नहीं यह पहचान शायद किसी और जन्म की हो मगर पहचान है जरूर! फिर भीड़ के अनगिनत दूसरे चेहरों की तरह वह चेहरा भी भूल जाये लेकिन बरसों बाद कभी आप फिर पायें कि अरे वह व्यक्ति तो आपके जीवन में आ गया और ऐसा आया कि फिर मृत्यु भी उसे वापस न ले जा सकी।

कुछ ऐसा ही घटित हुआ मेरे साथ उस शाम को जब मैं एल्फिंस्टन कॉलेज से क्वीन्स कोर्ट की ओर टेनिस खेलने जा रहा था। बात 1914 की है मगर लगता है जैसे अभी-अभी कल यह वाकया घटित हुआ हो। सड़क पार करने के लिए मैं मुड़ा था कि देखा सामने से दो घोड़ों वाली एक सुन्दर फिटन चली आ रही है। उस वक्त मोटरें लगभग नहीं थीं। बम्बई के बड़े लोगों की यही सवारी थी। उस फिटन में एक छोटी-सी लड़की बैठी थी। उम्र करीब 14 बरस की होगी लेकिन बहुत सुकुमार, बहुत शालीन और उम्र से कहीं अधिक गम्भीर! पता नहीं क्यों वह मूर्ति मेरे ध्यान में बस गयी। क्या मैंने इसे कभी देखा है कहीं? इस जन्म में तो नहीं। तो क्या पिछले जन्म का कोई अज्ञात सम्बन्ध है?...फिटन अपने रास्ते चली गयी। मैं अपने रास्ते चला गया। बात आयी गयी हो गयी।

सन् 1914 के फरवरी महीने की बात थी यह। करीब तीन महीने बाद अखबार में एक ग्रुप फोटो निकला। मैंने पहचाना कि वह किशोरी बालिका तो इसमें मौजूद है। पढ़ने पर पता लगा कि यह तो बम्बई के प्रख्यात नेता और रईस सर दिनशा पेटिट की बिटिया है—रतन बाई! बम्बई के पारसी बिरादरी में श्रेष्ठ घराने की एक होनहार बालिका! यह भी एक कुतूहल था जो अखबार से परिचय जानकर शायद शान्त हो गया।

अखबार में दूसरी जरूरी खबरें थीं जर्मनी की लड़ाई के बारे में। प्रथम महायुद्ध का ज़माना था और देश के सभी उत्साही नवयुवक राष्ट्रीय संग्राम में लगे थे। मैं एम.ए. का छात्र था। एनी बेसेंट की राजनीति और उनकी थियोसाफिस्ट ब्रह्मविद्या का अनुयायी था। धीरे-धीरे अपने काम में लगा और वह शक्ल फिर

ख्याल से उतर गयी। तब यह थोड़े ही मालूम था कि यह अनिंद्य सुन्दरी किशोरी बहुत शीघ्र मोहम्मद अली जिन्ना के जीवन का केन्द्र-बिन्दु बनने जा रही है और आगे चलकर उन दोनों के पारिवारिक जीवन का एक अभिन्न अंग मुझे भी बन जाना पड़ेगा। तब तक मैं अभी जिन्ना से मिला भी नहीं था। रतन बाई से एक बार फिर जरूर मुलाकात हुई, 1916 के दिसम्बर में। मैं श्री भूलाभाई देसाई तथा उनके परिवार के साथ लखनऊ जा रहा था। बगल के डिब्बे में रत्ती (रतन बाई) अपनी बुआ श्रीमती हमाबाई पेटिट के साथ सफर कर रही थी। बीच-बीच में वह प्लेटफ़ार्म पर उतरकर टहलती। मैंने अपने डिब्बे में बैठे-बैठे उसे देखा मगर कोई बात नहीं हुई। पिछले जन्मों की कोई भी पहचान हो लेकिन इस जन्म में तो कुल इतनी पहचान थी कि मैं उस अखबार का पाठक था जिसमें उसका चित्र छपा था। मैं उस रास्ते के किनारे खड़ा था जिस रास्ते पर वह जा रही थी। भला इतनी-सी पहचान पर कोई बात कर सकता है?

जिन्ना से मेरी पहचान भी बड़े साधारण ढंग से हुई। इसी यात्रा से पाँच-छः महीने पहले की बात है, 'बाम्बे प्रेसिडेंसी एसोसिएशन' की एक मीटिंग हो रही थी। के. नटराजन और फ़ैज़ तैयबजी के साथ मैं भी उसका एक सेक्रेटरी था। सभापति थे सर दिनशा पेटिट—रतन बाई के पिता! दो-तीन भाषणों के बाद एक वक्ता मंच पर आया। चेक की पैंट, काला कोट, करीने से कढ़े हुए बाल और चेहरे पर चमकती हुई मूँछें। उसने जो धाराप्रवाह बोलना शुरू किया तो सब स्तब्ध रह गये। मैंने चकित होकर बगल में बैठे श्री पी.के. तेलंग से पूछा "यह कौन है?" तेलंग ने अचरज से कहा, "अरे आप जिन्ना को नहीं जानते?" मैं सचमुच उन्हें शक्ल से नहीं जानता था। यों उस समय जिन्ना को भला कौन नहीं जानता था? 42 वर्ष के श्री जिन्ना बम्बई के वकीलों में अद्वितीय थे। प्रतिभा ऐसी कि उन्हें मुस्लिम गोखले कहा जाता था। सरोजनी नायडू उन्हें हिन्दू-मुस्लिम एकता का प्रतीक कहती थीं।

मीटिंग के बाद तेलंग ने उनसे मेरा परिचय कराया। उस दिन ज़िन्ना बहुत ही खुश थे और हर व्यक्ति पर उनके मधुर व्यवहार की छाप थी। यह जानकर कि मैं एनी बेसेंट के विशेष कृपापात्रों में से हूँ, उन्होंने मुझमें बड़ी दिलचस्पी दिखायी और खूब मन लगाकर राष्ट्रीय कार्य करने की सलाह दी। अगले साल तो जिन्ना होमरूल लीग की बम्बई शाखा के अध्यक्ष चुने गये। मैं सेक्रेटरी था। उस दौरान मैं न केवल उनके निकट आया बल्कि उनका विशेष विश्वासपात्र बना। हम दोनों अक्सर रात का खाना साथ खाते थे और राष्ट्रीय आन्दोलन की नयी योजनाएँ बनाते थे। और लो, एक दिन मैंने पाया कि वही फ़िटनवाली अनिंद्य सुन्दरी किशोरी रत्ती मेरे मित्र की वधू बनकर आ गयी है।

कैसे हुआ यह? इसकी भी एक विचित्र कहानी है। रतन बाई के पिता सर पेटिट जिन्ना की प्रतिभा का और राष्ट्रीय कार्यों का बहुत आदर करते थे। जहाँ कहीं जिन्ना का भाषण होता अगली पंक्ति में अपनी बुआ हमाबाई पेटिट के साथ गुलाब की अधखिली कली जैसी सुन्दरी रत्ती विभोर होकर उनका एक-एक शब्द मानो पीती रहती। कुछ भी छूट जाये मगर जिन्ना के एक भी भाषण का कार्यक्रम रत्ती से नहीं छूट सकता था। और कितना आश्चर्य और कितनी खुशी हुई होगी छोटी-सी रत्ती को जब उसे यह मालूम हुआ कि उसके पिता ने जिन्ना को आमन्त्रित किया है कि इन गर्मियों में परिवार के साथ वे भी दार्जिलिंग चलें। जिसके शब्द अभी तक मंच से सुन पड़ते थे उसी के शब्द हिमालय की छाया में चाय बगानों की एकान्त निर्जन हरियाली में, घाटियों में उड़ते बादलों के बीच सुनने को मिलेंगे। वे दार्जिलिंग से लौटे जून में और सारे बम्बई में ज़ोरों से अफ़वाह फैल गयी कि सर दिनशा पेटिट की सुन्दरी कन्या सोलह बरस की रत्ती ने अपने लिए वर चुन लिया है।

लेकिन सर दिनशा पेटिट इस अकल्पनीय चर्चा से ही बहुत क्रोधित हो उठे। उन्हें यह कब मंजूर होता कि 16 बरस की फूल-सी बेटी 42 वर्ष के प्रौढ़ व्यक्ति के साथ बँध जाये। फिर वे धर्मप्रवण पारसी अपनी बेटी किसी मुसलमान को कैसे दे दें? लेकिन फूल-सी रत्ती तो फौलाद-सा निश्चय कर चुकी थी। समझाना-बुझाना, धमकी-डर सब एक ओर। वह तो जिसे मन देना था दे चुकी। लेकिन सर दिनशा पेटिट भी कम दृढ़ निश्चय के नहीं थे। जब हर तरफ से हार गये तो उन्होंने अदालत की शरण ली। अदालत ने फैसला दिया कि रत्ती नाबालिग है, जब तक बालिग नहीं होती उसे माँ-बाप के संरक्षण में उनकी आज्ञानुसार रहना होगा। रत्ती हारकर चुप हो गयी। तूफान आया और टल गया। परिवार में उसे दुगुना प्यार, दुगुनी परवाह मिलने लगी, ताकि वह जिन्ना को भूल जाये। रत्ती की 18 वीं वर्षगाँठ मनाने की पूरी तैयारी घर में बड़े जोर-शोर से हो रही थी। ठीक उसी दिन वह कानून के अनुसार बालिग मानी जा सकती थी। अकस्मात् रत्ती ने गाड़ी मँगवायी और चल दी। घबराकर लोगों ने पूछा तो बोली, "अब मुझे अदालत भी नहीं रोक सकती। मैं इसी दिन के इन्तज़ार में दो साल से चुपचाप बैठी थी।" वह सीधे उस घर में पहुँच गयी जो अब विधिवत् उसका घर बनने वाला था। तुरन्त जिन्ना और रत्ती का विवाह हुआ। न केवल बम्बई वरन् सारे देश के अखबारों में इस विवाह की ज़ोर-शोर से चर्चा हुई। कितनों ने विरोध किया कितनों ने समर्थन किया। मगर छोटी-सी सुकुमार सुन्दरी रत्ती का निश्चय अटूट था।

रत्ती सच्चे मानो में जिन्ना की सहधर्मिणी थी। कचहरी, धारासभा, सार्वजनिक

कार्य और अपने अन्य कार्यों में सुबह से शाम तक बेहद व्यस्त रहने वाले अपने प्रौढ़ प्रख्यात पति की देखभाल छोटी-सी रत्ती बड़ी कुशलता से करती थी। मैं बहुधा उनके घर जाया करता था। रत्ती की आलोकमयी छाया न केवल पूरी गृहस्थी पर रहती थी बल्कि जिन्ना के सारे राष्ट्रीय आयोजनों पर भी रत्ती की छाप थी। लेकिन खुद उसने कभी आगे आने की चेष्टा नहीं की। वह बोलती बहुत कम थी। मैंने सार्वजनिक सभा में केवल एक बार उसे बोलते हुए सुना। मई 1919 में बम्बई के ऐम्पायर थियेटर में अखिल भारतीय ट्रेड-यूनियन कांग्रेस का सर्वप्रथम अधिवेशन लाला लाजपतराय की अध्यक्षता में हो रहा था। पं. नेहरू भी मौजूद थे। प्रख्यात देशभक्त पत्रकार हार्नमैन को देश निकाला दिया गया था। उसके विरोध में रत्ती जिन्ना ने प्रस्ताव पेश करते हुए पाँच मिनट की वक्तृता दी। लोग अचरज से देख रहे थे संगमरमर की तराशी हुई-सी रूपसी प्रतिमा ऐसे स्वरों में बोल रही थी जिनमें मधु की-सी मिठास थी लेकिन लोहे की-सी दृढ़ता।

लेकिन बहुत-से आयोजनों में वह चुपचाप पीछे रहकर जिन्ना की इच्छानुसार सूत्र संचालन किया करती थी। मुझे एक घटना विशेष तौर से याद है। 10 दिसम्बर, 1918 की बात है। लॉर्ड विलिंगडन उन दिनों बम्बई के गर्वनर थे। वे गवर्नर पद से अवकाश ग्रहण करने वाले थे। बम्बई के शेरिफ ने घोषित किया कि बम्बई के नागरिकों की ओर से वे टाउन हॉल में लॉर्ड विलिंगडन को विदाई का मानपत्र देंगे। सारे बम्बई के राष्ट्रपति तक इस उत्सव के खिलाफ थे। लेकिन पुलिस का कड़ा पहरा चारों ओर था कि कोई भी विरोध न होने पाये। किसी की समझ में नहीं आ रहा था कि इस सभा का विरोध कैसे किया जाये। अन्त में जिन्ना ने आगे बढ़कर इस खतरनाक काम को सँभाला। करीब तीन सौ राष्ट्रीय कार्यकर्ता (जिनमें मैं भी था) 9 दिसम्बर की रात को ही टाउन हॉल के इर्दगिर्द जाकर तैनात हो गये। इरादा यह था कि सुबह टाउन हॉल खुलते ही हम लोग पहले घुसकर आगे की सीटों पर कब्जा कर लें। रात भर ममतामयी रत्ती हम सबकी देखभाल करती रही। और चाय से लेकर नेता के आदेश तक हममें से एक-एक को पहुँचाती रही, पुलिस की निगाहों से बचकर! सुबह आठ बजे ज्यों ही टाउनहाल के दरवाज़े खुले कि हम तीन सौ व्यक्ति शान्तिपूर्वक टाउन हॉल में प्रविष्ट हो गये। बस फिर क्या था? बवाल मच गया। पुलिस ने टाउन हॉल घेर लिया। बाहर सड़क पर और सीढ़ियों पर हज़ारों नागरिक जमा हो गये थे। टाउन हॉल के अन्दर हमारा सत्याग्रह और बाहर नागरिकों का विरोध प्रदर्शन! पुलिस की भरी हुई बन्दूकें दोनों तरफ तनी हुईं। एक घंटा बीता, दो घंटे बीते, दोपहर हो गयी, दिन ढलने को आया। जो जहाँ था वहीं पर अडिग था। बिना खाना, बिना पानी के प्रदर्शनकारी जमे थे। और टाउन हॉल की सीढ़ियों पर सबसे आगे पुलिस की बन्दूकों के ठीक सामने आप जानते

हैं कौन था? छोटी-सी बहादुर रत्ती तनकर खड़ी हुई निहत्थे प्रदर्शनकारियों के दिल में हिम्मत, त्याग और इज्ज़त की भावना जगाती हुई! छह बजे शाम तक यह विरोध चलता रहा। अन्त में छह बजे शाम को निराश होकर पुलिस ने घोषित किया कि कार्यक्रम बर्खास्त किया जाता है। लॉर्ड विलिंगडन को विदाई का मानपत्र नहीं दिया जाएगा। भारत की जीत हुई, जिन्ना की जीत हुई, रत्ती की तपस्या सफल हुई। उस समय जिन्ना को पाकिस्तान के नाम की कल्पना भी नहीं थी। वे भारत के एक सच्चे सपूत थे और रत्ती उनकी योग्य सहधर्मिणी।

जिन्ना की इस विजय के उपलक्ष्य में उनका सम्मान करने के लिए उमर सोबानी के सुझाव से एक रुपये का फंड चालू किया गया। देखते-देखते 65 हज़ार रुपये इकट्ठे हो गये और कांग्रेस हाउस के अहाते में जिन्ना मेमोरियल हॉल बनवाया गया। श्रीमती एनी बेसेंट उसके उद्घाटन के लिए स्वयं पधारीं। जब वे जिन्ना की अदम्य राष्ट्रभक्ति की प्रशंसा कर रही थीं तब छोटी-सी साहसी वधू रत्ती जिन्ना के चेहरे पर अद्भुत आत्मसंतोष और गर्व की आभा थी।

ज़िन्ना के साहचर्य ने उसे उत्साह दिया। लेकिन वैसे रत्ती के व्यक्तित्व में खुद देशभक्ति की भावना कूट-कूट कर भरी हुई थी। बड़े-से-बड़े अँग्रेज़, यहाँ तक कि वायसराय तक के सामने वह भारत और भारतीय संस्कृति के प्रति अपनी भक्ति प्रकट करने में डरती नहीं थी। न वह आजकल की अँग्रेज़ीपरस्त उन उच्च परिवारों की देसी मेमों की तरह थी जो अँग्रेज़ी कायदों की भोंडी नकल करने में गर्व का अनुभव करती हैं। मुझे एक घटना विशेष रूप से याद आती है। विवाह के तुरन्त बाद वह अपने पति के साथ शिमला गयी थी। धारासभा के सदस्य होने के नाते जिन्ना को तत्कालीन वायसराय लॉर्ड चैम्सफ़ोर्ड ने आमन्त्रित किया था। डिनर में बहुत से शाही मेहमान थे। जब रत्ती जिन्ना का परिचय वायसराय से कराया गया तो उसने झुककर अँग्रेज़ी तरीके से अभिवादन करने के बजाय भारतीय ढंग से सम्मानपूर्वक नमस्कार किया। सारे हॉल में सन्नाटा-सा छा गया, क्योंकि वायसराय अँग्रेज़ी शिष्टाचार पर खास ज़ोर देते थे। एक-आध लोगों ने संकेत भी किया मगर रत्ती ने पुनः नमस्कार ही किया। लॉर्ड चैम्सफोर्ड प्रत्युत्तर देकर दूसरी ओर मुड़ गये। दावत के बाद ए. डी. सी. ने आकर रत्ती से कहा कि वायसरास उससे मिलना चाहते हैं। रत्ती गयी। लॉर्ड चैम्सफोर्ड ने गर्व भरे स्वर में कहा, ''मिसेज जिन्ना आपके पति का राजनीतिक भविष्य बहुत उज्ज्वल है। आपको उसे नष्ट नहीं करना चाहिए । जिस जगह आप हों वहीं के शिष्टाचार को अपनाना चाहिए।'' छोटी-सी रत्ती ने नम्रता किन्तु दृढ़तापूर्वक जवाब दिया ''आपकी आज्ञा सिर-माथे। मैं जिस जगह हूँ वहीं का शिष्टाचार पालन करती हूँ। यह मेरा देश है भारत और भारतीय शिष्टाचार में नमस्कार ही

शोभा देता है।" वायसराय अपना-सा मुँह लेकर चुप रह गये।

इस प्रकार की दृढ़ता और हाजिरजवाबी रत्ती में खूब थी। एक घटना और याद आती है। सन् 1921 में नयी दिल्ली में लॉर्ड रीडिंग के साथ वह लंच में बैठी थी। लॉर्ड रीडिंग अपना दुखड़ा रो रहे थे, "मिसेज जिन्ना, मेरी कितनी इच्छा है कि मैं जर्मनी जा सकूँ। मैं बहुत जाना चाहता हूँ पर नहीं जा सकता।" रत्ती ने पूछा "क्यों? आप चाहते हैं तो क्यों नहीं जा सकते?" रीडिंग ने जवाब दिया "जर्मन लोग हम अँग्रेज़ों से नफरत करते हैं। जरा भी पसंद नहीं करते। अत: उनके देश कैसे जाऊँ?" "अच्छा!" रत्ती ने पूछा "यदि यह बात है तो आप भारत में कैसे आ गये?" लॉर्ड रीडिंग एक क्षण को स्तब्ध हो गये फिर धीरे से उन्होंने बात का विषय बदल दिया।

ऐसी थी रत्ती। देशभक्ति और भारतीय संस्कृति की अटूट भक्त! भारतीय अध्यात्मवाद और ब्रह्मविद्या के प्रति उसका झुकाव और अध्ययन कितना गहरा था यह मैं आपको आगे बताऊँगा। आगे क्यों और कैसे उसमें और उसके पति में कुछ मतभेद उत्पन्न हो गया वह भी एक दुखद कथा है, जो मुझे बतानी ही होगी क्योंकि दुर्भाग्य से उन दिनों मैं उनके पारिवारिक जीवन का एकमात्र अन्तरंग साक्षी रहा हूँ। पर वह सब बाद में, इस समय तो उनका जीवन पूरे स्नेह के साथ चल रहा था। जब मान्टेग्यू बिल पर साक्षी देने के लिए अन्य भारतीय नेताओं के साथ जिन्ना इंग्लैंड गये तब रत्ती उनके साथ थी। वह माँ बननेवाली थी। फिर भी इस महत्त्वपूर्ण अवसर पर उसने साथ जाने का निश्चय किया। एक दिन रात को वे थियेटर देखकर लौटे कि अर्द्धरात्रि के आस-पास उनकी पहली और एकमात्र सन्तान का जन्म हुआ (उनकी लड़की दीना जो अब नेवल वाडिया की पत्नी है)। आप जानते हैं कि उनकी सन्तान का जन्मदिन कौन-सा है। यही 14 और 15 अगस्त की अर्द्धरात्रि! जो वर्षों बाद भारत और पाकिस्तान दोनों का स्वाधीनता दिवस बना। उस दिन हमारा देश स्वाधीन भी हुआ और दुर्भाग्य से विभाजित भी।

वह समय देश के स्वतन्त्रता संग्राम का काफ़ी नाजुक समय था और हम सभी इस कदर व्यस्त थे कि एक-दूसरे की खोज खबर नहीं ले सके। 1922 के शायद फरवरी महीने की बात है, बॉम्बे लेजिस्लेटिव काउन्सिल के बजट अधिवेशन के सिलसिले में मैं रात-दिन व्यस्त रहता था। उन दिनों काम इतना अधिक था कि रत्ती का ख्याल भी नहीं आता था। पर उन्हीं दिनों एक रात को मैंने सपना देखा। एक खास किस्म के बनावट के सोफ़ा पर रत्ती तिरछी लेटी है। उसके सिरहाने तीन बिजली की बत्तियाँ लगी हैं, जिनकी रोशनी में एक खूबसूरत लैंडस्केप की फ़ोटो लटक रही है। रत्ती मुझसे कह रही है, "कांजी

मेरी मदद करो।''सुबह उठने पर सपना याद तो था, लेकिन दिन भर की भागदौड़ में मैं बिल्कुल भूल गया उसे। लेकिन कुछ परेशानी मुझे तब हुई जब दूसरी रात को भी मैंने ठीक वैसा ही सपना फिर देखा। वही दृश्य, वही बात। पर मेरे पास इतना समय भी नहीं था कि अपने अचेतन मस्तिष्क का विश्लेषण करके पता लगाऊँ कि आखिर एक-सा ही सपना लगातार दो रात तक क्यों दिखायी दिया। पर लीजिए केवल सपना ही नहीं, एक और विचित्र बात हुई। जिन्ना के घर बिना पहले से समय तय किये हुए मैं कभी नहीं गया था। लेकिन सपना देखने के तीसरे दिन जाने मुझे क्या हुआ कि जैसे किसी सम्मोहन के वश मैं 'साउथ कोर्ट' खिंचा चला गया।

वहाँ जाकर जो देखा तो धक से रह गया। यह क्या? मेरे सपने की हू-ब-हू तस्वीर बनी रत्ती बीमार पड़ी है। वैसा ही विशेष आकार का सोफ़ा, वैसी ही तिरछी लेटी रत्ती, वैसी ही बिजलियाँ, वैसा ही लैंडस्केप वाला चित्र! मुझे लगने लगा मैं नहीं हूँ, रत्ती नहीं, यह घर नहीं है, कहीं कुछ नहीं है, सबकुछ सिर्फ़ हवा बनकर बह रहा है...अछोर!

उस दिन तो मैं रत्ती से अपने सपने की बात नहीं बता सका, पर मैं इतना जरूर जान गया कि निश्चय ही इस दैहिक नाम-रूप से परे भी कुछ है, जो हमारा एक दूसरे से जुड़ा है। मैं अध्यात्म और ब्रह्मविद्या का कायल था ही, पर ऐसा विचित्र प्रमाण मिलेगा आत्मैक्य का, इसकी मैंने कल्पना भी नहीं की थी। मनुष्य की सुषुप्तावस्था में सन्देशवाही वायु तरंगें इतना सही दृश्य आँखों में आँक सकती हैं, आज भी याद करता हूँ तो सिहरन महसूस होती है। लेकिन रत्ती से चर्चा करने पर मुझे पता चला कि उसे इन सब बातों में बहुत आस्था है। और वह दार्शनिक आडम्बरों से परे जो सत्य छिपा है, उसे प्रत्यक्ष जानना और महसूस करना चाहती है। इस सम्बन्ध में सैकड़ों पुस्तकें उसने पढ़ डाली थीं। अब वह किसी मीडियम के साथ प्रयोग करके शरीर से परे आत्मा की गतिविधियों को परखना चाहती थी। पढ़े हुए अध्यात्म ज्ञान के विषय में खोज की प्यास उसकी कितनी तीव्र थी यह बताने के लिए आइए आपको उस खत के कुछ अंश सुनाऊँ जो उसने मुझे 21 नवम्बर, 1924 को लिखा था—

''आपसे एक बहुत जरूरी काम है मुझे, क्योंकि मैं जानती हूँ, केवल आप ही हैं जो इस मामले में मेरी मदद कर सकते हैं। जब से मैंने आत्मिक सम्बन्धों और बिना बोले मानसिक स्तर पर विचारों के आदान-प्रदान की बात जानी और पढ़ी है, तबसे मैं वास्तविक सत्य जानने के लिए बेचैन हूँ। जितना ही इस दिशा में पढ़ती-सुनती हूँ, उलझती जाती हूँ। कृपया किसी ऐसी जगह का पता बताइए, जहाँ आध्यात्मिक गोष्ठियाँ होती हों। यद्यपि मैं केवल भाषण सुनकर ज्ञानार्जन

में विश्वास नहीं करती। पर प्रत्यक्ष अनुभव की खोज के लिए शायद उन सभाओं से ही कुछ मार्ग निर्देशन मिले।

...एक और बात, क्या आप किसी 'मीडियम' का पता बता सकते हैं जिसके साथ मैं आध्यात्मिक प्रयोग कर सकूँ। अभी कृपया उसे मेरा परिचय न दें। आपको तथा आपकी पत्नी को सादर अभिवादन।

भवदीया—आर.जे.''

पुनश्चः 'देखिएगा, शायद मिसेज ऐनी बेसेंट किसी उपयुक्त विश्वासी मीडियम का पता बता सकें।'

रत्ती का यह खत पढ़कर मुझे लगा कि मासूम बच्चों के-से मन वाली रत्ती अध्यात्म ज्ञान को लेकर बहुत उलझ गयी है। मिसेज़ बेसेंट ने तो हमेशा यह बताया था कि इस प्रकार की आध्यात्मिक गोष्ठियाँ मनुष्य को बहुत भटका देती हैं। उसे मन से कमज़ोर और अन्धविश्वासी बना देती हैं। पर प्रत्यक्ष अनुभव की रत्ती की ऐसी अदम्य प्यास थी कि एकदम से यह कह देना कि उसका सोचा हुआ रास्ता बिल्कुल निरर्थक है—शायद ठीक न होगा। इसलिए तुरन्त कुछ न कहकर मैंने सोचा कि धीरे-धीरे तर्कपूर्वक समझाकर उसके दिमाग़ से सतही बातों को निकाल कर कोशिश करूँगा कि वह और गहरी दिशा में सोच-विचार करे।

दिसम्बर 1924 में बम्बई में थियोसाफ़िकल सोसायटी की महासभा हुई। उस समय मैंने मिसेज़ कजिन्स से प्रार्थना की कि वह रत्ती से जरूर मिल लें। उनसे भेंट करने के बाद रत्ती ने 28 दिसम्बर, 1924 के खत में मुझे लिखा—

''मिसेज़ कजिन्स से मिलकर मुझे बहुत सुख मिला। आपने यह अमूल्य अवसर मुझे प्रदान किया, इसके लिए आभारी हूँ। मिसेज कजिन्स मुझे मीटिंग में भी ले गयी थीं। वहाँ मैंने मिस्टर जिनराजदास का अत्यन्त ओजपूर्ण भाषण भी सुना।

मैं ब्रह्मविद्या के सिद्धान्तों में सम्पूर्ण आस्था रखती हूँ। पर काश किसी तरह मैं अशरीरी अनुभव प्रत्यक्ष रूप से कर पाती!...

'टूवर्ड्स दी सदार्स' नामक पुस्तक कैसी लगी? मेरे खयाल से तो लेखक इसमें ज़बर्दस्ती अपने को लादता चला गया है। आइए तो बातें हों।''

मैंने बहुत कोशिश की कि उसे ऐसे लोगों से मिलाऊँ, ऐसी पुस्तकें पढ़ने को दूँ कि उसकी खामख्याली कुछ कम हो। पर हज़ार कोशिशों के बावजूद मुझे आसानी से सफलता नहीं मिली। उसकी बेचैनी बढ़ती ही जा रही थी। एक बार उसने मुझे लिखा—

साउथ कोर्ट

7 अप्रैल, 25 : अर्द्ध रात्रि

प्रिय कांजी,

मेरी आत्मा पर बहुत बड़ा बोझ लदा है। क्या करूँ सत्य को पहचानने की मेरी तीक्ष्ण प्यास और अदम्य भावना खत्म ही नहीं होती। मेरी खोज का कोई परिणाम नहीं निकलता। मेरी भावनाओं को रत्नजड़ित मुकुट न सही काँटों का ताज ही माथे लगाने को मिल जाये। वह भी नहीं। कुछ भला-बुरा, गलत-सही कुछ भी समझ में नहीं आता। काश कोई आध्यात्मिक शक्ति सम्पन्न व्यक्ति मुझे सही राह दिखा सकता।...इस विषय में पढ़ने की प्यास को रोक नहीं पाती और जितना-जितना पढ़ती हूँ उतना ही सत्य को जानने को बेचैन होती जाती हूँ भावनाओं में उलझती जाती हूँ।

भवदीय

रत्ती

रत्ती को मैं हर हफ्ते अच्छी किताबें पढ़ने को देता, फिर उन किताबों पर उसके साथ घंटों विचार-विमर्श करता। कभी-कभी बड़ी किताबों पर अपनी प्रतिक्रियाएँ उसे लिखकर देता। कभी बहुत अच्छे नाटक या उपन्यास का सारांश भी उसे लिख कर देता। जिन्ना भी अक्सर इन चीज़ों को रस ले-लेकर पढ़ते थे। वह भी चाहते थे कि मैं रत्ती की आध्यात्मिक ज्ञान की लालसाओं को सही मोड़ दे सकूँ।

1925 के दिसम्बर में अलीगढ़ में मुस्लिम लीग की विशेष बैठक थी। जिन्ना को उसमें जाना था। वैसे तो रत्ती उनके साथ हर जगह जाती थी, लेकिन इस बार उसने सुन रखा था कि क्रिसमस के आस-पास थियोसाफ़िकल सोसायटी की मीटिंग होगी। इसलिए उसने जिन्ना की इच्छा के खिलाफ उनके साथ जाने का प्रोग्राम स्थगित कर दिया। रत्ती की बहुत इच्छा थी कि इस मीटिंग में ऐनी बेसेंट के हाथों वह सोसायटी की मेम्बर बन जाये। कभी जिन्ना की मर्जी के खिलाफ कुछ न करने वाली रत्ती इस समय अपने को रोक नहीं पायी और जिन्ना अनखते हुए अकेले ही अलीगढ़ चले गये।

नन्हीं-सी भावुक रत्ती कितनी कोमल थी, इसका अन्दाज आप इस बात से लगा सकते हैं कि जिन्ना तक की बात न मानने की हिम्मत तो वह इस बार कर गयी, पर अपनी पालतू बिल्ली का दिल नहीं दुखा सकी। उसकी बिल्ली अचानक बीमार पड़ गयी थी। रत्ती रानी जो बड़े-बड़े अँग्रेज़ अफसरों तक के सामने अपनी संस्कृति अपनी भारतीयता का पक्ष लेने के लिए इतनी तुर्श इतनी तीखी थी, वह अपने पालतू जानवरों के सामने माखन से भी ज्यादा कोमल और मोम जैसी पिघलने वाली थी! बिल्ली की बीमारी के कारण वह उस सभा में एक हफ्ते बाद पहुँची, जिसका प्रोग्राम वह 6 महीने पहले से बना चुकी थी।

ऐसी थी उसकी माया-ममता और ऐसी थी उसकी सत्य की खोज!

उस मीटिंग में एक विशेष बात हुई कि थियोसाफ़िकल सोसायटी की मेम्बर बनने की रत्ती की धुन खत्म हो गयी। मीटिंग में जब उसने विभिन्न धार्मिक पुस्तकों के थोड़े-थोड़े उद्धरणों के आधार पर बनायी अन्तरराष्ट्रीय प्रार्थना सुनी तो उसे वह सब ढकोसला अच्छा नहीं लगा। ऐनी बीसेंट से वह बोली कि धर्मान्धिताओं से भागकर तो मनुष्य इस सोसायटी की शरण आता है, यह प्रार्थनाएँ तो उसे और भी उलझा देंगी। इसी बात को लेकर वह सोसायटी की मेम्बर नहीं बनी। मुझे खुशी हुई कि रत्ती अब चीज़ों को यथातथ्य स्वीकार न करके उनके भीतरी तत्त्व तक पहुँचना सीख गयी है।

यद्यपि ऐनी बेसेंट के बहुत से विचारों के विरुद्ध रत्ती की प्रतिक्रियाएँ हुई थीं, फिर भी वह रत्ती की निष्कलुष आत्मा को पहचान गयी थी। ऐनी बेसेंट का नियम था कि वह कभी किसी के साथ बाहर खाना खाने नहीं जाती थीं, लेकिन रत्ती का निमन्त्रण उन्होंने कभी नहीं टाला। एक दिन मिसेज़ बेसेंट ने मुझे बुलाकर कहा, ''तुम दोनों की मित्रता बड़ी चीज़ है। अपनी इस सुकुमार मित्र का जरा ख्याल रखा करो। बहुत दुखी और उदास है वह!'' मैंने उसकी बात पर अचरज व्यक्त किया तो बोलीं, ''देखते नहीं हो उसकी खूबसूरत आँखों में किस कदर उदासी समायी हुई है! ज़रा ग़ौर से देखना उसकी आँखों को...।''

मेरा मन अन्दर से दुख गया रत्ती उदास है और मैं उसके लिए कुछ कर नहीं पा रहा हूँ। मैं जानता था, वह क्यों, उदास है। उसकी उदासी किसी बाह्य सुख-सुविधा के अभाव की उदासी नहीं, वरन् अपनी खोज में असफल साधक की उदासी थी वह। रत्ती के मन की बेचैनी मुझे उस दिन और भी तीखेपन से पता लगी, जिस दिन उसने जिनराजदासजी से कहा था कि वह किसी चीज़ को उसके लिए मन्त्राभिषिक्त कर दें। ताकि वह चीज़ उसकी रक्षा कर सके। जिनराजदासजी ने उससे कहा ''अरे, मुझसे क्या कहती हो, वह तो तुम्हारा मित्र कांजी ही तुम्हारे लिए कर सकता है।'' रत्ती स्वयं मुझ पर विश्वास रखती थी। अन्य लोग भी उससे मेरी ही सिफ़ारिश करते थे और मैं था कि उसके लिए कुछ नहीं कर पा रहा था। सोचिये, कितनी कचोटन होगी उन दिनों मेरे मन में। मैं कुछ कर नहीं पा रहा था, फिर भी रत्ती का विश्वास मुझमें ज्यों-का-त्यों बना था। वह मेरे लिए अमूल्य चीज़ थी—उसे मैं खोना नहीं चाहता था।

सन् 1926 के दिन थे। जनरल स्कीन की अध्यक्षता में सैंडहर्स्ट आर्मी कमेटी की एक मीटिंग इंग्लैंड में होने वाली थी। जिन्ना को उसमें शामिल होना था। रत्ती भी साथ जानेवाली थी। इतनी तेज़ ज़हीन पढ़ी-लिखी समझदार लड़की, लेकिन मन बिल्कुल बच्चों जैसा नादान! मुझसे बोली, ''कांजी, मैं कुछ महीनों

के लिए यूरोप और अमेरिका जा रही हूँ। मेरे लिए कोई चीज़ मन्त्राभिषिक्त कर दो ताकि वह मेरी वहाँ रक्षा कर सके और उसके माध्यम से मैं तुम्हारे सम्पर्क में रह सकूँ। नहीं तो इतनी दूर परदेश में मैं अकेली और असहाय छूट जाऊँगी।''

मुझे बराबर यह लगता था कि यह अकेलेपन की भावना, यह संरक्षण विहीनता की भावना रत्ती को कहीं से खोखला और कमज़ोर न बना डाले, पर किया कुछ नहीं जा सकता था। जिन्ना का तो एक-एक क्षण देश को समर्पित था। शायद वह रत्ती की ओर इतना ध्यान नहीं दे पाते थे, जितने की उसे आवश्यकता महसूस होती थी। उसके लिए निचाट अकेलापन और निज को रीता-रीता अनुभव करना नितान्त स्वाभाविक भी था। किसी चीज़ को मन्त्राभिषिक्त करके अपने पास रख लेने से कोई आपदा-विपदा नहीं आती—इस अन्धविश्वास को तर्कविहीन ढंग से मैं उसमें नहीं बैठाना चाहता था। पर करता भी क्या? इस समय उसके मनोनुकूल बात न करता तो वह चारों तरफ से एकदम अकेली पड़ जाती। उसने मुझे एक बहुत खूबसूरत जेड दिया। हारकर मैंने उसमें स्नेह और संरक्षण की भावनाएँ भर दीं। उसके अतिरिक्त उस जेड को एक और चीज़ से सम्मोहित कर दिया था। मैंने कोशिश की कि इसे पास रखने से किसी प्रकार की आध्यात्मिक गोष्ठियों का रत्ती पर सतही और ऊल-जलूल प्रभाव न पड़े।

अगस्त में वे दोनों वापस आये। जेड की बात चलने पर वह सोफा से एकदम उछल पड़ी। बोली, ''सच-सच बताना कांजी, तुमने जेड में कौन-सी भावनाएँ भरी थीं?'' मैंने पूछा, ''पहले यह बताओ, तुम वहाँ किसी आध्यात्मिक गोष्ठी में शामिल हुईं?'' बोली, ''मैं भी तो कहूँ क्या बात है! हे परमात्मा, तो यह बात थी वह।'' पता चला कि उसने आध्यात्मिक बैठक में तीन बार जाने का प्रोग्राम बनाया। एक बार तो गाड़ी ही छूट गयी, दूसरी बार मीडियम नहीं आया, तीसरी बार ऐन समय पर वह यही भूल गयी कि उसे कहीं जाना है। यह जानकर कि यह सब मन्त्राभिषिक्त जेड की करामात थी, वह खुश ही हुई। अब ऐसी आध्यात्मिक गोष्ठियों के उपदेशों और ऊपरी बातों में दिमाग़ खपाने का उसका भी मन उतना नहीं होता था। जिन्ना तो हमेशा ही हम दोनों के इन प्रयोगों का मखौल उड़ाया करते थे। उन्होंने जब जाना कि मैंने रत्ती का मन इन चीज़ों से काफी फेर दिया है और गम्भीर चिन्तन की ओर मोड़ने की कोशिश की है, तो वह मेरे प्रति कृतज्ञ हुए।

रत्ती उन दिनों काफी बीमार चल रही थी। उसके पाँव में एक ऑपरेशन हो चुका था, दूसरे की तैयारी थी। कमल पाँखुरी सरीखे उसके खूबसूरत छोटे-छोटे पाँव सूजकर बेडौल हो गये थे। पर ऐसे में भी अगर उसके पालतू जानवरों को कुछ हो जाये तो वह लँगड़ाती घिसटती खुद उनकी तीमारदारी के लिए दौड़ती

थी। तमाम कुत्ते और बिल्लियाँ पाल रखे थे उसने। हर एक का अपने बच्चे सरीखा ध्यान रखती थी। अपने पालतू जानवरों के लिए ही नहीं सड़क के लावारिस कुत्तों तक के लिए वह हर समय चिन्तित रहती थी। लावारिस जानवरों की देखभाल और सुरक्षा के लिए वह गवर्नर तक के पास दरख्वास्त लेकर पहुँच गयी थी। जिन्ना को उसके हृदय की इस चरम मानवीयता पर बहुत प्यार आता था। स्वयं जिन्ना और सरोजिनी नायडू उसके इन दयालुतापूर्ण कामों में उसका बहुत हाथ बँटाते थे। रत्ती को जितना आध्यात्मिक प्रयोगों द्वारा सत्य की खोज थी, उतनी ही पक्की वह सामाजिक कार्यकर्ता भी थी। वेश्यालयों में घूम-घूमकर उसने उन अभागी औरतों और उनके बच्चों की स्थिति का अध्ययन किया और उनकी तरह-तरह से मदद की। पर हकीकत यह थी कि चाहे आध्यात्मिक खोज हो, चाहे जानवरों की सँभाल, चाहे समाज सुधार के काम, रत्ती जितना ही इनमें व्यस्त रहती थी उतनी ही वह आन्तरिक रूप से अकेली छूटती जा रही थी। यहाँ तक कि उसका अवचेतन मन अपनी व्यक्तिगत सँभाल और स्नेह के लिए इतना प्यासा हो गया था कि रात-दिन उसे नींद नहीं आती थी। उसे सख्त इनसोमनिया की बीमारी हो गयी। अक्सर मैं उसे देखने जाता तो कहती, ''कांजी, बहुत थकान महसूस हो रही है। पर नींद नहीं आ रही। दो दिन से मैं सोयी नहीं हूँ।'' मैं और कुछ नहीं कहता सिर्फ़ बहुत प्यार और अधिकार से जैसे आदेश देता, ''रत्ती, सो जाओ।'' और जैसे उस पर किसी ने जादू की लकड़ी फिरा दी हो। वह चुपचाप सो जाती। इतना तक हो गया था कि अक्सर आधी रात को उसका फोन आता कि नींद नहीं आ रही और मैं फोन पर ही कहता ''रत्ती, सो जाओ।'' और वह सो जाती।

मिसेज़ बेसेंट मुझे हमेशा समझाती रहती थीं कि यह सब इस बात का प्रमाण है कि रत्ती तुममें अगाध विश्वास रखती है। स्वयं को उसके विश्वास और मैत्री के योग्य बनाये रखो। और मुझे खुशी है, उसके जीवन भर कभी मैंने स्वयं पर उसके विश्वास को झूठा नहीं साबित होने दिया।

लेकिन मेरा मन बहुत टूट गया उस दिन, जब जनवरी 1928 को मैंने सुना कि रत्ती और जिन्ना पृथक हो गये हैं। क्या गुजर रही होगी उस बहुत भावुक, बहुत कोमल मनवाली फुलझड़ी-सी रत्ती पर! यों मैं इस अलगाव का दोष किसी को भी नहीं दे सकता। दोनों का स्वभाव अलग-अलग था, ज़िन्दगी के प्रति दृष्टिकोण भिन्न थे। जीवनगत मूल्यों में भी कहीं-कहीं वैषम्य था। ऐसी हालत में साथ रहने से लाभ की बजाय हानि ही होती है। वैसे मैं यह भी बहुत अच्छी तरह जानता हूँ कि अपने जीवन के आखिरी क्षण तक रत्ती के मन में जिन्ना के लिए अपार श्रद्धा और इज्ज़त की भावना ज्यों-की-त्यों थी। यहाँ तक कि कुछ

ही महीनों बाद अगस्त-सितम्बर में तो उन दोनों के पुनर्मिलन की भी सम्भावना बन आयी थी। उन दिनों रत्ती पेरिस में अपनी माँ के साथ थी। वहाँ वह बेइन्तिहा बीमार हो गयी थी। अलग हो जाने के बावजूद रत्ती की बीमारी का समाचार सुनकर जिन्ना उसके नर्सिंग होम में गये। एक महीने तक वहीं रहे और रात-दिन लगकर रत्ती की सेवा की। रत्ती ने कृतज्ञ मन से बाद में बताया था कि जिन्ना खाना तक वही खाते थे, जो रत्ती को पथ्य रूप में दिया जाता था। हालत में थोड़ा सुधार आने पर दोनों हिन्दुस्तान वापस चले आये। यद्यपि साथ-साथ नहीं लौटे थे, लेकिन एक-दूसरे के लिए मन में हमदर्दी लेकर दोनों आये थे।

रत्ती कमजोर बहुत हो गयी थी। मैं रोज शाम को नियमपूर्वक उसे देखने जाता था। जिन्ना भी रोज थोड़ी देर के लिए जरूर आते थे। लेकिन धीरे-धीरे वह फिर अपने कामों में रात-दिन व्यस्त हो गये। उनका आना छूट गया। इधर रत्ती को एक नयी बीमारी लग गयी थी। वह रह-रहकर बेहोश हो जाया करती थी। जब जिन्ना ने यह सुना तो फिर आने-जाने लगे। शाम को हम तीनों घंटों गप्पें लड़ाया करते थे। बरसों पहले हम सब इसी तरह साथ बैठते, बातें करते थे। इन दिनों भी ठीक वैसा ही लगा करता था, जैसे मानो कहीं कोई अलगाव कभी नहीं हुआ; सब कुछ ज्यों-का-त्यों है!

सभी मित्रों और सम्बन्धियों को यह उम्मीद होने लगी थी कि जिन्ना और रत्ती फिर एक-दूसरे के साथ रहने लगेंगे। लेकिन रत्ती की हालत बिगड़ती ही गयी। 19 फरवरी की रात को जब मैं उनके पास से अपने घर आ रहा था तो हमेशा की तरह मैंने कहा, ''कल मिलेंगे।'' वह बोली, ''देखो, यदि जीवित बची तो! कांजी मेरे पीछे मेरी बिल्लियों का ख्याल रखोगे न!'' उफ! मुझे क्या मालूम था कि उसके यही आखिरी शब्द हैं मुझसे! मेरी परम मित्र 20 फरवरी, 1929 को अपने जन्म दिवस के दिन ही संसार से विदा हो गयी। और फिर से अपने लिए उमगे पति जिन्ना को और अपने एक मात्र विश्वासी मित्र मुझ अभागे कांजी को हमेशा के लिए छोड़कर चली गयी।

दिल्ली एसेम्बली के बजट सेशन के लिए जिन्ना दिल्ली में थे। खबर पाते ही बम्बई चले आये। अपने लम्बे तीखे नक्श वाले चेहरे पर वह किस तरह जबर्दस्ती कड़ाई से गम्भीरता बनाये हुए थे, मैं ही जानता हूँ। सबने कहा, रत्ती बजाय दफनाये जाने के अग्नि संस्कार पसन्द करती थी। लेकिन जिन्ना ने मुस्लिम रीति के अनुसार ही उसे दफनाया। वह अलग हो गये थे तो क्या? रत्ती आखिर उन्हीं की तो पत्नी थी। कौन जानता है, वह जीती रहती तो दोनों ने पुनर्विवाह कर लिया होता। पूरे पाँच घंटे तक वह किस तरह ठगे से बैठे रहे, यह मैं आज तक नहीं भूला हूँ। रत्ती का शव कब्र में रखा गया। जिन्ना चूँकि उसके सबसे

निकट के सम्बन्धी थे, इसलिए शव पर पहली मुट्ठी मिट्टी की उन्हीं को डालनी थी। ज्यों ही उन्होंने हाथ में मिट्टी ली कि बच्चों की तरह फूट-फूटकर रोने लगे। बड़ी देर तक सुबकते रहे। पर किसी का भी रोना-सुबकना अब भला रत्ती को कहाँ बाँध सकता था।

दूसरे दिन जिन्ना करीब दो घंटे तक मुझसे तमाम बातें करते रहे, मैं महज़ सुनता रहा। मैंने सोचा, शायद इस तरह इनका मन कुछ शान्त हो। पत्नी की मृत्यु से उन्हें मात्र दुख नहीं था, उसकी मौत को वह भगवान की ऐसी मर्जी मान रहे थे, जिसने यह बता दिया कि यह तुम्हारी ज़िन्दगी की बहुत बड़ी हार है, बहुत बड़ी असफलता। और इसी हार ने धीरे-धीरे जिन्ना को बहुत कटा हुआ, बहुत अकेला और बहुत कडुवा बना दिया था। रत्ती की मृत्यु के बाद जिन्ना 19 वर्ष और जीवित रहे, किन्तु उस जिन्ना में और रत्ती के साथ क्षणों को बिताने वाले जिन्ना में बहुत बड़ा फर्क था। रत्ती की मौत उन्हें कहीं अन्दर से खोखला और अस्त-व्यस्त बना गयी थी।

मेरी तो ज़िन्दगी का एक बहुत पवित्र अध्याय समाप्त हो गया था। बहुत दिन तक तो लगता रहा अब ज़िन्दगी में करने को कुछ है ही नहीं सिवाय संवेदना के खत पढ़ लो और दूनी तकलीफ़ महसूस कर लो। मुझे याद है, सरोजनी नायडू के खत में यह पढ़कर कि रत्ती की दोस्ती के योग्य मुझे स्वयं को बनाये रखना चाहिए, मैं जीवन के प्रति सचेत हुआ था। सरोजनी नायडू ने मुझे लिखा था—

''प्रिय कांजी,

मैं तो जड़वत् हो गयी। लगा, जैसे किसी ने सारी ताकत खींच ली है। यानी एक महीना गुज़र गया वह खूबसूरत चेहरा, जिसे मैंने बहुत प्यार किया था, कड़ी धरती के नीचे दफ़ना दिया गया...मुझे अभी दो दिन हुए इसका पता चला! किसी ने यों ही आयी गयी-सी बात की तरह फ़ोन पर मुझसे यह दुखद चर्चा की। उसे क्या पता था कि वह नन्हीं-सी लड़की मुझे कितनी प्यारी थी!...तुमने मुझे तार क्यों नहीं भेजा? पर उफ! मैंने ही क्यों न अपने दिल की पुकार को सुना, कितनी इच्छा थी उस दिन मेरी उसकी 29 वीं वर्षगाँठ पर उसे तार भेजूँ।...बेचारी बच्ची, कितनी विलक्षण प्रतिभावान थी वह!

मेरी समस्त संवेदना तुम्हारे साथ है। जैसी मित्रता और स्नेह की भावना तुम दोनों के बीच थी उसकी मैं इज्ज़त करती हूँ। उसे तुम्हारी दोस्ती पर बहुत भरोसा था। बहुतों ने उसे समझा नहीं पर तुम उन लोगों में से थे जिन्होंने रत्ती की पवित्र आत्मा को पहचाना था। तुम जानते हो रत्ती मेरे मन में किस कदर समायी हुई थी। रत्ती के नाम पर तुम मेरे अनन्त धन्यवाद लो। मुक्ति के लिए छटपटाने वाली उसकी आत्मा की तड़प इस तरह खत्म हुई। उसकी माँ और पति की

तकलीफ को मैं समझ सकती हूँ। दोनों के लिए जो अपूरणीय क्षति हुई है उसके लिए मेरे मन में सहानुभूति है। मेरा स्नेह लो और जो प्यार और दोस्ती तुम्हें रत्ती से मिली थी उसके योग्य स्वयं को बनाये रखो।

सरोजनी नायडू''

ऐसे ही तमाम संवेदनाओं के पत्र मेरे पास आये। यह ज़रूर अच्छा लगा जानकर कि सबने मन में हमारी मित्रता के लिए बड़ी इज्ज़त रही है। पर उस पवित्र आत्मा का निवास यह खूबसूरत शरीर, वह नाम रूप! रत्ती तो अब हमेशा के लिए धरती में दफन हो चुकी है। उसके अन्तिम संस्कार के समय मैंने उसके अन्तिम दर्शन लेते हुए मन-ही-मन प्रतिज्ञा की थी, ''रत्ती, तुम्हारी कहानी लिखूँगा एक दिन!'' तीस बरस बाद मैं अपना वायदा पूरा कर सका। कई बार कोशिशें कीं, पर उसका सारा व्यक्तित्व इतना सूक्ष्म, इतना वायवी था कि उसकी कहानी शब्दों में बाँधने की जैसे हिम्मत ही नहीं पड़ती थी। और आज भी यह कैसे कहूँ कि उसके बारे में सबकुछ लिख सका हूँ। ये चन्द संस्मरण तो उसके व्यक्तित्व की एक झलक मात्र हैं। असली रत्ती तो वह है जो मेरी यादों में बसी है। अपने हर परिचित मित्र की यादों में बसी है!'

उग्र विद्रोही राजनीति, कोमल प्रेममय हृदय
रामस्वामी नायकर

वह दिन आज भी तमिल समाचार पत्रों के पाठकों को नहीं भूला होगा। अखबारों में, सड़कों पर, दुकानों पर, दफ़्तरों में, चाय, कहवाघरों में सभी जगह सिर्फ़ एक ही चर्चा थी कि आखिर श्री ई.वी. रामस्वामी नायकर क्यों चक्रवर्ती राजगोपालाचारी से मिलने के लिए चुपचाप और बिल्कुल अकेले गये हैं। वह भयंकर राजनीतिक उथल-पुथल का जमाना था। और रामस्वामी नायकर चालीस के दशक से ही राजाजी के कट्टर राजनीतिक शत्रु थे। न सिर्फ़ राजनीति के मामले में, बल्कि धर्म और संस्कृति के बारे में भी वे राजाजी के कट्टर विरोधी थे। युद्ध शुरू होने के पहले 1939 में जब राजाजी के कांग्रेसी मन्त्रिमंडल को इस्तीफा देना पड़ा था और सारा देश कांग्रेस मन्त्रिमंडलों के इस्तीफ़ों पर दुःखी और चिन्तित था, उस समय भी रामस्वामी नायकर और उनके काली कुर्तीवाले अनुयायियों ने खुशियाँ मनायी थीं और घी के चिराग जलाये थे। फिर आज किस वजह से रामस्वामी नायकर स्वयं राजाजी से मिलने जा रहे हैं और वह भी अपने अनुयायियों को बिना बताये हुए चुपचाप!

राजाजी उस समय गवर्नर जनरल थे। दक्षिण का दौरा करते हुए प्रख्यात तीर्थ तिरुवन्नमलै में आकर टिके थे। रामस्वामी नायकर एक तीर्थ स्थान में राजाजी से भेंट करने जायें, यह तो और भी आश्चर्यजनक मालूम होता था। शायद आप रामस्वामी नायकर तथा उनके काली कुर्तीवाले अनुयायियों के सम्बन्ध में जानते होंगे। लहराती हुई भव्य दाढ़ी, उन्नत ललाट, सौम्य मुख-मुद्रा वाले श्री रामस्वामी नायकर को देखकर यह अनुमान लगाना कठिन है कि इस श्रद्धेय व्यक्ति में इतना विद्रोह और इतनी उग्रता भरी होगी। साहस और संगठन शक्ति तो उनमें शुरू से थी। अद्‌भुत वक्तृत्व शक्ति भी उनमें रही है। एक जमाना था जब श्री श्रीनिवास आयंगर, श्री सत्यमूर्ति, श्री राजगोपालाचारी आदि के साथ उन्होंने तमिलनाडु में

राष्ट्रीय आन्दोलन को मजबूत बनाया था। यहाँ तक कि घोर ब्रिटिश दमन और अत्याचार के जमाने में उन्होंने तमिलनाडु कांग्रेस की अध्यक्षता की थी और जमकर अत्याचारी अँग्रेज़ों से लोहा लिया था और कठोर कारावास भुगता था। लेकिन उसके बाद अकस्मात् उनकी नीति में परिवर्तन आया। उन्होंने कांग्रेस छोड़ दी और एक नये आन्दोलन का नेतृत्व शुरू किया, जो शुरू में तो केवल सांस्कृतिक था, लेकिन धीरे-धीरे उसने उग्र हिंसात्मक राजनीतिक रूप धारण कर लिया।

पेरियर रामस्वामी नायकर ने घोषित किया कि वे द्रविड़ संस्कृति का पुनरुत्थान चाहते हैं। अपने आन्दोलन को उन्होंने 'स्वाभिमान आन्दोलन' का नाम दिया। जिसका प्रारम्भिक कार्यक्रम यह था कि धार्मिक संस्कारों में पुरोहितों का बहिष्कार किया जाये। आडम्बरों में बेकार का अपव्यय न किया जाये। नामों के साथ जातिसूचक उपाधियाँ न जोड़ी जायें। और धीरे-धीरे उस आन्दोलन ने इतना उग्र रूप धारण किया कि भोजनालयों के साइनबोर्ड पोतना, भारतीय विधान तथा राष्ट्रीय ध्वज जलाना और केन्द्र से अलग एक स्वतन्त्र द्रविड़िस्तान स्थापित करना भी उसके कार्यक्रम में शामिल हो गया। उनके अनुयायी काली कुर्ती पहनते थे। इन्हीं काली कुर्ती वालों का दल अन्त में 'द्रविड़ कषगम' नाम से प्रख्यात हुआ।

इनके अनेकानेक कार्यक्रमों में सबसे आकर्षक कार्यक्रम था इनकी 'स्वाभिमान विवाह पद्धति'! इन विवाहों में पुरोहित नहीं आते थे, पुरानी परिपाटी और पुराने मन्त्रों का पाठ नहीं होता था। बहुत सादे, कम खर्च वाले संस्कार में कभी-कभी पेरियर रामस्वामी नायकर स्वयं उपस्थित होते थे। अनमेल विवाह के दोषों पर भाषण देते थे। उनमें अद्भुत वक्तृत्व शक्ति थी, लेकिन उनसे भी बढ़कर उनके सहायक श्री अन्नादुरै थे जो न केवल द्रविड़ कषगम का संगठन सँभाले हुए थे, बल्कि उसके सिद्धान्तों का प्रचार भी अपूर्व कुशलता से करते थे।

जाहिर है कि द्रविड़ कषगम प्रान्त और केन्द्र की सरकार के लिए एक भयंकर सरदर्द बना हुआ था। सारा देश उसे एक खतरनाक हिंसात्मक मनोवृत्ति का दल समझता था। और राजाजी तो इस दल के शत्रु नम्बर एक थे। इसी पृष्ठभूमि में जब अकस्मात् यह खबर आयी कि महाभारत और रामायण के आचार्य, प्राचीन संस्कृति के उपासक, वृद्ध ब्राह्मण और उस समय कांग्रेस के स्तम्भ, गवर्नर जनरल राजाजी से मिलने काली कुर्ती वालों के नेता, मूर्तियों के विरोधी, उग्र आन्दोलनकारी रामस्वामी नायकर अपनी इच्छा से जा रहे हैं तो लोगों के आश्चर्य का ठिकाना न रहा। उससे भी बड़े आश्चर्य की बात यह थी कि उनके दल के किसी व्यक्ति को, यहाँ तक कि श्री अन्नादुरै को भी, उन्होंने इस मुलाकात के बारे में कुछ भी नहीं बताया था। सभी जानते थे कि अन्नादुरै उनके न केवल दाहिने हाथ हैं, वरन् उनके लिए पुत्र से बढ़कर विश्वासपात्र और स्नेहपात्र भी हैं। स्वयं उनके कोई

सन्तान नहीं थी। उनकी पत्नी नागम्मा उनकी सच्ची सहकर्मिणी भी थीं। लेकिन सन् 1933 में ही उनकी मृत्यु हो गयी थी। तब तक उनके कोई सन्तान नहीं थी। तब पेरियर रामस्वामी 54 वर्ष के थे। उनके सभी सम्बन्धियों ने हर प्रकार से आग्रह किया कि उत्तराधिकारी के लिए वे विवाह कर लें। लेकिन वे स्वयं वृद्ध विवाह के घोर विरोधी थे। धीरे-धीरे अन्नादुरै उनके लिए पुत्र और राजनीतिक उत्तराधिकारी के समान हो गये थे।

लेकिन आज वे बिना अन्नादुरै को बताये हुए ही अपने घोरतम शत्रु से एकान्त मन्त्रणा के लिए गये हैं। इस बात ने सभी को न केवल आश्चर्य में डाल दिया था बल्कि उनके अपने दलवाले बहुत आहत और कुछ-कुछ अपमानित भी अनुभव कर रहे थे। इस रहस्यमय एकान्त मुलाकात के बाद जब वे लौटकर आये तो बहुत पूछने के बाद उन्होंने बताया कि राजनीतिक मतभेद होते हुए भी राजाजी उनके बाल्य बन्धु हैं, मित्र हैं, उनसे वे यह सलाह लेने गये थे कि वे अपने बाद द्रविड़ कषगम का उत्तराधिकारी किसे नियुक्त करें। इसके लिए राजाजी की सलाह भी हितकारी हो सकती है। इस उत्तर से न केवल उनके दलवाले बल्कि सभी जानकारों पर जैसे गाज गिर गयी हो? तो क्या अन्नादुरै को वे उत्तराधिकारी नहीं मानते? कौन हो सकता है जिसके लिए वे राजाजी से सलाह लेने गये थे। और तभी यह समाचार मिला कि इस एकान्त मन्त्रणा के समय केवल एक तीसरा व्यक्ति और वहाँ उपस्थित था। वह थी एक छब्बीस वर्षीय सौम्य, सुन्दर, तरुणी मणि अम्मइयर! द्रविड़ कषगम की एक प्रमुख कार्यकर्त्री, सिद्धान्तों की पक्की, पेरियर रामस्वामी की अनन्य उपासिका।

और अब अकस्मात् अखबारों में, सड़कों पर, घरों में, दफ़्तरों में, दुकानों पर चर्चे शुरू हो गये। आखिर इस मुलाकात के समय केवल मणि अम्मइयर क्यों उपस्थित थीं? क्या यह केवल नीरस राजनीतिक मन्त्रणा थी या इसमें कहीं हृदय का रसमय अनुराग भी जुड़ गया था? मनुष्य के हृदय का रहस्य आज तक कोई नहीं जान पाया है। तरह-तरह के अनुमान थे। तरह-तरह की प्रतिक्रियाएँ!

पेरियर की घोषणा ने समूची पार्टी के कार्यकर्ताओं को आश्चर्य में डाल दिया। उत्तराधिकारी के रूप में अन्नादुरै का नाम सर्वविदित था। जहाँ तक सम्पत्ति का प्रश्न है, पार्टी में ही उनके सगे भतीजे श्री ई. वी. के. सम्पत मौजूद थे। इन दोनों की उपेक्षा कर वे किसी तीसरे उत्तराधिकारी की चर्चा क्यों करने गये? और वह भी द्रविड़ कषगम के सबसे बड़े शत्रु राजाजी से! फिर साथ में जब पार्टी का और कोई सदस्य नहीं था तो आखिर वह लड़की ही क्यों थी?

इधर गुपचुप पार्टी के सदस्यों की सभाएँ चल रही थीं कि एक दूसरी अनहोनी खबर सुनने में आयी। पता चला कि अदालत में एक नोटिस टँगा है

कि पेरियर रामस्वामी नायकर और मणि अम्मइयर सिविल मैरिज करना चाहते हैं। यदि किसी को कानूनी एतराज हो तो पेश करे। इस घोषणा से तो जैसे सारा दबा हुआ ज्वालामुखी फट पड़ा। सभाएँ हुईं, प्रस्ताव पास किये गये, अखबारों में बड़े-बड़े व्यंग्यचित्र निकले, धमकियाँ दी गयीं; यहाँ तक कि स्वयं उनकी पार्टी के प्रमुख कार्यकर्ताओं का एक डेपुटेशन उनसे मिलने गया कि इस शादी का हानिकर प्रभाव पार्टी संगठन पर पड़ने की आशंका है। लेकिन पेरियर अपने निश्चय पर अटल रहे।

पार्टी के अन्दर ही असन्तोष बढ़ता गया। हर कस्बे में पार्टी दो दलों में विभाजित हो गयी। एक दल जो विवाह के पक्ष में था, दूसरा जो विवाह के विपक्ष में। अन्त में तिरुचिरापल्ली में पार्टी की कार्यकारी समिति की मीटिंग हुई, जिसमें बड़े जोरदार भाषण हुए। लेकिन अन्त में एक बहुत विनम्र प्रस्ताव पास किया जिसमें पेरियर से प्रार्थना की गयी कि वे अपने निर्णय पर पुनर्विचार करें। लेकिन इस पर भी उन्होंने ध्यान नहीं दिया।

अन्त में वह चिरप्रतीक्षित विवाह की तिथि आयी 9 जुलाई, 1949! मद्रास के एक उपनगर में पेरियर के घर पर विवाह का सादा-सा आयोजन हुआ। कहते हैं वर्षों बाद पहली बार उन्होंने काली कुर्ती उतारकर स्वच्छ धवल वस्त्र धारण किये। तीसरे पहर लगभग ढाई बजे सिविल मैरिजेज के रजिस्ट्रार स्वयं उनके घर पर आये और दो अन्य गवाहों के सामने रजिस्टर में दस्तखत हुए और विवाह हो गया। कहा जाता है कि जिस विवाह को लेकर अखबारों के हज़ारों पन्ने भर दिए गये, इतने बड़े-बड़े वाद-विवाद खड़े हुए, उस पूरे विवाह में कुल मिलाकर पच्चीस रुपये खर्च हुए।

केवल विवाह के विरोध में ही लोग हों, यह बात नहीं थी। एक बहुत बड़ा जनसमूह ऐसा भी था जो पेरियर के प्रति आदर रखता था और यह मानता था कि अपने निजी जीवन में वे, जो करते हैं उससे राजनीति का कोई सम्बन्ध नहीं होना चाहिए। उनकी पार्टी में भी ऐसे लोग बहुत बड़ी संख्या में थे और वे लोग हर हालत में उनका साथ दे रहे थे। यही नहीं बल्कि वे खुलकर अन्नादुरै की मनोवृत्ति का विरोध भी कर रहे थे। उनका मुख्य आरोप यह था कि अन्नादुरै राजनीतिक कारणों से नहीं बल्कि इस कारण चिढ़ गये कि अब पेरियर की अतुल सम्पत्ति का स्वामी कोई और होगा। कुछ अखबारों ने तो अन्नादुरै पर गलत आरोप लगाने भी शुरू किये। एक तमिल दैनिक ने 13 जुलाई के अंक में समाचार छापा कि विरोधी लोग पेरियर के प्राण तक लेने का षड्यन्त्र कर रहे हैं। इस दुर्भावनापूर्ण समाचार के विरुद्ध अन्नादुरै ने अदालत में नालिश ठोक दी। तब जाकर ऐसी गलत खबरों का प्रचार रुक सका।

लेकिन इतना सत्य था कि अब 'द्रविड़ कषगम' में विभाजन होना आवश्यक हो गया था। तिरुचिरापल्ली में श्री टी.पी. वेदाचलम् के घर पर ज़ोरदार मीटिंगें हुईं और अन्त में यह तय पाया गया कि सभी असन्तुष्ट अनुयायी श्री अन्नादुरै के नेतृत्व में द्रविड़ कषगम से अलग हो जाएँगे। अन्त में वे अलग हुए और उन्होंने 'द्रविड़ मुनेत्र कष़गम' नाम की पार्टी बनायी। बाद में दक्षिण में यही द्रविड़ मुनेत्र कष़गम सक्रिय हुई, जिसके समाचार आये दिन अखबारों में छपते रहे।

अन्त में एक दिलचस्प बात और। इस विवाह के कुछ ही वर्षों के बाद जब यह समाचार आया कि संसार के प्रख्यात दार्शनिक और लेखक बर्ट्रेंड रसेल अपने से बहुत छोटी लड़की से वृद्धावस्था में चौथा विवाह करने जा रहे हैं तब एक तमिल पत्र ने पूछा था कि क्या बर्ट्रेंड रसेल प्रख्यात तमिल नेता पेरियर रामस्वामी नायकर के अनुयायी हो गये हैं?

सहज ईमानदार : येवगेनी येव्तुशेंको

कवि की आत्मकथा उसकी कविता होती है। कविता के अलावा कुछ भी सिर्फ़ भाष्य हो सकता है। कवि भी तभी कवि होता है, जब पाठक उसके साथ सम्पूर्ण साक्षात्कार कर सके। उसकी सारी भावनाएँ, विचार और आचरण तक पाठक की अँजुरी में होने चाहिए।

अगर कवि अपने व्यक्तित्व का विभाजन मनुष्य और रचनाकार रूप में अलग-अलग करना चाहे तो वह कलाकार के रूप में निश्चित खुदकुशी कर लेता है। दुर्भाग्य से बहुत-से ऐसे भी कवि होते हैं जो तब भी लिखते रहते हैं, जब उनकी ज़िन्दगी कविता से बेमेल हो जाती है। वे जो नहीं रहे, उसी का स्वाँग भरने की कोशिश करते रहते हैं।

मगर तब वे जो लिखते हैं, वह सिर्फ़ उन्हीं के लिए कविता रह जाती है...

"कविता छली नहीं जा सकती।
और कविता उनका परित्याग कर देती है।"

कविता उस औरत की तरह है जो दग़ाबाजी को क्षमा नहीं कर सकती।

न वह सचाई के अलावा और किसी भी चीज़ को सह पाती है। कुछ लोग अपने पर घमंड करते हैं कि उन्होंने कभी झूठ नहीं बोला। मगर कहिए उनसे कि वे अपने से पूछें कि कितनी बार वे सच बोलने से रह गये। और उन्होंने एक सुविधाजनक मौन को बेहतर समझा...

साइबेरिया में बाइकल झील के पास जीमा नाम का एक छोटा-सा रेलवे जंक्शन है। मैं वहीं 18 जुलाई, 1933 को पैदा हुआ। बहुत दिनों पहले, लगभग पिछली शताब्दी के अन्तिम दिनों में मेरे परदादा जिरोमिर प्रान्त से साइबेरिया निर्वासित कर दिये गये थे। वह किसान थे। उनका कसूर यह था कि उन्होंने जमींदार के घर 'लाल मुर्गा' छोड़ दिया था। इसका मतलब आप नहीं समझे होंगे।

'उसने उसके घर में आग लगा दी'—यह बात कहने का यह रूसी किसानों का अपना ढंग है। शायद यही वजह है कि आज भी कहीं भी किसी में भी जमींदार का-सा रुख देखता हूँ तो तुरन्त उसके घर में मुर्गा छोड़ने को बेताब हो उठता हूँ।

हमारे खानदान में कोई भी क्रान्ति शब्द को भाषण देने के ढंग से नहीं बोलता था। यह शब्द धीमे से, सौम्य से, बड़ी पवित्रता से बोला जाता था। क्रान्ति हमारे खानदान का धर्म था!

मेरे बाबा यूराल और पूर्वी साइबेरिया में किसान आन्दोलन के संगठनकर्ता थे। बाद में वह लाल सेना के बिग्रेड कमांडर हुए। क्रान्ति उनका धर्म रहा।

बाबा से अपनी आखिरी मुलाकात मुझे अब भी बहुत अच्छी तरह याद है। सन् 1938 में, जब मैं पाँच वर्ष का था—एक रात जब मैं बिस्तर में लेट चुका था, बाबा अपने हाथ में चाकलेट का एक डिब्बा ले कर आये और मेरी चारपाई की पाटी पर बैठ गये। उनकी बूढ़ी आँखें, जो हमेशा बच्चों की तरह शरारती मुस्कान से मुसकाया करती थीं, उस दिन कुछ थकी हुई और उदास-उदास थीं। उन्होंने मुझे चाकलेट दी और स्वयं अपनी पतलून की जेब से वोदका की बोतल निकाल कर बोले—आओ हम क्रान्ति की शुभकामना में पीयें—तुम चाकलेट खाओ, मैं वोद्का पीऊँगा। मैंने अपनी चाकलेट उनके गिलास से टकरायी! पी चुके तो बोले—अच्छा, अब सो जाओ। उन्होंने बत्ती बुझा दी, मगर वह मेरी चारपाई की पाटी पर बैठे रहे। अँधेरा था, मगर मैं महसूस कर रहा था कि वह उन्हीं उदास आँखों से मुझे चुपचाप देख रहे हैं।

वह धीमे-धीमे गुनगुनाने लगे। अपने कैशोर्य के गीत, जारशाही के विद्रोही गुलाम मजदूरों के गीत, हड़तालों के और जुलूसों के गीत, गृहयुद्ध और क्रान्ति के गीत!

और मैं धीरे-धीरे सो गया।...

मैंने फिर उन्हें कभी नहीं देखा। माँ ने बताया कि वह बहुत दूर चले गये हैं। उस समय मुझे क्या मालूम था कि जब मैं रजाई में दुबका सो रहा था, वह राजद्रोह के अपराध में स्तालिन द्वारा गिरफ़्तार कर लिए गये थे। मुझे यह भी नहीं मालूम था कि मरीन साइलेंस स्ट्रीट पर—इस खूबसूरत नाम वाली सड़क पर—हज़ारों औरतें, जिनमें मेरी माँ भी होती थी, रात भर खड़ी रहती थीं—गुज़रते हुए कैदियों को देखने के लिए, कि काश, उन्हें अपने पिता, पति, भाई, पुत्र, किसी की झलक मिल जाये।

मुझे यह भी उस वक्त नहीं मालूम था कि मेरे दूसरे बाबा रुडोल्फ गैंगनस भी, जो पुराने गणितज्ञ थे, जासूसी के आरोप में गिरफ़्तार कर लिये गये थे। मुझे यह सब उस समय कुछ नहीं मालूम था।

छुट्टियों के दिन विशाल परेड होती थी। मैं माँ या पिता के साथ जाता था। पिता से कहता कि मुझे जरा और ऊँचा उठायें।

मैं स्तालिन को देखना चाहता था।

और जब मैं पिता की बाँहों पर उचकता हुआ अपना छोटा लाल झंडा हिलाता हुआ उधर देखता था तो मुझे लगता था कि स्तालिन ने भी मुझे जरूर देखा होगा।

अजीब दिन थे, वे पुराने क्रान्तिकारी जेल में पड़े हुए भी यकीन नहीं कर पाते थे कि उनकी गिरफ़्तारी का हुक्म स्तालिन ने दिया होगा। कुछ ऐसे भी थे जो मर्मान्तक यन्त्रणा सहने के बाद भी काल-कोठरी की दीवारों पर अपने खून से लिखते थे—स्तालिन जिन्दाबाद!

क्या लोग सचमुच समझ रहे थे कि क्या घटित हो रहा है?

मेरे खयाल में नहीं! रूसी जनता सोचना और विश्लेषण करना बन्द कर श्रम में जुटी हुई थी। अद्‌भुत दृढ़ता के साथ कारखाने के बाद कारखाने, बिजलीघर के बाद बिजलीघर बनाती जा रही थी। साइबेरिया के कँटीले तारों वाले बन्दी-शिविरों से आने वाली कराहें ट्रैक्टरों और मशीनों की गर्जना में खो गयी थीं।

ताहम न सोचना भी असम्भव था। हम एक ऐसे खतरे की छाया में रह रहे थे जो किसी भी जनता के इतिहास का सबसे भयानक खतरा होता है, यानी उसके बाह्य जीवन का उसके आन्तरिक जीवन से फट जाना। हम बच्चे भी इसे कभी-कभी महसूस करते थे। लेकिन कितना?...

मैं अपने पिता का हमेशा कृतज्ञ रहूँगा कि बहुत बचपन में ही उन्होंने मुझे किताबों को प्यार करना सिखा दिया था। वह बहुत पढ़े-लिखे व्यक्ति थे। उन्हें इतिहास का बहुत गहरा ज्ञान था। तब मैं नन्हा-सा बच्चा ही था, पूरी तरह समझ भी नहीं पाता था, लेकिन मुझे याद है, वह बड़े प्यार से मुझे घंटों इतिहास की कहानियाँ सुनाया करते थे। गज़ब की याददाश्त थी उनकी। कितनी ही कविताएँ वह जुबानी सुना दिया करते थे। लैरमोंतोव, गोयथे, पो और किपलिंग उनके विशेष प्रिय कवि थे। किपलिंग की 'शायद' तो उन्होंने इतने मगन होकर सुनायी थी मानो खुद ही लिखी हो। वैसे वह कभी-कभी लिखते भी थे। इसमें शक नहीं कि वह बहुत प्रतिभावान थे।

यह पिताजी की ही मेहरबानी थी कि मैं छह बरस की ही उम्र में खूब लिख-पढ़ लेता था। आठ बरस का होते-होते तो मैं ड्यूमा, फ़्लॉबेयर, शिलर, बाल्ज़ाक, दाँते, मोपासां, ताल्सतॉय, बोकैशियो, शेक्सपियर, जैक लंडन और वेल्स को खूब पढ़ने लगा था। इन सबसे मिली अपनी एक निराली ही खयाली दुनिया में रहने लगा था। मेरे चारों ओर क्या घटित हो रहा है, इसकी मुझे जैसे परवाह

ही नहीं थी। यहाँ तक कि तब मैं यह तक महसूस नहीं कर सका था कि मेरे माता-पिता एक-दूसरे से बिल्कुल कट चुके हैं और फकत मेरे कारण एक-दूसरे के साथ रह रहे हैं।

मेरी माँ पढ़ी-लिखी तो थीं, लेकिन पिताजी की तरह ज्ञानी नहीं थीं। यों गाँव-जवार का ज्ञान उन्हें खूब था। शारीरिक श्रम में उनकी बड़ी लगन थी। शायद यही कारण है कि मैं भीतर से कहीं आधा-आधा बुद्धिजीवी हूँ और आधा-आधा जट्ट किसान। चलिए, यह अच्छा भी है, मेरे भीतर का किसान मुझे साहित्यकारों के साहित्यिक दम्भ से मुक्त रखेगा।...

मेरे बालक मन को युद्ध बड़ा खूबसूरत लगता था। रात को मॉस्को के आकाश पर नाचती सर्चलाइटें मुझे बहुत लुभावनी लगतीं। हवाई हमले होने पर जो सायरन बजते, उन्हें सुनकर मुझे बड़ा मजा आता। पास-पड़ोस के जवानों को जब सरकार की तरफ़ से फौज़ी टोप और बन्दूकें दी गयीं तो मेरे मन में ललक उठी, हाय, मैं क्यों न बड़ा हुआ! मुझे भी ऐसी चीज़ें मिलतीं! फ्रंट नाम की जगह कैसी मजेदार होगी, जहाँ ये लोग बन्दूकें लेकर जाते हैं!

सन् 1941 में हमने तमाम और लोगों के साथ मॉस्को छोड़ दिया। हम साइबेरिया में भीतर की ओर चले गये। सोलह डिब्बों की गाड़ी औरतों और बच्चों से खचाखच भरी थी। अपने गाँव जीमा जंक्शन तक आते-आते हमें करीब महीना भर लग गया। सबकी आँखों में आँसू, माथे पर चिन्ता के गहरे साये!

हमारे सामने से कई बार गाड़ियाँ गुजरीं जिनमें बन्दूकें लिये, फौजी टोप पहने, सिपाही फ्रंट पर जाते दिखे। पर अब मेरा मन युद्ध के मर्म को पहचान चुका था। अब मुझे वे बन्दूकें, वे टोप आकर्षित नहीं करते थे।

और जीमा जंक्शन आकर तो जो मैंने देखा, वह मेरे जीवन का शायद सबसे खौफ़नाक और मार्मिक अनुभव है। मैंने देखीं 1941 की शादियाँ।

जीमा के किशोर लड़कों को फौजी हुक्म मिल चुके थे। कागजात आ गये थे। तीन दिन का समय था। गुडेरियन की नजर मॉस्को पर थी। मॉस्को में उसके प्रवेश का रास्ता पाटने के लिए उन किशोरों के ये जो जिस्म भेजे जा रहे थे, वे भला लौटकर कहाँ आने वाले थे! उनमें से कितनों ही की सगाई हो चुकी थी। उनकी मंगेतरें जानती थीं कि एक-दो दिन बाद ही उन्हें विधवा हो जाना है, मगर जाने कौन-सा जिगरा ले कर वे ब्याह रचा रही थीं। बेहद खौफनाक अनुभव था उन शादियों को देखना! वे शादियाँ, जिनके बाद वैवाहिक जीवन की आखिरी रात मनायी जाने वाली थी!

मैं लोकनृत्य बहुत अच्छा किया करता था। एक टुकड़ा रोटी या एक आलू के बदले में मैं इन शादियों में नाचने के लिए ले जाया जाता था।

आज जब भी मैं युद्ध और युद्ध के मकसद के बारे में सोचता हूँ तो सबसे पहले मेरे जेहन में इन्हीं शादियों की तस्वीर घूम जाती है। बड़े-बड़े भाषण मेरे ऊपर वह असर नहीं डाल पाते जितना इन शादियों की याद!

जिन्होंने युद्ध को देखा और जाना है, वही शान्ति शब्द का मर्म समझ सकते हैं। युद्ध के प्रति कृतज्ञ होना यदि सम्भव हो तो मैं कृतज्ञ हूँ कि उसने मुझे शान्ति के मायने बता दिये। और शुक्रगुजार हूँ मैं युद्ध का जिसने मुझे 'मेरा देश', इन दो शब्दों के भी सही मायने बता दिये।...

जवान, बच्चे, बूढ़े, श्रमिक, किसान, बुद्धिजीवी सभी तरह के लोगों ने अपनी-अपनी तरह से युद्ध में योगदान दिया था। मैंने भी अपनी तरह से कुछ-न-कुछ किया। मैंने खेती के काम में मदद की, मैंने आरा मशीन पर काम किया, घायलों के लिए जड़ी-बूटियाँ इकट्ठी कीं।

और वही दिन थे जब मैंने लिखना शुरू किया था!

उन दिनों कागज बड़ी नायाब चीज़ थी। एक पतली-सी कॉपी दो पौंड मक्खन के बदले में मिल पाती थी। स्कूल की पढ़ाई भी हम अखबारों की कॉपियाँ बना कर करते थे। छपी लाइनों के बीच की जगह में लिख-लिख कर हम पढ़ते थे। इन्हीं दिनों मुझे एक उपन्यास लिखने की य़ोजना सूझी। मैंने अपनी दादी की मार्क्स और एंगेल्स की दो मोटी जिल्दें उड़ा लीं। और लाइनों के बीच की खाली जगह अपनी लिखावट से भर दी। शुक्र है, दादी ने माफ कर दिया। मेरा सिर प्यार से सहला कर बोली थीं—खैर कोई बात नहीं—चलो, इस बहाने तुम ज़रूर अच्छे मार्क्सवादी बन जाओगे।

मुझे नहीं लगता कि उन्होंने ग़लत बात कही थी!

मैंने तब तक कविता लिखनी शुरू नहीं की थी, लेकिन तमाम सुने हुए लोकगीत, लोककथाएँ और लोकोक्तियाँ मैंने खूब नोट की थीं। किसी खास मकसद से नहीं, महज़ यह सोचकर कि इन्सान की याददाश्त के साथ यह खजाना खत्म होता जा रहा है, इसे सहेज लेना चाहिए। यों यह सच है कि इन्हीं गीतों, इन्हीं कथाओं के जरिये मैंने रूसी भाषा का जादू पहचाना था। मैंने जो गीत इकट्ठे किये थे, उनमें अपने देश के खूबसूरत जंगल टैगा की खुशबू मुझे महकती महसूस होती थी।

अनजाने ही मैं भी लोकगीतों की तर्ज पर गीत लिखने लगा था। मैं चाहता था, मेरे गीतों में भी टैगा का जंगल महक उठे।

मुझसे अक्सर लोगों ने पूछा है कि मेरा काव्यगुरु कौन है, मैंने हमेशा जवाब दिया है, मेरा प्रथम गुरु है टैगा! टैगा के जंगल की एक टहनी भी, एक पत्ती भी, फ़िज़ूल में तोड़ना मुझे अच्छा नहीं लगता था। टैगा में रहने वाले जंगली

जानवरों का शिकार तो मुझे बहुत ही बुरा लगता था।

एक बार मेरे चाचा लोग टैगा से घूमकर लौटे थे। खूब शराब पीकर शोर-शराबा करते रहे और सो गये। रात में जब मैं पानी पीने के लिए उठा तो अँधेरे में किसी चीज़ से टकरा गया। माचिस जला कर उसकी धीमी रोशनी में मैंने देखा कि अरे, यह तो कई हिरन एक-दूसरे पर लदे पड़े हैं! और इस शिद्दत की सर्दी में कैसे जकड़ गये हैं बेचारे! उनके पाँव छत की ओर तने खड़े हैं। उनकी बड़ी-बड़ी आँखें मेरी ओर ताक रही थीं। ओह! कितने करुण प्रश्न भरे थे उन निगाहों में! मैं तो जैसे किसी वशीकरण में बँध गया। घुटनों के बल बैठकर मैंने एक हिरन के बर्फ हुए शरीर को अंक में भर लिया। इधर-उधर हिलाया-डुलाया, उसे साँस दिलाने की कोशिश की। मेरा खयाल था कि शायद वह मारे सर्दी के जकड़ गया है। मगर जो मैंने देखा कि बच्चों जैसे कोमल नर्म उसके माथे पर खून का दाग है तो उसे कलेजे से लगाकर मैं फूट-फूट कर रोने लगा।

रोने की आवाज सुनकर मेरे चाचा उठ आये और बाद तमाम मुश्किल उन्होंने उसे मेरी बाँहों में से छुड़ाया। उनके हज़ार समझाने के बावजूद मैं घंटों सिसकियाँ भर-भर कर रोता रहा था।

यों यह कुछ विचित्र भी था कि एक ओर जहाँ युद्ध में अनगिनत मनुष्यों का रक्त बह रहा हो, वहाँ एक लड़का अदने-से हिरन के खून पर रोये।

मैं खुद जब रेडियो पर सुनता कि इतने जर्मन युद्ध में मारे गये तो खुशी मनाता और हिरन के मरने पर रो रहा था।

कारण-जर्मन मेरी निगाह में इन्सान नहीं थे, दुश्मन थे।...

थोड़े दिन बाद माँ मुझे मॉस्को वापस ले गयी थीं। वहाँ मैंने पहली बार दुश्मनों को रू-ब-रू देखा था। क़रीब बीस हज़ार जर्मन युद्धबन्दियों को मॉस्को की गलियों में कतार बाँधकर मार्च कराया जा रहा था।

ठठ-के-ठठ लोग उन्हें देखने को उमड़े पड़ रहे थे। भीड़ में ज्यादातर औरतें थीं—वे रूसी औरतें जिनके हाथ कड़ी मेहनत से खुरदुरे हो गये थे, जिनके ओठ लिपस्टिक की पहचान भूल गये थे और जिनके कन्धे युद्ध के भार से झुक-से गये थे। उनमें से प्रत्येक का पिता, पति, भाई, बेटा, या कोई-न-कोई नाते-रिश्तेदार ज़रूर इन जर्मनों के हाथ मारा गया होगा।

परेड में आगे-आगे जर्मन जनरलों की कतार थी। सख्ती से ओठ भींचे, सिर ऊँचा उठाये वे चल रहे थे, गोया अपने विजेताओं को दिखा रहे हों कि कुछ भी हो, हम तुमसे कम नहीं हैं!

भीड़ में सभी असीम घृणा और क्रोध से उन्हें घूर रहे थे। भीड़ में से कोई चिल्लाया—इन कमीने दोगलों में से यू डी कोलोन महक रहा है—ओहो! तमाम

औरतें दाँत किटकिटा कर उनकी ओर घूँसे तान रही थीं। उत्तेजित भीड़ को पुलिस बमुश्किल काबू में किये थी।

कि एकाएक कुछ घटित हुआ।

सामने से जा रही थी जर्मन मामूली सैनिकों की कतार। दुबले-पतले, बिना हजामत बने चेहरे, खून के धब्बों से सनी गन्दी पट्टियाँ बाँधे लँगड़ा-लँगड़ा कर एक-दूसरे के कन्धों का सहारा लेकर खिचड़ते चल रहे थे। उनकी आँखें नीची थीं, सिर झुके हुए। गली का शोर एकदम बन्द हो गया। फौज़ी जूतों के घिसटने की आवाज भर आ रही थी।

इतने में मैंने देखा, फटे-पुराने जूते पहने एक बूढ़ी औरत भीड़ में से रास्ता बनाती हुई आगे आयी और एक पुलिसमैन से बोली—जरा मुझे वहाँ तक जाने दो। और देखते-देखते एक बेहद कमज़ोर और काँपते पाँवों से घिसटते हुए, मार्च करते सैनिक की जेब में उसने डबलरोटी का एक टुकड़ा डाल दिया। कि लो, तमाम औरतें उन गरीब, हारे सैनिकों के पास जा-जा कर सिगरेट, डबलरोटी, सिक्के, जिसके पास जो था, देने लगीं।

कारण—वे सैनिक अब दुश्मन नहीं रह गये थे, महज़ इन्सान थे!

मेरे माता-पिता का तलाक हो चुका था। पिता अपनी नयी पत्नी के साथ कजाकिस्तान में थे और माँ चली गयी थीं सेनाओं के मनोरंजन के लिए संगीत देने। मेरी शिक्षा का मुकाम बन गये थे गली-कूचे! गलियों ने मुझे सिगरेट पीना सिखाया, गाली बकना, दाँतों के बीच से फिच्च से थूकना और हर समय मुक्का ताने तैयार रहना सिखाया। मेरा मुक्का तो आज भी तन जाता है।

एक दूसरी आदत भी मेरी बरकरार है कि गली में सिखाया था—कभी किसी बात या व्यक्ति से डरना नहीं चाहिए। मैंने जान लिया था कि ज़िन्दगी जीने के लिए ज़रूरी है कि जो ज्यादा ताकतवर हैं, उनसे डर की भावना पर विजय पा ली जाये।

चार मैशंसकाया नाम की हमारी गली का नवाबे-बेमुल्क था एक सोलह-वर्षीय छोकरा—रैड! अपनी उम्र से वह बड़ा दिखता था। उसके कन्धे खासे चौड़े थे।

रैड गली में सीना ताने निर्द्वन्द्व घूमता था। दाग़, धब्बों, मुहासों से भरे उसके गोल चेहरे में बिल्ली जैसी हरी-हरी आँखें चमकती रहती थीं। उसके इर्द-गिर्द हमेशा तीन-चार चमचे भी रहते थे, जो उसके इशारों पर चलते रहते थे।

किसी भी राह चलते को रोक कर रैड को सिर्फ़ दबंग आवाज में कहना पड़ता था—पैसा! और उसके चमचे उस व्यक्ति की जेबें टटोलने लगते थे। आनाकानी पर जबरदस्त मार लगायी जाती।

सभी रैड से डरते थे। मैं भी! मुझे पता था, वह अपनी जेब में फौलादी दस्ताना रखता है।

मैंने सोचा कि रैड से डरने की अपनी भावना पर मुझे विजय प्राप्त करनी चाहिए। और यह सोचकर मैंने उसके ऊपर एक कविता लिखी। यह मेरी पहली कविता थी!

सारी गली के लड़कों ने उसे रैड के प्रति घृणा-भाव से याद कर लिया। सभी उसे बोल-बोल कर खुश होते थे।

...कि एक दिन सुबह-सुबह स्कूल के रास्ते में मेरे सामने रैड और उसके गुरगे पड़े—रैड ने चुभती निगाह से मेरी ओर देखा और व्यंग्य से बोला—ओह, कविजी महाराज! और मेरे पास आते हुए बोला—तो आप कविता लिखते हैं! गेय भी होती है वह! मैंने देखा, उसका हाथ अपनी जेब में गया और फौलादी दस्ताने से लैस होकर बाहर निकला। और बिजली जैसे चमके, उस तेजी से मेरे सिर पर उसका हाथ पड़ा। खून से लथपथ मैं गिरकर बेहोश हो गया।

मेरे कवि को यह पहला पारिश्रमिक मिला था! कई दिन मेरे बिस्तर में कराहते हुए गुज़रे। कई दिन बाद सिर पर पट्टी बाँधे मैं घर से निकला तो फिर रैड से सामना हुआ। मैंने अपने डर पर बहुत काबू पाना चाहा लेकिन व्यर्थ गया और मैं उल्टे पाँव जान छोड़कर भागा। घर जाकर मैं तकिये में मुँह छिपाकर औंधा पड़ गया। मारे शर्म और खीज के तकिये को दाँतों से काटने लगा।

और मैंने निश्चय किया, जैसे भी हो, मुझे अपने डर पर काबू पाना है। मैंने कसरत शुरू कर दी। मुझे अपने पुट्ठों में ताकत तो महसूस होने लगी, लेकिन प्रगति बहुत ही धीमी थी। तभी मुझे याद आया, मैंने कहीं पढ़ा था कि एक जापानी कुश्ती होती है जिसे सीखकर कमज़ोर-से-कमज़ोर आदमी भी बलवान पर विजय पा सकता है। और मैंने एक हफ्ते के राशन के बदले में जापानी जू जुजुत्सु पर एक किताब खरीद ली।

तीन हफ्ते तक मैं चौबीसों घंटे उस किताब को पढ़-पढ़कर अपने दो दोस्तों के साथ प्रैक्टिस करता रहा। और तब मैं घर से बाहर निकला।

रैड अपने दोस्तों के साथ बैठा पत्ते खेल रहा था।

भीतर समाया डर अभी मुझसे कह रहा था कि वापस भाग जाओ! लेकिन मैं सीधा उनके बीच में गया और ठोकर मारकर उनके पते उड़ा दिये।

रैड ने अचरज से मेरी और देखा और बोला—तुम! अच्छा अभी कसर बाकी है!

और पहले ही की तरह उसका हाथ जेब में गया। लेकिन मैंने फुर्ती से घूमकर जो उसे धक्का मारा कि वह दर्द से कराहकर जमीन पर लोट गया। पर

तुरन्त उठकर पगलाये साँड़ की तरह अपना सिर दायें-बायें झटकारता हुआ वह मेरी तरफ बढ़ा।

मैंने पढ़े मुताबिक उसकी कलाई झपटकर पकड़ ली और उसे खास तरह से मोड़ता गया, तब तक मोड़ता गया जब तक उसका फ़ौलादी दस्ताना उसके हाथ से छूटकर गिर नहीं गया। अपना हाथ सहलाते हुए रैड फिर गिर पड़ा। और उसके दगीले चेहरे पर आँसू बहने लगे।

उस दिन के बाद से श्रीमान रैड हमारी गली के शहंशाह नहीं रहे।

और उसी दिन से मैंने गाँठ बाँध ली कि किसी को भी अपने से मज़बूत व्यक्ति से डरने की ज़रूरत नहीं है। ज़रूरत है इस बात की कि उसे मारने का सही तरीका आना चाहिए। क्योंकि हर तगड़े व्यक्ति के लिए कोई-न-कोई जू जुजुत्सु होता ही है!

और इस वाकये से मैंने एक बात और सीखी थी कि कवि होने के लिए केवल कविता लिखना ही जरूरी नहीं है। ज़रूरी है यह जानना कि अपनी कविता के प्रति प्रतिश्रुत कैसे हुआ जाता है।

मेरी माँ मुझसे बेज़ार थीं।

ज़िन्दगी के प्रति अनन्त जिज्ञासाएँ मेरे मन में उमड़ती-घुमड़ती रहती थीं और ख़ुद को मैं अजीब-अजीब स्थितियों में उलझा लेता था।

एक बार तो मैं वाकई पेशेवर डाकुओं के बीच फँस गया था, दूसरी बार ब्लैक मार्केटिंग करने वालों के बीच जा फँसा था। हमेशा मेरी माँ मेरी रक्षा करती थीं।

माँ, लेनिन की तरह मुझे हमेशा काम, काम और काम—और काम करने की शिक्षा देती रहती थीं! और होता क्या था? मेरा स्कूल का काम बुरी तरह खराब होता जाता था!

मसलन भौतिक विज्ञान जैसे विषय से मैं हमेशा चिढ़ा रहता था—अब तक मैं समझ नहीं सका हूँ कि बिजली क्या है और कहाँ से आती है! वैसे मुझे भाषा के व्याकरण में भी बड़े रद्दी नम्बर मिलते थे। मैं बिना त्रुटियों के सही-सही भाषा लिख सकता हूँ, तो मुझे कतई समझ में नहीं आता कि भाषा के व्याकरण के नियम कंठस्थ करने की क्या आवश्यकता है!

शाम को घर पर अपने पढ़ने वाले डेस्क पर तमाम किताबों-कॉपियों का ढेर खोलकर अच्छे बच्चों की तरह मैं बैठ जाता। जब मेरी माँ मुझे पढ़ते देखकर सन्तुष्ट होकर कहीं चली जातीं तो मैं अपने कल्पना लोक में विचरण करता और कविताएँ लिखा करता। जब तक लिखते-लिखते मेरे हाथ सुन्न नहीं पड़ जाते थे, मैं लिखता ही जाता था। कभी-कभी तो दस-बारह कविताएँ एक साथ लिख

डालता था। तमाम पत्रिकाओं के सम्पादकों के पास मैं धुआँधार कविताएँ भेजता, जो अस्वीकृत हो मुझ तक फिर वापस लौट आतीं।

तंग आकर एक दिन मैंने अपनी सारी-की-सारी कविताएँ एक मोटी कॉपी में उतारकर 'यंग गार्ड' नामक पत्रिका के सम्पादक के पास भेज दीं। जीवन में पहली बार मेरे नाम वहाँ से बुलावा आया। नीचे कवि आंद्रे दोस्ताल के हस्ताक्षर थे।

वहाँ जाने पर वह बोले—हेलो बच्चे! कहो किससे मिलना है?

मैंने उसका पत्र दिखाया।

बोले—क्यों, पिताजी की तबियत ठीक नहीं है क्या, जो तुम्हें आना पड़ा!

—मेरे पिता ने नहीं, कविताएँ मैंने लिखी हैं, मैंने अपना स्कूल का बस्ता हाथ में कसकर पकड़ते हुए तमतमाकर जवाब दिया।

उन्होंने हैरत से मेरी ओर देखा और जोर से हँस पड़े। बोले—ओहो, युद्ध, घनघोर उदासी, प्रेम की निराशाएँ, पीड़ाएँ, देखो तो इन कविताओं में क्या-क्या है!...फिर तो वह मेरे दोस्त बन गये। जाहिर है, कविताएँ तो वे भी अस्वीकृत हुईं, लेकिन मित्रता ज़रूर मुझे मिल गयी। महान लोगों की बजाय ऐसी छोटी-छोटी प्रतिभाएँ नये अंकुरों को हमेशा बहुत सहायता देती हैं।

बाहरी प्रेरणाएँ तो मिलीं मगर मेरी माँ कभी नहीं चाहती थीं कि मैं कवि बनूँ। इसलिए नहीं कि उन्हें कविता की समझ नहीं थी, बल्कि इसलिए कि उनका यह दृढ़ विश्वास था कि कवि के भाग्य में केवल यन्त्रणा, अशान्ति, असुरक्षा और पीड़ा लिखी होती है। यों प्रायः प्रत्येक रूसी कवि का हश्र भी ऐसा ही हुआ है। पुश्किन और लैरमोंतोव की मृत्यु द्वन्द्व युद्ध में हुई, ब्लाक स्वयं जल मरे थे येसेनिन ने गले में फन्दा लगा लिया था, मायकोवस्की ने अपने को गोली मार ली थी। माँ ने मुझसे कभी कहा नहीं था, लेकिन वह जानती ज़रूर होंगी कि स्तालिन के यन्त्रणा-केन्द्रों में कितने कवियों का क्या हश्र हुआ था। यही सब बातें उन्हें परेशान करती रहती थीं। और वह मेरी कविता की कॉपियाँ ढूँढ़-ढूँढ़कर फाड़ती रहती थीं और मुझसे कहती थीं, किसी गम्भीर काम में लगो!

पर मेरे लिए कविता से ज़्यादा 'गम्भीर' काम कुछ नहीं था और मैं पूरी दृढ़धर्मिता के साथ तरुणाई की झक लिये लिखता ही रहा।

यों यह कहना बेकार है कि मेरी कविताएँ कतई किन्हीं गहरे विचारों से सम्पन्न होती थीं। मगर हाँ, मैं अपनी निजी शैली की तलाश में ज़रूर था।

तमाम वर्षों तक मैं कविता में लय खोजता रहा। मुझे वे कविताएँ पसन्द नहीं जो गद्य और पद्य के बीच जैसी चीज़ होती हैं। ऐसी कविताओं में से कविता की जान खो जाती है—कविता का संगीत!

कई बरस तक मैं रोज़ शाम को रूसी भाषा का कोश लेकर घंटों बैठ जाता

था और एक-एक शब्द करके मैं पढ़ा करता था और हर शब्द की वह लय, वह संगीत, जो अभी तक प्रयोग में न आया हो, खोज-खोजकर लिख लेता था। ऐसी हज़ारों तुकें मेरी कॉपी में इकट्ठी हो गयी थीं। दुर्भाग्य से वह कॉपी तो पता नहीं कहाँ गयीं, मगर यह काम करते-करते ही मैंने जो राह पा ली थी, उसी पर आगे चलकर एक शैली विशेष को लोग 'येंव्तुशेंकियन शैली' पुकाराने लगे।

मैं अच्छा, और अच्छा लिखने की कोशिश में लगा रहा था। और मेरा स्कूल का काम बुरा, और बुरा होता जाता था।

मेरी कविता की कॉपियों की चिन्दियाँ उड़ाते हुए माँ कहती थीं—इस सबसे तुम्हें कुछ नहीं मिलने वाला। न शान्ति, न धन!

लेकिन मुझे शान्तिपूर्ण जीवन के विचार मात्र से चिढ़ होती थी।

और धन को मैं बहुत तुच्छ चीज़ समझता था।

मैं असीम आश्चर्य से देखता था उन लोगों की ओर जिनकी जेब में पार्टी-कार्ड होता था और दिल में धन की प्यास!

स्कूल में चुगलखोरों, खुशामदी टट्टुओं और अध्यापकों के पिट्ठुओं से लड़ते-झगड़ते रहने के कारण मैं खासा आवारा मशहूर हो गया था। आखिरकार सातवाँ दर्जा पास करते-करते मुझे एक ऐसे स्कूल में पटक दिया गया, जहाँ मॉस्को के हर स्कूल से शातिर छोकरों को चुन-चुनकर धकेल दिया जाता था।

वहाँ एक दिन किसी लड़के ने हेडमास्टर की अलमारी तोड़कर क्लास की परीक्षा-पुस्तिकाएँ निकाल लीं। मुझ पर झूठा इल्ज़ाम लगा और मैं स्कूल से निकाल दिया गया।

निकाले जाने की बात मैंने माँ से छुपा ली। लेकिन आखिर उन्हें पता लग ही गया। जैसा कि मुझे अन्देशा था, वह खूब रोयीं, चीखीं, चिल्लायीं, और मुझसे कहने लगीं—हेडमास्टर से जाकर माफी माँग लो। वह स्वयं किसी की सिफारिश लेकर हेडमास्टर के पास जाना चाहती थीं।

मुझे यह सब बहुत नागवार गुजरा और मैं उनसे लड़-झगड़कर भाग आया। रेल की छत पर बेटिकट यात्रा करके मैं कज़ाकिस्तान में अपने पिता के पास के लिए चल दिया।

पन्द्रह वर्ष का था तब मैं। अब पूरा मर्द बन जाना चाहता था। अपने पैरों पर खुद खड़ा होना चाहता था।

उस समय मेरे पिता एक भूवैज्ञानिक खोज के अभियान के निदेशक थे। मैं बहुत दुबला था तब। फटे चीथड़ों में जब पिताजी के पास पहुँचा तो वह बोले—तो तुम सचमुच मर्द बनना चाहते हो तो फिर यह ज़रूरी होगा कि यहाँ कोई यह न जानने पाये कि तुम मेरे बेटे हो।

और बहैसियत एक सामान्य मजदूर के मैंने नौकरी ले ली।

मैंने जमीन खोदना सीखा, चट्टानों में से हथौड़े मार-मार कर हथेली बराबर नमूने निकालना सीखा, बरसात में आग सुलगाना सीखा। और भी बहुत कुछ सीखा। बड़े पापड़ बेले मैंने उस दौरान।

एक बार बड़ी विचित्र बात हुई। मैं एक भूगर्भ-शास्त्री के साथ एक सँकरे पहाड़ी रास्ते से जा रहा था। नीचे हरहराता दरिया बह रहा था। अचानक साथी का पाँव फिसला और वह लुढ़कता हुआ धार में जा गिरा। मैंने देखा, वह पानी में गोते खा रहा है। ऊपर निकलने की कोशिश करता है, लेकिन उसकी पीठ पर जो बोझा लदा है, उसके कारण फिर नीचे डूबने लगता है।

मैंने अपना बोझा कन्धे से उतारकर रखा और पेटी में से चाकू निकालकर एक छलाँग पानी में लगायी और उसका बोझ कन्धे से काट फेंका, फिर हम दोनों एक-दूसरे का सहारा लेकर किनारे पर निकल आये, और तब मुझे ख्याल आया कि अरे, मैं तो तैरना जानता ही नहीं था।

वहाँ हमारी पार्टी के साथ एक कज़ाक रसोइया भी था। वह एक मरियल घोड़ागाड़ी में बहुत बड़ा-सा लकड़ी का डोल लेकर रोज़ चार-पाँच महल दूर कहीं पर जाता था और पानी भरकर लाता था। इसी पानी से रसोई बनती थी और यही पानी पीने के काम आता था।

रोज सुबह-सुबह सूरज उगने से पहले ही हम लोग जंगलों में खनिज पदार्थों की खोज में निकल जाते थे और सूरज डूबने के बाद पीठ पर ढेरों बोझ लादे लौटते थे। मेरी पीठ शुरू-शुरू में तो पत्थरों के टुकड़ों की नोकों से घायल हो जाती थी, पर अब आदत पड़ गयी थी। पूरे बोरे भर-भरकर हम लौटा करते थे। एक दिन हम लोग बहुत थक गये थे और हमेशा से जल्दी ही लौट लिये थे। तपती दोपहरी में वापस आये तो रसोईघर खाली था। वहाँ एक बूँद पानी तक नहीं था। हमारा हलक सूख रहा था। हारकर पानी की खोज में वापस लौटे कि शायद रसोइया पानी लाता हुआ मिल जाये। आँखों में एक ही तस्वीर थी—लकड़ी के डोल की!

अचानक हमने गाने की आवाज सुनी। आवाज विचित्र तरह की आ रही थी और घुमावदार पहाड़ी के पीछे से आ रही थी। मोड़ पर जाकर देखा तो हमें अपना मरियल घोड़ा टुटरूँटूँ अपनी गाड़ी खींचता दिखा। गाड़ी पर पानी का डोल भी था। पर गाड़ी को हाँकने वाला कोई इंसान वहाँ नहीं दिखा। पर फिर गाने की आवाज?

अचानक हमने देखा, हमारे रसोइया महोदय की खोपड़ी डोल में से झाँक रही है। गरदन तक हुजूर ठंडे-ठंडे पानी में मजे में डूबे हुए थे। मारे गुस्से के

हमसे कुछ बोलते भी न बना। उसने भी जो हमें देखा कि डर के मारे आँखें मूँद लीं। हमने उसे खींचकर बाहर निकाला। हाल के जन्मे बच्चे-सा वह निर्वसन हमारे सामने था।

हमने उसे मारा नहीं। सिर्फ़ उसके कन्धे झकझोर कर पूछा—हरामजादे! तू हमेशा ऐसे ही करता है क्या?

भय से थर-थर काँपते हुए वह दुहाई देता हुआ रो-रोकर बोला, वह पहली बार था, पहली ही बार।

हमने उसे वहाँ से भगा दिया। हमारी आँखों के सामने पानी था। प्यास और घृणा के बीच हम पिस रहे थे। नदी बहुत दूर थी—वहाँ तक की यात्रा की शक्ति हमारे अन्दर बची ही नहीं थी।

—अजब मनहूसियत है! हममें से एक बोला—आखिर यह पानी ही है! और उसने अपना मग डोल में से भर लिया। परम लालची की तरह उसने उसे ओठों से लगा दिया। वही मैंने भी किया।

ज़िन्दगी शहरी नजाकत और तुनकमिजाजी को मेरे अन्दर से तराश-तराश कर फेंक रही थी।

लेकिन साथ-ही-साथ यह कठिन, बीहड़ ज़िन्दगी में मनुष्य के प्रति गहरा विश्वास करना भी सिखा रही थी।

एक दिन मैंने देखा कि मेरे शरीर में जुएँ पड़ गयी हैं। सारे कपड़ों में भी जुएँ चिपटी थीं। देखकर मुझे बड़ी घृणा होने लगी।

दौड़ा-दौड़ा मैं घने जंगल में गया और वहाँ एक गड्ढे में उतर कर अपने सारे कपड़े उतार डाले और जुएँ चुन-चुन कर मारने लगा। मैं गड्ढे में था। ऊपर हरी घास में मरमर हो रही थी। चिड़िया चहक रही थीं। बादल मस्त डोल रहे थे और नीचे मेरे पाँवों में मेंढक टहोके मार रहे थे। खुद से घृणा करता हुआ मैं निर्वसन ठंड से काँप रहा था। दूसरे कपड़े मेरे पास थे नहीं, जो मैं बदलकर पहन लेता।

अचानक मैंने देखा, गड्ढे में अँधेरा-सा छा गया। ऊपर सिर उठाकर जो देखा तो...एक किसान औरत खड़ी थी वहाँ।

मैं गड्ढे में एक ओर चिमट गया। काश, धरती फट जाये और मैं उसमें समा जाऊँ! हताश हाथों में मुँह छिपाकर शर्म से मैं फफक-फफक कर रो पड़ा।

धब्ब से आवाज हुई—वह औरत भी उसी गड्ढ़े में कूद गयी। उसने मेरे मुँह पर से मेरे हाथ हटाये। लम्बी-लम्बी काली बरौनियों के बीच चमकती गहरी नीली आँखों ने एक बहुत आत्मीय करुणा से मेरी ओर देखा। उस दृष्टि में तरस नहीं था।

—रोता क्यों है! पगला कहीं का! वह बोली—चल मेरे साथ। हकबकाया मैं चुपचाप उसके पीछे-पीछे चला आया।

उसने अपने घर जाकर स्टोव जलाया। मेरे कपड़े उबालने के लिए रखे। बच्चों की तरह मुझे रगड़-रगड़कर नहलाया। और बिस्तर में सुला दिया।

थोड़ी देर बाद वह आयी। पाटी पर बैठ गयी। बोली—ठीक हो न? पागल कहीं के! ऐसी हालत कैसे कर ली!...तुम्हें लोगों से डरना नहीं चाहिए। इन्सान मुसीबत में होता है तो दूसरा इन्सान हमेशा मदद ही करता है बुद्धूराम।

उसने मेरे बाल उँगलियों से छितरा दिये।

मैं फिर से सिहर उठा और रोने लगा। मुझे अपने ऊपर, सबके ऊपर झुँझलाहट हो रही थी।

—क्या मुसीबत है...तुम्हारी खोपड़ी में यह घुस गया है कि तुम बहुत गन्दे हो, घृणित हो। बाबा, ऐसी कोई बात नहीं है।

और सद्य:स्नाता वह बिस्तरे में मेरी बगल में घुसकर लेट गयी। उसके कद्दावर शरीर की महक मुझसे लिपट गयी।

इस ज़िन्दगी में उसे कभी नहीं भूल सकूँगा।

तब से मैंने गाँठ बाँध ली है कि भले ही दुनिया के कोई भी मूल्य किसी स्तर पर झूठ लगने लगें, लेकिन सहज मानवीय करुणा कभी झुठलायी नहीं जा सकती।

यों ज़िन्दगी में तमाम तरह के लोगों से मेरा पाला पड़ा लेकिन यह मेरा भरोसा बढ़ता ही गया कि अच्छे और भले लोग दुनिया में अधिक होते हैं, बुरे कम। पेंच सिर्फ़ इतना है कि एक-दूसरे को घृणा करते हुए भी लुच्चों और लफंगों में एका बहुत होता है। यही एका उनकी ताकत होती है। जबकि भले और शरीफ लोग एक-दूसरे से छिटके-छिटके रहते हैं—यही उनकी कमज़ोरी बन जाती है।

मैं माँ के पास लौट आया।

माँ मुझे स्टेशन पर ही मिल गयी थी। घर आकर मैंने कमर से पट्टा खोला। उसमें मैंने अपने गाढ़े पसीने की कमाई बाँधकर रखी थी। रुपये मैंने मेज पर रख दिये।

—तुम इस धन से क्या करोगे? माँ ने पूछा।

पहले मैं अपने लिए एक टाइपराइटर लूँगा। फिर जो बचेगा वह तुम्हारे लिए है।

स्कूल वापस जाने का सवाल ही नहीं था। मैंने धुआँधार लिखना शुरू कर दिया। प्राय: हर पत्रिका को दनादन अपनी कविताएँ भेजीं। लेकिन टाइपराइटर से भी कुछ फायदा हाथ नहीं लगा।

एक शगल और बचा था मेरा—फुटबॉल।

गेंद की गद्द-गद्द आवाज मुझे एक नशा-सा देती थी। दिन भर फुटबॉल खेल-खेलकर फटी पतलून, मुँह खुले जूते और खून रिसते घुटने लिये, शाम हुए मैं घर लौटता था। जानकार लोगों ने भविष्यवाणी की थी, ज़रूर ही मैं एक दिन बहुत बड़ा खिलाड़ी बनूँगा।

मेरे बहुत से साथी पेशेवर खिलाड़ी बन भी गये हैं। आज भी जब हम एक-दूसरे से मिलते हैं तो मैं सहज ही महसूस कर लेता हूँ कि वे मुझसे रश्क करते हैं। जबकि मैं जानता हूँ, मैं दिल-ही-दिल में उनसे कितनी ईर्ष्या करता हूँ। कभी-कभी मुझे बड़ा अफ़सोस भी होता है कि क्यों नहीं मैं खिलाड़ी ही बन गया।

शायद बन भी जाता, अगर मैं एक दिन 'सोवियत स्पोर्ट' नाम की पत्रिका में अपनी एक कविता लेकर न जाता। उस पत्रिका के साहित्य सम्पादक थे निकोलाई ऐलैक्सेंड्रोविच तारसोव। उन्होंने मेरी कविता देखी और बोले—और भी हैं?

—माफ कीजिए, खेल-कूद पर तो और नहीं हैं।

—तब तो और भी बेहतर है, मुस्करा कर वह बोले और मेरी दूसरी कविताएँ हाथ हिला-हिलाकर ज़ोर-ज़ोर से पढ़ते रहे। बीच-बीच में दूसरों को भी बुला-बुलाकर सुनाते। धीरे-धीरे दफ़्तर के तमाम टाइपिस्ट, और छोटे बड़े बाबू, फोटोग्राफर संवाददाता, सब उनकी मेज़ के चारों ओर जुड़ आये।

—कहो भई, आप लोग बताओ, यह कवि बन सकेंगे?

—यह कवि हैं ही! कई आवाज़ें एक साथ आईं। पीछे से किसी ने मेरे एक धौल जमाया—वाकई तुम कवि हो।

आज भी मैं हैरान होकर सोचता हूँ कि उस दिन ही उन्होंने कैसे जान लिया था कि मुझमें सचमुच एक कवि बसा है। सोचता हूँ, लोग शायद इसलिए जान सके थे कि केवल साहित्य ही उनका दायरा नहीं था। उनका दिमाग़ बँधे-बँधाये साँचों में ढला हुआ नहीं था।

एक-एक करके वे लोग अपनी-अपनी मेजों पर वापस चले गये तो तारासोव ने मेरी कविताओं में से 'दो जात के खेल' नाम की कविता चुनी और बोले—तुम्हारी कविताओं में से यह सबसे नोविस है, लेकिन हमारे काम की यही है। और उस कविता पर उन्होंने मेरे चिर-प्रतीक्षित जादुई अक्षर लिखे—'प्रेस'।

—अच्छा, अब यह मत समझ बैठना कि तुम्हारी बाकी कविताएँ महान हैं। हाँ, इक्की-दुक्की लाइनें जरूर बहुत अच्छी हैं।

और उसके बाद हम घंटों-घंटों बात करते रहे।

—तुम्हें जल्दी तो नहीं है? उन्होंने पूछा। मेरे ना करने पर उन्होंने चपरासी

से अपने एक मित्र को बुलवाया। वह महोदय बगल में शतरंज दबाये चले आये।

तारसोव ने परिचय कराया—यह हैं मेरे मित्र वोल्ट्या बारलास। यह भौतिक विज्ञानी हैं। और यह हैं येव्तुशेंको। यह कवि हैं।

उस दिन पहली बार मेरा परिचय कवि कहकर दिया गया।

जून का महीना था। 1949 का वर्ष और हम तीनों दफ़्तर से उठकर गलियों में चले आये थे। चहलकदमी करते हुए बारलास बोले—कवि! तो दुनिया को क्या सन्देश देना चाहते हो?

मैं अचकचाया उनके सवाल पर, लेकिन मैं कुछ बोलूँ, इसके पहले ही जैसे मेरी रक्षा को आगे बढ़कर तारसोव बोले—उसे दुनिया को यही बताना है कि वह कवि है! शुरुआत के लिए यही काफी है।

चलते-चलते ही मैंने उन लोगों को अपनी तीन कविताएँ और सुनायीं। सुनकर बारलास बोले—बहुत अच्छे! तुम्हारे अन्दर प्रतिभा है। तुम्हारी पकड़ मजबूत है। तुम बहा ले जाते हो...लेकिन साथ ही मैं यह भी पाता हूँ कि तुम्हारे जेहन में कोई ठोस उद्देश्य नहीं है। लेकिन सोचो, अगर दुनिया सचमुच मान जाये कि तुम प्रतिभावान हो, तो दुनिया फिर तुमसे कुछ उम्मीद करने लगेगी। तुमसे कुछ नया और महत्त्वपूर्ण जानना चाहेगी, तब तुम्हारे पास क्या है, जो दोगे?

—ओहो बालास, वह अभी महज़ पन्द्रह बरस का है! तारसोव ने फिर मेरी तरफदारी की।

—यही उम्र तो है सोचने की। फिर तो बहुत देर हो जाएगी!

—उँह, वह चीज़ खुद ही आ जाएगी। अभी तो उसके लिए बस यही जरूरी है कि दुनिया-जहान् से अपना चित्त हटाकर सिर्फ़ लिखने में मन लगाये।

—नहीं, नहीं, नहीं, यों ही बिना सोचे-समझे अपने आप कुछ नहीं आ जाता। भावुकता बड़ी चीज़ है, लेकिन महज़ भावुकता ही निज में कुछ नहीं है। उसके साथ...

और ऐसी ही तमाम-तमाम बातें हम उस दिन करते रहे। बेहद-बेहद शुक्रगुजार हूँ मैं अपने भाग्य का कि उस दिन इन दोनों महानुभावों से भेंट हुई। दोनों ही कभी स्वयं लेखक बनना चाहते थे, पर न बन सके। और अब अपने सारे अधूरे सपने मेरे जैसे माध्यम से पूरे कर लेना चाहते थे।

सारी रात हमने बातें करते गुजार दी। एकाएक तारसोव ने घड़ी देखी और मेरे कन्धे थपथपा कर बोले—लो, बस एक घंटे बाद ही तुम्हारी कविता के साथ पेपर निकलने वाला है।

—याद रखो, अब तुम केवल अपने लिए नहीं रह गये हो, बारलास ने अपनी बात फिर से दोहराई।

अपने नये आदरणीय मित्रों से मैं जुदा हुआ तो गली में ऐसे घूम रहा था जैसे शराबखाने के बाहर पियक्कड़। धड़कते दिल से मैं अखबार वाले छोकरे का इन्तज़ार कर रहा था।

सुबह सात बजे एक अखबार वाले के हाथ में से मैंने 'सोवियत स्पोर्ट' झपट कर ले लिया। मैंने जल्दी-जल्दी अखबार खोला और अपनी कविता देखी। नीचे मेरा नाम छपा था।

छोकरे के पास पचास प्रतियाँ थीं, मैंने सभी खरीद लीं। और खूब ऊँचा हाथ उठाकर आसमान में लहराता-सा मैं अखबार को हिलाता अपनी गली में भागा चला गया। मेरे पाँव के नीचे धरती घूमर लेकर थिरक रही थी। मैं विशिष्ट प्रतिभासम्पन्न हूँ!

जिस किसी भी परिचित-अपरिचित को मैं अपनी ओर देखता हुआ पाता, उसी को एक प्रति थमा देता और कहता-इसे पढ़िए, बहुत रोचक है।

जब मैं घर पहुँचा तो माँ के सामने अखबार ऐसे फैला दिया, जैसे मैं विश्व-विजय करके लाया हूँ। पर माँ की प्रतिक्रिया बड़ी ठंडी थी। —तो अब तुमसे कोई उम्मीद नहीं, उन्होंने एक दबी कराह के साथ कहा।

उनकी तरफ से सोचने पर बात शायद ठीक ही थी।

उसी दिन शाम को ही तारसोव ने मुझे कविता के पारिश्रमिक स्वरूप तीन सौ पचास रूबल दिलवा दिये।

माँ मुझसे हमेशा कहा करती थीं और मैंने किताबों में भी पढ़ा था कि कवि लोग पियक्कड़ होते हैं। तो अब मैं भी तो कवि हो गया हूँ! कविता से कमाये रुपये को मैं भी पी डालूँगा—ऐसा निर्णय मैंने मन में लिया। लेकिन कैसे क्या करना होगा इसके लिए मैंने अपने एक चौदह वर्षीय दोस्त की सलाह ली। उसने बड़े आधिकारिक ढंग से मुझे सलाह दी कि हमें एक रेस्तराँ में जाना चाहिए। ज़ाहिर है साथ में लड़कियाँ होना भी जरूरी था।

उसकी सलाह के मुताबिक हमने सत्रह वर्ष की दो छोकरियों को निमन्त्रण दिया। उनमें से एक तो केशविन्यास की एक दुकान पर काम करती थी। दूसरी एक फैक्ट्री में थी। सबकी सलाह अरोरा रेस्तराँ जाने की हुई।

यह बेहूदी और हंगामे वाली जगह उस दिन मुझे बड़ी जादुई दुनिया-सी लगी थी।

मीनू कार्ड देखने पर मैंने देखा, एक शराब के आगे 'ड्राई' शब्द लिखा था। मैंने तुरन्त उसी का आर्डर दे दिया। जब बोतल आयी तो मुझे बड़ी कोफ़्त गुज़री। मैंने तो सोचा था कि वह शराब गोलियों की शक्ल में होगी—(ड्राई शब्द जो लिखा था)।

दूसरे दिन मुँह-अँधेरे भोर से पहले उन लड़कियों ने मुझे माँ के पास घर छोड़ा। जादुई दुनिया में अपने पहले-पहले प्रवेश के बाद मुझे लग रहा था कि मेरी अँतड़ियाँ भरभरा कर बाहर निकल पड़ेंगी।

माँ देखते ही रो पड़ी।

मेरे कवि के और मेरे व्यक्तित्व के निर्माण में तारासोव और बारलास का बहुत बड़ा हाथ रहा है। मेरे जैसे अनचित्ते अस्थिर दिलोदिमाग़ वाले के साथ उन्हें कितने धीरज और परिश्रम से काम लेना पड़ता होगा, आज भी सोचता हूँ तो हैरान हो जाता हूँ।

बारलास तो मेरे लिए जीवित विश्वकोश के समान थे। उन्होंने आधुनिक दर्शन के प्रति मेरा रुझान पैदा किया। उन्होंने मुझे हैमिंग्वे पढ़ाया। अब तो खैर रूस में हैमिंग्वे खूब पढ़ा जाता है, लेकिन उस समय हैमिंग्वे की किताब जिसके पास होती थी वह मानो किसी अमूल्य संग्रहालय की नियामत जैसी होती थी। इसके अलावा हैमसुन, जॉयस, फ्रायड, प्रूस्त, स्टीनबेक, फ़ॉकनर, रीमाक्यू, सेंट ऐक्सपेरी जैसे लेखकों की रचनाओं की जानकारी भी मुझे बारलास ने ही करायी। और भी तमाम-तमाम लेखकों की तमाम-तमाम किताबें बारलास से लेकर मैं पढ़ता था। उन्हीं किताबों में रोता था, हँसता था, दुखी होता था, परेशान होता था, आश्वस्त होता था—किताबें, किताबें, किताबें, यही मेरी ज़िन्दगी थी। नीत्शे, थामस मैन्स, वाल्ट व्हिटमैन, बॉद्लेयर, वरलेन, रिल्के, टी.एस. ईलियट, राबर्ट फ्रास्ट!

स्कूली दिनों में जो किताबें बेहद बुरे ढंग से पढ़ाये जाने के कारण बिल्कुल बोर लगती थीं, वही किताबें अब मेरे सूनेपन की साथी थीं—बहुत आत्मीय जीवित दोस्त सरीखी! कैसा प्यारा गद्य था रूसी गौरवग्रन्थों का! टॉलस्टाय के वाक्य ग्रेनाइट की चट्टानों जैसे ठोस...चेखव के शब्द शरदकालीन पत्तियों जेसे सुकोमल, दॉस्तोवस्की के कराहते-काँपते-लरजते शब्द—जैसे रात को कभी—टेलीग्राफ के तारों में स्पन्दन हो जाये! तब मैंने जानी थी भाषा की सुन्दरता और गहराई! और अर्थों की व्यापकता और सूक्ष्मता भी मैं खूब पढ़-पढ़कर ही समझ पाया था।

पुश्किन, लैरमॅतोव, येस्नीन, मायकोवस्की, सभी को मैंने खूब पढ़ा और समझा। हाँ, पास्तरनाक मुझे समझ में नहीं आते थे। उनके बिम्बों और प्रतिबिम्बों के जंजाल में फँसकर विचार का सूत्र मेरे हाथ से छिटक-छिटक जाता था। यद्यपि बड़े धीरज के साथ बारलास मुझे समझा-समझाकर उनकी कविताएँ बार-बार पढ़कर सुनाया करते थे। पर मेरा मन यह सोच-सोच कर और निराश होता था कि मेरे पल्ले कुछ नहीं पड़ता था। अक्सर लोग ऐसे में कवि की कविता को ही दोष देने लगते हैं, लेकिन मैंने ऐसा कभी नहीं किया। मैंने हमेशा यही माना है कि खुद चीज़ को पहले अच्छी तरह समझना चाहिए। यह जुदा बात है कि

समझने के बाद कोई चीज़ अच्छी लगे, कोई खराब। और इस समझने की चाह के कारण ही एक दिन मुझे पास्तरनाक की कविता समझ में आने लगी।

तो यह वह समय था जब मेरी साहित्य-शिक्षा शुरू हो चुकी थी। भाग्य से मुझे गुरु बहुत गजब का मिल गया था। यों मेरी शिक्षा का असर अभी मेरे लेखन पर नहीं आ पाया था। मेरा ज्ञानार्जन और लेखन दोनों साथ-साथ मगर जुदा स्तरों पर चल रहे थे। 'सोवियत स्पोर्ट' में प्रायः प्रतिदिन मेरी एक-न-एक कविता छपा करती थी। मैंने फुटबाल, वॉलीबॉल, बास्केटबाल, बॉक्सिंग, पर्वतारोहरण, नौका खेना, स्कैटिंग जैसे तमाम विषयों पर कविताएँ लिखीं। यही नहीं नववर्ष, मई दिवस, रेलवेदिन, टैंकदस्ता, दिवस, आदि खास अवसरों पर भी मैंने कविताएँ लिखी थीं।

लेकिन यह बचपना भरा खिलवाड़ इन्सान को भ्रष्टाचार भी सिखा देता है। मुझे याद है कि एक बार तारसोव ने अचानक मुझे तुरन्त अपने दफ़्तर बुला भेजा था। उस दिन सोवियत स्पोर्ट में मेरी मई दिवस से सम्बन्धित कविता निकलने वाली थी।

उन्होंने ससंकोच मुस्कराते हुए मुझसे कहा—जेन्या, थोड़ी-सी मुसीबत आ पड़ी थी। प्रधान सम्पादक भड़क उठे थे। उन्होंने देखा कि तुम्हारी कविता में स्तालिन का नाम ऊपर से नीचे तक एक बार भी नहीं था। और कविता छपनी शुरू हो गयी थी।

—अब क्या होगा? मैंने पूछा।

वह बोले—कोई बात नहीं! मैंने सोचा तुम्हें क्या तंग करूँ सो खुद ही मैंने तुम्हारी कविता में चार लाइनें जोड़ दीं।

—दुरुस्त! मुझे कोई आपत्ति नहीं है, मैंने चहकते हुए कहा।

फिर एक बार 'ट्रूड' नामका पत्र में मेरी कविता छपी तो मैंने पाया, उसमें कुछ लाइनें ऐसी भी थीं जो मैंने कभी लिखी भी नहीं थी। तुरन्त दफ़्तर में जा कर मैंने बावेला मचाया तो सम्पादक ने कहा—भाई, इसमें ऐसी क्या आफ़त आ गयी? हमने तो उलटे तुम्हारी कविता को प्रकाशन-योग्य बना दिया है!

ठीक भी है। क्या आफ़त आ गयी? आखिर जब मैं नादान बच्चा था, मैंने भी तो स्तालिन को प्यार किया था।

और धीरे-धीरे मुझे समझ में आ गया कि कविता छप सके, इसके लिए जरूरी है कि उसमें स्तालिन का थोड़ा बहुत गुणगान जरूर हो।

जल्दी ही मेरी जोरदार मगर अन्दर से खोखली कविताओं की दुन्दुभी मास्को के हर परचे में बजने लगी।

और तब एक दिन तारसोव बोले—जेन्या! अब तुम जान गये हो कि 'कैसे'

लिखना चाहिए। थोड़ा रुककर बोले—अब तुम्हें यह भी सोचना होगा कि **'क्या'** लिखना चाहिए।

बारलास ने भी सिर हिलाते हुए कहा—जेन्या, बुद्धू बनाना छोड़ो। मुझे लग रहा है कि इतनी-इतनी किताबें तुम्हें देना और पढ़ाना, सब क्या बेकार गया है!

तब उस समय के अपने प्रिय कवि वयोवृद्ध करसानोव के पास मैं गया कि वहीं से मुझे कुछ नैतिक बल मिले। उन्होंने उदास निगाहों से मुझे देखा और बोले—तुम समझते हो मुझे तुम्हारी कविताएँ इसलिए अच्छी लगेंगी कि वह मेरी तरह की हैं। लेकिन भइया, वही कारण है कि मुझे तुम्हारा लेखन पसन्द नहीं है। एक पुराने—शैलीवादी की हैसियत से मैं तुमसे कह सकता हूँ : तुम रूप और शैलीवादिता को भूल जाओ। एक कवि के लिए भले ही वह सहज हो, भले ही दुरूह हो, उसमें केवल एक गुण अनिवार्य है। वह यह कि पाठक उसकी कविता की ज़रूरत महसूस करे। कविता! यदि वह सचमुच में कविता है तो वह रेसिंग कार की तरह खिंची हुई लकीरों के घेरे में चक्कर नहीं काटेगी—वह तो एम्बुलेंस होगी जो ज़रूरतमन्द के पास दौड़ जाएगा!

करसानोव ने मुझे अन्दर से झकझोर दिया।...

बाद में 1952 में मेरी पहली किताब छपी। 'द प्रासपैक्टस ऑफ द फ्यूचर'—'भविष्य के पूर्वेक्षक'। संग्रह की पत्रों में खूब-खूब चर्चा हुई। लेकिन एक दिन जब मैं किताबों की एक दुकान पर गया तो देखा—मेरे 'पूर्वेक्षकों' की कतार की कतार अनछुई, कुँवारी जैसी जस-की-तस धरी थी!

दुकान में किताबें देखता-देखता एक नौजवान जब मेरी किताब वाली कतार पर आया तो मेरा खून जैसे जमने लगा—उसने मेरी किताब के पन्ने पलटे, एक ठंडी साँस छोड़ी और किताब वापस कतार में रख दी। देखकर दुकानदार से वह बोला—मेरी एक मित्र है। बेहद अच्छी है वह; लेकिन ज़िन्दगी से उसकी आस्था उठ गयी है। मैंने सोचा था शायद कविता उसे कुछ सुकून दे सकेगी। मगर यह सब तो कविता नहीं है—यह तो फिजूल की डुगडुगी बजाने जैसा है। इस सबसे किसी का ज़िन्दगी में विश्वास वापस नहीं लौट सकता।

वह युवक तो बाहर जाकर भीड़ में खो गया, लेकिन मैं तो जैसे जड़मूल से हिल गया!

घर जाकर मैंने अपनी किताब एक बार फिर से पढ़ी। मेरे सामने भी साफ़ जाहिर था कि सचमुच यह किसी के काम की नहीं।

मेरी खूबसूरत तुकें, मेरे असाधारण बिम्ब केवल शून्य के श्रृंगार थे। शैली की खोज में शब्द तो थे, अर्थ खो गये थे।

और सूनी बर्फलदी गलियों में मैं अकेला परेशान भटकता-घूमता रहा। समय

के तूफानी थपेड़ों ने मेरे मेहनती देशवासियों के मुँह पर अजब करुणा और गौरव मिश्रित थकान की छाप छोड़ दी थी। सचमुच इन दिमाग़ों को, इन प्यारे दिलों को अर्थहीन शब्दों की बाजीगरी से क्या मिलेगा?

मैं टहलते-टहलते मास्कवा नदी के पुल तक आ गया था। पुल पर खड़े-खड़े मैंने सिगरेट के लिए पतलून की जेब में हाथ डाला तो मेरी उँगलियों से वह मोटी नोटों की गड्डी छू गयी जो आज ही मेरी पुस्तक के पारिश्रमिक स्वरूप मुझे मिली थी।

नोट मैंने बाहर निकाल लिये और नीचे नदी में फेंक दिये। बेशक मेरी यह स्कूली छोकरों जैसी भावुक अदा थी। लेकिन मैं सचमुच असत्य के जरिये कमाये धन से अपना पीछा छुड़ाना चाहता था। और अब मेरी जेबें खाली थीं।

फिर लम्बे अरसे तक उन्हें खाली ही रहना पड़ा।

कुछ दिनों तक तो मैं कुछ भी नहीं लिख पाया। एक साहित्यिक प्रतिष्ठान में वजीफा लेकर मैं रहने लगा। वजीफ़ा भी मुझे मेरी पुस्तक के आधार पर ही मिला था! मैं लेखक संघ का सदस्य भी बन गया था। लेकिन अब मैं सचमुच कुछ हट कर लिखना चाहता था! मैंने खुद के प्रति अपने संशयों के बारे में लिखा, एक महान प्यार के प्रति अपनी अपेक्षाओं के बारे में लिखा, सत्य और झूठ के फ़र्क के बारे में लिखा और अपने चारों ओर जो संघर्ष और पीड़ा देखी-समझी, उसके बारे में लिखा।

और अब अपनी ये नयी कविताएँ लेकर मैं पत्र-पत्रिकाओं से सम्पादकों के पास गया तो उन्हें अपनी आँखों पर भरोसा नहीं हुआ। बोले—अरे, क्या माजरा है! तुम्हें क्या हो गया है? एक सम्पादक बोले—आह, यह कैसी विषण्ण उदासी है? तुम तो एकदम बूढ़ों की तरह बोलने लगे? अरे, हमें तो जोशीली, फड़कती हुई, दमदार कविताएँ चाहिए।

मगर उसने गलत समझा था। मैं निराशावादी नहीं हो गया था। हाँ, एक स्वच्छ, ईमानदार वैराग्यजनित उदासी जो सृजन क्षमता देती है, इन्सान को अन्दरूनी आध्यात्मिक प्रभा देती है, वह जरूर मैंने जान ली थी।

लेखक संघ में शरीक होने पर मैंने वहाँ के अन्दरूनी जगत् में जो झाँक कर देखा तो दंग रह गया कि किस प्रकार लोग पुरस्कार के लिए भाग-दौड़ करते हैं, टिप्पस भिड़ाते हैं! उन्हें यह कतई फिक्र नहीं रहती कि उनकी पुस्तक लोग पढ़ते हैं या नहीं। उन्हें सिर्फ़ फिक्र रहती थी 'स्तालिन पुरस्कार' प्राप्त करने की।

मुझे भरी सभा में बोलने का कोई अनुभव नहीं था। पहले-पहल बहुत घबरा भी गया था, पर भरसक मैं तमाम अवसरों पर बोलता था और लोगों के सामने अपना समझा सच बताना चाहा करता था। धीरे-धीरे पाठक मेरी रचनाएँ

भी पसन्द करने लगे थे, लेकिन बस पसन्द ही करते थे, इससे ज्यादा कुछ नहीं।...

आया 5 मार्च, 1953 का दिन! इस दिन ने पूरे रूस को हिला डाला— यह दिन था स्तालिन की मौत का दिन! स्तालिन का व्यक्तित्व रूसी जीवन का इतना अपरिहार्य अंग हो चुका था कि भरोसा ही नहीं हो रहा था कि स्तालिन की मृत्यु हो गयी है।

पूरे देश को ही जैसे लकवा मार गया था। लोगों को इस बात की शुरू से ही ट्रेनिंग दी गयी थी कि स्तालिन ही हर एक की सुरक्षा करते हैं, इसलिए स्तालिन के बिना सब अपने को अनाथ महसूस कर रहे थे। सारा रूस जार-जार रो रहा था। मैं भी रोया।

स्तालिन को श्रद्धांजलियों के रूप में तमाम कवियों ने काँपती-रोती आवाज में रचनाएँ पढ़ीं।

स्तालिन की शवयात्रा देखने जाने की घटना को मैं जीवन में कभी भी भूल नहीं पाऊँगा।

जूबनाय स्क्वायर की भीड़ में मैं भी था। हज़ारों-लाखों लोगों की भीड़ तूफानी बादलों जैसी घुमड़ रही थी। इन्सानों की उस वेगवान नदी में और-और भीड़ भयानक लहरों जैसी हहरा कर बढ़ती चली आ रही थी। अचानक भीड़ का एक विकराल अन्धड़ जैसा आया। एकाएक मैंने देखा, एक जवान लड़की ट्रैफिक सिग्नल के खम्भे और भीड़ के दबाव के बीच में दब गयी है। उसकी चीख अभी मैंने सुनी भी नहीं थी कि भीड़ के धक्के से मैं उसी के ऊपर जा पड़ा। मैंने शोर में सुना नहीं लेकिन महसूस किया कि मेरे शरीर के नीचे उसकी पसलियाँ चिटचिटा कर टूट गयी थीं। उसकी खूबसूरत नीली आँखें जिस तरह फटी पड़ रही थीं, वह मैं देख नहीं सका और मैंने आँखें बन्द कर लीं। भीड़ के धक्के से ही मैं आगे ठेल दिया गया होऊँगा क्योंकि जब मेरी आँख खुली तो मैंने देखा, मैं काफी दूर छिटक आया हूँ। पीछे सिर घुमा कर देखा तो ट्रैफिक से उस खम्भे पर वह लड़की नहीं, कोई दूसरा आदमी था जो मुड़-तुड़ कर क्रॉस जैसे लग रहा था। लड़की का शव लोगों के पाँवों के नीचे बिला गया होगा। मैं उधर देख ही रहा था कि मेरे पाँवों के नीचे कुछ गिजगिजा-सा महसूस हुआ— यह कोई मानव शरीर था। मारे दहशत के मैंने पाँव ऊपर उठा लिये। भीड़ इस कदर ठसाठस थी कि वैसे ही पैर ऊपर उठाये-उठाये ही धक्कों से मैं लुढ़कता चल रहा था। थोड़ी ही देर में हम मकानों की दीवारों और सड़क पर चलते फौज़ी ट्रकों की कतारों के बीच में फँस गये।

'ट्रकों को रास्ते से परे ले जाओ!' 'यहाँ से भागो!' जैसी आवाज भीड़ में से आ रही थी। और पुलिस अफसर का जवाब था—हम मजबूर हैं। हमारे

पास कोई आदेश नहीं है...लोगों की खोपड़ियाँ टूट रही थीं, शरीर ट्रकों से रगड़ खा कर घायल हो रहे थे, खून से सने ट्रकों को कोई आदेश नहीं था! मुझे उस सारी प्रक्रिया से अजहद घृणा होने लगी जिससे 'कोई आदेश नहीं है' वाली प्रवृत्ति का जन्म हुआ। ज़िन्दगी में पहली बार मैंने बहुत हिकारत और घृणा से उस आदमी के बारे में सोचा जिसे दफनाया जा रहा था। मैंने अपनी कोहनियों और मुट्ठियों की मदद से अपने लिए अलग रास्ता बनाया और चिल्लाने लगा—एक-दूसरे से मिल कर चेन बनाओ...चेन बनाओ!

किसी को मेरी बात समझ में नहीं आयी तो मैंने लोगों को एक-दूसरे के हाथ पकड़-पकड़ कर चेन बनवायी। मेरी देखा-देखी कुछ और उत्साही युवक आगे बढ़कर मदद करने लगे और मिनटों में हमने भगदड़ पर काबू पा लिया। बच्चों और औरतों को हमने ट्रकों पर चढ़ाना शुरू कर दिया। एक औरत वहशियाने ढंग से चीख-चिल्ला रही थी। ट्रक पर सवार होकर भी जब वह चुप नहीं हुई तो उसे चुप कराने के लिए पुलिस अफसर ने उसके झोंटे पकड़कर उसे झकझोर दिया और लो, वह काँपी और शान्त हो गयी...बिल्कुल शान्त! निर्जीव! पुलिस अफसर ने अपनी टोपी उतार कर उसका मुँह ढँक दिया और मारे ग्लानि के सिसक कर रो पड़ा।

धीरे-धीरे भीड़ व्यवस्थित हो गयी।

लेकिन अपने साथ वहाँ चेन बनवाने वाले एक लड़के को साथ लेकर मैं फिर वहाँ से निकल आया। अब स्तालिन के अवशेष देखने का जी नहीं रहा था। वह देखने की बजाय हमने एक वोदका की बोतल ली और घर लौट आये।

—स्तालिन को देखा? माँ ने पूछा।

—हाँ, डूबी आवाज में मैंने माँ से कहा।

मैंने माँ से झूठ नहीं बोला था। जो कुछ मैं देखकर आया था, शायद वही वास्तविक स्तालिन था।

मेरी ज़िन्दगी और कविता के लिए विचित्र मोड़ था वह दिन!

मेरे मन में एक आन्तरिक उत्तरदायित्व की भावना ने जन्म लिया था। मैंने जान लिया था कि अब कुछ ठोस काम करना बहुत जरूरी है। स्तालिन की मौत के बाद रूस के आन्तरिक मामले में बड़े संकट का समय आने वाला है। केवल प्रकृति, नारी या पीड़ा-जगत् के बारे में उस समय लिखना जब अपने देशवासी संकट में हों, बहुत जघन्य कार्य होता है।

लोगों को बेहद ज़रूरत थी इस बात की कि कोई उन्हें स्पष्ट और गम्भीर ढंग से बताये कि उन्हें अब किस तरह जीवन जीना है। मेरे देशवासी कभी इस स्तर पर नहीं उतरे कि जीवन जीने के मतलब होते हैं खाना, घर और कपड़े

मयस्सर हो जाना। उनके लिए जीवन में विश्वास और आस्था के मूल्यों का बहुत महत्त्व रहा है।

इन्हीं मूल्यों की बाबत उन्हें बताना बहुत ज़रूरी था। लेकिन मुझे खुद समझ में नहीं आ रहा था कि वे मूल्य क्या हैं और मैं बहुत परेशान और अनमना हो गया था।

मुझे लग रहा था कि कुछ है जो टूट रहा है और कुछ है जिसे लोग नये सिरे से पहचान रहे हैं या पा रहे हैं।

मगर सबसे परेशानी की चीज़ एक यह थी कि आँख मूँदकर विश्वास करके जीने की जगह अब एकदम किसी भी चीज़ में विश्वास न करके जीने ने ले ली थी। यह चरम अनास्था युवकों के लिए बड़ी खतरनाक चीज़ साबित हो सकती थी।

1954 की बात है, एक शाम मैं अपने कुछ छात्र-मित्रों के साथ था। हम लोग सेब का आसव पी रहे थे और कविताएँ पढ़ रहे थे, बहस-मुबाहिसे कर रहे थे। अचनाक एक 18 बरस की छोकरी सावरस के बूढ़े की तरह पेट में से पोपली आवाज़ से बोली—क्रान्ति मर गयी!

जवाब में दूसरी मोटी-मोटी वेणी किये, गोल-गोल मासूम से चेहरे वाली 18 वर्षीया लड़की उठी! उसकी तिरछोंही—तातारी आँखें दिपदिपा रही थीं। वह बोली—तुम्हें खुद पर शर्म खानी चाहिए। क्रान्ति मरी नहीं है, क्रान्ति बीमार हो गयी है। क्रान्ति को हमारी मदद की जरूरत है।

यह थी बैला अरूमादुल्लीना! जिससे कुछ ही हफ्तों बाद मैंने शादी कर ली। बैला प्रतिभावान कवि है। तमाम रूसी महिला कवियों में मैं उसे दूसरा स्थान दूँगा।

वह बैला ही थी, उसी की तातारी आँखें थीं, उन आँखों की अनन्त विस्मयकारी दृष्टि थी जिसके लिए मैंने अपनी 'जीमा जंक्शन' की पंक्तियाँ लिखनी शुरू की थीं। यह उसकी आँखें ही थीं जिन्हें मैंने बताया था कि युवा हृदयों में से आस्था जड़-मूल से निकल जाये, इसे बचाने के लिए सिर्फ़ एक ही रास्ता है कि अपने क्रान्ति के आदर्शों की निश्चल पवित्रता उनके हृदयों में पुन: प्रतिस्थापित की जाये।

स्तालिन के समय में निजी वैयक्तिक कविता लिखना निषिद्ध था। अब वह बाँध एक तरह से टूट गया था और वैसी कविताएँ पत्र-पत्रिकाओं में खूब छप रही थीं। पर वे उतनी लोकप्रिय नहीं हो सकीं। देश में होते विराट कामों के बीच यह बचकानी भी लगती थीं।

हमारे पास बाँसुरियाँ तो इफरात थीं पर ज़रूरत थी हमें बिगुल की।

कम्युनिज्म, क्रान्ति, सोवियत साम्राज्य, मई दिवस, इन सब शब्दों के सही

अर्थों को, मुझे लगता था, किन्हीं लोगों ने दागदार कर दिया है। सहज कविता के द्वारा हमें इन दागों को धोकर क्रान्ति के सच्चे अर्थ लोगों को बताने होंगे। इसके लिए मैंने कुछ सामाजिक कविताएँ लिखीं।

अपनी एक कविता में मैंने एक सच्ची घटना को आधार बनाकर लिखा था। जब मई दिवस की परेड में लाउडस्पीकरों से रेड स्क्वायर में मार्च करती टुकड़ियों को निर्देशन दिये जाते थे। मैंने लिखा—

''सावधान! खामोश!
लाइन में रहें।
क्या फूल नहीं?
फूल है ही कहाँ?''

कविता कई संपादकों के हाथों में से गुज़रती हुई कवि 'के' के हाथों में पड़ी। उन्होंने मुझसे ऐसे बात की गोया अगले ही क्षण अणुयुद्ध हो जाएगा। बोले—तुम्हें कुछ खबर है तुमने क्या लिख डाला है?

—महज़ एक कविता, मैंने जवाब दिया।

—तुम्हें इतना भी खयाल नहीं है कि अगर यह कविता पश्चिम में हमारे शत्रुओं के हाथ पड़ गयी तो वे इसे हमारे खिलाफ प्रयोग में ला सकते हैं।

ऐसे आदमी से बात करना मुझे बेपफूज़ी लगती है। मैं तब भी सोचता था, आज भी सोचता हूँ कि अपनी खामियों पर हमें खुलकर विचार करना चाहिए। ऐसा करके मैं अपने देशवासियों के प्रति प्यार और अपरिमेय विश्वास ही प्रदर्शित करता हूँ।...

बाद में तो एक राष्ट्रीय पर्व जैसा हो गया है, लेकिन तब, 1955 में, पहली बार 'कविता दिवस' मनाया गया था। मास्को की किताबों की दुकानों में, उस दिन कवियों ने अपनी कविताएँ सुनायीं और अपनी पुस्तकों पर हस्ताक्षर दिये। हममें से कइयों ने यूनिवर्सिटी के पास ही मोखोव्स्काया स्ट्रीट की एक दुकान में अपनी कविताएँ सुनायीं। करीब चार सौ आदमी दुकान के अन्दर थे और करीब हज़ार-डेढ़ हज़ार लोग बाहर थे, जो आवाजें लगा रहे थे—बाहर आइए...बाहर आइए।

अन्त में हमें बाहर जाना पड़ा। यूनिवर्सिटी की सीढ़ियों पर खड़े होकर हमने कविताएँ सुनायीं। हम सभी को लग गया था कि श्रोता हमसे कुछ विशेष आस लगाये हैं। प्रेमगीत खूब पसन्द किये जा रहे थे, लेकिन श्रोताओं की आँखों में जैसे प्यास कुछ और ही बसी हुई थी। मेरी बारी आयी। हज़ारों आशा भरी निगाहें मेरे चेहरे पर टिकी थीं। इनमें एक जोड़ी आँखें बैला की भी थीं। मैंने

वही कविता पढ़ी जो कवि के. के अनुसार हमारे दुश्मनों के फायदे के लिए लिखी गयी थी। किन्तु मेरे युवा श्रोताओं ने इसे अपने देश पर चोट जैसा नहीं माना, बल्कि उन्हें यह कविता उन लोगों के खिलाफ हथियार जैसी लगी जो देश के अपना भविष्य बनाने के मार्ग में रोड़े अटकाते थे। और हज़ारों-हज़ारों हाथों ने प्रशंसा में तालियाँ बजायीं, मेरी छेड़ी लड़ाई का समर्थन किया।

और नये खून के इस अनुमोदन के बाद मैंने खूब-खूब और कविताएँ लिखीं, जैसे अपनी सेना बना रहा होऊँ। ऊँची नाक वालों ने मुझे गालियाँ दीं, मुझे नाशवादी कहकर पुकारा। पर मुझे उनकी परवाह नहीं थी।

अखबार, रेडियो, टेलीविजन देश के जीवन के द्रुतगामी परिवर्तनों का साथ बिल्कुल नहीं दे पा रहे थे। देश को अपने बारे में सचाई का ज्ञान लेखकों से ही चाहिए था।

साहित्यिक समीक्षा समय से बहुत पिछड़ गयी थी, कथा-साहित्य प्रगति कर रहा था, किन्तु बड़ी मन्थर गति से।

केवल कविता में गतिशीलता थी।

मैंने फैक्टरियों, कॉलेजों, ऑफिसों, शोध-संस्थानों और स्कूल जैसे तमाम जगहों में अपनी कविताएँ खूब पढ़-पढ़कर सुनायीं। कभी बीस-तीस तो कभी हज़ार-हज़ार भी श्रोता रहते थे। लेकिन मैंने कभी कल्पना नहीं की थी कि 1963 में स्पोर्ट्स पैलेस में चौदह हज़ार श्रोता जुड़ आएँगे।

दूसरी ओर मुझे पत्र-पत्रिकाओं में समीक्षाकारों की खूब गालियाँ सुननी पड़ती थीं। 1956 में जब मेरी 'जीमा जंक्शन' छपी तो कहा गया मैं जनता को गुमराह कर रहा हूँ। लेकिन मुझे कतई फिक्र नहीं थी ऐसी समीक्षाओं की, क्योंकि मेरे हज़ारों पाठकों ने मुझे खत लिख-लिख कर कहा था कि यह आस्था जगाने का प्रयास है।

मेरी दूसरी पुस्तक 'दि हाइवे ऑफ ऐंथ्यूजियास्ट्स' की भी समीक्षाकारों ने खूब खबर ली, लेकिन वह छपते ही देखते-देखते बिक गयी। यही सबसे बड़ी समीक्षा थी मेरे लिए।

मुझे साहित्यिक प्रतिष्ठानों से निकाला गया, पत्रिकाओं में खूब लताड़ा गया, लेकिन अपने तमाम प्रबुद्ध युवा कवि मित्रों और असंख्य पाठकों के पत्रों और स्नेह भीने उपहारों से मुझे बराबर प्रेरणा मिलती रही।

आलोचक मुझे खूब गाली देते रहे, मुझे शृंगारप्रिय तुक्कड़ का फतवा दिया गया, अधकचरे बुद्धिजीवियों का आदर्श लीडर कहा गया, पूँजीपतियों का दलाल कहा गया, गन्दे-गलीज शयनकक्षों का चारण कवि मुझे बताया गया, ज़िन्दगी के जघन्य रूप का प्रेमी मुझे माना गया, नकली क्रान्तिकारी कहकर पुकारा गया।

लेकिन मैंने पुख्ता साइबेरियन रीढ़ की हड्डी पायी थी जो झुकी नहीं। उसके अलावा हमारे देश के बदलते परिवेश में अब ऐसी आलोचनाओं में पहले जैसी ताकत नहीं रह गयी थी, बावजूद इन आलोचनाओं के मेरी कविताएँ खूब छपती रहीं, किताबें खूब बिकती रहीं और मैं जनता के बीच काव्यपाठ करता रहा।...

मैं पास्तरनाक से पहली बार 1957 में मिला।

नये-नये कवि कोशिश कर-करके पास्तरनाक से मिलने जाते रहते थे। कई एक ने मुझसे भी कहा कि चलो, तुम्हें ले चलें। लेकिन इस तरह जाना, पता नहीं क्यों, मुझे कभी अच्छा नहीं लगता। साक्षात्कार का अनायास ही कभी अवसर मिले, तो ही ठीक रहता है। एक दिन लेखक संघ से मुझे आदेश मिला कि एक इतालवी प्रोफेसर रिपैलोनी को पास्तरनाक के पास लेकर जाऊँ।

हमने समय ले लिया और पहुँचे।

बाग में नीचे हिस्से में सफ़ेद लिनन की जाकेट पहने एक ताम्बई रंग का, सफ़ेद बालों वाला व्यक्ति पेड़ की ओट से निकलकर अचानक मुझसे टकरा गया। मैंने देखा, पास्तरनाक थे!

--कहो, कैसे हो? सुमधुर संगीतमय आवाज में वह बोले। मुझसे हाथ मिलाते समय उनकी भूरी आँखें विस्मयभाव से चमक रही थीं। मेरा हाथ पकड़े-पकड़े ही वह बोले—मुझे पता है तुम कौन हो...तुम येव्तुशेंको हो, सचमुच तुम वैसे ही हो जैसी मैंने कल्पना की थी—दुबले, लम्बे और यह दिखावा करते हुए कि तुम शर्मीले नहीं हो...मुझे तुम्हारे बारे में सब मालूम है। अरे हाँ, क्या यही वह ज्यॉर्जियन कवि हैं जिन्हें तुम लाये हो? मुझे ज्यॉर्जियन लोग बड़े अच्छे लगते हैं...

मैंने उन्हें बताया कि यह ज्यॉर्जियन कवि नहीं हैं, यह एक इतालवी प्रोफेसर हैं। और मैंने उनका परिचय कराया।

—ओहो, बहुत खूब! बहुत खूब! मुझे इतालवी लोग भी बहुत अच्छे लगते हैं, और भई, तुम तो बहुत बढ़िया समय पर आये हो। खाना एकदम तैयार है...चलो अन्दर चलें। मैं जानता हूँ, तुम्हें ज़बरदस्त भूख लगी होगी...

और उस क्षण से ही सब कुछ बिल्कुल सरल और सहज हो आया। हम मेज़ पर मुर्गी खा रहे थे और ब्रांडी पी रहे थे।

करीब सैंतालीस-अड़तालीस बरस के होंगे उस समय पास्तरनाक। उनका सम्पूर्ण व्यक्तित्व बड़ा भव्य था। ऐसी चमकीली ताज़गी थी उनमें मानो अभी-अभी तोड़े कुमुदिनी के फूल हों, जिनकी पंखुरियों पर अभी तक शबनम नाच रही है। और उनकी मुसकान! एकदम बच्चों जैसी मुसकान उनके चंचल चेहरे पर हर समय खेलती रहती थी!

वैसे कठिन युग में भी बच्चों जैसी मुसकान बनाये रखने के लिए सचमुच

कहीं अन्दरूनी साहस की बहुत ज़रूरत होती होगी।

शायद इसी क्षमता ने उनकी रक्षा की हो। लोग पास्तरनाक को आदमी की तरह नहीं देखते थे। वह तो एक रंग थे!... एक महक!...एक संगीत!

वह हँसकर कह रहे थे—आज तो बहुत मजा आया। एक मिस्त्री मुझसे मिलने आया। उसने अपनी जेब से वोदका की बोतल और कुछ नमकीन निकाला और बोला, "कुछ दिन हुए मैंने आपकी छत पर कुछ-मरम्मत की थी। पर तब मुझे यह नहीं मालूम था कि आप कौन हैं। अभी कुछ लोगों से पता चला कि आप सत्य के लिए जीते हैं। तब तो कुछ जश्न होना चाहिए। सो आइए, हम पीयें!" हमने पी। फिर मिस्त्री मुझसे बोला, "तो अब आप मुझे राह दिखायें।" एकाएक मुझे बिल्कुल समझ में नहीं आया कि उसका मतलब क्या है। "कौन-सी राह?" मैंने पूछा। "सत्य की राह!" उसने कहा। "आप ही को तो दिशा-निर्देशन देना है।" अब क्या कहूँ भाई? मैंने तो कभी किसी को राह दिखाने की ठानी नहीं थी। मैं तो समझता हूँ कवि तो बस एक वृक्ष है—स्थिर खड़ा रहता है। पत्तियाँ सरसराती रहती हैं। उसको किसी को कोई राह दिखाने की कतई ख्वाहिश नहीं रहती।

उन्होंने तिरछी निगाह से हमें देखा और पूछा—आप लोगों का क्या खयाल है? सैलविंस्की ने कभी लिखा था कि पास्तरनाक अरब और उसका घोड़ा, दोनों ही की तरह हैं। लगा, बात ठीक थी।

बाद में पास्तरनाक ने हमें अपनी कुछ कविताएँ सुनायीं। उन्हीं दिनों उन्होंने—'बकैनालिया' खत्म की थी, वह भी सुनाई—और जब अन्तिम कुछ रोमांटिक पंक्तियों पर आये तो बड़ी शोख निगाहों से उन्होंने पास बैठी क्रोशिया बुनती पत्नी की ओर देखा।

उन्होंने मुझसे भी अपनी कुछ कविताएँ सुनाने को कहा। मैंने पहले 'बेडिंग्स' सुनायी जो उन्हें बहुत अच्छी नहीं लगी। उसके बाद मैंने 'प्रोलोग' नाम की अपनी कविता सुनायी जो उन्हें बहुत पसन्द आयी। जब कोई लाइन उन्हें खास अच्छी लगती, वह बच्चों की तरह तालियाँ बजाने लगते। जब कविता खत्म हुई तो उन्होंने दौड़कर मुझे कलेजे से लगा लिया। मुझे थोड़ी निराशा हुई, क्योंकि मैं जानता था कि दोनों में से 'प्रोलोग' ज्यादा सतही और दिखावटी कविता थी। मुझे लगा कि क्या उन्हें सही चीज़ की पकड़ नहीं है? पर अगली बार उनसे भेंट होने पर मुझे पता चल गया कि बात ऐसी नहीं थी। अगली बार जब मैंने उन्हें 'सॉलीट्यूड' सुनायी तो वह रो पड़े थे। बोले—यह तुमने मेरे बारे में लिखा है...सबके बारे में लिखा है...पास्तरनाक के बड़े मौजी मूड हुआ करते थे। 'प्रोलोग' उस दिन के मूड से मेल खा रही थी, इसलिए अच्छी लगी होगी...

1957 में मेरा परिचय दो व्यक्तियों से हुआ जो आगे चलकर मेरे बड़े घनिष्ठ मित्र बन गये। ये थे चित्रकार यूरो वैसीलीव और मूर्तिकार अर्नस्त नीजवेस्तनी। दोनों ही मुझसे उम्र में काफी बड़े थे—दोनों ही युद्ध में फ्रंट पर लड़ चुके थे। मेरी पत्नी से मेरा तलाक हो चुका था और मैं बेहद दुखी और अकेले था। ऐसे में मेरे इन दोनों मित्रों और उनकी कला-साधना ने मुझे बड़ा सहारा दिया।

दूसरी चीज़ जिसने मुझे सहारा दिया, वह थी मेरे पाठकों की दिनोंदिन बढ़ती आत्मीयता। मेरी कविता पढ़-पढ़ कर ही उन्होंने मेरा निजी दुख जैसे सूँघ लिया था और पत्रों में मुझे बहुत सहानुभूति और सान्त्वना भेजी थी, लेकिन साथ ही आगाह भी किया था कि वैयक्तिक दुख को मैं अपने और पर पीड़ा के बीच में व्यवधान न बनने दूँ। उसके बाद से मैंने केवल निज का ही खयाल करके कविता नहीं लिखी।

अपनी कोई भी रचना छपाने के पहले मैं अपने पाठकों को काव्य-गोष्ठियों में पढ़कर सुनाया करता हूँ। केवल प्रशंसा प्राप्त करने के लिए नहीं, वरन् यह जाँचने के लिए भी कि सचमुच यह कविता कैसी है। इलैक्ट्रिकल इंजीनियरिंग के मॉस्को इंस्टीट्यूट में एक दिन मेरा काव्यपाठ था। दो हज़ार लोग जुटे थे। एक छात्र ने कहा—याद रखिए, आप अब केवल अपने तईं ही नहीं रह गये हैं। हम केवल प्रेमगीतों के लिए ही आप पर भरोसा नहीं रखते हैं। हमारी आशा कभी क्षीण न पड़े।

एक बार मैं एक फैक्टरी में मजदूरों के बीच कविता पढ़ रहा था। एक घंटे तक वे चुपचाप ध्यान से बैठे सुनते रहे। काम की घंटी बज रही थी, मगर एक बूढ़ी औरत आँखों में आँसू भरे-भरे बोली—रोको मत, पढ़ते रहो। हम ओवरटाइम कर देंगे। कविता सुनने के बाद वह आयी। बोली—बेटू! याद रखना, हमेशा-हमेशा सच और केवल सच ही लिखना। अपने भीतर सत्य को खोजो और दूसरों को उसे दे डालो। दूसरों के भीतर उसे खोजो और खुद अपने तईं सँजोकर रख लो। ये शब्द मेरे लिए आजीवन महत्त्व की चीज़ बन गये।

मेरी बड़ी मज़ेदार स्थिति थी। मेरे एक ओर प्रशंसा की बौछारें गिर रही थीं तो दूसरी ओर कीचड़ उछाला जा रहा था। मगर मैंने सोच लिया था कि भले ही वह घृणा हो, भले ही प्रशंसा और प्यार हो, मुझे किसी भी चीज़ को सर से गुजरने नहीं देना। मुझे अत्यन्त गम्भीरता से सब-कुछ लेना है। मुझे उस वृद्धा की बात हमेशा याद रहती है कि मुझे अपना और सबका सत्य खोजते चलना है!

पिकासो और खूबसूरत आँखों वाली फर्नांदे

अगर मेरी बात में थोड़ी तल्खी हो, तो उसके लिए मैं क्षमा चाहती हूँ। मगर शायद बात सच है। वैसे तो सच क्या है, यह मैं नहीं जानती। लेकिन इतना जरूर सच है कि वही जमाना था, जब हम बहुत गरीब थे—लावारिसों की तरह एक-एक चीज़ के लिए परेशान। दोनों वक्त के खाने और हर मौसम के कपड़े के लिए मोहताज। मगर फिर भी, वही दिन थे, जब हम शायद सबसे ज्यादा खुश थे और यह भी सच है कि खुशी अब कभी वापस नहीं आएगी। और बहुत चाहकर भी उन यादों से हम छुटकारा नहीं पा सकेंगे।

वैसे मैं उन यादों से छुटकारा पाना भी नहीं चाहती। पिकासो की बात मैं नहीं जानती। पिकासो और उसके वे तमाम दोस्त—कवि, लेखक, समीक्षक, चित्रकार—वे सब, जो उस वक्त जवानी की दहलीज पर थे, टूटी छतों के नीचे, खंडहर जैसे स्टूडियो में, फटे-पुराने कपड़ों में, टूटे फ़र्नीचर के बीच, उपेक्षा, विरोध, कड़ुवी आलोचनाओं के बीच अपना रास्ता बनाते हुए। आज उनमें से बहुतों के पास खुशनुमा बँगले हैं, लम्बी कारें हैं, फ़र में लिपटी हुई पत्नियाँ हैं, प्रेमिकाएँ हैं, उनके एक इशारे पर उनकी हर इच्छा पूरी हो जाती है, लेकिन कुछ है, जो उन्हें तब मिला था और अब जिसके लिए या तो वे तरसते रह जाते हैं या अब वे (शायद) जिसके योग्य ही नहीं रह गये। पेरिस के युवा चित्रकारों की उस अजीबोगरीब दुनिया में तभी अकस्मात् मेरा प्रवेश हुआ था, जिस दुनिया का केन्द्र धीरे-धीरे पिकासो बनता जा रहा था।

लेकिन इसके पहले मैं थोड़ा-सा अपने बारे में बता दूँ। शायद पिकासो अब मुझे भूल चुका हो या शायद बहुत चाहकर भी न भूल पाया हो। जिन लोगों ने उस जमाने के संस्मरण लिखे हैं, उन्होंने अक्सर मेरा ज़िक्र सरसरी तौर पर 'वह युवती ओलीवियर' जैसे शब्दों में किया है और बस! लेकिन कहानी इतने शब्दों में समाती नहीं।

फ्रांस में उस वक्त बुद्धिजीवियों की दुनिया में औरत को जरा नीची निगाह

से देखा जाता था। वह कुछ गहराई से सोच-समझ सकती है, यह तो वे मानते ही नहीं थे। मैं उस समय लगभग किशोरी थी—थोड़ी भीरु, लेकिन अन्दर से उमंगों से भरी हुई और जरूरत से ज्यादा गर्वीली। उन लोगों के बीच घंटों मैं बैठी उनकी तेज-तर्रार बातें सुनती रहती थी और बहुत कम बोलती थी। वैसे यह माना जाता था कि लड़की हाजिरजवाब है। सत्रह बरस की हो चुकी थी और उसी उम्र में शादी का एक असफल प्रयोग कर चुकी थी। लेकिन उसके बावजूद मुझमें उम्मीद कम नहीं हुई। थी भी स्वस्थ लम्बी, ज़िन्दादिल! बल्कि मेरी लम्बाई पर किसी ने मजाक में कहा था कि तेरे कन्धे और सर तो हमेशा बादलों में रहते हैं। जिसकी कहानी कहने जा रही हूँ, कद में उससे दो-तीन इंच लम्बी ही थी। मेरी एक रिश्तेदार ने एक चित्रकार से शादी की थी और उसी के कारण इस दुनिया से मेरा मेल-जोल बढ़ा था मैं टैबिनॉन के मार्ग के तेरह नम्बर के मकान में रहती थी, जो इन लोगों का अड्डा था। उस मशहूर मोंतृमात्रे मोहल्ले में जहाँ दुनिया भर के बेरोजगार चित्रकार, मूर्तिकार, फटेहाल लेखक, नाइट-क्लबों के विदूषक, कपड़े धोनेवालियाँ, दर्जी और ठेलेवाले रहते थे। मकान की हालत खूब थी। जाड़े में छतों पर से बर्फीले ग्लेशियर बहकर आते थे और बरसात में हर कमरा हमाम बन जाता था। पूरी इमारत में पानी का नल सिर्फ़ एक था। जहाँ अपनी-अपनी बाल्टी लेकर भविष्य के महान् चित्रकार, कवि, अभिनेत्रियाँ और धोबिनें एकत्र होते थे और चित्रकार की बारीकियों से लेकर गाली-गलौज तक का बाजार गर्म रहता था।

और इसी अद्भुत संसार में एक दिन एक फटेहाल स्पेनी युवक ने किरायेदार के रूप में प्रवेश किया। उसकी शक्ल-सूरत में कोई खास बात नहीं थी—कपड़े गन्दे और सस्ते थे, मुँह सूखा और थका हुआ था—यह पिकासो था।

उस वक्त तक मेरा परिचय फ्रांस के कला-विद्यालय के अनेक छात्र-कलाकारों से था। पिकासो और मोने उसके आदर्श थे। मेरे जिस चाचा ने मुझे पाला-पोसा और पढ़ाया था, उनको जरा पुराने किस्म के चित्रों में दिलचस्पी थी, मगर मैं तुलूज लात्रेक, स्यूरा, सेजाँ और सबसे बढ़कर मोने के चित्रों की प्रशंसिका थी। उस अज्ञात, नितान्त अज्ञात चित्रकार, पिकासो के लिए मुझमें आकर्षण पैदा होने की कोई वजह नहीं हो सकती थी।

लेकिन कुछ जरूर था। चेहरे के सूखेपन और थकान के पीछे अन्दर कहीं दहकती हुई आग की एक ताँबे जैसी आभा थी, जो बिल्कुल अनजाने मुझे छू गयी थी। मगर मेरा गर्व मुझे इस बात की अनुमति नहीं देता था, कि मैं इसे स्वीकार कर लूँ। उँह, होगा कोई पिकासो—मुझे क्या!

लेकिन फिर मुझे जब इमारत वालों की कानाफूसियों से मालूम हुआ कि

पिकासो मुझसे परिचय प्राप्त करना चाहता है, तो मुझे अन्दर-ही-अन्दर गुदगुदी क्यों हुई? और परिचित हो॰ का यह भी कोई ढंग होता है क्या! और क्या पहले ही मौके में इस तरह सर्वांग परिचय हासिल कर लिया जाता है भला! मुझे वह दिन अच्छी तरह याद है। दिन गर्म था...दोपहर ढल रही थी...लेकिन पेरिस पर बादल छाने लगे थे और देखते-देखते गहरा गये थे। बिजली चमकी और अकस्मात् बारिश के साथ तूफान आ गया। आँगन में से मुझे बचाने के लिए बिना किसी तकल्लुफ के उसने मेरी बाँह पकड़ी और अपने स्टूडियो में खींच ले गया। आज तक मेरी आँखों के आगे चारों तरफ घिरती हुई बारिश के बीच उस स्टूडियो का सारा नक्शा साफ़ है। बिखराव, बेतरतीबी, बड़े-बड़े कैनवासों पर पूरे-अधूरे विचित्र चित्र, आड़ी-तिरछी चटख रंगों की रेखाएँ, रंग डूबे ब्रश! रंग उतने ही सशक्त और बर्बर थे, जितना कि...

बेहद खुशी और अनिवार्य उदासी की वह अनुभूति आज तक जहाँ की तहाँ बरकरार है।

पिकासो का स्टूडियो उसी दिन से मेरे लिए बदल गया। या यूँ कहूँ कि उस स्टूडियो की चौहद्दी में उस दिन से मेरी ज़िन्दगी को एक नया आकार, एक नया रंग, मिल गया। एक बार मैंने अलसायी हुई आँखें खोलकर फिर से उस स्टूडियो को देखा—सब कुछ ज्यों का त्यों था—पहले ही जैसा बिखरा हुआ, बेतरतीब, लेकिन आज कितना अच्छा-अच्छा लग रहा था! मुझे याद आया वह पहला दिन, जब मैं इस स्टूडियो में आयी थी—पिकासो उसी इमारत में आकर रहने लगा था, मगर हममें बोलचाल नहीं थी। मैं दूर से देखती रहती थी और देखती थी कि दिनभर वह मोंतृमात्रे के कहवाघरों में दोस्तों के साथ बैठा गप्प मारता रहता है। आखिर यह आदमी चित्र कब बनाता है—मैं अक्सर अचरज से सोचा करती। एक दिन मकान के जीने पर मेरी उससे मुठभेड़ हुई। वह कहीं से एक बिल्ली का बच्चा लेकर आ रहा था। मुझे देखते ही मुस्कराया और बिल्ली का बच्चा गोद से निकालकर मेरे सामने कर दिया। मैं हँसी-बिल्ली के बच्चे को थपथपाया और क्षण भर में हम लोग मित्र हो गये। मैं उसके स्टूडियो में गयी। एक कोने में एक छोटा-सा तख्त, जिस पर गद्दा बिछा हुआ था, लोहे का एक जंग खाया स्टोव, जिस पर एक पीला चीनी का बर्तन रखा था एक तौलिया टँगा था और साबुन का एक छोटा-सा टुकड़ा था। एक कोने में [illegible] काला सन्दूक रखा था, जिस पर कपड़ा डालकर बैठने का आसन बना [illegible] एक बेंत की कुर्सी और छोटे-बड़े अनेक कैनवास के टुकड़े, रंग आर [illegible] बर्तन और फर्श भर पर बिखरे ब्रश, मेज की दराज में एक छोटा-सा पालतू सफेद चूहा, जिसे पिकासो गुप्त खजाने की तरह सहेज कर रखता था। मुझे क्या मालूम

था कि इसी सफेद चूहे की तरह मैं भी एक दराज़ में बन्द हो जाऊँगी!

उस बरसाती दोपहर के बाद फिर ज़िन्दगी का तौर-तरीका ही बदल गया। पता नहीं अब पिकासो को याद है या नहीं कि मैं एक बार पूरे दो महीने तक उस कमरे के बाहर नहीं निकली थी, क्योंकि मेरे पास पहनने के लिए जूते ही नहीं थे। पता नहीं उसे याद है कि नहीं कि एक बार जाड़ों में महीने भर तक हम लोग बिस्तरे में गुड़े-मुड़े दिन-रात लिपटे पड़े रहे, क्योंकि कमरा गरम करने के लिए हमारे पास कोयले नहीं थे। मुझे इतना जरूर याद है कि उसके बाद हमको ईश्वर की कृपा से रू द आर्केन में एक दयालु कोयले वाला मिल गया था, जो हमारे घर कोयले भिजवा देता था और दाम लेना भूल जाता था, क्योंकि वह मेरी आँखों को बहुत पसन्द करता था। और आप कल्पना कीजिए कि उन दिनों मुझे कितनी खुशी होती होगी—जब पिकासो कहीं से दो-चार फ्रैंक बचाकर मेरे लिए यू डी कोलोन की एक शीशी लेकर आता था, क्योंकि युवती ओलीवियर को सुगन्धों का शौक था। अक्सर खाने के लिए भी पैसे नहीं बचते थे, लेकिन एक छोटी-सी किताब की दूकान थी, जहाँ से किताबें उधार आती थीं फिर खाना न भी खाया हो लेकिन अगर एक प्याला चाय हो, किताबें हों, तख्त पर गद्दा पड़ा हो और गद्दे पर पिकासो हो, तो फिर किसी को और क्या चाहिए!

मैं अपने को किसी शहजादी से कम नहीं समझती थी और सच्ची बात यह है कि मैं थी भी उतनी ही आलसी। मुझसे घर का कोई काम-धाम नहीं होता था। यहाँ तक कि बिचारा पिकासो ही स्टूडियो में झाड़ू लगाता था और सौदा-सुलुफ खरीद कर लाता था। एक बार हम लोगों ने एक झाड़ू लगाने वाली भी रखी, उसे बीस पैसे प्रति सप्ताह देने का करार हुआ। वह बहुत सुबह आती थी। हम दोनों उस समय बिस्तर में ही पड़े हुए मिलते थे। वह बिना हमें जगाये आराम से हमारे अखबार खोलकर पढ़ती थी। जब हम जागते थे तो वह आरामकुर्सी पर बैठी हुई अखबार पढ़ती मिलती थी। इस उम्मीद में कि अब हम लोग जागे हैं तो उसके लिए भी कॉफ़ी बनाएँगे ही। कॉफी पीने के बाद वह सफ़ाई में लगती थी, क्योंकि पंखदार झाड़ू के सब पंख झर चुके थे, अतः लकड़ी की मूठ से ही कुर्सी, मेज को ठक-ठक मारती हुई वह कमरे की सफ़ाई करती रहती थी। चूँकि बीस पैसे वाला करार हमसे पूरा न हो सका, इसलिए एक दिन वह भी छोड़कर चली गयी। लेकिन इससे यह न सोचिएगा कि मुझे घर का कोई काम नहीं आता था। मुझे खाना बनाना आता था और हालाँकि खाने के हिसाब में एक या दो फ्रैंक से ज्यादा प्रतिदिन हम नहीं निकाल पाते थे, फिर भी उसी में मैं जो षट्रस व्यंजन तैयार करती थी, उसे पिकासो और उसके दोस्त खाकर अघाते नहीं थे। मगर कठिनाई यह होती थी कि अक्सर हम लोगों के पास वह एक

या दो फ्रैंक भी बच नहीं पाते थे। फिर उन दिनों एक दूसरी तरकीब काम में लानी पड़ती थी। एक पेस्ट्री की दूकान थी—हम लोग सुबह वहाँ जाकर ऑर्डर दे आते थे कि ठीक बारह बजे हमारे लिए खाने की अमुक-अमुक चीज़ें पहुँचवा दी जायें। ठीक दोपहर को दूकान का छोकरा आता था। टोकरी में सामान लिये हुए वह बार-बार खटखटाता था—हम लोग अन्दर इस तरह दम साधकर बैठे रहते थे मानो घर में कोई है ही नहीं। अन्त में वह बाहर टोकरी रखकर चला जाता था। उसके जाते ही हम दरवाज़ा खोलते थे और थोड़ी देर में टोकरी खाली हो जाती थी। दो-एक दिन बाद जब जेब में पैसे आते थे, तब हम जाकर दाम चुका आते थे।

सच बात तो यह है कि हमारी इस प्रेम कहानी का यह सारा पहलू असम्भव होता, यदि हमारे जमाने के दूकानदार इतने भोले, दयालु, सहनशील और विश्वासी न होते। वे अपने पूरे बिल का थोड़ा-सा हिस्सा ही पाने की आशा रखते थे, वह भी ग्राहक की सुविधानुसार। जब वह मिल जाता, तो वे इस कदर कृतज्ञ दीखते, मानो कलाकारों ने उन पर कोई एहसान किया हो। सच बात तो यह है कि उस जमाने के सारे नये कला आन्दोलनों को विकास देने में अगर सबसे बड़ा हिस्सा किसी का माना जा सकता है तो वह है इन दरियादिल दूकानदारों का, जिन्होंने कलाकारों को उधार खिला-खिलाकर जिन्दा रखा। वैसे वह ज़माना महँगाई का नहीं था। आप महीने भर में पचास फ्रैंक भी कमा लें, तो पूरे महीने का खर्च आसानी से निकल आता था। अब अगर कलाकृतियों से महीने भर में पचास फ्रैंक भी न निकाल पायें, तो इसमें कलाकरों का क्या कसूर? और उसके लिए दूकानदार बेचारे उन कलाकारों को क्यों दंड दें?

जिसकी एक-एक पेंटिंग लाखों डालरों में बिकती है क्या उस पिकासो को कभी उन दिनों की याद आती होगी! उन दिनों की दो कलाकृतियाँ मुझे आज तक याद हैं, जो उन्हीं दिनों बन रही थीं। उनमें से एक एचिंग अब विश्वविख्यात हो चुकी है, जिसमें एक शराबघर में एक पुरुष और स्त्री एक मेज़ पर बैठे हैं। उनकी मुद्रा में निपट गरीबी की छाया और शराब की कड़वी महक है। एक और रेखाकृति उन दिनों उसने बनायी थी, जो आज तक मेरे दिमाग़ पर अंकित है। एक लँगड़ा आदमी अपनी बैसाखियों पर झुका हुआ है, उसकी पीठ पर फूलों की एक टोकरी है। व्यक्ति, पृष्ठभूमि सब कुछ नीले रंग के थे। सिर्फ़ फूल थोड़े चटख रंगों में थे। कैसा गहरा अवसाद उस चित्र से झाँकता था। और साथ ही फूलों में कितना उल्लास। यह विरोधाभास कहाँ से आया था?...

यह तो आपको मालूम ही होगा कि पिकासो मूलतः स्पेन का है और पेरिस में आने के पहले वह बारसीलोना में रहता था। बारसीलोना में क्या अजीब ज़िन्दगी

बिता चुका था वह, और कैसे अद्भुत-अद्भुत थे उसके दोस्त। उससे मैं तमाम बातें सुना करती थी। गरीबी का गहन अवसाद और जीवन के चटख उल्लास की मिली-जुली कहानी सरीखी वे बातें। उनमें से एक ही कहानी उदाहरण के लिए काफी होगी। उसका एक दोस्त था दे सोतो। अपने सारे फुरसत के वक्त में वह दे सोतो के साथ गप्पें हाँकता और आवारागर्दी करता। लेकिन दोनों दोस्तों ने यह तय किया था कि अपने पहरावे में वे बड़े ठाट-बाट से रहेंगे और रईस मिजाजी का परिचय देंगे। उन दिनों हर रईस हाथ में दस्ताने जरूर पहनता था। मर-खपकर किसी तरह दोस्तों ने एक जोड़ा दस्ताना कहीं से मुहैया किया। मगर अब समस्या यह थी कि दस्ताना एक जोड़ी था और दोस्तों के हाथ दो जोड़ी। अगर बारी-बारी से एक-एक दोस्त दस्ताने पहन कर निकले, तो काम चल सकता था, लेकिन कठिनाई यह थी कि दोनों जिगरी दोस्तों को एक-दूसरे का बिछोह भी सहन नहीं हो सकता था, बहुत सर खपाने पर अन्त में हल निकाला—दोनों दोस्तों ने एक-एक हाथ में दस्ताना पहना। दस्ताने वाला हाथ बाहर निकालकर और नंगा हाथ पतलून की जेब में डालकर दोनों 'रईस' बारसीलोना की सड़कों पर हवाखोरी के लिए निकलते। ऐसे थे बारसीलोना के दिन, जिनकी याद साथ लेकर पिकासो पेरिस आया था।

उन दिनों की याद में वह बारसीलोना का एक स्पेनी हैट अपने साथ लाया था, जिसे वह सिर्फ कभी-कभी बहुत खास मौकों पर निकालता था। बाकी समय उसके रूखे उलझे बाल हवा में उड़ते रहते थे। नीले जीन के कोट-पतलून में, रूखे बालोंवाला पिकासो मैले, धूल भरे हुए जूते और कपड़ों पर रंग के दाग! यह वह पिकासो है, जो आज तक एक उदास याद बनकर मेरे मन में कसकता रहता है।

पेरिस में आकर पिकासो के दोस्तों का दायरा बदल गया। अब यहाँ कवि चित्रकार, समीक्षक उसके दोस्त बने। उनमें से कई उसी की तरह उस समय संघर्ष कर रहे थे, लेकिन कई ऐसे थे जो उम्र में पिकासो से बड़े थे। अपने क्षेत्र में प्रतिष्ठित हो चुके थे और इतनी कम उम्र वाले इस कलाकार की प्रतिभा से बहुत ज्यादा प्रभावित थे।

इन दोस्तों में जिसका ज़िक्र सबसे पहले होना चाहिए, वह है विश्वविख्यात फ्रेंच कवि मैक्सजेकब। वास्तव में मैक्सजेकब से मेरी मुलाकात तो बाद में हुई, मगर पिकासो ने उसके बारे में मुझे इतना बता रखा था कि एक प्रकार से वह मेरे लिए अति परिचित हो चुका था। सच तो यह है कि बीच में जब पिकासो छुट्टी मनाने स्पेन गया और वापस आया, तो उसकी जेब बिल्कुल खाली थी और अगर मैक्सजेकब ने उसे हर तरह से आर्थिक सहायता और नैतिक समर्थन न दिया

होता, तो पिकासो को पेरिस छोड़ना पड़ जाता। मैक्सजेकब से पिकासो की मुलाकात भी दिलचस्प ढंग से हुई थी। चौदह साल की उम्र में स्पेन में पिकासो ने कला का अध्ययन शुरू किया और तीन-चार वर्ष बाद ही उसने पेरिस में आकर अपनी पहली प्रदर्शनी की। उसकी पहली प्रदर्शनी वोलॉर्ड की गैलरी में हुई थी। एक प्रकार से उसे सफल भी कहा जा सकता है और उसकी चर्चा भी हुई थी। मैक्सजेकब ने यह प्रदर्शनी देखी और यह जानकर कि कलाकार की उम्र केवल 18 वर्ष है, वह बहुत अधिक प्रभावित हुआ। लेख लिखने के बहाने वह पिकासो से मिलने आया। तब से वे जीवन भर दोस्त बने रहे। इस प्रदर्शनी की सफलता से पिकासो ने समझा कि उसने जग जीत लिया। लेकिन बाद में फिर वही आर्थिक तंगी के दिन आ गये। और तब मैक्सजेकब ने ही उसे सँभाला।

मैंने मैक्सजेकब को जब पिकासो के साथ पहली बार देखा तब मैंने पाया कि मैंने जिस युवा कवि की कल्पना कर रखी थी, वह उसकी अपेक्षा अधिक प्रौढ़ था। कुछ-कुछ गंजा होने लगा था, लेकिन उसके नाक-नक्श खूबसूरत थे। बहुत हाज़िरजवाब था। चश्मे के पीछे से बड़ी तेज निगाहें झाँकती थीं। लेकिन सारे व्यक्तित्व में एक विचित्र-सी चिन्ताकुलता, मेधा और मौलिकता की झलक थी। उसके जीवन में स्त्री का पहला ही अनुभव बहुत कटु रहा था और इस कारण वह उनका विरोधी हो चुका था। अक्सर मित्रों की पत्नियों से बात करते-करते वह क्रोधित हो जाता था और फिर उसके बाद अपने आप गायब हो जाता था। लेकिन उसके व्यक्तित्व में इतनी मोहकता थी कि कुछ दिन बाद दोस्त उसकी कमी महसूस करने लगते थे। उसे खुद जाकर ढूँढ निकालते थे और चाहे कसूर उसी का हो,मगर उसे मना कर वापस लाते थे।

उन्हीं दिनों पिकासो के इर्द-गिर्द दोस्तों का एक बड़ा झुंड इकट्ठा हो गया था, जिसे लोग मज़ाक में पिकासो गैंग कहकर पुकारते थे। इन लोगों का एक अड्डा भी बन गया था, जहाँ प्रति मंगलवार को ये इकट्ठे होते थे और गद्य और पद्य की रचनाएँ सुनायी जाती थीं और उन पर बहस भी होती थी। यह अड्डा काफी दूर था, लेकिन पेरिस के लगभग सभी समवयस्क बुद्धिजीवी वहाँ इकट्ठे होते थे। कई बार मैं भी वहाँ गयी। काफी दूर पैदल चलते हुए जाना पड़ा था। लेकिन वह उम्र और माहौल ऐसा था कि मीलों पैदल चलकर भी थकान नहीं आती थी। और उन्हीं दिनों इसी गिरोह में दूसरे विश्वविख्यात फ्रेंच कवि गुइलाम् अपोलिनेयर से मेरी मुलाकात हुई, वह भी एक दिलचस्प परिस्थिति में। दूसरे प्रख्यात फ्रेंच कवि ला फार्ग्यू की भी उन दिनों बड़ी चर्चा थी। पिकासो गैंग की कार्यवाहियाँ सिर्फ़ कविता और कला की चर्चा तक ही सीमित नहीं थीं। अक्सर ये लोग रात को गिरोह बाँधकर लौटा करते थे। खूब पिये हुए, चिल्लाते

हुए, एक-दूसरे को गालियाँ देते हुए और फिर दूसरे ही क्षण गले में हाथ डालकर गला फाड़कर गाते हुए। कभी-कभी उनकी जेब में रिवाल्वर भी होते थे और एक-दूसरे का नाम लेकर वे हवा में गोलियाँ चलाते थे। जब पिकासो झुंड लौटता था, तो अड़ोस-पड़ोस की नींद हराम हो जाती थी। एक दिन जब रात को ये लोग लौटे तो एक स्वर में नारा लगा रहे थे महाकवि ला फार्ग्यू मुर्दाबाद। बहुत ही जोश-खरोश से यह नारा लगता रहा और महाकवि ला फार्ग्यू की मृत्यु की अमर कामना की जाती रही। दूसरे दिन सुबह उठकर मैं पिकासो के स्टूडियो में गयी यह पता लगाने कि आखिर ला फार्ग्यू ने कौन-सा अपराध किया था, लेकिन सुबह तक सबका नशा उतर चुका था और यह प्रश्न आज तक हल नहीं हो पाया कि उस रात ला फार्ग्यू का मुर्दाबाद होना इतना जरूरी क्यों हो गया था।

उसी दिन सुबह मैंने पिकासो के यहाँ गुइलाम् अपोलिनेयर को देखा। वह बिस्कुटी रंग का सूट पहने हुए था। उसके चेहरे पर बच्चों का-सा भोलापन था। वह बहुत ही कलात्मक व्यक्ति लगा, लेकिन विचित्र बात यह थी कि उसकी कविताएँ जितनी सुन्दर थीं, उसके पढ़ने का ढंग उतना ही बेढंगा था।

गुइलाम् से मेरी मित्रता हो गयी। एक बार ऐसा हुआ कि कई दिन तक मैं अपने कमरे में ही पड़ी रही। पिकासो से मिलने नहीं जा पायी। जब मैंने कहलवाया कि मैं आने वाली हूँ तो पिकासो अतिरिक्त उत्साह में आ गया। स्टूडियो बहुत गन्दा है, लेकिन मैं आ रही हूँ, तो स्वागत की कुछ तैयारी होनी चाहिए, लेकिन क्या! गुइलाम् वहीं था। उसने तुरन्त पिकासो को आश्वासन दिया कि वह चिन्ता छोड़ दे। स्टूडियो की सफाई का काम गुइलाम् कर लेगा। गुइलाम् ने मेरे आने के उत्साह में यह निश्चय किया कि स्टूडियो को फिनायल से धो डाला जाये। इतनी कसकर धुलाई हुई कि फिनायल की महक से स्टूडियो में खड़ा होना मुश्किल हो गया। उसके बाद पिकासो की बारी आयी। मेरे लिए यू डी कोलोन की जो शीशियाँ लायी गयी थीं, अब उन्हें खोल-खोलकर फर्श पर छिड़का गया। जब मैं वहाँ पहुँची तो बहुत सुन्दर मिलन हुआ। हम तीनों के हृदय उछल रहे थे, सिर्फ़ तीनों को नाक दबानी पड़ रही थी।

प्रति मंगलवार को गद्य-पद्य पाठ का आयोजन चलता रहा। पिकासो के चित्रों और अनुयायियों की संख्या बढ़ती रही और धीरे-धीरे उसकी शैली में भी परिवर्तन हुआ। नीला दौर समाप्त हुआ और उसके स्थान पर नयी शैली की झलक मिलने लगी। इनमें एक पेंटिंग बाद में बहुत मशहूर हुई—एक मैदान में कुछ करतब दिखानेवाले—जिनमें से कुछ आराम कर रहे हैं, कुछ काम कर रहे हैं। उनका एक बच्चा एक बहुत बड़ी गेंद पर खड़ा होने की कोशिश कर रहा है। उन्हीं

दिनों पिकासो ने कुछ एचिंग भी की, कुछ में सर्कस के लोग, कुछ में भिखमंगे और एक में शाह हैरौद के सामने नाचती हुई सलोमी चित्रित की गयी थी। अब पिकासो साहब की बाजार में माँग थी। उनके सभी चित्र बिकने लगे थे। मैंने पहले जिक्र किया है कि उसकी पहली प्रदर्शनी वोलार्ड ने तैयार की थी। वोलार्ड ही उसकी सारी पेंटिंग और एचिंग खरीदकर ले गया। वैसे आप जानना चाहेंगे कि उस समय पिकासो को उनका कितना रुपया मिला था। लगभग तीस चित्र थे—छोटे-बड़े और मझोले। इन तीसों चित्रों का कुल दाम दो हज़ार फ्रैंक मिला था।

उस वक्त के हिसाब से यह बहुत बड़ी रकम थी। एचिंग के पूरे एलबम के लिए सौ फ्रैंक मिले थे। वोलार्ड के पास पिकासो की तैयार की हुई कुछ मूर्तियाँ भी थीं। वोलार्ड अद्‌भुत व्यक्ति था। गोगाँ, रेनुआ, रोजाँ, लात्रेक, डिगास और पिकासो के चित्रों का अनमोल खजाना उसके पास था, लेकिन इनका एक टुकड़ा भी उसके घर में नजर नहीं आता था। घर में तो शानदार पार्टियाँ हुआ करती थीं, जिनमें वोलार्ड के चुभते हुए मजाक और कलाकारों के कहकहे गूँजते थे। इन सबों की कृतियाँ वह अपने गोदाम में सहेज कर रखता था और सिर्फ़ ग्राहकों को और कभी-कभी चुने हुए दोस्तों को दिखाता था।

अब पिकासो के पास काम चलाने भर को पैसा आने लगा था। उसने एक दूसरी इमारत में एक दूसरा स्टूडियो किराये पर ले लिया था। कभी-कभी खुद भी चित्र खरीदता था, मुझे याद है कि लोक शैली में चित्र बनाकर बहुचर्चित होने वाले कलाकार रूसो की एक पेंटिंग उसने खरीदी थी, जिसके लिए अपनी जेब से पाँच फ्रैंक दिये थे। और फिर तो एक दिन उसने अपने स्टूडियो में रूसो के सम्मान में एक दावत भी दी।

उस दावत की मुझे अच्छी तरह याद है। करीब तीस मेहमानों को आमन्त्रित किया गया था। लेकिन पिकासो का गिरोह इससे बहुत बड़ा था। वे सभी चाहते थे कि इस अवसर पर शामिल हों और वृद्ध कलाकार रूसो की टाँग खींचें। इसलिए तय पाया गया कि भोज में तीस मेहमान शामिल होंगे, लेकिन भोज के बाद जो भी आना चाहे, सबके लिए द्वार खुला रहेगा। जोरदार सजावट की गयी। खम्भों पर पत्तियाँ लपेट दी गयीं और छत से टहनियाँ लटका दी गयीं। कमरे की आखिर में खिड़की के नीचे चीड़ के बक्से लगाकर एक जोरदार मंच तैयार किया गया, जिस पर रूसो को बैठना था। उसके पीछे एक कपड़े पर लिखकर टँगा हुआ था—'रूसो का अभिनन्दन' कुर्सियाँ, तश्तरियाँ, छुरी-काँटे और चम्मच पास के एक रेस्तराँ से उधार माँग लिये गये। मगर सबसे रोमांचक घटना यह हुई कि जब दावत शुरू हुई, तो मालूम हुआ कि रेस्तराँ ने खाना भिजवाया ही नहीं। पता नहीं

इस सारी दौड़-धूप में खाने का आर्डर देने की बात किसी को याद भी रही या नहीं। लेकिन खैर खाना न सही, पीने का दौर शुरू हुआ। सबसे पहले हुआ यह कि पिकासो के गिरोह की एकमात्र महिला चित्रकार मारी लोरांसाँ को यार लोगों ने खूब पिला दी। वह लगभग पूरे गिरोह की सम्मिलित प्रेमिका थी। प्यार में उसे लोग कोको पुकारते थे। वह पिये हुए आयी। एक सोफे पर मुरब्बों की प्लेट रखी थी, उस पर वह बैठ गयी। पोशाक पर लगे हुए सारे रस को हाथ से यूँ झाड़ने लगी गोया पाउडर गिरा हो। उसी प्रसन्नता में चिपचिपे हाथों और पोशाक के साथ उसने सभी मित्रों को बारी-बारी से बाँहों में घेरकर चूमा। धीरे-धीरे वह इस कदर उत्तेजित होती गयी कि शृंगार के बजाय वीरत्व की भावना उसमें जाग गयी और किसी बात पर कवि अपोलिनेयर को तर्क के बजाय मारपीट के द्वारा यह समझाने पर उतारू हो गयी कि चित्रकला कविता से ज्यादा ऊँचा दर्जा रखती है। अन्त में कोको के तीन चार मित्रों ने मिलकर उसके हाथ-पाँव पकड़कर गोद में भर उसकी माता के पास पहुँचाया।

तब तक रूसो भी काफी पी चुका था। वह अपने लिए तैयार किये गये अभिनन्दन मंच पर खुद आकर बैठ गया। आनन्द से उसका गला रुँधा हुआ था और आँखों में आँसू थे। थोड़ी देर बाद वह शाही अन्दाज में दीवार से टिककर बैठ गया और खर्राटे भरने लगा। लेकिन अभिनन्दन के लिए गिरोह के काफी लोगों ने कविताएँ और भाषण तैयार किये थे, जिन्हें वे बेकार नहीं जाने देना चाहते थे। रूसो को जगाकर कार्यक्रम शुरू किया गया। रूसो इतना प्रसन्न था कि ऊपर छत से एक शमादान लटका हुआ था, जिसमें मोमबत्तियाँ जल रही थीं। उन मोमबत्तियों का गरम मोम पिघल-पिघलकर उसके कन्धे, गर्दन और माथे पर टपक रहा था, लेकिन रूसो किसी दूसरे ही लोक में था। थोड़ी देर बाद उसने अपना वायलिन उठाया और बजाना शुरू कर दिया। मुझे याद है कि उसमें प्रख्यात अमरीकी दम्पती लियो और गरट्यूड स्टीन भी थे। दो एक अमरीकी यात्री भी थे, जो यह सब देखकर स्तब्ध थे। बहुत देर तक दावत चलती रही। रूसो, वृद्ध और थका हुआ रूसो बीच-बीच में लम्बी-लम्बी झपकियाँ ले लेता था और फिर जागकर अभिनन्दन की छटा देखता था। वह उस अभिनन्दन से बहुत प्रसन्न हुआ था। बाद में उसने पिकासो को धन्यवाद का एक भावना भरा पत्र भी भेजा।

उसी के कुछ दिनों बाद वह मुझे कहीं और मिला। इस बार वह थोड़ा दुखी था। असल में वह दो बार विधुर हो चुका था। और अब तीसरी बार उसकी एक प्रेमिका थी, जिससे वह विवाह करना चाहता था। मगर उसके स्वाभिमान को बहुत धक्का लगा था यह सुनकर कि उसके भावी श्वसुर एतराज कर रहे थे कि वह वर बहुत बूढ़ा है। पाठकों की जानकारी के लिए यह बताना जरूरी

है कि रूसो उस समय 66 वर्ष का था। उसकी प्रेमिका 53 वर्ष की थी और श्वसुर साहब की उम्र सिर्फ़ 83 वर्ष की थी। रूसो का कहना था कि यह तो कोई तर्क नहीं हुआ कि मैं इतना बूढ़ा हो गया कि विवाह न कर पाऊँ, आखिरकार साथी की आवश्यकता तो बुढ़ापे में ही होती है।

लेकिन उसकी इच्छा पूरी नहीं हुई। कुछ ही महीनों बाद एक अस्पताल में बिल्कुल अकेले ही वह चल बसा।

पिकासो के जीवन की इसके बाद की कहानी काफी अंशों में बहुतों द्वारा लिखी जा चुकी है। किस प्रकार अमरीकी तथा देश-विदेश से आने वाले अन्य ग्राहकों में उसकी ख्याति बढ़ी। किस प्रकार कला में क्यूबिस्ट शैली का जन्म हुआ। किस प्रकार सारे संसार में उसकी हर नयी कलाकृति की चर्चा होने लगी। किस प्रकार धीरे-धीरे संघर्ष के दौर से निकलकर वह प्रतिष्ठा के दौर में आ गया। उसके बारे में काफी कुछ लिखा जा चुका था। अब उसका एक खूबसूरत और हवादार स्टूडियो बूलवर्ड डे क्लिशी में था, जहाँ कोई बिना अनुमति के नहीं जा सकता था। एक खूबसूरत डाइनिंग रूम में पिकासो खाना खाता था, जहाँ एक नौकरानी सफेद एप्रन पहन कर खाना परोसती थी। एक शान्त शयनागार था, जिसके पीछे छोटा-सा ड्राइंग रूम था, जिसमें सोफा और पियानो रखे हुए थे। शयनागार के सिरे पर एक खिड़की थी। अक्सर हम लोग जब रात को दावतें खाकर बहुत देर में लौटा करते थे तब पहले उस खिड़की के पास जा कर खड़े हो जाते थे, क्योंकि भोर फूटने वाली होती थी और चिड़िया चहचहाना शुरू करती होती थी।

संघर्ष के दिन खत्म हो रहे थे और साथ-ही-साथ मेरी कहानी भी।

वह कैसे खत्म हुई, उसके बारे में मैं नहीं लिखना चाहती, क्योंकि मैंने शुरू में आपसे कहा कि मैं स्वभाव में बहुत गर्वीली हूँ, लेकिन एक दिलचस्प याद मुझे अब भी है, जिसके बारे में आपको ज़रूर बताना चाहूँगी। पिकासो के स्टूडियो और शयनागार की बात मैंने बतायी, मगर चित्रों से अब जो रुपया आने लगा था, वह जिस सेफ में रखा जाता था उसके बारे में मैंने आपको नहीं बताया। स्टीन दम्पती ने पिकासो के बहुत-से चित्र खरीदे थे कुछ और चित्र-विक्रेता भी बराबर आते रहते थे। इनमें नोटों की जो गड्डियाँ मिलती थीं, वह पिकासो एक बटुए में रखता था। वह बटुआ हमेशा अपने कोट की अंदरूनी जेब में रखता था और सुरक्षा के लिए अपनी जेब में ऊपर की ओर एक सेफ़्टीपिन लगा लेता था। जब उसे छोटी-सी चीज़ भी खरीदनी होती, तो पहले सेफ़्टीपिन खोलता, फिर बटुआ निकालकर दाम अदा करता, फिर पैसे गिनकर बटुआ जेब के हवाले करता और फिर सावधानी से सेफ्टीपिन लगा लेता। यह सारी कसरत देखकर मैं बहुत हँसती और उसके सभी दोस्त भी। उस समय पिकासो हम लोगों की ओर जिस

निगाह से देखता, उस पर और भी हँसी आती। एक दिन वह शायद बटुआ रखते या निकालते समय ठीक से सेफ़्टीपिन लगाना भूल गया। बाद में उसने सेफ्टीपिन खुला देखा, तो बहुत देर तक इस उधेड़बुन में पड़ा रहा कि क्या उसकी तिजोरी पर किसी ने नज़र डाली है।

पैसे आने की उसे जितनी भी खुशी हो, मगर अपनी पेंटिंग से अलग होते समय उसका मन बहुत उदास हो आता था। जब कभी सौदा पट जाता और पेंटिंग चली जाती, तो वह कई-कई दिन तक खोया-खोया सा रहता और किसी काम में उसका जी न लगता।

कहानी मैंने सन् 1903 से शुरू की थी। और फिर तीस वर्ष बाद सन् 1933 में मैं फिर एक बार पेरिस की ओर निगाह डालती हूँ। पेरिस वही है मगर वह सारी दुनिया बदल चुकी है। धीरे-धीरे पूरा गिरोह फूट चुका है और पूरी तरह बिखर चुका है। वैसे फूट के लक्षण सन् 1912 में ही प्रकट होने लगे थे। उन सबमें एक-दूसरे के लिए विचित्र प्रकार के सन्देह घर कर गये और प्रथम महायुद्ध के दौरान सब अलग-अलग हो गये। युद्ध के बाद एक बार फिर सब मिले—दोस्तियाँ दोहरायी गयीं मगर वह बात न लौटी। आज उनमें से अधिकांश सफल हैं। उनके पास कोठियाँ हैं, ख्याति है, लम्बी गाड़ियाँ हैं और परिवार हैं और दूसरी ओर उन संघर्ष के दिनों में, दावतों की भीडभाड़ में या एकान्त शयनकक्ष में उनके बगल में तब उनकी जो संगिनियाँ थीं, वे अब अलग-अलग बूढ़ी होती जा रही हैं।

यह कह सकना कठिन है कि इनमें से किसने ज्यादा खोया है!

वृक्ष परी : जिसने आँख-भर देखा भी नहीं!

बच्चन

राजनीति के इतिहास की मोड़ लाने वाली घटनाएँ सामने घटित होती हैं। और घटते ही वे सनसनीखेज समाचार बन जाती हैं लेकिन साहित्य के इतिहास में इसका ढंग दूसरा है; वहाँ बहुत चुपचाप; बिल्कुल अनजाने कुछ घटित होता है, जिसे उस समय हम जानते भी नहीं। मगर एक दिन पाते हैं कि उसने हमारे सोचने और अनुभव करने के तरीकों में एक अप्रत्याशित मोड़ ला दिया है। यह सब उतना ही चुपचाप घटित होता है, जैसे अँधेरे में चम्पा के बड़े फूल का खिलना! उसकी पहले हलकी फिर तेज महक महसूस होती है और सुबह हम पाते हैं कि न जाने कब फूल खिल गया है।

हिन्दी साहित्य में एक ऐसी ही घटना बहुत चुपचाप घटित हुई है, वह है हमारे और आपके प्रिय कवि बच्चन की आत्मकथा का प्रकाशन! कवि के व्यक्तित्व को समझने और परखने में अभी तक हिन्दी में जो दृष्टि अपनायी जाती रही, उसमें यह आत्मकथा एक नया मोड़ ला रही है—हमेशा के लिए!

वैसे एक और सवाल उठता है जरा अलग किस्म का—कवि के व्यक्तित्व और उसके लेखन में सम्बन्ध क्या है? उसका जीवन क्या उसके सृजन का साक्षी है?

रूस के बहुचर्चित विद्रोही युवा कवि येव्तुशेंकों ने बहुत कम उम्र में अपनी आत्मकथा लिखी, अपनी स्पष्टता और निर्भीकता के लिए सारी दुनिया में चर्चित हुई। उसकी आत्मकथा के पहले ही वाक्य विचारणीय हैं—"कवि की आत्मकथा उसकी कविता होती है। बाकी सब तो महज़ फुटनोट हो सकता है। कवि तभी कवि है, जब उसे पढ़ने वाला उसे आरपार समूचा देख सके। गोया वह उसे हथेली पर रखकर देख रहा हो। उसकी तमाम भावनाओं को, विचारों को, और आचरण को।"

यह जीवन के शुरुआत की बात है। येव्तुशेंको से दुगना जीवन जी लेने

के बाद बच्चन अपनी आत्मकथा में जो कहते हैं वह येव्तुशेंको से भी अधिक विचारणीय है—

"—और कभी-कभी मैं अपनी कॉपी खोलता, जिसमें पिछले वर्ष न जाने कितने क्षणों को मैंने वाणी दी थी—कभी छंदोबद्ध रूप में, कभी गद्य की छोटी-बड़ी पंक्तियों में—कभी कुछ उसमें जोड़ता, जिन्हें तब मैं कविता समझता था। कविता वे क्या रही होंगी। चार-पाँच बरसों बाद की मेरी जो तुकबन्दियाँ, प्रारम्भिक रचनाएँ भाग-1 और भाग-3 में संगृहीत हैं, को भी कविता कहते आज मुझे संकोच होगा। वे केवल मेरी विवशता की अभिव्यक्तियाँ थीं, न प्रेषण, न उद्‌बोधन। वे कविताएँ थीं ही नहीं। वे कविता से कुछ बड़ी चीज़ थीं। वे जीवन थीं। मैंने जीवन प्रकाश जोशी को लिखे गये अपने एक पत्र में लिखा था—शब्दों में कवि होने से पूर्व मैं जीवन में कवि बन गया था। ओह, जीवन में कवि बनने के लिए कितना मूल्य चुकाना पड़ता है।"

और इन्हीं चुकाए गये मूल्यों में से ही जीवन के ऐसे मूल्य विकसित होते हैं जो हमारे अब तक के जिए गये जीवन को बिल्कुल दूसरे स्तर पर देखने-जाँचने और महसूस करने की शक्ति देते हैं। स्वयं बच्चन के जीवन में और उनकी कविता में यह कैसे चुपचाप घटित हुआ था। इसकी मर्मस्पर्शी कहानी केवल वे ही कह सकते थे। इसलिए उनकी आत्मकथा में से उस सारे प्रसंग को उन्हीं के शब्दों में प्रस्तुत किया जा रहा है। बच्चन जी ने लिखा है

"अपने स्कूली विद्यार्थी जीवन में मैं बहुत तेज़ नहीं था, पर इसका मुझे अफसोस नहीं है। 1924 में मैट्रिक्युलेशन की परीक्षा में मैं फेल हो गया पर उसका एक विशेष कारण था। मेरे हाथ में जीवन की एक पुस्तक आ गयी थी, जो कागजी किताब से अधिक आकर्षक, अधिक रहस्यमय, अधिक अपने में डुबाने वाली थी, दुनिया की नज़रों में मेरा उस पुस्तक में रम जाना शायद गलती थी, पर वह तो कुछ गलती करने की उमर ही थी—कुछ अवगुन कर ही जाती है चढ़ती बार जवानी। मैं जवानी की सीढ़ियाँ चढ़ रहा था—पन्द्रह-सोलह-सत्रह, लडखड़ाया, गिरा पर सँभल भी गया। पर उस गिरने से मैंने जो पाया वह शायद बहुतों ने पहाड़ की चोटी पर चढ़कर भी न पाया हो।

—बढ़ना, मेरा मतलब उम्र में बढ़ने से है, कष्टकर प्रक्रिया है, विशेषकर किशोरावस्था से यौवन की ओर बढ़ना। जैसे-जैसे मैं यौवन की ओर बढ़ने लगा, मैं अनुभव करने लगा कि मैं अकेला होता जा रहा हूँ। बहनें अपनी ससुरालों को चली गयी थीं, पास-पड़ोस की लड़कियों की भी शादियाँ हो गयी थीं—उनमें मेरी कितनी सहेलियाँ थीं। साल भर में तो कई मृत्युएँ हुई थीं उनसे भी लगता था कि मेरे निकट के कई स्थान रिक्त हो गये हैं। मुझसे सम्बन्ध बनाये

रखने वाली बहुत-सी कड़ियाँ टूट गयी हैं। ऐसे समय में कर्कल ने मुझे अधिकाधिक अपना स्नेह दिया, अधिकाधिक मेरे निकट आते गये। वे बचपन से ही मुझे बहुत प्यार करते थे, अब वे मेरे लिए अनिवार्य बन गये थे। सहपाठियों से उनका, जैसा मेरा, पाठशाला के समय तक का ही साथ रहता था।''

(कर्कल कौन थे? इस विषय में बच्चनजी ने लिखा है—

—अपने से बड़े भाई के रूप में मैं एक नाम और गिनाना चाहूँगा—मंगल पंडित के एकमात्र पुत्र कर्कल का—शायद उनका यह नाम कर्क लग्न में पैदा होने से पड़ा था। उनका घर हमारे घर से मिला हुआ था ही, और वे हमारे परिवार के ही सदस्य के समान थे। मुझे तो छुटपन से ही उन्हें कर्कल दा कहना सिखलाया गया था, जैसा उन्हें मुझे अपना छोटा भाई समझना। वे मुझसे तीन-साढ़े तीन वर्ष बड़े होंगे।

इस निकटता का एक मार्मिक कारण था। मेरे पिता की एकमात्र बहन तुलसा की अचानक मृत्यु हो गयी। पिताजी उन्हें बहुत प्यार करते थे और यह दैवी आघात उनके लिए दुःखद हो गया। वे बहुत उदास रहने लगे। तुलसा हर वर्ष भैया दूज को अपनी ससुराल फफूँद से आकर अपने भाई का टीका करती थीं। उनकी मृत्यु के बाद जो पहली भैया दूज पड़ी उस दिन प्रताप नारायण (बच्चनजी के पिताजी) की आँखों से अजस्त्र अश्रुधारा बह चली। मंगल पंडित की पत्नी सुन्दर ने उनकी यह दशा देखी, तो उनका जी भर आया। उन्होंने रोली मिठाई लाकर पिताजी का टीका किया और कहा कि आज से मैं तुम्हारी बहन बनती हूँ। सुन्दर ने आजीवन यह स्नेहबन्धन निबाहा। वे हर वर्ष रक्षा-बन्धन के दिन पिताजी के हाथ में राखी बाँधतीं और भैया दूज को उनका टीका करतीं और उनके पसन्द की खूब-सी मिठाई उनको खिलातीं। हम लोगों को उन्हें बुआ कहना सिखाया गया था। छुटपन से ही कर्कल मुझको इतना प्यार करते थे, इतना मेरे संग-संग रहते थे कि मेरी माँ उन्हें देख कर अक्सर कहती थी कि 'इनका तो हमारी कोख से जनमे का रहा!'' (जब मंगल पंडित की मृत्यु हो गयी। तो प्रताप नारायण ने अपनी विधवा मुँहबोली बहन और उनके पुत्र के ऊपर आजीवन संरक्षण का हाथ रखा।)

कर्कल के और मेरे परस्पर लगाव के बावजूद कभी-कभी यह जरूर लगता था कि हम दोनों विपरीत दिशाओं में जा रहे हैं। कर्कल संस्कृत पढ़ते थे, मैं फारसी पढ़ता था, बाद में हम दोनों का झुकाव हिन्दी की ओर हुआ। मैंने तो विधिवत् हिन्दी पढ़ी, पर कर्कल स्वच्छन्दतापूर्वक जो जब उनके हाथ पड़ता उसे पढ़ते और उससे अपना ज्ञान बढ़ाते। जीवन में सब कुछ नियमानुसार ही तो नहीं सीखा जा सकता! कर्कल प्रायः शाम को मन्दिर जाते, कभी-कभी मुझको भी ले जाते, विशेषकर झूला के दिनों में। कर्कल के प्रति गोसाईंजी का बड़ा स्नेह

था, उनके पहुँचते ही वे उन्हें सामने बिठा लेते तब उनकी आँखों में एक विशेष आभा छा जाती, उनके गाने में एक अपूर्व तन्मयता आ जाती। कर्कल तो काठ हो रहे थे, गोसाईंजी ने रस से सींच-सींच कर उन्हें लता-सा सुकुमार और कोमल बनाया था।

और इस कोमलता और सुकुमारता का अनुभव मैं उनके और अपने सम्बन्धों में भी करने लगा था। अब वे मेरे साथी, पड़ोसी, धर्म के भाई ही नहीं थे। मेरे प्रेमी भी थे। और मेरा भी उनके प्रति अनन्य प्रेम था। हम एक-दूसरे से अभिन्न थे। अब हम दोनों में बहुत-सी निजी और गोपनीय बातें भी होतीं। यौवन के अधखुले द्वारों से जो अस्पष्ट, स्वप्निल, अद्‌भुत और आकर्षक झलक मारता था, उसे समझने का हमारे पास इसके सिवा कोई साधन न था कि हम अपने अनुभवों, भूलों, शूलों को एक-दूसरे के सामने रखें। बहुतों को हमारी इस निकटता से ईर्ष्या होती, और कुछ बड़े हमें सन्देह की दृष्टि से भी देखते।

मेरे पिताजी और मुहल्ले के दो एक बड़ों ने कर्कल की विधवा माता सुन्दर को सुझाव दिया कि अब वे लड़के का गौना करा लें। अठारह पार कर चुका है। उधर बुदुल भी जोर दे रहे थे कि लड़की सयानी हो रही है। अब उसे विदा करा लिया जाये। सुन्दर बुआ को घर में बहू देखने की अभिलाषा ने भी गुदगुदाया होगा। वे राजी हो गयीं। कर्कल चाहते थे कि वे काशी से शास्त्री की परीक्षा दे आयें तब उनका गौना हो, पर उनकी न चली और गौने की तिथि निश्चित हो गयी।

यह बात कुछ इतनी अप्रत्याशित और आकस्मिक ढंग से तय हुई कि कर्कल को लगा, जैसे वे बिना किसी तैयारी के पकड़े गये हों। कई रोज वे घबराये-घबराये-से रहे। कई रोज़ इस ख्याल में खोये-खोये कि अब जब एक दिन नारी के समक्ष आना ही है—जैसे नारी के सामने जाना किसी शेरनी के सामने जाना हो तो क्या-क्या तैयारियाँ करनी चाहिए। व्यायाम वे नियमित रूप से करते थे, उन्होंने अपने दंड-बैठक की संख्या बढ़ा दी, प्रतिदिन दस बादाम भिगो कर खाने लगे, और रात को सोने से पहले पिसा हुआ काजूफल दूध में मिला कर पीते। दिन में वे कई बार शीशे के सामने खड़े होते, जैसे अपने को किसी दूसरे की आँखों से देखने का प्रयत्न कर रहे हों। मैं कभी-कभी उनसे हँसी करता—दादा, जँच रहे हो। और वे वास्तव में जँच रहे होते। गौने से पहले उनके ऊपर रूप चढ़ आया था।

एक दिन वे एक बस्ता-सा बगल में दाबे मेरे घर आये और उन्होंने मुझे अपने घर चलने के लिए आँख मारी। सुन्दर बुआ अपने काम पर चली गयी थीं। और रात से पहले लौटने वाली नहीं थीं। कर्कल ने कमरे में पहुँच कर पहले भीतर से दरवाजे की साँकल लगायी, थोड़ी रोशनी आने के लिए एक तरफ की

खिड़की खुली रहने दी और साथ-साथ बस्ते को ऐसे खोला, जैसे कहीं से अशर्फ़ियों की थैली चुरा लाये हों और गिनने के लिए उन्हें चुपचाप निकाल रहे हों। बस्ते में एक किताब थी और कुछ तस्वीरें—किताब थी कोकशास्त्र की पुरानी प्रति और तस्वीरें सम्भोग के आसनों की कुछ हाथ से बनायी, कुछ फ़ोटो जैसी। जल्दी-जल्दी हमने तसवीरें देखीं। प्रतिक्रिया की कल्पना सहज ही की जा सकती है, जैसे हमने जीवन की एक ऐसी सतह की खोज कर ली हो, जो अब तक हमारी आँखों से छिपी हुई थी। हमने किताब को पढ़ना शुरू किया। पंक्तियों पर हमारी आँखें ऐसे टूट रही थीं, जैसे कोई बहुत दिन का भूखा स्वादिष्ट व्यंजनों पर टूटे। इससे पूर्व हमने शायद ही कोई किताब इतनी उत्सुकता और इतनी शीघ्रता से पढ़ी हो—चन्द्रकान्ता और किशोरी लाल गोस्वामी के तिलिस्मी उपन्यास भी नहीं। हमने चित्रिणी, शंखिनी आदि स्त्रियों के चार भेद जाने। हमारे पूर्वज कितने भोले थे! हर स्त्री एक अलग भेद है! खैर शशक, मृग, आदि चार भेद पुरुषों के जाने। और यह कि कौन किस प्रकार के पुरुष के अनुकूल पड़ती है। फिर तो हमने जान-पहचान की सारी स्त्रियों और सारे पुरुषों का वर्गीकरण कर डाला। हमने अपने को मृग वर्ग में रखा। हम दोनों की विशेष जिज्ञासा थी—चम्पा का वर्ग जानने की, पर वह अभी कल्पना की पुतली बनी हमारे आगे आँख-मिचौनी खेल रही थी। बहुत-सी यौन सम्बन्धी शब्दावली से भी हम परिचित हुए—ऋतुमती, रतिक्रीड़ा, समरति, विपरीत रति, नखक्षत, दन्तक्षत, स्तम्भन, स्खलन, सहतृप्ति और न जाने क्या-क्या! निश्चय ही पुस्तक स्त्री को योनि मात्र मानकर लिखी गयी थी—'योनि मात्र रह गयी मानवी।' स्त्री योनि मात्र होती तो भी उसे समझ लेना या उसे वश में कर लेना शायद सहज न होता, पर वह उसके अतिरिक्त भी बहुत कुछ है।

और जब शरीर से स्थूल और मन से सूक्ष्म रूप में नारी सामने आकर खड़ी हुई तब हमें आभास हुआ कि हमने किताब से जो सीखा था वह केवल किसी छिछले छीलट में तैरने के समान था और उस बचकाने अनुभव के बल पर हम उस सागर में पैठने का साहस नहीं कर सकते थे जो हमारे समक्ष फैला था—शान्त पर अथाह और किसी भी समय अशान्त होने की सम्भावना लिये!

जैसे-जैसे कर्कल के गौने का दिन निकट आने लगा मैं उनके भविष्य जीवन की कल्पना कर अपने लिये विचलित होने लगा। कर्कल और चम्पा की एक अपनी दुनिया होगी, जिसमें वे एक-दूसरे के लिए होंगे। एक-दूसरे के लिए पर्याप्त, एक-दूसरे से सन्तुष्ट चम्पा आ कर कर्कल को मुझसे छीन लेगी। और मैं एकाकी, निरीह निःसंग रह जाऊँगा। एक दिन कर्कल के सामने अपनी आशंका व्यक्त करते हुए शायद कई दिनों से मुझे उदास देख कर उन्होंने ही मुझसे कारण जानने का

आग्रह किया था—मैं अपने को न सँभाल सका। मैं फूट पड़ा, मेरे आँसू बह चले और मेरी हिचकियाँ बँध गयीं। उन्होंने मुझे अपनी बाँहों में कस लिया, मुझे प्यार किया और मेरी आँखों में सीधे देखते हुए, जैसे अपने आपको ही मुझमें उँडेलते हुए मुझसे कहा—जो मेरा होगा वह तुम्हारा भी होगा, हम शरीर से दो हैं, प्राण से एक! ये शब्द उन्होंने किसी आवेश में नहीं सँभल-सँभल कर कहे थे। वे मुझे हृदय की इतनी गहराई से निकले हुए लगे कि मन शान्त हो गया और मैं दो की एक स्वप्निल दुनिया की जगह तीन के एक स्वप्निल संसार की कल्पना करने लगा।

नव वधू की मुँह दिखाई करने जो स्त्रियाँ आयी थीं, उन्होंने उसकी प्रशंसा से मुहल्ला गुँजा दिया। लोक-लाज का भय न होता तो कर्कल अपनी सुहागरात को मुझे भी साथ ले जाते। वे सन्ध्या से बड़ी रात तक मेरे साथ रहे, बोले कि दो मालाएँ लाये थे। घर जाने लगे, तो मुझसे कहते गये—एक माला मैं तुम्हारी तरफ से चम्पा के गले में डाल दूँगा। गर्मी के दिन थे, सुहाग शैया छत पर मसहरी डाल कर लगायी गयी थी। नीचे मेहमान स्त्रियाँ ठहरी थीं—'मत देख नजर लग जाएगी। यह चिड़ियों का सुख धाम, सखे।' रात मेरी तरह-तरह की कल्पनाओं में बीती। सुबह मेरी आँखें भी रात्रि जागरण की कहानी कह रही थीं, कर्कल की भी। कर्कल को तो अपनी रात के विषय में बहुत कुछ कहना था। उन्होंने चम्पा से मेरी बात भी की थी और चम्पा ने मुझसे मिलने की उत्सुकता दिखायी थी। दो-तीन दिन बाद घर के सब मेहमान विदा हो गये, तो कर्कल मुझको चम्पा से मिलाने लिवा ले गये।

चम्पा कनक-छरी-सी इकहरे बदन की, लमछर, गौर वर्ण की लड़की थी। सहज प्रसन्नता उसके चेहरे पर न थी, न चुलबुलापन, जिसकी प्रत्याशा उसकी अवस्था की लड़कियों में की जाती। इसके विपरीत उसके चेहरे पर अवसाद की रेखा थी। मैंने चम्पा को जिस परिस्थिति, जिस परिवेश में सर्वप्रथम देखा शायद उसमें उसका स्वाभाविक रूप व्यक्त नहीं हुआ था। मैंने उसका स्वाभाविक रूप तीन-चार महीने बाद देखा जब वह हलके नीले रंग की साड़ी में, बिना कोई आभूषण पहने अपनी छत के मुँडेर पर उस ओर आ कर बैठ गयी थी, जिस तरफ मोहन चाचा के घर का आँगन था। छत के ठीक कोने पर नीचे आँगन में लसोढ़े का एक पेड़ था, जिसकी शाखें मुँडेर से कुछ ऊँची चली गयी थीं। लसोढ़े की डाल-पत्तियों में कुछ मुँदा, कुछ खुला रूप ही उसका सहज स्वरूप था। उसे ठीक अभिव्यक्त करने को तब शब्द मुझे न मिले थे। मिले थे तब, जब कई वर्ष बाद मैं कीट्स का 'ओड टु द नाइटइंगेल' पढ़ रहा था, जिसमें वह बुलबुल को 'ड्रायड आफ द ट्रीज' कहता है—वृक्ष-परी। 'वृक्ष-परी' तो वह थी ही, इसी से तो वह पलक मारते ही उड़कर अनन्त आकाश में विलीन हो गयी थी।

कई बार तो चम्पा ने मुझे भर आँख देखा भी नहीं—स्वाभाविक है लज्जावश—जो कर्कल चाहते थे कि वह मेरे सामने निःसंकोच हो, खुले और जब एक दिन उसने रातों की अधसोई भारी-भारी पलकों के नीचे अपने अधखुले लम्बे नेत्रों से मुझे देखा तो मुझे लगा, जैसे वह मुझे अपनी आँखों से पी रही है, मानो मैं कोई मदिरा की प्याली हूँ—और इस भय से कि कहीं नशे में उसके पैर लड़खड़ा न जायें, उसने लपक कर कर्कल की आजानु भुजा पकड़ ली। उसने एक बार कर्कल को देखा, और एक बार फिर मुझे देख कर कहा था—आप दोनों जुड़वाँ लगते हैं।

मुझे अगले वर्ष मैट्रिक्युलेशन की परीक्षा देनी थी कर्कल को शास्त्री की। हमें अपने-अपने पाठ्यक्रमों में डूब जाना चाहिए था, पर हमारे हाथों में जो एक सजीव और सरस पुस्तक आ गयी थी, उसके सामने पाठ्य पुस्तकें नीरस थीं। वह तो उस पुस्तक से भी हज़ार गुना आकर्षण और कौतूहलवर्द्धक थी, जिसे कर्कल और मैंने उसी कमरे में बैठकर पढ़ा था। स्कूल से लौटकर अब मैं भारती भवन न जाता, चम्पा के यहाँ पहुँच जाता। सुबह भी मैं एकाध बार चम्पा को जरूर मिल आता। अब मेरा किसी भी तरफ का रास्ता चम्पा के घर हो कर जाता था। कर्कल भी अब किसी-न-किसी बहाने अपने गुरुजी से जल्दी छुट्टी लेकर घर आ पहुँचते। कभी वे पहुँचे, तो देखते कि मैं चम्पा के पास बैठा हूँ, कभी मैं पहुँचता तो देखता की कर्कल उसके पास पहले से पहुँच गये हैं। कर्कल ने शायद ही कभी मुझे यह भान होने दिया हो कि जब वे चम्पा के साथ हों, मेरी उपस्थिति उनके निकट अवांछनीय है। मेरे समक्ष वे चम्पा से अपने व्यवहार में उतने ही निःसंकोच होते, जितने शायद अपनी परछाईं के समक्ष, और कभी-कभी मैं ही कुछ बहाना बना कर उनके पास से चला आता और उन्हें अकेला छोड़ देता। आज पैंतालीस वर्षों बाद मैं यह सोच कर चकित रह जाता हूँ कि उस अधपढ़ी-सी लड़की में ऐसा क्या था, जो उसने अपने को काफ़ी पढ़ा-लिखा समझने वाले दो नवयुवकों को अपनी बातों में उलझा रखा था, और समय मिला होता, तो शायद जीवन भर उलझा रखती। मेरी माँ एक कहावत कहती थी—'जो पांड़े के पाँचों वेदों में वह पंडाइन की छिगुनियाँ में।'' दिनकर की 'उर्वशी' की कुछ पंक्तियाँ याद हो आयीं—

''और त्रिया जो अबल, मात्र आँसू केवल करुणा है,
वही बैठ सम्पूर्ण सृष्टि के महामूल निस्तल में,
छिगुनी पर धारे समुद्र को ऊँचा किये हुए है।''

चम्पा और कर्कल के बीच अपनी स्थिति की मुझे इतनी ही बात याद आती है कि शुरू-शुरू में चम्पा के मन में सम्भवतः यह सन्देह था कि कर्कल उससे

अधिक मुझे प्यार करते हैं, और अन्त में—हाय, वह कितनी जल्दी आ गया!—कर्कल के मन में शायद यह शंका थी कि चम्पा उनसे अधिक मुझे प्यार करती है, पर मुझे छोड़कर उन दोनों ने अपने प्यार की दुनिया की शायद ही कभी कल्पना की हो।

उन थोड़े से दिनों में हम जिस तूफ़ान से गुज़रे, जिस सैलाब में बहे, जिन भावनाओं की हमने सघनता जानी, गहराइयाँ छुईं, जिन तनावों का कसाव झेला, खिंचाव सहा उन्हें यत्किंचित् वाणी देने का दायित्व यदि मेरी कविता ने न ले लिया होता तो गद्य तो हाथ पर हाथ धर, हार मानकर बैठ जाता।

हमारे छोटे-से जग से जिसकी स्वर्ग बलाएँ लेता था—बड़े से संसार को ईर्ष्या होनी स्वाभाविक थी। उससे तो नभ के नक्षत्रों को, नियति को भी ईर्ष्या थी।

आलोचना, व्यंग्य, निन्दा, भर्त्सना, दोषारोपण, दूषणारोपण, आक्रोश, अभिशाप—सब हमने साहसपूर्वक, या दुनिया की नज़रों में बेहयाई से, ओढ़ लिये थे।

पर वज्राघात तो बलि लेता है।

और पहली बलि कर्कल ने दी!...

इलाहाबाद में अक्टूबर के अन्त और नवम्बर के प्रारम्भ में किसी समय वर्षा होती है और तभी से जाड़ा शुरू हो जाता है। उस साल भी ऐसी ही अचानक वर्षा हुई और कर्कल भीगकर घर लौटे। बारिश में भीगने का वह मजा लेते थे। कोई पुस्तक हाथ में हो तो कुर्ता उतार, उसी में उसको लपेट मजे-मजे भीगते वह घर चले आते। घर आकर कपड़े बदल डालते और दस-पाँच दंड-बैठक लगा बदन गरमा लेते। चाय-वाय पीने का रिवाज उस समय नहीं था। उस दिन जब वह भीगकर लौटे, थर-थर काँप रहे थे। रात को उन्हें जोर का बुखार आया और छाती में दर्द उठा, जो तीन दिन तक बढ़ता ही गया। इक्के में ले जाकर उन्हें वैद्य को दिखाया गया। उन दिनों वैद्य घर तभी बुलाये जाते थे जब आदमी मृत्यु-शय्या पर पहुँच जाये, और वे मकरध्वज आदि देकर आदमी को घंटे-दो घंटे जिला रखें। वैद्य जी ने कहा—छाती सर्दी खा गयी है, दो-चार रोज़ में ठीक हो जाएगी। चौथे रोज शाम को उनका बुखार उतर गया, रात को हाथ-पाँव ठंडे होने लगे; आधी रात को उनकी छाती में घरघराहट होने लगी और बोलने में तकलीफ, और सुबह होते-होते उन्होंने शरीर छोड़ दिया। उनकी खाट के एक ओर मैं खड़ा था, एक ओर चम्पा खड़ी थी, उनके मुँह के निकट झुके। उनके अस्पष्ट अन्तिम शब्द थे—चम्पा को सँभालना। और मेरे मुँह से निकल पड़ा था, ...और मुझे कौन सँभालेगा? इस पर उन्होंने मुझे जिस दृष्टि से अन्तिम बार पलक उघारने का प्रयत्न करके देखा था उसे बताने का माध्यम, कुछ हो, शब्द नहीं हैं। किसी की समझ

में कुछ न आ रहा था कि यह हो क्या रहा है। पर जो होना था, वह हो चुका था। मृत्यु का कठोर सत्य कर्कल की लाश बन कर सामने पड़ा था और उसे झुठलाया नहीं जा सकता था।

सुन्दर बुआ के रोने से धरती फटने लगी। चम्पा एक चीख मारकर बेहोश हो गयी पड़ोस की स्त्रियाँ उसके मुँह में एक-एक बूँद पानी डालती जातीं। सुन्दर ने अपनी छाती कितनी कड़ी कर ली थी! चम्पा को होश में न आते देखकर उन्होंने एक बार कह दिया था कि—भागमानी होइहैं तो अपने आदमी के साथ एऊ चली जइहैं! चम्पा को होश तब आया जब कर्कल की अरथी ले जाने का समय आ पहुँचा। उसने पागल की तरह आँख फाड़ कर चारों ओर अपना सिर घुमाया और बोली—मैं सबके सामने कहे देती हूँ कि मेरे पेट में बच्चा है! मेरी हालत एक यन्त्र की तरह हो गयी थी। शव के सम्बन्ध में बहुत कुछ करना था और मैं न जाने किसके घुमाने से मशीन की तरह सब प्रबन्ध कर रहा था। मैं शोकार्त्त नहीं था। स्तम्भित था—ऐसे तड़ितवेग से जीवन बदलता है! कर्कल की मृत्यु से पास-पड़ोस का हर आदमी स्तब्ध रह गया था और कई हफ्ते मोहल्ले की छाती पर मौत का आतंक और औदास्य बैठा रहा।

पर दुनिया दुनिया है। दुनिया के लिए कोई अनिवार्य नहीं। इधर लाश उठती है, उधर दुनिया के काम यथापूर्व होने लगते हैं। घाव लगते ही घाव भरने की प्रक्रिया आरम्भ हो जाती है। जितना दर्द आज है उतना कल नहीं। जितना कल है उतना परसों नहीं। दस दिन बाद गाँव से आये कई भाई-बन्द वापस चले गये। सुन्दर बुआ सुबह अपने काम पर जाने और रात को लौटने लगीं। पेट पापी है, उसे भाठने को हाथ-पाँव डुलाना ही होगा। हफ़्ता-दस रोज़ मोहल्ले की स्त्रियाँ मातमपुर्सी करने आती रहीं, फिर उनका आना भी बन्द हो गया। मैं चम्पा के पास जा बैठता। मैं जानता था कि चम्पा को कुछ शान्ति मिलेगी तो मेरे सान्निध्य में। मुझे भी कहीं शान्ति मिल सकती थी तो चम्पा के पास ही।

चम्पा चुपचाप खाट पर चित पड़ी रहती, कभी अपलक मूर्तिवत् ऊपर देखती, कभी पलकें बन्द किये। दिन भर न कुछ खाती, न पीती। रात को जब सुन्दर बुआ लौटतीं, उसके लिए कुछ लेती आतीं, वह वही खा लेती और सो रहती। मैं उसके पास जाता तो कभी उसके सिरहाने बैठ जाता, कभी उसके पैंताने। चाहे मैं उसके सिर के बाल सहलाता, चाहे पाँव के तलवे, न वह हिलती-डुलती, न बोलती और मेरी भी हिम्मत उससे कुछ कहने की न होती। कभी-कभी उसकी बन्द आँखों के कोनों से आँसू की बूँदें निकल कर उसकी कनपटियों पर बहने लगतीं और कभी मेरे आँसू भी मेरे चेहरे पर होते हुए मेरे होठों पर आ, मुँह से रिस, खारेपन का स्वाद देने लगते। न कोई उसके आँसू पोंछता, न मेरे। वे

सूखते तो अपने आप ही।

कई महीनें बीत गये। जाड़े के महीने थे। न एक शब्द उसने मुझसे कहा, न एक शब्द मैंने उससे। हम क्या कहकर एक-दूसरे को समझाते? हम जिन भावनाओं में ऊभ-चूभ रहे थे उनके लिए शब्द नहीं बने। जहाँ शब्द हार मानते हैं वहाँ मौन बोलता है। बाद को कभी-कभी वह मेरा हाथ पकड़कर अपनी छाती पर धर लेती और निर्जीव-से हाथ उसके श्वास-प्रश्वास के साथ उठते-गिरते या उसकी धड़कनों से स्फुरित होते या उन्हें सुनते रहते जैसे हथेली में कान हों! कभी वह मुझे झुका कर मेरा सिर अपनी छाती पर धर लेती और मेरे बालों में चलती उसकी उँगलियाँ धीरे-धीरे निस्पन्द हो जातीं और मुझे लगता कि मैं किसी अतल शून्य में डूब गया हूँ। कभी मैं पाता कि उसने मुझे अपनी रजाई में खींच लिया है, और या तो वह मेरी छाती में दुबक कर सिसक रही है या मेरी बाँहों में बेहोश हो गयी है, या मैं उसकी छाती में दुबक कर सिसक रहा हूँ, या मुझे कुछ होश नहीं है कि मैं कहाँ हूँ—जैसे डूबते हुए कोई दो व्यक्ति एक-दूसरे को तिनके की तरह पकड़ने का प्रयत्न कर रहे हों। कोई शायद ही विश्वास करे कि छह महीने के अन्दर वह मुझसे एक शब्द भी न बोली—न मैं ही एक शब्द उससे बोला।

कुछ लोगों को चम्पा से सहानुभूति थी। मेरे घर वालों को भी, पर उसके पास मेरा रहना, अकेले रहना, किसी को भी नहीं सुहाता था। कुछ उसे अपनी प्रारम्भिक और औपचारिक संवेदना देकर उसके प्रति कटु भी हो गये थे, मुझे अपना लेने, मुझे अपने मोह-पाश में बाँध लेने के कारण; जिसके लिए वे कर्कल के जीवन-काल में भी उसकी निन्दा करते थे—हालाँकि मैं यह कह देना चाहता हूँ कि उसने एक बार भी न मुझे अपने पास आने के लिए कहा था, न अपने पास बैठने के लिए, संकेत से भी कभी नहीं। वे अपनी दिन-दिन बढ़ती कटुता में कर्कल की मृत्यु को उसके तथाकथित 'असतीत्व' का दंड कहने लगे। 'विधवा होय पाइ तरुनाई।'' बाबा तुलसीदास, जो नुस्खे आप दे गये हो, उनका लोग कैसा-कैसा उपयोग करते हैं! खैर, मुझे परीक्षा की निकटता की याद दिलायी जाती, मुझे अपने भविष्य का ध्यान रखने को कहा जाता पर मेरा विरोध करते, मुझसे जबर्दस्ती करते सबको संकोच होता। मैं अपने मन की करने को आया था। परीक्षा आयी तो मैंने परीक्षा देने की फर्ज-अदायी कर दी।

मैं आज तक नहीं समझ पाया कि कर्कल की लाश पर चम्पा ने अपने गर्भवती होने की घोषणा क्यों की थी, शायद भ्रमवश, शायद भयवश, शायद अपनी दुर्बलता की सम्भावनाओं को ध्यान में रखकर एहतियातन, शायद जानबूझ कर भी। भाग्य ने उसके साथ दगा किया था। क्या उसने भाग्य के साथ दगा करने का निश्चय उसी क्षण कर लिया था? पर बदला लेने का साहस करने में उसे देर लग गयी।

वह कर्कल की स्मृतियों की पकड़ से अपने को मुक्त करने में इतनी जल्दी सफल न हो सकी जितनी जल्दी उसने समझा था कि वह कर लेगी—या वह कर्कल को पुनर्जीवित, पुनः प्राप्त करने के पागलपन में मुझी को कर्कल समझ बैठी? क्या कर्कल ने उससे भी कहा था कि हम शरीर से ही दो हैं, प्राण से एक? क्या उसने इसको अक्षरशः सत्य मान लिया था? क्या उसने मुझसे वह सब पा लिया था जो उसे कर्कल से मिला था?

सचाई तो यह थी कि कर्कल की मृत्यु से मेरा अर्द्धांग ही कटकर मुझसे अलग हो गया था। कदाचित् चम्पा भी अपने लिए ऐसा ही महसूस करती थी। और हम दोनों ही शायद अपने खोये आधे अंगों को खोजने की आतुरता में एक-दूसरे से आ जुड़े थे—एक हो गये थे।

गर्भवती होने के लक्षण तो उसके शरीर पर मई में दिखायी दिये और वृद्धा सुन्दर की अनुभवी, पैनी और पैठू आँखें पल भर में तह तक पहुँच गयीं। उस समय उस लोक-लाज-भीता, असहाय, विधवा सास पर क्या बीती होगी, इसकी कल्पना मैं नहीं कर सकता।

उसने मुझे बुलाया और एक बार चम्पा की ओर देख कर अपनी कील-सी चुभनेवाली ब्रह्मतेजमयी आँखों से मुझे ऐसे देखा जैसे वह मुझे वहीं दग्ध करके क्षार कर देगी।

चम्पा ने मन्द, गम्भीर स्वर में कहा—दोषी मैं हूँ!

इसके पूर्व कि मैं कुछ कहूँ, वृद्धा ब्राह्मणी ने अपनी प्रलम्ब भुजा उठा कर तर्जनी से द्वार की ओर संकेत किया और मानो उसके झटके से ही, खुद चल कर नहीं, मैं दरवाजे के बाहर हो गया।

दूसरे दिन उसने चम्पा के साथ बदरीनाथ की यात्रा पर जाने के अपने इरादे की मोहल्ले भर में घोषणा कर दी।

तीसरे दिन सास-पतोहू याचिकाएँ बनकर मोहल्ले-भर में घूमीं। उन दिनों ऐसी प्रथा थी कि जो तीर्थयात्रा पर जाता था, अमीर हो चाहे गरीब, याचक बन कर घर-घर जाता था और यात्रा सम्बल माँगता था। विश्वास यह था कि सम्बल रूप से कुछ देने से तीर्थयात्रा का कुछ पुण्य फलदाता को भी मिल जाएगा। सुन्दर और चम्पा मेरे घर भी सम्बल माँगने आयीं। दान गुप्त रूप से झोली में डाल दिया जाता था। काश मैं भी चम्पा के साथ बदरीनाथ जा सकता! काश मैं भी उन दोनों के साथ याचक बन कर घर-घर घूमता! काश समाज सामान्य से परे के लिए भी कोई सम्मानपूर्ण स्थान रखता! काश वह अपने अपवादों को समझने का भी कुछ प्रयत्न करता! न जाने क्या सोच कर अपनी उँगली में पिन चुभो कर मैंने अपने रक्त से एक कागज पर अपना नाम लिखा और सुन्दर की आँख

बचाकर उसे चम्पा की झोली में डाल दिया।

चौथे दिन सुन्दर और चम्पा हरिद्वार के लिए प्रस्थान कर गयीं।

ठीक साल भर पहले चम्पा नववधू बनी इन्हीं महीनों में अपने हृदय में कैसे-कैसे अरमान, कल्पनाएँ, सपने लिये इस घर में आयी थी और आज इसी घर से भिखारिणी के भेस में अपनी कोख में अपनी दुर्बलता, अपनी असमर्थता, अपना लांछन छिपाये चली गयी!

उस गर्मी में इलाहाबाद की तपन और लू असह्य हो गयी। मैं दुहरी आग के बीच में था एक भट्ठी-सी हृदय में जल रही थी। लपटों का एक बवंडर अन्दर उठता था और गले, आँख, दिमाग़ में घुमड़ कर फिर अन्दर ही बैठ जाता था।

''उर तै उठि आवै गरे ते फिरै मन की मन ही में सिरैबौ करै,
सहते ही बनै कहते न बनै मन ही मन पीर पिरैबौ करै!''

मैं कभी कल्याणचन्द के उजड़े बाग में, कभी वाई. एम. सी. ए. के लॉन में कोने पर खड़े मौलसिरी के पेड़ के नीचे बैठ बोधा की इन पंक्तियों को उच्च स्वर से गाता, दुहराता, एक बार, दो बार, दस बार, सौ बार! मुझे इन पंक्तियों को पढ़ते हुए लगता जैसे एक मोती है और कोई उसे एक बड़े-से खरल में डाल कर लोढ़े से रगड़ रहा है! और कभी-कभी मुझे उस मोती में चम्पा की शक्ल झलक जाती।

चम्पा का कोई समाचार जानने की न सम्भावना थी न उसका कोई पत्र पाने की प्रत्याशा! मैंने सुन रखा था बदरीनाथ की यात्रा बड़ी कठिन है। हरिद्वार तक रेल जाती है। उसके आगे कहीं लछमन झूला है—रस्सियों का पुल—एक रस्सी पर आदमी पैर धरता है, एक रस्सी को हाथों से पकड़ता है और कदम-कदम बढ़ते पुल पार करता है, नीचे हर-हर करती प्रचंड वेग से भागीरथी बहती हैं। रस्सी हाथ से छूटी कि आदमी नीचे गिरा, और फिर उसकी हड्डी-पसली का पता नहीं लगता। आदमी रस्सी पर चलते हैं और मुँह से कहते जाते हैं—पंछी, मुख राम-राम, हिंया कोउ काहू का नाहीं, पंछी मुख राम-राम! आगे ऊँचे, बर्फीले भयावने पहाड़ों की महीनों की चढ़ाई है। तब कहीं जाकर बदरीनाथ विशाल के मन्दिर का ध्वज दिखायी पड़ता है। गर्मी की रातों में खुले में खाट पर पड़ा आसमान को ताकता मैं कल्पना करता—चम्पा अब गिरी कि तब गिरी, और लो वृद्धा सुन्दर भी गिरी। और अब उनका पता नहीं! और नीचे हिल्लोल-कल्लोल करती, हहराती जाती नदी की धारा ने उन्हें निगल लिया है। और मेरे मुँह से एक चीख निकल गयी है। और कभी मेरी आँखों के आगे आते—

''मारग अगम भूमि-धर भारे।

कन्दर खोह नदी-नद नारे।
अगम अगाध न जाहिं निहारे।।''

और मैं कल्पना करता, चम्पा किसी पहाड़ पर चढ़ती हुई या बर्फीली चट्टान से फिसल कर गिर गयी है। नीचे बहुत खन्दक में, और उसका गुड़िया-सा, छोटा-सा दिखता शरीर निःसहाय पड़ा है, उसका सिर फूट गया है, वह रक्त से नहा उठी है, उसके हाथ-पाँव टूट गये हैं, वह मर गयी है और उसे सांसारिक यातनाओं से मुक्ति मिल गयी है। शरीर रहने तक मनुष्य को क्या-क्या सहना पड़ता है! शरीर छूटा कि सारे दुख-दर्द, चिन्ताएँ-व्यथाएँ, शोक-सन्ताप विलुप्त।

मैं सोचता, चम्पा निश्चय इस भयंकर यात्रा की कठिनाइयों को सहन नहीं कर सकेगी। वह निश्चय वहीं समाप्त हो जाएगी। जीती नहीं लौटेगी। उसके लांछन के निराकरण का और उपाय ही क्या हो सकता है! इसीलिए बूढ़ी इन नदी-नद पर्वतों, खोह-खन्दकों से जूझने के लिए उसे लिवा ले गयी है। बूढ़ी शायद लौट भी आये, उसमें बड़ी जान है पर चम्पा नहीं लौटेगी। नहीं लौटेगी।

मुझे तब नहीं मालूम था कि इन तीर्थों में और क्या-क्या जघन्य पाप होते हैं!

जून का तीसरा सप्ताह आ गया।

एक दिन मैट्रिक्युलेशन का परीक्षाफल घोषित हुआ।

जिस मनःस्थिति में मैंने परीक्षा दी थी, उसमें बड़े अच्छे परिणाम की प्रत्याशा नहीं की जा सकती थी।

पास मैं हो सकता था—उससे खुशी क्या होनी थी! शायद कुछ आँसू ही पुँछ जाते। पर...

सात या आठ जुलाई होगी। किसी ने सवेरे-सवेरे आ कर खबर दी, सुन्दर और चम्पा बदरीनाथ की यात्रा से वापस आ गयी हैं। सुन्दर में अधिक परिवर्तन न दिखायी पड़ा, पर चम्पा को देख कर आँखों को अपने ऊपर विश्वास नहीं हुआ। चम्पा के सिर पर छोटे-छोटे बाल थे, तीर्थ में उसका सिर मुँडा दिया गया था, शरीर हड्डी, हड्डी रह गया था, त्वचा का रंग झाँवें जैसा, आँखें फटी-फटी, जैसे जीवन में अब वे किसी चीज़ से सरस अथवा आर्द्र नहीं हो सकेंगी—पथरायी-पथरायी! जाते समय ही हरिद्वार में उसके शरीर के साथ बड़ा अत्याचार हुआ था। कमजोरी की हालत में ही पहाड़ी यात्रा आरम्भ कर दी गयी थी। उसे स्वयं आश्चर्य था कि वह किस बल पर इतनी अपार यात्रा करके लौट आयी। उसकी खूँट में एक गाँठ बँधी थी। इसमें वही कागज बँधा था जिस पर अपना नाम लिख कर मैंने उसकी झोली में डाल दिया था।

उसने मेरा नतीजा पूछा।

मैं कुछ नहीं बोला।

वह समझ गयी, बोली—दोषी मैं हूँ, पर प्रायश्चित्त भी कर आयी हूँ। कुछ देर चुप रही। फिर बोली, धीमे-धीमे, शब्द-शब्द अलग जैसे बोलने में उसे कुछ कष्ट हो रहा हो—आज स्कूल खुल रहा है। स्कूल जाओ। खूब पढ़ना। मैं सब कुंड-नदियों में तुम्हारे नाम की डुबकी लगा आयी हूँ। सब देवमन्दिर-देहरियों पर तुम्हारे नाम से सिरदा पढ़ आयी हूँ। तुम बहुत दिन जिओगे, बहुत कुछ करोगे, देखने को मैं न रहूँगी। मेरा समय आ गया है। आज सन्ध्या को मैं अपने पिता के यहाँ जा रही हूँ। यहाँ लौट कर शायद ही आऊँ। जिस धरती पर जन्मी थी उसी पर अपना शरीर छोड़ना चाहती हूँ। अब मेरी भेंट शायद ही फिर हो सके। अच्छा, अब जाओ। बदरी विशाल तुम्हारा मंगल करेंगे!

मुझे लगा चम्पा जैसे मेरी माँ की उम्र की हो गयी है।
मुझसे ऐसे बोल रही है, जैसे माँ बेटे से बोले।
बेटे की ही तरह उसे प्रणाम कर मैं स्कूल चला गया।

स्कूल खुलने का पहला दिन था। अपने-अपने अभिभावकों के साथ नये-नये लड़के, कहीं फार्म भराई, कहीं नाम लिखाई, कहीं फीस जमा कराई। नवीं के लड़के दसवीं में आ गये थे। उनके साथ बैठने में कुछ संकोच होता है। कोई मैं ही अकेले तो फेल नहीं हुआ था। कुछ और फेल हुए लड़के थे। सबके पास कुछ-न-कुछ बात करने को है। मैं ही खोया-खोया-सा हूँ। सौ तरह के शोर-शराबे के बीच उदास घर लौट आता हूँ। बैठक में लेट जाता हूँ। मुझे याद आती है मिस्टर एडम्स की कही हुई बात—न कुछ नष्ट हुआ है, न व्यर्थ गया है, वह जीवन वाटिका की खाद हो गया है जो किसी फूल के रूप, रंग, गन्ध में फिर अभी सारवान-सार्थक होगा। सोचता हूँ मुझे नया जीवन आरम्भ करना है। चम्पा की बात सोचता हूँ। मुझे खूब पढ़ना है। फिर चम्पा का आज देखा चेहरा आँखों के सामने आता है, फिर उसके ऊपर वह चेहरा जिसमें वह बदरीनाथ गयी थी, फिर उस पर कर्कल की मृत्यु के बाद का चेहरा, शोक में शुभ्र, फिर उस पर वह चेहरा जिसमें वह नववधू बन कर आयी थी, फिर सब पर उस 'वृक्ष-परी' का, फिर वृक्ष-परी के पर उगते हैं और वह फुर्र से उड़ जाती है। दस बजे रात को खबर आती है सुन्दर चम्पा का दाह-कर्म कराके लौटी है। पिता के घर पहुँचते ही चम्पा की मृत्यु हो गयी थी। मैं रात भर मुँह में कपड़ा दबाकर रोता हूँ—'चोर नारि जिमि प्रकट न रोई!'' कई रातों को रोता हूँ और एक दिन, जैसे दुनिया का क्रम है, मेरे आँसू सूख जाते हैं।

मौत ने बड़ी कृपा की कि सुन्दर को भी जल्दी ही उठा लिया।

❑❑❑